Carol Cox
Detektivin aus Leidenschaft

CAROL COX

Detektivin aus Leidenschaft

SCM Hänssler

SCM

Stiftung Christliche Medien

FSC www.fsc.org MIX Papier aus verantwortungsvollen Quellen FSC® C006701

SCM Hänssler im SCM-Verlag GmbH & Co. KG · 71088 Holzgerlingen
Internet: www.scm-haenssler.de · E-Mail: info@scm-haenssler.de

Originally published in English under the title: *Love in Disguise*

Published by Bethany House, a division of Baker Publishing Group, Grand Rapids, Michigan, 49516, U.S.A.
Cover art used by permission of Bethany House Publishers.

Die Bibelverse sind, wenn nicht anders angegeben, folgender Ausgabe entnommen:
Neues Leben. Die Bibel, © der deutschen Ausgabe 2002 und 2006
SCM R.Brockhaus im SCM-Verlag GmbH & Co. KG, Witten.

Übersetzung: p.s. words
Umschlaggestaltung: Kathrin Retter, Weil im Schönbuch
Satz: Satz & Medien Wieser, Stolberg
Druck und Bindung: CPI – Ebner & Spiegel, Ulm
Gedruckt in Deutschland
ISBN 978-3-7751-5452-9
Bestell-Nr. 395.452

Für Dave und Katie,
die mich immer ermutigt haben –
Eure Geduld und Unterstützung bedeuten mir alles.

Für Kevin, Samantha, Emmalee und Madilyn –
Ihr bringt auf so vielfältige Weise Freude in mein Leben.

Und für Fayly Cothern –
die in diesem Leben niemals wissen wird,
wie sehr mich ihr Weg mit Jesus beeinflusst hat …
genau wie zahllose andere.
Ihr Leben ist ein Leitbild, das mehr sagt als Worte.

Herr, zeige mir den richtigen Weg,
damit ich nach deiner Wahrheit lebe!
Gib mir das Verlangen ins Herz,
dich zu ehren.

Psalm 86,11

1

CHICAGO, ILLINOIS
DEZEMBER 1881

»O willkommener Dolch! Dies werde deine Scheide.«

Ellie Moore schlug die Hände vor der Brust zusammen, während sie stumm die bekannten Zeilen aus dem letzten Akt von Shakespeares *Romeo und Julia* mitsprach. Die Worte schwebten hinaus in die dunklen Tiefen hinter dem Rampenlicht. Eine erwartungsvolle Stille legte sich über den Zuschauerraum und wurde unmittelbar darauf von einem kollektiven Aufstöhnen durchbrochen, als Ellie sich die Fäuste in den Bauch stieß und den Kopf mit einem gequälten Gesichtsausdruck in den Nacken warf.

»Roste da und lass mich sterben.« Sie ließ den Kopf zur Seite fallen und verharrte in dieser Pose, stumm wie ein Grab, während sich die Capulets und Montagues miteinander aussöhnten und der Prinz die letzte Zeile sprach.

Erst als tosender Applaus durch den Saal des Orpheum-Theaters in Chicago brauste, regte sie sich wieder, bereit für die Verbeugung. Ellie wartete den richtigen Moment ab, schwang dann einen Fuß hinter sich und sank mit weit ausgestreckten Armen in einen tiefen Knicks. Ihre rechte Hand streifte die Hinterseite des roten Samtvorhangs, der sie von der Bühne abschirmte.

»Hey du, wag es ja nicht, den Vorhang zu bewegen.«

Das unvermittelte Zischen hinter ihr ließ Ellie erschrocken herumfahren und sie begegnete dem grimmigen Blick des Theaterdirektors Harold Stiller.

Im gleichen Moment verließen die Schauspieler die Bühne. Roland Lockwood, der einen Montague spielte, stieß gegen Ellies ausgestreckte Hand. Mit wild fuchtelnden Armen versuchte sie, die Balance zu halten, aber ohne Erfolg. Es gab einen dumpfen Schlag und sie landete unbeholfen auf dem Holzfußboden.

Burt Ragland, einer der Bühnenarbeiter, drängte sich an ihr vorbei, mit unverhohlener Verachtung im Gesicht. »Das wäre nicht passiert, wenn du dich um deine Arbeit gekümmert hättest, anstatt den großen Star zu spielen.«

Ellie rappelte sich hoch, klopfte den Staub von ihrem Rocksaum und versuchte, das Gekicher der anderen Bühnenarbeiter, die sich neben ihr versammelt hatten, zu ignorieren.

»Wenigstens versuche ich, etwas aus mir zu machen«, schnappte sie zurück. »Ihr werdet hier noch versauern, wenn ich schon lange weg bin.« Sie reckte das Kinn, als sie das empörte Gemurmel der Gruppe hörte. *Ha! Denen hatte sie es ordentlich gegeben. Die war sie erst einmal los.*

Mit Blick auf den etwas weniger staubigen Fleck am Boden, der die Stelle markierte, auf der sie so unelegant gelandet war, wischte Ellie über den hinteren Teil ihres Rockes. »Ich werde an euch denken, wie ihr hier in diesem staubigen Loch verrottet, während ich in London an meinem Tee nippe.«

Diese Ankündigung löste schallendes Gelächter aus. Ellie gab es auf, den Staub von ihrem Hinterteil zu wischen, da es ihr nicht gelingen wollte, sich wie eine Brezel zu verbiegen und gleichzeitig ihre Würde zu wahren.

Sollten sie doch sagen, was sie wollten. Das spielte keine Rolle mehr. Vor dem Morgengrauen würde sie auf ihrem Weg nach England sein und nichts mehr mit ihnen zu tun haben. Im Heimatland des Dichters höchstpersönlich würde es genügend Bewunderer ihrer schauspielerischen Fähigkeiten geben, welche sie aus jahrelanger Beobachtung im Theater gewonnen hatte. Endlich würden die Leute über ihr unscheinbares Äußeres hinwegsehen und das in ihr schlummernde Talent entdecken. Alles, was sie brauchte, war eine Chance – nur eine! Dann würde sie es allen zeigen.

Während sich die anderen Schauspieler in ihre Garderoben zurückzogen, öffnete einer der Bühnentechniker ein letztes Mal den Vorhang, damit sich Magdalena Cole, die Königin des amerikanischen Theaters, an ihr Publikum wenden konnte.

Ihre Stimme drang bis hinter die Kulissen. »Ich danke Ihnen allen, dass Sie heute hier waren. Jeder Auftritt ist unvergesslich für mich, aber die Vorstellung heute Abend ist etwas ganz Besonderes.«

Ellie starrte Burt und die anderen böse an, während Magdalena mit der gelungenen Ansprache fortfuhr, die sie am Abend zuvor gemeinsam mit Ellie ausgearbeitet hatte.

»Dies ist meine letzte Aufführung in Ihrer schönen Stadt, nicht nur die letzte in Chicago, sondern auch die letzte in diesem, unserem wundervollen Land.« Magdalena hielt kurz inne, um das erstaunte Gemurmel abklingen zu lassen, bevor sie fortfuhr. »Heute Nacht werde ich nach New York aufbrechen und ein Schiff besteigen, das mich forttragen wird, damit ich meine Kunst mit dem Publikum in Europa teilen kann.«

»Glaub ja nicht, dass du etwas Besseres bist«, knurrte Burt. »Du darfst doch nur mit, weil du ihre Kriecherin bist.«

Ellie schnappte nach Luft. »Ich bin ihre *persönliche Garderobiere* – vielen Dank auch!«

»Gute Nacht, liebe Freunde, Gott segne euch alle.« Magdalena schwebte mit einem Strauß roter Rosen im Arm von der Bühne, begleitet von tosendem Applaus. Im Vorbeigehen reichte sie die Blumen an Ellie weiter. »Stell sie ins Wasser«, sagte sie und lachte dann kurz auf.

»Ach, was rede ich denn da? Morgen bin ich ja schon weg, also ist es egal, was du mit ihnen anstellst. Wenn du willst, kannst du sie auch wegwerfen.« Ohne sich länger aufzuhalten, marschierte sie den Flur hinunter.

Burt schnaubte verächtlich. »Klingt für mich eher nach *persönlichem Handlanger.*«

Ellie schleuderte die Blumen in den nächstbesten Mülleimer und folgte Magdalena, ohne Burt einer Antwort zu würdigen. Sie zog die Garderobentür hinter sich zu und schloss damit das hektische

Treiben aus, das nach jeder Vorstellung hinter den Kulissen herrschte.

»Beeil dich.« Magdalenas Augen funkelten wie die eines Kindes an Weihnachten. »Wir dürfen keine Zeit vergeuden.« Sie wirbelte herum, damit Ellie die Verschlusshaken ihres Kostüms öffnen konnte.

»Arturo wird jeden Moment hier sein. Sind die Koffer gepackt?« Routiniert schlüpfte sie aus ihrem Julia-Kostüm.

»Alles steht bereit.« Ellie legte das Gewand über die Lehne eines Stuhls und griff nach Magdalenas neuem Reisekleid, zog es ihr über den Kopf und die hochgestreckten Arme und knöpfte eine Reihe tiefschwarzer Knöpfe zu, die sich vom Hals bis zum Saum zogen. Dann trat sie einen Schritt zurück, um das Ergebnis zu begutachten.

»Was sagst du?« Magdalena drehte sich langsam um die eigene Achse. Selbst wenn sie sich sehr beeilen mussten, für Komplimente hatte sie immer Zeit.

Ellie streckte die Hand aus, um den runden Kragen zu richten, und nickte. »Es ist perfekt. Das Kobaltblau passt genau zu deinen Augen. Dein Schneider hat sich diesmal selbst übertroffen.«

»Das will ich hoffen. Diese neuen Kleider waren unverschämt teuer. Auch wenn ich vorhabe, mir in London eine komplett neue Garderobe zuzulegen, kann ich meine Europatournee wohl kaum im Aufzug irgendeiner Nebendarstellerin antreten. Der erste Eindruck zählt.«

Ellie faltete das Julia-Gewand sorgsam zusammen und legte es auf die anderen Kleider im Kostümwäschekorb. Sie klappte den Deckel zu, drückte ihn mit beiden Händen herunter und setzte sich schließlich obenauf, um die Riegel verschließen zu können.

»Gut, wir wären dann so weit. Deine neuen Kleider und persönlichen Sachen sind in den beiden großen Koffern. Die Kostüme, Perücken und die Schminke habe ich in den Korb gelegt. Sobald Herr Benelli auftaucht, können wir fahren.«

Magdalena räusperte sich. »Ellie, ich muss dir etwas …« Ein Klopfen an der Tür unterbrach sie. Sie lehnte sich gegen den Schminktisch, warf sich in Pose und nickte Ellie zu. »Das muss Arturo sein. Lass ihn rein.«

Ellie öffnete die Tür, vor der eine kleine Gesandtschaft von drei Bühnenarbeitern stand, mit Harold Stiller als ihrem Anführer.

»Wir wollten uns verabschieden.« Er drängte sich an Ellie vorbei und ging auf Magdalena zu, die ihre dramatische Pose aufgab, als sie die Besucher erkannte. »Im Namen der gesamten Belegschaft des Orpheum möchte ich Ihnen eine sichere Reise nach England und eine glanzvolle Karriere an den europäischen Theatern wünschen. Wir werden immer stolz darauf sein, dass wir einen kleinen Teil zu Ihrem Erfolg beitragen konnten.«

Magdalenas Lippen wurden schmal und nahmen einen Ausdruck an, den wohl jeder als huldvolle Anerkennung gedeutet hätte – jeder, der Magdalena nicht so gut kannte wie Ellie. Nur ihr war klar, dass die Schauspielerin ihren größten Triumph, an dessen Schwelle sie nun stand, allein sich selbst zuschreiben wollte.

Unseren Triumph, dachte Ellie bei sich. »Was täte ich nur ohne dich« – wie oft hatte sie Magdalena das sagen hören!

»Vielen Dank, dass ihr gekommen seid, um mir Lebewohl zu wünschen.« Magdalenas Stimme klang abweisend, aber Stiller schien das nicht zu bemerken. Er lehnte sich gegen den Stuhl, als würde er sich auf eine längere Unterhaltung einrichten, und übersah das Funkeln in den Augen der Schauspielerin. Eine aufmerksamere Person hätte erkannt, dass sie innerlich kochte und ein vulkanartiger Ausbruch bevorstand.

Ellie stellte sich zwischen die beiden, bereit einzuschreiten, wurde aber von einem Tumult an der Tür abgelenkt.

»Magdalena, mein Liebling.« Ein untersetzter Mann im Kaschmirmantel brauste ins Zimmer, gefolgt von drei Gehilfen. »Vergib mir, dass ich dich habe warten lassen, *cara mia*. Ich musste mich durch Schnee und Eis kämpfen, um die Kutscher aufzutreiben und nach drinnen zu bringen.« Arturo Benelli, der berühmte Impresario, unter dessen Fittichen Magdalena die nächste Sprosse der Karriereleiter erklimmen würde, ergriff ihre Hand und küsste sie ehrerbietig.

Dann richtete er sich auf und umschlang ihre Finger mit seinen. »Deine Vorstellung heute Abend war atemberaubend, *magnifico*! Bist du bereit, England im Sturm zu erobern?«

Ein mädchenhaftes Kichern – welches sie immer einsetzte, wenn sie die Hero in *Viel Lärm um nichts* spielte – plätscherte von Magdalenas Lippen. »So bereit wie heute war ich noch nie in meinem Leben, Arturo.«

»Ach, *perfetto*. Unser Zug wartet bereits.« Benelli nahm Magdalenas Umhang vom Haken und legte ihn um ihre Schulter, dann fuhr er herum und schnippte mit den Fingern.

Die Gehilfen traten vor und ihr Anführer fragte: »Was soll alles mit?«

Ellie räusperte sich. »Diese beiden großen Koffer und der Korb gehören Miss Cole.« Sie zeigte der Reihe nach auf die Gegenstände. »Der kleine Koffer ist meiner.« Sie wies auf ein abgewetztes Gepäckstück, das ihre eigenen Habseligkeiten enthielt.

Benelli zog eine Augenbraue hoch und wandte sich an Magdalena.

»Hast du es ihr noch nicht gesagt?«

Magdalena drehte sich herum und schaute Ellie ins Gesicht, die Rolle der Hero war vergessen. Sie räusperte sich und Ellie spürte, wie sich ihr Magen zusammenzog.

»Wir haben gemeinsam ein paar wundervolle Jahre erlebt, nicht wahr?«, murmelte Magdalena mit einem süßlichen Lächeln im Gesicht.

Ellie nickte steif. Tief in ihrem Herzen wusste sie, dass gleich etwas Schreckliches passieren würde, doch sie konnte nicht ergründen, was genau das sein würde.

»Während meines langen Aufstiegs hast du mir treu gedient, aber jetzt nimmt meine Karriere eine neue Wendung. Arturo ist in mein Leben getreten und bereit, mich ganz nach oben zu bringen. Solche Chancen verlangen oft nach Veränderungen.« Die Augen der Schauspielerin füllten sich mit Tränen, wie immer, wenn sie starke Gefühle vortäuschte.

»Genug.« Benellis Augen, für Magdalena stets voller Bewunderung, waren kalt, als er sich nun an Ellie wandte. »Magdalena will sagen, dass ich ihr für ihre Tournee durch die großen Theater nur das Beste versprochen habe – darunter die talentiertesten Garderobieren und Maskenbildner, die Europa zu bieten hat. Kurz gesagt, alle Dienstleistungen, die sie in Anspruch nimmt, werden von höchster Qualität sein, par excellence – was bedeutet, dass sie dich nicht mehr braucht.«

Ellie fiel die Kinnlade herunter.

Benelli schnippte erneut mit den Fingern, diesmal war die Geste an den Mann adressiert, der gerade dabei war, Ellies kleinen Koffer hochzuheben. »Stell den wieder hin. Der bleibt hier.«

»Aber …« Ellies Blick schoss zurück zu Magdalena, auf der Suche nach einem Anzeichen, dass es sich nur um einen bösen Scherz handelte. Doch im Gesicht der Schauspielerin lag keine Belustigung, nur Ungeduld und vielleicht eine Spur schlechten Gewissens.

»Aber ich bin doch diejenige, die sich um dich kümmert. Wer sonst weiß, wie du alles haben willst? Deine Lieblingsfrisuren und wie man dein Kissen richtig aufschüttelt. Und was ist mit …« Ellies Stimme bebte und sie unterdrückte einen Schluchzer. Sie wollte nicht zusammenbrechen und das Gesicht verlieren – nicht hier, vor den hämischen Augen ihrer Kollegen.

Sie atmete tief ein, schluckte und setzte erneut an. »Das kann nicht dein Ernst sein. Du *brauchst* mich.« Dieses Mal waren die Worte selbstsicherer. Ellie hob das Kinn und starrte Magdalena an, eine stumme Aufforderung, Benellis empörende Worte Lügen zu strafen und für Ellie einzustehen.

Stattdessen wandte sich die Schauspielerin ab und hakte sich bei Benelli ein. »Lass uns gehen.« Sie lächelte zu ihm auf, ihre Augen glänzten vor Aufregung. »Europa erwartet uns!«

Gemeinsam verließen sie die Garderobe und gingen nach links in Richtung Bühnenausgang. Die Gehilfen folgten mit Magdalenas schweren Koffern und dem Korb mit den Kostümen.

Ellie kämpfte sich durch den Pulk von Menschen, die sich vor der

Tür versammelt hatten, gelangte in den Flur und sah Magdalena gehen. *Das muss ein Albtraum sein.* Es konnte nur einer sein.

»Wartet. Ich habe es mir anders überlegt.« Mitten im Flur blieb Magdalena stehen und drehte sich um.

Ellies Herz machte einen Sprung und Freudentränen schossen ihr in die Augen. Sie hätte wissen müssen, dass Magdalena nie so weit gehen würde. Bereit, ihr zu vergeben, trat sie einen Schritt nach vorne.

Magdalena zeigte auf den Mann, der den riesigen Kostümkorb trug. »Bring den zurück. Ich habe für diese Sachen keine Verwendung mehr.« Sie hob die Stimme und rief Ellie zu. »Warum behältst du sie nicht? Das wäre doch ein schönes Andenken an unsere gemeinsame Zeit.«

Der Mann ging zurück, stellte den Korb vor Ellie ab, machte kehrt und folgte den anderen hinaus.

Von Weitem hörte Ellie die Tür ins Schloss fallen, gleich einem Paukenschlag, der Magdalenas endgültigen Abgang verkündete – aus dem Orpheum und aus Ellies Leben.

Ein halb unterdrücktes Lachen lenkte ihre Aufmerksamkeit wieder auf die grinsenden Bühnenarbeiter. Selbst Stiller hatte ein schiefes Lächeln im Gesicht.

Ellie straffte die Schultern und starrte sie wütend an. »Habt ihr nichts zu tun?«

Burt Ragland lehnte sich gegen den Türpfosten. »Haben wir, aber du nicht.« Sein selbstzufriedener Gesichtsausdruck machte Ellie so wütend, dass sie ihm am liebsten die Haare ausgerissen hätte.

»Natürlich habe ich Arbeit.«

»Ach ja, und worin besteht die?«, fragte Burt. »Dir eine Tasse Tee einzuschenken, damit du so tun kannst, als wärst du in London? Sieht so aus, als wäre die Grundlage deiner Hochnäsigkeit gerade zur Tür hinausmarschiert.«

Ellie bückte sich, packte einen Griff des Korbs und zog ihn zurück in die Garderobe, dabei stieß sie Burt aus dem Weg. »Unsinn. Ich kann jahrelange Erfahrung als persönliche Assistentin einer der größten Schauspielerinnen unserer Zeit vorweisen. Ich werde keinerlei Schwierigkeiten haben, eine neue Anstellung zu finden. Und jetzt wäre ich euch allen dankbar, wenn ihr mich in Ruhe lasst und euch um eure eigenen Angelegenheiten kümmert.« Sie wollte gerade die Tür schließen, als Stiller ihr den Weg versperrte.

»Nicht so hastig. Diese Garderobe ist nicht länger dein Revier, was nicht heißen soll, dass sie überhaupt jemals *dir* gehört hat. Jetzt, da Miss Cole fort ist …« Auch wenn er den Satz nicht zu Ende sprach, ließ sein grimmiges Auftreten keinen Zweifel darüber aufkommen, was er damit sagen wollte.

2

PICKFORD, ARIZONA-TERRITORIUM DEZEMBER 1881

Das Mondlicht warf verzerrte Schatten über die stille Landschaft, welche die Constitution-Mine umgab. Steven Pierce drückte sich auf leisen Sohlen an der Südwand des bretterverkleideten Bürogebäudes entlang, um nicht entdeckt zu werden.

Er tauchte in einen tiefdunklen Schatten und hielt inne, um herauszufinden, ob er beobachtet wurde. Als er sich vergewissert hatte, dass niemand ihn auf dem Weg von seiner Hütte bis hierher gesehen hatte, schlich er zur Tür und schlüpfte hinein.

Die vier anderen Minenbesitzer schauten auf, als er ins Zimmer trat. Ihre finsteren Gesichter waren im schwachen Licht der Laterne kaum zu erkennen. Das Fenster war mit einer Decke verhängt, die dem Mondlicht kein Eindringen gewährte.

Steven tastete sich zu einem der Holzstühle vor, die kreisförmig in der Mitte der unebenen Bodendielen aufgestellt waren. »Habt ihr schon was gehört?«, fragte er die anderen.

Tom Sullivan, dem die Constitution-Mine gehörte, schüttelte den Kopf. »Noch nicht. Wir warten immer noch auf Ezra.«

Steven schloss für einen Moment die Augen, um sich an die Dunkelheit zu gewöhnen. Ein schneller Blick in die Runde verriet ihm, dass die anderen nicht in der Stimmung waren, sich zu unterhalten. Also verschränkte er die Arme, lehnte sich in seinem Stuhl zurück und wartete ab.

Die Stille zog sich endlos hin und spannte seine Nerven zum Zerreißen. Er versuchte, sich die Zeit zu vertreiben, indem er seine Kameraden genauer betrachtete. Tom Sullivan, Brady Andrews, Alfred Clay und Gilbert Owens, sie alle waren mindestens zehn Jahre älter als Steven. Waren die vielen Jahre Erfahrung der Grund dafür, dass sie so weitsichtig und infolgedessen geduldiger waren?

Ein plötzliches Kratzgeräusch von draußen ließ alle aufschrecken. Steven unterdrückte ein Grinsen: Offenbar waren die anderen genauso schreckhaft wie er selbst. Die Tür schwang auf und die Männer im Raum atmeten erleichtert auf, als sie Ezra Winslow erkannten, den Besitzer der Jubilee-Mine. Mit ihm fegte ein nächtlicher Windstoß ins Zimmer und ließ die Flamme der Laterne aufflackern.

»Verriegle die Tür«, befahl Tom.

Ezra folgte der Aufforderung und rieb sich die Hände. »Da draußen ist es so kalt wie am Nordpol.«

Wieder verkniff sich Steven ein Lächeln, als er hörte, wie die anderen ihm murmelnd zustimmten. Für Männer, die jahrelang im wüstenhaften Südwesten von Amerika gelebt hatten, mochte sich die Nachtluft kalt anfühlen, aber für Steven, der die arktischen Temperaturen an der Princeton University gewohnt war, fühlte sich der Winter in Arizona eher mild als frostig an.

Ezra nahm neben Steven Platz und schwieg.

Brady Andrews und Alfred Clay tauschten Blicke aus, dann lehnte Alfred sich vor. »Und? Mach es doch nicht so spannend. Haben sie es diesmal geschafft?«

Ezra schüttelte den Kopf. »Nein.« Das einzelne Wort fiel aus seinem Mund wie ein Klumpen Erz in einen Förderwagen.

»Was?« Gilbert Owens von der Blue-Jacket-Mine sprang auf und trat dicht an Ezra heran. »Sitz nicht verschlossen wie eine Muschel da, Mann. Mach den Mund auf und erzähl uns, was passiert ist.«

Ezra wischte sich mit der Hand über den Mund und winkte Gilbert zurück in seinen Stuhl. »Ich habe nicht vor, euch auf die Folter zu spannen. Ich bin nur so durcheinander, ich kann mir ja selbst keinen Reim darauf machen.«

Brady zog einen silbernen Flachmann aus der Tasche und reichte ihn Ezra, der ihn mit einem dankbaren Nicken entgegennahm, einen Schluck trank und ihn dann zurückreichte.

»Nun gut, Folgendes ist passiert. Wie wir es besprochen hatten, ritt ich eine halbe Meile hinter Huddleston neben der Straße entlang, um nicht entdeckt zu werden. Als Huddleston mit dem Planwagen aufgebrochen ist, dachten alle, dass er seinen üblichen Abstecher nach Tucson machen würde, um Vorräte zu besorgen. Nichts deutete darauf hin, dass wir das Silber auf den Wagen geladen und unter den Futtertaschen versteckt hatten.«

Er warf dem Flachmann einen sehnsüchtigen Blick zu, aber Brady schüttelte den Kopf. »Du hattest genug, um deine Geschichte zu erzählen. Erzähl weiter.«

»Wir durchquerten gerade dieses hügelige Gebiet ein paar Meilen vor Benson, da verlor ich Huddleston und seine Mannschaft hinter einem der Hügel aus den Augen. Dann hörte ich auf einmal Schüsse. Mein erster Gedanke war, dass sie von Apachen überfallen worden waren, also trieb ich mein Pferd an und ritt in Richtung Getümmel. Vom Bergrücken aus sah ich dann Huddleston am Boden liegen und einige Reiter, die sich gerade in die andere Richtung davonmachten.«

Toms Gesicht wurde ernst. »Haben sie ihn getötet?«

»Nein, aber sie haben es versucht. Er hatte viel Blut verloren, also packte ich ihn auf den Wagen und brachte ihn nach Benson. Der Arzt dort sagt, dass er es schaffen wird, wenn sich die Wunde nicht infiziert. Ich blieb lange genug, um die Diagnose abzuwarten, dann bin ich so schnell wie möglich hierhergeritten.«

»Und das Silber?«, fragte Gilbert.

»Alles weg. So schnell, wie die abgehauen sind, müssen sie es unter sich aufgeteilt haben, um schneller reiten zu können.«

Alfred schlug mit der Faust auf die Lehne seines Stuhls.

Gilbert stöhnte und vergrub das Gesicht in den Händen.

Brady schraubte den Flachmann auf.

Steven kam es vor, als hätte er gerade einen Schritt von einer hohen Klippe ins Leere getan. Er ballte die Fäuste und bemühte sich, ein gelassenes Gesicht zu machen. Er hatte sein gesamtes Geld in das Minenunternehmen gesteckt, gegen den strengen Rat seines Vaters.

Und nun schienen sich dessen düstere Prophezeiungen des Versagens zu bewahrheiten. Nach einer Reihe von Überfällen war ihnen kein anderer Ausweg geblieben, als das Silber versteckt im Wagen eines Farmers zu transportieren. Wenn sie den Raubzügen nicht bald Einhalt geboten – und zwar schnell –, waren sie alle erledigt.

»Was jetzt?« Gilberts Frage riss Steven aus seinen Gedanken.

Alfred sprang so schnell auf, dass sein Stuhl umfiel. Unruhig wanderte er in dem kleinen Raum auf und ab und schlug bei jedem Schritt die Fäuste zusammen. »Was können wir noch tun? Als wir das Silber offen auf die Strecke geschickt haben, haben sie es aufgehalten. Als wir zusätzliche Männer angeheuert und es in unseren eigenen Wagen transportiert haben, wurde unsere Garde abgeknallt. Und jetzt das.«

»Es ist einfach furchtbar.« Tom sah nach Ezras Geschichte zehn Jahre älter aus. »Wie schaffen sie das nur? Wie konnte irgendjemand ahnen, dass das Geld in Huddlestons Wagen versteckt war?«

»Sie haben es nicht geahnt. Sie haben es *gewusst*!«, brüllte Alfred. »Wie haben sie davon erfahren? Das will ich wissen. Wer verrät uns?«

»Ich weiß es nicht, Freunde, aber ich glaube, wir stecken in einer Sackgasse.« Ezra war auf seinem Stuhl zusammengesunken, ein Abbild der Niederlage. »Wenn wir das Gesetz einschalten wollen, wäre dies der richtige Zeitpunkt dafür.«

Brady nahm noch einen Schluck aus der Flasche. »Wir wissen doch alle, dass das keine gute Idee ist. Ich traue Marshal Bascomb nicht weiter, als ich ihn werfen könnte. Vielleicht sollten wir Sheriff Behan drüben in Tombstone kontaktieren oder die Earps.«

Alfred schnaubte verächtlich. »Das wäre ja so, als würde man einen Fuchs bitten, den Hühnerstall zu bewachen.«

»Keiner konnte beweisen, dass sie an irgendwelchen Raubüberfällen beteiligt waren«, gab Gilbert zu bedenken. »Bis jetzt ist das alles nur Gerede.«

»Aber eine Menge an Rauch, dafür, dass es kein Feuer geben soll«, grummelte Ezra. »Ich traue diesen Typen nicht über den Weg.«

»Was bleibt uns denn dann noch übrig?« Toms Augen wanderten von einem Minenbesitzer zum anderen. »Wollt ihr damit sagen, dass wir erledigt sind?«

»Ich nicht«, antwortete Steven mit plötzlicher Überzeugung. »Ich bin nicht bereit, mich schon geschlagen zu geben.« Mit herausforderndem Blick sah er sich nach Unterstützung um. Niemand erhob sich, ihm zur Seite zu stehen. Angetrieben von ihren hoffnungslosen Gesichtern sprach Steven ein stilles Stoßgebet, um seinen Worten Nachdruck zu verleihen. »Lasst uns die Sache doch einmal logisch betrachten. Tom und Alfred sind auf der richtigen Fährte. Woher wissen diese Diebe, was wir vorhaben? Woher bekommen sie ihre Informationen? Das sind die Fragen, auf die wir Antworten finden müssen.«

Alfred schlug mit dem Hut gegen seinen Schenkel und wirbelte Staubpartikel im Lampenlicht auf. »Das frage ich mich schon seit Wochen. Wir haben einen Verräter unter uns. Und wenn ich den erwische, weiß ich genau, was ich tun werde. Für so einen Mistkerl gibt es nur eine Lösung.«

Brady lehnte sich zurück, bis sein Stuhl nur noch auf den Hinterbeinen stand, und schürzte die Lippen. »Ich bin auch dafür, dass wir den Verräter entlarven und das Leck stopfen. Ich will die Lucky Lucy in Betrieb halten, genauso wie ihr wollt, dass eure Minen weiter Profit abwerfen. Aber wie verhindern wir, dass diese Kojoten uns das letzte Hemd stehlen?«

»Ich gebe dir recht.« Tom stand auf und fuhr sich mit den Fingern durch sein silberweißes Haar. »Wir können nicht weiter Lieferungen fertig machen, nur um sie uns direkt vor der Nase wegschnappen zu lassen. Lasst uns das Silber doch in einem der ungenutzten Stollen in meiner Mine lagern, bis wir rausgefunden haben, wer dahintersteckt, und es wieder sicher ist, die Ware zu transportieren.«

»Das hört sich nach einem vernünftigen Plan an«, sagte Brady.

Nach kurzem Zögern nickte auch Steven zustimmend, dann Ezra. Alfred und Gilbert jedoch nickten nicht.

»Ich finde, dass jeder sich um seine eigenen Bestände kümmern sollte. Aber ich muss bald eine Lieferung machen«, sagte Gilbert. »Es geht dabei ja nicht nur um mich. Ich habe ein Dutzend Männer, davon einige mit Familien, die darauf angewiesen sind, dass ich sie bezahle. Also müssen wir das Problem so schnell wie möglich lösen. Ich stehe kurz vor dem Bankrott.«

»Da bist du nicht der Einzige«, erinnerte Steven ihn. »Wir sitzen alle im selben Boot.«

»Aber was können wir tun?« Brady lehnte sich nach vorne und stieß die Vorderbeine seines Stuhls gegen den Holzboden. »Das ist doch verrückt. Wir schaffen es nicht, unser Silber selbst zu beschützen, und dem Gesetz können wir diese Aufgabe auch nicht anvertrauen. Was bleibt uns noch?«

Stille senkte sich über die Gruppe, als die Männer sich im schwachen Licht der Laterne gegenseitig beäugten.

Alfred zog mit einem Schulterzucken die Jacke hoch und stapfte zur Tür. »Wir verschwenden hier unsere Zeit. Wenn ich wüsste, wen ich zu erschießen habe, würde ich es tun, noch bevor die Nacht zu Ende ist. Aber das genau ist das Problem – wir wissen es *nicht.* Ich weiß nur, dass ich das nicht mehr lange durchhalten kann. Ein Kerl aus dem Osten hat mir ein Angebot gemacht.« Er schob die Hände in die Taschen und blickte zu Boden. »Bisher habe ich ihn hingehalten, weil die Busted-Shovel-Mine zehnmal so viel wert ist, wie er mir bietet. Aber wenn Durchhalten bedeutet, mein letztes Hemd zu verlieren, werde ich die Mine aufgeben. Wenigstens werde ich dann genug Mittel haben, um woanders neu anzufangen.«

»Warte!« Gilberts Ausruf ließ Alfred, der schon die Hand an der Klinke hatte, innehalten. »Was ist mit den Pinkertons?«

Der Name der bekannten Detektei ließ einen Funken Hoffnung in Steven aufflammen. Die plötzliche Unruhe im Raum verriet ihm, dass dieser Name bei den anderen eine ähnliche Reaktion hervorrief.

Ezra starrte Gilbert an, als hätte dieser vorgeschlagen, den Präsidenten der Vereinigten Staaten um Hilfe zu bitten. »Und du meinst, die würden jemanden so weit raus schicken?«

»Warum denn nicht?«, erwiderte Brady. »Sie sind doch bekannt dafür, dass sie Zugräuber und solches Gesindel dingfest machen.«

Diese Worte verwandelten Stevens Funken Hoffnung in eine lodernde Flamme. »Das stimmt. Sie haben einen Ruf zu wahren. Wenn sie den Fall annehmen, werden sie nicht lockerlassen, wie ein Terrier, der ein Rattennest aushebt. Wenn irgendjemand in der Lage ist, diese Überfälle zu stoppen, dann sind sie es.«

Alfred trat von der Tür zurück, sein Blick war noch immer skeptisch. »Umsonst werden die sich auch nicht hergeben. Habt ihr euch schon überlegt, was uns ihre Hilfe kosten wird?«

Gilbert schnaubte. »Bestimmt auch nicht mehr als das, was wir an diese Banditen verloren haben.«

»Was meint ihr?«, fragte Steven. »Wir teilen uns die Kosten, einverstanden?«

Als Erstes nickte Gilbert, dann Brady. Nach kurzem Zögern murmelten auch Tom und Ezra ihre Zustimmung.

Stevens Blick schnellte zur Tür. »Was ist mit dir, Alfred?«

Der mürrische Mann kniff die Augen zusammen und zuckte mit den Schultern. »Ich glaube zwar, dass wir nur noch mehr Geld verschwenden, aber ich bin bereit, es zu versuchen – eine Zeit lang zumindest.«

Tom rieb sich die Hände. »Also, wie treten wir mit ihnen in Kontakt? Sollen wir ihnen ein Telegramm schicken?«

»Nein«, lehnte Brady ab. »Da hören zu viele Ohren mit. Wir können es uns nicht erlauben, mit offenen Karten zu spielen – nicht, wenn dies unsere letzte Chance sein soll. Das muss unter uns bleiben.«

»Dann schicken wie ihnen eben einen Brief«, schlug Gilbert vor. »Wer von uns soll ihn schreiben? Er muss absolut überzeugend sein.«

Ezra grinste und schüttelte den Kopf. »Ich bin nicht gut darin, Worte zu Papier zu bringen. Ich passe.«

Brady deutete auf die andere Seite des Stuhlkreises. »Steven, du bist der Mann mit dem Universitätsabschluss, mach du es.«

Steven sah sich um und stellte fest, dass alle mit dem Vorschlag einverstanden waren. »Na gut. Ich mache es gerne, wenn Tom mir einen Stift und etwas Papier borgt. Was soll drinstehen?«

Eine halbe Stunde später reichte er einen Entwurf herum, den die Minenbesitzer lasen.

»Klingt gut.« Gilbert nahm den Stift und unterschrieb mit einer schwungvollen Bewegung. »Wer will als Nächster?«

Der Reihe nach unterschrieben die anderen. Ezra trat einen Schritt zurück und bewunderte seine Unterschrift auf dem Briefbogen. »Das ist ein bedeutender Moment, Freunde. Erinnert mich an die Jungs, die Schlange standen, um die Unabhängigkeitserklärung zu unterschreiben.«

»Nur gut, dass es kein Abstinenzgelübde ist«, kicherte Brady, als er unter Ezras Namen unterschrieb.

Tom legte seine Hand auf Stevens Schulter. »Pass auf, dass niemand diesen Brief zu Gesicht bekommt. Wir müssen verhindern, dass sich unsere Pläne in der Stadt herumsprechen.«

Steven faltete den Brief sorgsam zusammen und schob ihn in seine Jackentasche. »Mach dir keine Sorgen. Ich bin vorsichtig.«

Er klopfte auf seine Jacke, um zu demonstrieren, dass der Brief in Sicherheit war, und ging zurück zu seinem Pferd. Zum ersten Mal, seit die Überfälle begonnen hatten, spürte er wieder ein wenig Optimismus in sich aufkeimen. Wenn ihr Plan doch nur aufgehen würde. Er konnte es sich bildhaft vorstellen – wie die Pinkertons in die Stadt geprescht kamen, das Diebesgesindel aufspürten und ihnen den Weg zum Wohlstand wieder freiräumten.

Es kostete ihn viel Mühe, seine Aufregung zu mäßigen. Mit der Kontaktaufnahme zu den Pinkertons war gerade einmal der erste Schritt getan. Vor ihnen mochte noch ein weiter Weg liegen, bis das Problem gelöst sein würde … vorausgesetzt, ihr Plan funktionierte. Doch Steven ging nicht davon aus, dass alles glattgehen würde. Schon vor langer Zeit hatte er lernen müssen, dass selbst im besten Augenblick Dinge schiefgehen konnten.

3

CHICAGO, ILLINOIS
JANUAR 1882

Es waren schlimme Zeiten.

Ellie zog den Kopf ein und trat dem eiskalten Wind entgegen, der durch die Straßen von Chicago brauste wie ein Zug durch einen Tunnel. Sie kämpfte sich vorwärts und versuchte, die Enttäuschung über ein weiteres erfolgloses Vorstellungsgespräch abzuschütteln.

Niemand schien gewillt, eine ehemalige Garderobiere als Sekretärin oder Bürokraft einzustellen. Ihre Probezeit als Mitarbeiterin bei Marshall Field & Company hatte gerade einmal einen Tag betragen – weniger sogar. Irgendwie hatte sie es fertiggebracht, vier Stammkunden zu vergraulen, bevor ihre Schicht vorüber war. Gemessen daran, wie der Abteilungsleiter über sie geschimpft hatte, schien sie einen neuen Rekord aufgestellt zu haben.

Vielleicht sollte sie einfach aufgeben und sich irgendwo als Dienstmädchen anstellen lassen. Das entsprach gewiss nicht ihren Vorstellungen davon, wie sie den Beginn des neuen Jahres verbringen würde. Noch vor ein paar Wochen hatte sie von Spaziergängen an der Seine geträumt und davon, wie sie durch die sonnigen Straßen Roms flanieren würde, doch – wie sagte man so schön – in der Not fraß der Teufel Fliegen.

Ihre Karriere am Theater, das einzige Leben, das sie kannte, war zu einem abrupten Ende gekommen. Dafür hatten Harold Stiller und die anderen Angestellten am Orpheum gesorgt. Die Theaterwelt war eine eingeschworene Gemeinschaft, klein genug, dass sich ein böses Wort schnell herumsprach – besonders, wenn es durch geschickt platziertes Geflüster unterstützt wurde.

Ellie bog um die nächste Straßenecke, zog ihren Umhang enger um sich und stapfte weiter. Sie musste irgendwie an Geld kommen, und zwar schnell. Ihre mageren Ersparnisse würden schon in ein paar Tagen aufgebraucht sein und was dann? Sie hatte nichts, was sie verkaufen konnte, es sei denn, es fand sich jemand, der Interesse an Magdalenas zurückgelassenen Kostümen hatte. Und selbst wenn: Ellie bezweifelte, dass der Erlös dazu reichen würde, sie länger als bestenfalls ein paar Wochen über Wasser zu halten.

Knapp 800 Meter trennten sie von dem Zimmer, wo sie zur Miete wohnte. Ellie schaute zu dem bleiernen Himmel auf und hoffte, dass der drohende Schneefall ausbleiben würde, bis sie ihre Unterkunft erreicht hatte. Die sonst von Fußgängern überfüllte Straße war bis auf sie und zwei Männer, die vor ihr gingen, vollkommen leer.

Sie brachte noch zwei weitere Häuserblocks hinter sich, als die Männer anhielten und den Gehweg blockierten. Ellie ging an ihnen vorbei, darauf bedacht, nicht in die Matschhaufen im Rinnstein zu treten, die der gestrige Sturm zurückgelassen hatte.

»Ich versichere dir«, sagte der eine Mann zu dem anderen, als sie gerade an ihnen vorbeiging. »Wenn wir keine andere Frau finden, die wir hinschicken können, sind wir erledigt.«

Ellie verlangsamte ihre Schritte, hielt unweit der beiden an und tat so, als würde sie die Bänder ihres Umhangs justieren. Als sie einen raschen Blick zurückwarf, sah sie den Kleineren der beiden den Kopf schütteln.

»Wir stecken in der Klemme, keine Frage, aber woher sollen wir eine neue weibliche Agentin zaubern? Alle, die wir haben, sind bereits eingespannt.«

Der große Mann streckte seinen rechten Ellenbogen aus und zuckte zusammen. »Was bleiben uns denn noch für Optionen? Den Auftrag ablehnen? Der Boss will Frauen einsetzen und ich will ihm das nicht ausreden.«

Sein Begleiter stampfte mit den Füßen auf und zog den Kragen seines Mantels höher. »Ich riskiere nicht, eine Frau alleine nach Arizona zu schicken, egal, was er sagt. Um ehrlich zu sein, finde ich nicht, dass das ein Ort für Frauen ist – auch wenn viele dort leben. Weibliche Agenten in diesem Fall einzusetzen, ist keine gute Idee.«

»Lass uns endlich reingehen und dieser elenden Kälte entkommen, dann kannst *du* es ihm ja sagen.«

»Das werde ich mit Sicherheit nicht. Das letzte Mal, als ich mit dem Kerl aneinandergeraten bin, hat es Stunden gedauert, bis wir das geklärt hatten. Ich habe Karten für die Premiere des neuen Stücks im Orpheum heute Abend.«

Die beiden verstummten und schoben sich an Ellie vorbei, ohne sie eines Blickes zu würdigen. Sie folgte ihnen die Straße weiter zu einem Gebäude und versuchte, sich einen Reim auf das zu machen, was sie gerade mitgehört hatte.

Arizona!

Wer wäre nicht bereit, sofort alles stehen und liegen zu lassen, um Chicagos trostlosen Winter gegen einen endlos weiten Himmel und strahlenden Sonnenschein einzutauschen? Einen Job in der Wärme würde sie sofort annehmen, auch wenn es sich dabei um eine niedere Tätigkeit handeln mochte.

Ellie eilte zu dem Eingang, durch den die beiden Männer verschwunden waren, und hielt kurz inne, als sie die Aufschrift auf dem Fenster las: *Pinkerton National Detective Agency.*

Detektive! Ihre Stimmung hellte sich weiter auf. Vielleicht würde sie ja doch noch zu ihrem Abenteuer kommen.

Sie trat einen Schritt zurück, um ihren Umhang und ihre windzerzauste Frisur zu richten, und wog ihre Chancen ab.

Zugegebenermaßen war sie keine ausgebildete Detektivin, doch nach dem von ihr belauschten Gespräch war klar, dass diese offenbar Mangelware waren. Eine Anstellung als – wie hatte es der Mann genannt? – Agentin verlangte Köpfchen und Mut. Nur gut, dachte sie sich, dass sie beides zur Genüge besaß. Und nach Jahren am Theater war ihre Beobachtungsgabe hervorragend geschult. Das sollte sie doch ausreichend qualifizieren. Sie richtete sich auf und marschierte in das Gebäude hinein.

Sie entdeckte die Männer am anderen Ende des großen, offenen Raums, allerdings wurde ihr der Weg durch einen schweren Eichenschreibtisch versperrt, an dem eine Sekretärin mit stechendem Blick saß. Als Ellie eintrat, sah sie auf. »Kann ich Ihnen helfen?«

»Ich möchte mich um die Stelle bewerben.« Sie hob die Stimme, genauso, wie sie es so oft bei Magdalena beobachtet hatte. Sofort fuhren die Köpfe der beiden Männer herum.

»Was haben Sie da gerade gesagt, junge Dame?« Der größere, schlanke Mann mit dem dichten grauen Haar kam auf sie zu.

»Ich habe Ihr Gespräch auf der Straße mitangehört. Ein glücklicher Zufall für uns beide, wie ich finde.« Ellie gab sich große Mühe, ihre Worte möglichst selbstbewusst klingen zu lassen. Sie hob das Kinn, schaute ihm direkt in die Augen und versuchte, Intelligenz und Mut auszustrahlen.

Der Mann musterte sie von Kopf bis Fuß, dann streckte er ihr seine Hand entgegen. »Ich bin James Fleming. Kommen Sie doch mit nach hinten, dort können wir uns ungestört unterhalten.«

Ellie folgte ihm und hörte, wie die Sekretärin die Nase hochzog, als sie an ihrem Schreibtisch vorbeiging. Die abschätzende Geste ignorierte sie. Es tat nichts zur Sache, was die Sekretärin denken mochte: Sie entschied nicht darüber, ob Ellie den Auftrag bekam oder nicht.

»Das ist Ambrose Gates«, sagte Mr Fleming und winkte seinen Partner heran. Fleming führte sie durch einen Gang zu einem der hinteren Büroräume und schob Ellie einen Holzstuhl hin, bevor er selbst hinter dem unaufgeräumten Schreibtisch Platz nahm. Gates setzte sich auf einen Stuhl neben ihn, von dort aus konnte er Ellie gut beobachten.

Fleming warf ihr einen anerkennenden Blick zu. »Sie haben es wahrlich geschafft, auf sich aufmerksam zu machen, Miss …«

»Moore. Elizabeth Moore«, ergänzte Ellie. »Wie gesagt, ich habe Ihr Gespräch auf der Straße mitbekommen. Es scheint, als suchen Sie nach einer Frau für eine ganz bestimmte Aufgabe, und dafür möchte ich mich anbieten.«

Gates gab ein ersticktes Husten von sich und wischte sich mit einer Hand über den Mund. »Das ist eine sehr kühne Einstellung, die Sie da an den Tag legen, Miss Moore. Wir bewundern Ihre Tatkraft, aber Sie wissen nicht, was dieser Job Ihnen abverlangt.«

Ellie setzte sich noch aufrechter hin. »Die genauen Einzelheiten vielleicht nicht, aber ich habe die Aufschrift an Ihrem Fenster gelesen und jedermann weiß, was die Pinkertons tun. Sie sind die besten Detektive der ganzen Welt.«

Fleming stützte sich mit den Ellenbogen auf den Schreibtisch und legte die Fingerkuppen aneinander. »Und was lässt Sie annehmen, für diese Art von Arbeit qualifiziert zu sein?«

»Nun … erstens bin ich eine Frau.« Ellie hoffte, dass ihr kleiner Scherz die Stimmung etwas aufhellen würde, doch in keinem der beiden Gesichter zeichnete sich auch nur die Spur eines Lächelns ab. Sie räusperte sich und setzte erneut an. »Zum einen bin ich sehr einfallsreich und kann spontan reagieren. Und ich verfüge über eine ausgezeichnete Beobachtungsgabe.«

Gates nickte. »Da muss ich Ihnen zustimmen. Sie haben offensichtlich ein Talent fürs Lauschen.«

Ellie merkte, wie sich ihr Lächeln langsam auflöste, und rückte es schnell wieder zurecht. »Ist das denn nicht von Vorteil, wenn man als Pinkerton-Agent arbeitet?«

Flemings Mundwinkel zuckte kurz auf. »Das mag sein, aber es gibt noch andere Dinge zu beachten. Unter anderen Umständen würden wir Sie vielleicht in Erwägung ziehen, aber dieses Mal leider nicht.«

Ellie hatte genug Vorsprechen am Theater gesehen, um eine drohende Ablehnung erkennen zu können. Ihr Magen fuhr Achterbahn. Sie konnten sie nicht einfach wegschicken. »Aber Sie sagten doch, dass Sie noch jemanden für diesen Auftrag benötigen, und ich bin bereit, nach Arizona zu gehen oder wohin auch immer Sie mich schicken wollen. Ich gestehe, dass ich keine Erfahrung habe, aber was meinen Sie, wie viele ausgebildete Detektivinnen an Ihre Tür klopfen werden?«

Gates lehnte sich vor und sein Ausdruck wurde sanfter. »Es tut mir leid. Es ist nichts Persönliches. Ihr Aussehen entspricht einfach nicht unseren Vorstellungen.«

Ellie presste die Lippen aufeinander. Also war es nicht nur das Theater, das Schönheiten bevorzugte. »Ich verstehe. Ich bin nicht hübsch genug für den Job.«

Fleming verschränkte die Arme. »Das ist es nicht. Mr Pinkerton hat bestimmt, dass wir ein Team von zwei Frauen losschicken, eine jüngere Dame und eine mittleren Alters. Die junge Frau haben wir bereits. Was wir jetzt brauchen, ist eine ältere Dame, die sich als ihre Tante ausgeben könnte, eine betuchte Witwe.« Er lächelte, als er seine Hände weit ausbreitete und aufstand. »Das ist offensichtlich keine Rolle für Sie.« Er geleitete Ellie zum Eingangsbereich des Gebäudes und wünschte ihr noch einen schönen Tag.

Draußen hatte sich der Himmel verdunkelt und Schnee wirbelte über den Gehsteig. Die perfekte Kulisse für Ellies düstere Stimmung. Sie war nicht gut genug, um Magdalena nach Europa zu begleiten. Sie war für keine der offenen Stellen gut genug. War sie überhaupt für irgendetwas gut genug?

Sie zitterte und lief weiter in der Hoffnung, ihr Zimmer vor Einbruch der Dunkelheit zu erreichen. Tränen rannen ihr über das Gesicht und sie wischte sie weg, bevor sie auf ihren Wangen festfroren.

Sie war so kurz davor gewesen. Sowohl Fleming als auch Gates hatte ihr Auftritt beeindruckt, auch wenn sie es nicht hatten zugeben wollen. Und obwohl sie überhaupt keine Ahnung davon hatte, wie man Verdächtige verhörte oder Beweise sammelte, hörten sich die Tarnungen, von denen die Männer ihr erzählt hatten, wie Rollen in einem Theaterstück an. Es hätte Spaß gemacht, eine Brücke von ihrem altbekannten Leben zu dem einer Agentin zu schlagen.

Und an einen warmen Ort zu ziehen. Ellie hob die Hand, um einen weiteren Schwall Tränen wegzuwischen. Hier war sie nun, perfekt geeignet für den Auftrag und zum Gehen bereit, und die Detektive selbst hatten gesagt, dass sie dringend jemanden brauchten. Warum konnten sie die Rolle nicht einfach an Ellie anpassen?

Als ihr Magen rumorte, drückte sie ihre Hand gegen den Bauch und dachte daran, wie sie ihren Hunger stillen würde, wenn sie erst zu Hause angekommen war. In Arizona Detektivin zu spielen, wäre ein Abenteuer gewesen, doch es gab durchaus dringlichere Gründe, weshalb sie den Job wollte – etwa, sich ein Dach über dem Kopf leisten zu können. *Oder etwas zu essen,* dachte sie, als ihr Magen erneut protestierte.

Nur noch ein Häuserblock, dann wäre sie zu Hause. Musik drang aus einem der nahe gelegenen Saloons und Ellie wechselte auf die andere Straßenseite. Das Geräusch von Fußschritten ließ sie aufblicken. Ellie sah eine junge Frau, etwa ihren Alters, über die Straße stolpern. Der verschlissene Umhang des Mädchens hielt die Kälte offensichtlich kaum ab, denn die Finger, mit denen sie ihn eng am Hals zusammenhielt, waren blau gefroren, genau wie die Haut um ihre grell geschminkten Lippen. Ellie sah, wie das Mädchen im Saloon verschwand.

Sie zitterte, doch diesmal wurde das Zittern von mehr als nur der Kälte ausgelöst. Was trieb eine Frau dazu, das Leben einer Hure in Chicago zu führen? Nur die größte Verzweiflung konnte einen Menschen auf den Gedanken bringen, den eigenen Körper zu verkaufen. Dass man bettelarm und ganz alleine war, ohne die Unterstützung von Freunden und Familie.

Umstände, die ihren sehr ähnlich waren. Ellies Schritte verlangsamten sich. Würde sie selbst eines Tages mit der Entscheidung konfrontiert werden, welche diese Frau getroffen hatte? Und wie würde sie sich dann entscheiden?

Eher würde sie verhungern.

Und ihr blieb vielleicht auch gar nichts anderes übrig, wie sie feststellen musste, als sie in ihr Zimmer zurückkehrte und ihr letztes Geld zählte. Wenn sie ihre Ersparnisse nicht weiter anrührte, würde sie sich eine weitere Wochenmiete leisten können. Aber nur, wenn sie sich nichts zu essen kaufte.

Die Entscheidung zwischen Hungertod und Entwürdigung stand vielleicht früher an, als sie dachte.

Sie sank auf dem Rand ihres schmalen Betts zusammen und vergrub das Gesicht in den Händen. Es musste einen Weg geben, an Geld zu kommen, ohne seine Ehre einbüßen zu müssen. Wieder spielte sie mit dem Gedanken, Magdalenas abgelegte Kleider zu verkaufen. Vielleicht wäre irgendeine Schneiderin bereit, Geld zu bezahlen für ein fertiges Kleid, das sie nur noch an eine ihrer Kundinnen anpassen musste. Das würde Ellie vielleicht nur einen Hungerlohn einbringen, aber ein Hungerlohn konnte ausreichen, um Körper und Geist beisammenzuhalten.

Sie warf sich neben dem Korb mit den Kostümen auf die Knie und sandte ein Stoßgebet gen Himmel. Wenn Gott sie hörte, hatte er vielleicht genug Mitleid, ihr diesen einen Wunsch zu erfüllen.

Ellie fingerte an den Verschlüssen herum und klappte den Deckel des Korbs auf. Sie hob das Julia-Kostüm vom Stapel und legte es beiseite auf ihr Bett. Da es ein historisches Kleid war, würde sich niemand außerhalb des Theaters dafür interessieren. Sie grub sich tiefer durch den Stapel Kleidung und Theaterrequisiten und zog ein dunkelgraues Kleid heraus, das Magdalena bei einer der letzten Produktionen getragen hatte.

Ellie hielt es hoch und wünschte sich, die eine Öllampe im Raum würde ein helleres Licht geben.

Ja, das könnte gehen. Der einfache Schnitt erlaubte es jedem Schneider, ohne viel Aufwand Änderungen vorzunehmen, und mit einigen Bordüren ließ sich dieses Gewand in ein wirklich elegantes Stück verwandeln.

Ermutigt griff sie erneut in den Korb und riss die Hand mit einem erschrockenen Aufschrei zurück, als sie etwas Fellartiges ertastete. Ellie ergriff einen ihrer Stiefel und schob damit die Kleidung von dem beängstigenden Objekt weg, nur um mit einem erleichterten Lachen festzustellen, dass es sich hierbei nicht um irgendein Nagetier, sondern um eine von Magdalenas Perücken handelte.

Sie nahm die Perücke hoch und schüttelte sie leicht, um die grauen Strähnen wieder zurechtzurücken. Die Erinnerung an Magdalenas Empörung darüber, eine alte Frau spielen zu müssen, entlockte

Ellie ein Kichern. Allerdings hatte ihre Darbietung begeisterte Kritiken geerntet.

Als Ellie gerade die Perücke neben dem Julia-Kostüm auf dem Bett ablegen wollte, kam ihr plötzlich ein Gedanke. Mit klopfendem Herzen hob sie die Perücke wieder hoch und hielt sie über das dunkelgraue Kleid. Beides zusammen erweckte das Bild einer respektablen älteren Dame, vielleicht sogar einer Witwe, der tristen Farbe des Kleides nach zu urteilen. Eine Witwe, die perfekt dafür geeignet war, ihre Nichte nach Arizona zu begleiten.

Ellie wühlte sich weiter durch den Korb und verteilte seinen Inhalt im ganzen Raum, bis sie gefunden hatte, was sie suchte: den Schminkkoffer, mit dessen Hilfe sie Magdalena in so viele verschiedene Figuren verwandelt hatte.

Sie setzte den Koffer auf ihrem Schoß ab und schloss die Augen. Im Geiste ging sie ihren Bestand durch und die Aufgabe, die ihr bevorstand. Dann nickte sie zufrieden, stand auf und machte sich ans Werk.

Wenn Magdalena in der Lage war, eine ältere Frau zu spielen, dann konnte sie das auch.

4

»Gott hat euch ein Gesicht gegeben und ihr macht euch ein anderes.«

Bei dem Gedanken an diese Zeile aus *Hamlet* breitete sich ein Grinsen auf Ellies Gesicht aus, welches sie sofort in ein gemäßigteres Lächeln zwang. Ein schneller Blick in das reflektierende Ladenfenster bestätigte den Eindruck, den ihr der Spiegel zuvor vermittelt hatte – sie hatte nicht nur ein neues Gesicht geschaffen, sondern das auch noch wirklich überzeugend.

Würde es überzeugend genug sein?

Ellie schob die schwere Tür der Pinkerton-Agentur auf und zuckte leicht zusammen, als ihr das Steinchen, das sie in ihren Stiefel gelegt hatte, in die Ferse stach. Dieses kleine Hilfsmittel erinnerte sie daran, eine andere Gangart einzulegen, und so humpelte sie auf den Eichenschreibtisch zu.

Dieselbe Sekretärin, der sie schon am Tag zuvor begegnet war, schaute auf. »Kann ich Ihnen helfen?«

Ellie presste ihre Hände in den Handschuhen zusammen und machte den Rücken noch runder. »Ich … ich …« Sie legte eine Hand an den Hals und gab vor, die Rüschen an ihrem Kragen zu richten. Nach all der Zeit, die sie in Erwartung eines Auftritts verbracht hatte, hätte sie nie damit gerechnet, dass sie an Lampenfieber leiden würde. Andererseits passte eine zittrige Stimme zu ihrer neuen Rolle.

Sie räusperte sich und zwang sich weiterzusprechen. »Ich würde gerne Mr Fleming sprechen. Ist er im Haus?«

Die Frau musterte Ellie kurz, dann nickte sie. »Ich frage nach, ob er Zeit für Sie hat. Wen darf ich anmelden?«

»Mrs Oliver Stewart.« Mit einem schüchternen Lächeln fügte sie hinzu: »Lavinia.«

»Und der Grund Ihres Besuchs ist …?«

Ellie zog ein spitzengesäumtes Taschentuch aus ihrem linken Ärmel und tupfte sich ihre Wange. »Es ist eine persönliche Angelegenheit, fürchte ich.«

Die Sekretärin nickte mit dem Kopf. »Natürlich. Ich frage ihn, ob er Sie jetzt empfangen kann.« Sie verschwand in einem Flur.

Ellie tat einen flachen Atemzug und nutzte die kurze Pause, um all ihren Mut zusammenzunehmen. Eine Hürde war genommen – die Sekretärin hatte sie nicht erkannt. Nun stand ihr die echte Prüfung bevor.

Kurze Zeit später kehrte die Sekretärin zurück und führte Ellie zu dem gleichen Büro, in dem sie schon am Tag zuvor gewesen war.

Mr Fleming stand auf und lief um den Schreibtisch, um sie zu begrüßen. »Treten Sie ein, Madam.« Er hatte den Stuhl, auf dem Ellie gesessen hatte, durch einen bequemeren Polsterstuhl ersetzt. »Bitte nehmen Sie doch Platz.«

Er wartete ab, bis Ellie es sich bequem gemacht hatte, was eine Weile dauerte. Die Stoffbänder, die sie um ihre Glieder gebunden hatte, um die steifen Gliedmaßen einer alten Frau zu imitieren, funktionierten erstaunlich gut – vielleicht sogar zu gut.

Als sie endlich Platz genommen hatte, kehrte Fleming zu seinem Stuhl auf der anderen Seite des Schreibtisches zurück und lächelte sie aufmunternd an. »Nun, Mrs Stewart, was kann ich für Sie tun?«

»Tatsächlich glaube ich, dass ich es bin, die Ihnen helfen kann.«

Nur zwei Augenschläge verrieten Flemings Überraschung. »Tatsächlich? Bitte fahren Sie fort.«

»Mein verstorbener Ehemann, Gott hab ihn selig, hat einige Investitionen getätigt, die sich besser ausgezahlt haben, als er es jemals erhofft hatte.«

Fleming griff nach einem Bleistift und machte eine rasche Notiz auf seinem Block.

»Daher verfüge ich nun über ausreichend Mittel, um mich auf ein kleines Abenteuer zu begeben.«

»Mm-hm.« Fleming nickte und zwirbelte den Bleistift zwischen seinen Fingern.

Ellie spürte, dass sie gerade das Interesse ihres Zuhörers verlor. Sie ließ die Hintergrundgeschichte fallen und klopfte mit den Knöcheln auf den Schreibtisch. »Mr Fleming, ich möchte gerne den Westen erkunden! Seine unendlichen Weiten haben mich schon immer angezogen wie der Gesang der Sirenen. Und nun verfüge ich über die finanziellen Mittel, mir diesen Traum zu erfüllen.«

Seine Reaktion beobachtend, beschloss sie, ihren Trumpf auszuspielen. Sie bedeckte ihren Mund mit dem Taschentuch und hüstelte leise. »Außerdem sagt mein Arzt, dass mir das trockene Klima guttun wird.«

Fleming legte den Bleistift beiseite. »Ich verstehe. Dennoch, meine werte Dame, obwohl ich Ihren Wunsch zu reisen nur gutheißen kann und Ihnen wünsche, dass sich Ihr Gesundheitszustand verbessern wird – ich verstehe noch immer nicht ganz, warum Sie mich aufgesucht haben. Was hat all das mit der Pinkerton-Agentur zu tun?«

Ellie streifte sich eine graue Strähne aus dem Gesicht und setzte ihren – oder besser gesagt Lavinias – betörendsten Gesichtsausdruck auf. »Mir ist zu Ohren gekommen, dass Sie Unterstützung bei einem Fall in Arizona benötigen, nicht wahr?«

Flemings Mund verhärtete sich. »Wie sind Sie an diese Informationen gekommen?«

Ellie faltete ihre Hände im Schoß und warf ihm über den vergoldeten Rand ihrer Brille einen Blick zu. »Ein guter Agent bezieht Informationen, ohne Aufmerksamkeit zu erregen.«

Fleming sah genauso verwirrt aus wie damals Roland Lockwood, als eines Abends ein junger Schauspieler im ersten Akt von *Der Sturm* zu Lockwoods ersten Zeilen auf die Bühne ging und er selbst daraufhin erst viel später im Stück auftreten konnte. »Madam, wollen Sie mir damit sagen, dass Sie eine Detektivin sind?«

»In der kurzen Zeit unserer Unterhaltung ist mir aufgefallen, dass der Druck, eine neue Agentin zu finden, schwer auf Ihnen lastet.«

Mit einem Blick auf seinen rechten Arm fügte Ellie hinzu: »Und die Schleimbeutelentzündung in Ihrem rechten Ellenbogen ist in letzter Zeit wieder schlimmer geworden.«

Fleming starrte sie mit offenem Mund an, schob seinen Stuhl geräuschvoll zurück und eilte zur Tür. Er lehnte sich in den Gang hinaus und rief: »Gates! Kommen Sie bitte mal her!«

Als der kleinere Mann auftauchte, wies Fleming mit einem Kopfnicken auf Ellie. »Das ist Mrs Stewart. Vor ein paar Minuten ist sie mit einem ungewöhnlichen Vorschlag in meinem Büro erschienen. Sie möchte uns bei dieser Angelegenheit in Arizona behilflich sein.«

»Tatsächlich.« Gates strich sich übers Kinn, während er Ellie von Kopf bis Fuß musterte. »Ich muss zugeben, sie entspricht genau unseren Vorstellungen.« Seine Augen verengten sich. »Wer hat sie zu uns geschickt?«

»Ich habe keine Ahnung. Sie erzählte mir, dass sie von unserer Notlage erfahren hat, und meinte, uns helfen zu können.«

Ellie hatte genug davon, dass man über sie sprach, als sei sie nicht im Zimmer, daher räusperte sie sich, um die beiden Männer an ihre Anwesenheit zu erinnern.

Ihren Hinweis ignorierend, ging Gates um ihren Stuhl herum und begutachtete Ellie, als sei sie eine ausgestellte Schaufensterpuppe. Nachdem er sie einmal umrundet hatte, blieb er direkt vor ihr stehen. »Darf ich offen sprechen, Mrs Stewart?«

»Ich bitte darum.« Ellies Herz pochte so laut, dass sie kaum ein Wort herausbekam.

»Sie entsprechen dem Typ, den wir suchen, und scheinen eine sehr nette Dame zu sein, aber das Erscheinungsbild ist nicht alles. Dieser Auftrag verlangt nach einer gewissen Zähigkeit und Sie scheinen mir doch zu zart, um …«

Genug. Ellie sprang auf. Durch den irritierten Blick gewarnt, den ihre plötzliche Agilität hervorrief, fiel sie wieder in ihre Rolle zurück und funkelte Gates durch die Gläser ihrer Brille böse an. »Ich glaube, Sie legen entschieden zu viel Wert auf Äußerlichkeiten.«

Er klappte den Mund zu und warf ihr einen finsteren Blick zu.

Da ihr bewusst wurde, dass sie gerade ihre letzte Chance verspielte, nahm Ellie all ihre Entschlossenheit zusammen und wandte sich an beide Männer zugleich. »Sie brauchen jemanden, der Ihnen die Informationen beschafft, die Sie so dringend benötigen, habe ich recht?«

Gates faltete die Hände hinter dem Rücken und warf seinem Partner einen Blick zu.

Fleming tat einen kurzen Atemzug. »Mein Enthusiasmus war vielleicht ein wenig voreilig. Ich fürchte, mein Partner hat einen berechtigten Einwand geäußert. Es steht außer Frage, dass Sie echtes Interesse an dem Auftrag haben und vielleicht auch, dass Sie über die nötige Willenskraft verfügen. Aber ...« Er hielt inne, als würde er hoffen, dass Ellie den Wink mit dem Zaunpfahl verstand und ihm weitere unverblümte Erklärungen über die Gründe der Ablehnung ersparen würde. Als sie stumm blieb, warf er Gates einen Hilfe suchenden Blick zu.

»Mr Fleming will sagen, dass dieses Unterfangen eine echte Belastungsprobe ist. Sie verfügen vielleicht über den Willen, den Auftrag auszuführen, aber Wille ist nicht gleich Ausdauer.«

Er würde sie abweisen. Ellie durchforstete ihr Hirn nach irgendeinem überzeugenden Argument, doch alles, was ihr einfiel, war: »Haben Sie die Vorstellung im Theater gestern Abend genossen, Mr Gates?«

Erst schnappte Gates Mund wie eine Falle zu, dann fiel ihm die Kinnlade herunter. »W...was haben Sie gesagt?«

»Ich bin sicher, dass Roland Lockwoods Darbietung wie immer brillant war, aber was halten Sie von der neuen Hauptdarstellerin? Kann sie es mit einer Magdalena Cole aufnehmen?« Ellie legte den Kopf zur Seite und lächelte ihn an, aber ihre Beine zitterten so heftig, dass sie kaum stehen konnte.

Gates schüttelte den Kopf, als könne er sich nicht entscheiden, ob ihre Fragen ihn verunsichern sollten oder einfach nur das Geschwafel einer alten Dame waren. »Ob Sie mich nun gestern Abend im Theater gesehen haben oder nicht, interessiert nicht, Madam, und ist für diese Angelegenheit auch nicht von Belang. Worauf es uns ankommt, ist …«

»… ob ich in der Lage bin, diesen Auftrag zu erfüllen oder nicht. Nur zu Ihrer Information, ich habe mich gestern Abend noch nicht einmal in der Nähe des Orpheums aufgehalten.«

»Wie konnten Sie dann wissen …« Gates schaute zu Fleming, der mit den Schultern zuckte und lächelte.

»Sie wusste auch von meiner Schleimbeutelentzündung.«

Die beiden verstummten. Dann atmete Gates langsam ein und murmelte: »Sie ist wirklich genau das, wonach wir suchen.«

Als sie bemerkte, dass die beiden langsam ihre Deckung fallen ließen, preschte Ellie vor. »Lassen Sie mich das einmal kurz klarstellen, meine Herren. Sie suchen nach jemandem, der aussieht wie ich und über meine intuitiven Fähigkeiten verfügt, der aber die Kraft und das Ausdauervermögen einer viel jüngeren Frau besitzt. Ist das korrekt?«

Fleming und Gates tauschten Blicke aus. Gates hatte genug Anstand, um ein wenig verschämt auszusehen, als er antwortete: »Ich verstehe, dass sich das absurd anhören mag, aber das verlangt dieser Auftrag nun einmal.«

»Also, was Sie wirklich brauchen, ist eine robuste junge Frau mit dem Aussehen einer älteren Dame. Wie hoch, glauben Sie, sind Ihre Chancen, eine solche Kombination zu finden?«

Gates unterdrückte ein Lächeln. »Ich gebe zu, es klingt lächerlich, wenn man es so darstellt.«

»Es erscheint mir, dass Sie sich da in eine gehörige Zwickmühle manövriert haben. Beantworten Sie mir nur folgende Frage: Haben Sie mit anderen Kandidatinnen gesprochen außer mir und der jungen Dame, die gestern hier vorstellig wurde?«

Fleming richtete sich ganz plötzlich auf, als hätte ihm jemand einen Stock in die Rückseite seiner Jacke geschoben. Sein Gesicht hellte sich auf. »Sie war es also, die Ihnen von dieser Anstellung erzählt hat.«

»Das könnte man so sagen.« Ellie stand auf und zog die Schultern in ihre normale Haltung zurück. Mit einer theatralischen Handbewegung nahm sie die Brille ab und entfernte die Wachsauffüller aus ihren Backentaschen. In ihrer normalen Stimme sagte sie: »Gentlemen, diese junge Frau und ich sind ein und dieselbe Person.«

Fleming und Gates erstarrten wie Schauspieler in einem Bühnenbild.

»Gütiger Himmel!« Fleming hielt sich einen Zwicker vor die Augen und betrachtete sie genauer.

Gates war kurz davor, ihre gepolsterte Taille zu berühren, als er sich in letzter Sekunde besann und den Arm zurückschnellen ließ. Sein Adamsapfel hüpfte aufgeregt gegen den Knoten seiner schmalen Fliege. »Ich bin nun schon seit Jahren im Einsatz, aber ich würde es nicht glauben, wenn ich es nicht mit eigenen Augen gesehen hätte.«

Fleming zupfte an Gates Ärmel, dann zogen sich die beiden Männer in den hinteren Winkel des Büros zurück und beratschlagten leise.

Fassungslos starrte Gates zu Fleming hoch. »Sie ziehen doch nicht ernsthaft in Erwägung, sie einzustellen?«

»Denken Sie doch kurz darüber nach. Wenn sie uns an der Nase herumführen konnte …«

»Trotzdem ist sie nicht ausgebildet, nicht getestet worden. Sie einzusetzen, könnte katastrophale Folgen haben.«

»Oder ein Geniestreich sein.« Fleming schaute über Gates' Schulter zu Ellie. »Nachdem ich Zeuge dieser Verwandlung geworden bin, neige ich dazu, Letzteres anzunehmen.«

»Uns ein paar Minuten lang zu täuschen, ist etwas ganz anderes, als eine Tarnung über lange Zeit hinweg aufrechtzuerhalten.«

»Das mag wohl stimmen, aber bedenken Sie, dass wir die Frau nicht alleine losschicken.«

Gates grunzte nur.

Fleming seufzte und sie gingen zurück zum Schreibtisch, vor dem Ellie stand und gebannt die Luft anhielt.

Fleming machte eine Handbewegung in Richtung ihres Stuhls.

»Bitte setzen Sie sich, Mrs … Miss … Wie heißen Sie überhaupt *richtig*?«

Ellie lockerte die Knie und ließ sich, so schnell es ihre bandagierten Gliedmaßen zuließen, auf dem gepolsterten Stuhl nieder. »Ich heiße Elizabeth Moore, wie ich Ihnen gestern bereits mitgeteilt habe.« Sie lächelte verschmitzt.

Zwischen Gates' Augenbrauen und seinem Haaransatz bildete sich eine tiefe Furche. »Junge Frau, das ist kein Spiel.«

»Nein, das ist es nicht.« Ellie konzentrierte sich wieder und rügte sich innerlich, diesen Fehltritt begangen zu haben, obwohl sie ihr Ziel noch nicht erreicht hatte. »Sie brauchen Hilfe und ich die Arbeit. Wie lautet also Ihre Antwort, Gentlemen?«

Gates schaute ihr direkt in die Augen. »Sind Sie gläubig, Miss Moore?«

Die Frage traf Ellie unerwartet. »Gläubig im Sinne von …?«

»Sind Sie praktizierende Christin?«

Ellies Gedanken überschlugen sich. Warum stellte er ihr diese Frage? Sie hatte keine Ahnung, aber seinem forschenden Blick nach zu urteilen, war ihre Antwort ausschlaggebend dafür, ob sie den Job bekam – oder nicht.

Mit erhobenem Kopf zwang sie sich, seinen Blick zu erwidern. »Natürlich.«

Das war nicht gelogen – nicht wirklich. Sie war gläubig gewesen … früher einmal. Und sie besaß eine Bibel, die sie von ihrer Großmutter geerbt hatte. Sie hatte sogar einige der unterstrichenen Passagen gelesen. Das musste doch gelten.

Ellie verlor den Mut, als sie sah, wie ein Anflug von Skepsis Gates' Gesicht verdüsterte.

»In diesem Fall sollten Sie sich bewusst sein, dass die Arbeit einer verdeckten Ermittlerin zu einem großen Teil aus Täuschung besteht. Als gläubiger Mensch könnte es Ihnen möglicherweise schwerfallen, sich mit dieser Tatsache zu arrangieren.«

»Das wird kein Problem sein.« Die vorschnelle Antwort erntete einen scharfen Blick von Gates und so beeilte sich Ellie hinzuzufügen: »Ich meine, ich werde es streng als Rolle betrachten. Lavinia Stewart wird diejenige sein, die eine Täuschung vollzieht, nicht ich.«

Gates wandte sich ab und fuhr mit der Hand über seinen Nacken. »Wenn Sie mich fragen, ist das keine gute Idee. Wir wären verrückt, wenn wir das wirklich durchziehen.«

Fleming nickte langsam. »Ich verstehe, was Sie meinen. Ich stimme zu, dass es ein verrückter Plan ist … aber ich bin mir sicher, dass es dumm wäre, ihn zu verwerfen. Ich bin bereit, die volle Verantwortung zu übernehmen, sollte Pinkerton irgendwelche Bedenken haben.«

Ein Lächeln breitete sich auf seinem Gesicht aus und er streckte Ellie seine Hand entgegen. »Willkommen an Bord, Miss Moore.«

5

KANSAS CITY, MISSOURI

Nachdem sie all ihre weltlichen Besitztümer – also ihren Koffer und Magdalenas Kostümkorb – am Union Depot, dem Bahnhof von Kansas City, in die Obhut eines pickelgesichtigen Gepäckabfertigers gegeben hatte, marschierte Ellie die Pershing Road hinunter. Sie war auf der Suche nach dem Hotel Imperial und Norma Brooks, ihrer zukünftigen Partnerin. Wenn alles nach Plan verlief, würden sie den Nachmittag damit verbringen, Berichte durchzugehen und ihre Hintergrundgeschichten wasserdicht zu machen. Anschließend würden sie den Abendzug nehmen, der in Dodge City, Albuquerque und weiter westlich gelegenen Orten haltmachte.

Ellie presste eine Hand auf ihren Bauch, um die Übelkeit zu unterdrücken, die in ihr aufstieg, und verzog die Lippen zu einem schiefen Lächeln. Hatte sie sich vielleicht doch zu viel zugetraut? Sofort wies sie den Gedanken von sich. Dieser Auftrag war keine Frage der Entscheidung, sondern des Überlebens. Sie *musste* es einfach schaffen. Außerdem war sie ja nicht allein, ihre Partnerin würde ihr dabei helfen, diese Mission erfolgreich zu Ende zu bringen.

Wie würde Norma Brooks sein? Fleming und Gates hatten Ellie ihr Aussehen beschrieben – alabasterfarbene Haut, rotes Haar, eine umwerfend gute Figur – doch diese Details gaben keinen Aufschluss über das innere Wesen der Frau, mit der Ellie von jetzt an tagtäglich zusammenarbeiten würde, bis sie ihren Auftrag erfüllt hatten.

Ellie entdeckte das grell bemalte Schild des Hotels Imperial auf der gegenüberliegenden Straßenseite. Sie ließ eine Kutsche passieren, die von zwei imposanten Braunen gezogen wurde, überquerte dann die Straße und genoss die Bewegungsfreiheit, mit der sie ohne

Lavinias eingeschränkte Gangart auf den Gehsteig trat. Für diesen Abschnitt ihrer Expedition hatte sie entschieden, als sie selbst zu reisen, da es für eine lange Zeit das letzte Mal sein würde. Wenn sie erst einmal den Zug nach Arizona bestiegen hatte, würde sie in der Öffentlichkeit immer als Lavinia Stewart auftreten müssen.

Ellie schnaubte ungeduldig. Wenn sie nur früher von dem Auftrag erfahren hätte, wäre es ihr möglicherweise gelungen, die Rolle der jungen Frau zu ergattern. Stattdessen war sie nun dazu verdammt, sich in der Öffentlichkeit hinter der Perücke, den Polstern und Beinbandagen zu verstecken, die ihre Rolle als Lavinia erst glaubhaft machten. Von den Wangenpolstern ganz zu schweigen. Sie musste zugeben, dass diese dem unteren Teil ihres Gesichts eine völlig neue Form verliehen, sogar mit der leichten Andeutung eines Doppelkinns. Doch die Wachsplatten stundenlang in den Backentaschen zu tragen, war unangenehmer, als sie erwartet hatte.

Nun denn. Wie oft hatte Magdalena sich beklagt, für ihre Kunst leiden zu müssen? Anscheinend war nun Ellie an der Reihe.

Sie schob die Eingangstür des Hotels auf und trat ein, kurz innehaltend, um ihre Augen nach der grellen Mittagssonne an die matte Beleuchtung zu gewöhnen. Als sie wieder richtig sehen konnte, schaute sie sich in der Lobby um, auf der Suche nach ihrer Partnerin. Auf der Couch vor dem großen Fenster saß ein älteres Ehepaar, in einer anderen Ecke des Zimmers unterhielten sich zwei Geschäftsmänner mit gedämpfter Stimme. Ellie holte tief Luft und ließ erneut ihren Blick durch den Raum schweifen, diesmal langsamer. Immer noch konnte sie niemanden entdecken, der auf Norma Brooks' Beschreibung passte.

Was nun?

Vom L-förmigen Empfangstresen aus warf ihr ein Mann mit lichtem Haar über den Rand seines Zwickers prüfende Blicke zu. Ellie lächelte ihn an, schlenderte zu einer Gruppe von Polstersesseln hinüber und setzte sich auf den Rand des einen, der zur Tür gewandt war. Dabei tat sie, als habe sie alles Recht der Welt, sich hier aufzuhalten. Ihr Herzschlag beschleunigte sich, sein Echo schien durch ihre Zehenspitzen bis in den Orientteppich unter ihren Füßen widerzuhallen. Wo steckte Norma bloß?

Dem Blick des Mannes am Empfang ausweichend, öffnete Ellie ihre Handtasche und zog ein paar gefaltete Papiere hervor. Notizen, die sie sich während ihrer viel zu kurzen Einweisung bei Pinkerton gemacht hatte. Die Zeit konnte sie nutzen, um sich die Anweisungen ins Gedächtnis zu rufen, mit welchen ihre Mentoren sie bombardiert hatten. So konnte sie Norma in die Details einweisen, wenn diese endlich auftauchte.

Sie entfaltete die Blätter, strich sie auf ihrem Knie glatt und überflog ihre Aufzeichnungen. Laut der Pinkertons gab es in Pickford mehrere Interessengruppen – Minenbesitzer, Saloonbetreiber und die übliche Ansammlung an Geschäftsleuten und Händlern.

»Der äußere Schein kann trügen. Wir wissen nicht, wer da mit drinsteckt. Sie dürfen unter keinen Umständen irgendjemandem in Pickford von Ihrer wahren Identität oder Ihrer Verbindung zu dieser Agentur erzählen.«

Fast konnte Ellie Flemings trockenen Tonfall hören, als sie die niedergeschriebenen Worte auf dem Bogen Papier las. »Wir haben keine Ahnung, wer hinter diesen Raubüberfällen steckt, also können Sie niemandem vertrauen, nicht einmal den Minenbesitzern, die uns beauftragt haben.«

Als Ellie ihn daraufhin erstaunt angeschaut hatte, fügte er erklärend hinzu: »Es wäre nicht das erste Mal, dass ein Übeltäter versucht, von sich abzulenken, indem er uns engagiert.«

Ellie runzelte die Stirn und speicherte diesen kleinen Fetzen Information in ihrem Gedächtnis ab. Später wollte sie Norma dazu befragen. Sie als erfahrene Ermittlerin war sicherlich bestens vertraut mit dem Verhalten von Kriminellen.

Der Empfangschef putzte seinen Zwicker mit einem Taschentuch und setzte ihn sich wieder auf die Nase, ohne Ellie dabei auch nur für einen Augenblick aus dem Auge zu lassen. Ellie ignorierte ihn, indem sie sich tiefer in den Sessel drückte, dann faltete sie die Papiere zusammen und steckte sie wieder in die Handtasche. Als sie

Schritte auf der Treppe neben dem Empfang hörte, blickte sie auf und schwang herum, um zu sehen, wer dort herunterkam.

Eine untersetzte blonde Frau Mitte vierzig trat von der letzten Stufe der Treppe, die zu den Zimmern führte, marschierte entschlossenen Schrittes durch die Lobby, drückte, ohne an Fahrt zu verlieren, die schweren Türen auf und verließ das Hotel. Ellie stieß mit einem enttäuschten Seufzer ihren Atem aus und ließ sich in den Sessel zurückfallen. Diese Frau war auf keinen Fall Norma Brooks gewesen. Etwas in Gates' Stimme, als er von der erfahrenen Agentin gesprochen hatte, ließ Ellie darauf schließen, dass Norma eine äußerst attraktive Frau war.

Außerdem musste sie recht jung sein – vermutlich in Ellies Alter, wenn die Pinkertons nach einer Frau älteren Jahrgangs gesucht hatten, um die Rolle ihrer Tante zu übernehmen ... und den weitaus weniger aktiven Teil des Ermittlerteams zu spielen. Ellie presste die Lippen zusammen, als sie sich an den Stich erinnerte, den ihr die Aussage der Männer versetzt hatte: dass ihre Rolle nur dem schönen Schein diente, um für Norma die unerlässliche Anstandsdame zu spielen. Andererseits hatten sie auch angedeutet, dass Ellies weiterer Karriere in der Firma nichts im Wege stand, wenn sie sich bei diesem Auftrag gut anstellte.

Sie musste positiv denken. Vielleicht konnte sie ihre Rolle als Zweitbesetzung betrachten, in der sie den Text der Hauptrolle und das Bühnengeschäft kennenlernte, während sie selbst eine Nebenrolle übernahm. Im Augenblick mochte es frustrierend sein, aber die Aussicht auf größere Chancen war gegeben. Darauf würde sie ihre ganze Hoffnung setzen.

Die Eingangstür schwang auf und ein attraktives junges Paar schlenderte herein. Der dunkelhaarige Mann sah schon sehr gut aus, aber Ellies Blick – genau wie der aller anderen im Raum – wurde von seiner überwältigend schönen Begleiterin angezogen. Ellie merkte, dass sie mit offenem Mund dastand, und klappte ihn schnell zu. *War das etwa Norma?* Die Pinkertons hatten ihr gesagt, dass sie eine sehr attraktive Rothaarige treffen würde, aber auf dieses hinreißende Geschöpf mit den rosigen Wangen und der lebensfrohen Ausstrahlung war sie nicht vorbereitet gewesen.

Mit offensichtlichem Widerwillen ging der Mann einen Schritt beiseite und stellte sich neben die Garderobe, während die Frau weiter in den Raum hineinging und sich umsah, als suchte sie jemanden.

Sie suchte nach ihr! Ellie sprang hektisch auf und versuchte, einen klaren Gedanken zu fassen. Sie musste jetzt professionell vorgehen und durfte sich ihre Unerfahrenheit nicht anmerken lassen. Als sie all ihren Mut beisammenhatte, ging sie auf die Frau zu und lächelte sie höflich an. »Entschuldigen Sie bitte. Sind Sie Miss Brooks?«

Die schöne Rothaarige blinzelte zweimal, bevor sich ein belustigter Ausdruck in ihrem Gesicht breitmachte. »Jetzt sagen Sie nicht, dass Sie meine *Tante* sind.«

Also hatte sie es hier tatsächlich mit Norma zu tun. Ellie versuchte trotz wild klopfendem Herzen, das entspannte Grinsen der Frau zu erwidern. »Ich bin Ellie Moore, zumindest jetzt noch. Sobald wir heute Abend den Zug besteigen, werden Sie in Begleitung Ihrer Tante Lavinia Stewart reisen.«

»Schau an, schau an.« Norma begutachtete Ellie mit einem langen, abschätzenden Blick und nickte dann. »Sie entsprechen ganz und gar nicht meinen Erwartungen. Aber ich kenne Fleming und Gates gut genug, um zu wissen, dass sie niemanden schicken würden, dem sie den Auftrag nicht zutrauen.«

Sie legte den Kopf zur Seite und fügte hinzu: »Sie haben eine gute Wahl getroffen. Mit Ihrem unauffälligen Aussehen können Sie sich unbemerkt im Hintergrund halten. Niemand wird sich an Ihre Anwesenheit erinnern.«

Ellies Herz machte einen Sprung, als sie das einleitende Kompliment hörte, um dann von Normas unbedacht abschätzigen Worten niedergeschmettert zu werden. Waren das nicht genau dieselben Worte, die sie sich schon ihr Leben lang hatte anhören müssen – von ihren Eltern, Magdalena und selbst von dem Theaterleiter, den sie um eine winzige Rolle als Statistin gebeten hatte?

Sie überspielte ihre verletzten Gefühle mit routinierter Gleichgültigkeit. »Erzählen Sie mir etwas über die Rolle, die Sie spielen werden. Ich habe Lavinias Hintergrundgeschichte zum größten Teil bereits ausgearbeitet, doch ich wüsste gerne mehr über ihr Verhältnis zu ihrer *Nichte.*«

Norma drehte eine rote Haarsträhne um einen ihrer behandschuhten Finger. »Ich habe vor, mich als Jessie Monroe auszugeben. Den Namen habe ich schon bei anderen Einsätzen verwendet. Aber ich bin gekommen, um Ihnen mitzuteilen …«

»Monroe müsste funktionieren«, murmelte Ellie und speicherte den Namen in ihrem Gedächtnis ab. »Schließlich ist Stewart Lavinias angenommener Name, also müssen sie und Jessie nicht den gleichen Nachnamen haben, richtig?«

Die Strähne sprang von Normas Finger und fiel als perfekte Locke neben eine ihrer milchweißen Wangen. »Das ist richtig, aber das ist jetzt nebensächlich. Ich muss Ihnen etwas mitteilen.«

Ellie hatte das Gefühl, ein Déjà-vu-Erlebnis zu durchleben, und sie versuchte, die schlimme Vorahnung abzuschütteln, die in ihr aufstieg. Erinnerungen an ihre letzte Nacht im Orpheum geisterten ihr durch den Kopf und schnürten ihr die Luft ab. Die bevorstehende Reise und das mit Spannung erwartete Abenteuer waren zum Greifen nahe. Magdalenas ausweichendes Verhalten und die Worte *»Es gibt da etwas, das ich …«*

Sie spürte, wie sich drohendes Unheil über ihr zusammenbraute. *Nein, nein, nein!* Das konnte ihr doch nicht schon wieder passieren. Ellie ballte ihre Hände in den Rockfalten zu Fäusten und erforschte Normas Gesicht, suchte nach einem rettenden Anzeichen dafür, dass ihre Hoffnungen nicht erneut zerstört werden sollten.

»Nach meinem letzten Auftrag hatte ich eigentlich vor, nach Chicago zurückzukehren. Da uns ein weiblicher Agent fehlte, ging ich davon aus, dass die Zentrale den Arizona-Fall ablehnen würde.«

Ellie nickte und zwang sich, ihre Hände zu entspannen. Norma teilte ihr nur ein paar persönliche Hintergrundinformationen mit, wollte sich mit ihr bekannt machen und ihr die Nervosität nehmen.

»Richtig. Das habe ich auch ihrem Gespräch entnehmen können, das ich mitgehört habe.« Sie lachte, als sie Normas überraschten Gesichtsausdruck sah, und erzählte rasch, wie es zu ihrer Einstellung gekommen war.

Einer von Normas Mundwinkeln zuckte nach oben. »Mit anderen Worten haben Sie es einem Lauschangriff zu verdanken, dass Sie bei diesem Einsatz dabei sind? Sehr einfallsreich von Ihnen. Sie haben das Zeug zu einer guten Agentin.«

»Das hoffe ich sehr. In der Tat haben sie mir gesagt, dass ich sogar fest angestellt werde, wenn ich mich bei diesem Auftrag vor Ihnen beweise.«

Normas belustigter Ausdruck verschwand und Ellie spürte einen Knoten in ihrem Magen. Norma fasste Ellie am Arm und führte sie zu einer kleinen Nische zwischen einem gepolsterten Ohrensessel und einer Topfpflanze. »Darüber versuche ich die ganze Zeit mit Ihnen zu reden. Ich hatte schon meine Koffer gepackt und war bereit, nach Chicago abzureisen, als mich ein Telegramm von Gates erreichte. Darin hieß es, dass sie möglicherweise doch noch eine Agentin gefunden haben. Er wies mich an, an Ort und Stelle zu bleiben und weitere Anweisungen abzuwarten.«

Ellie nickte und versuchte, den Eindruck zu erwecken, als könne sie Normas Ausführungen folgen, obwohl sie keine Ahnung hatte, worauf diese hinauswollte.

»Das war für mich in Ordnung«, fuhr Norma fort, »weil ich eigentlich gar nicht mehr wegwollte. Sie müssen verstehen, dass ich bei meinem letzten Auftrag jemanden kennengelernt habe: Jack.« Das letzte Wort erklang als verträumter Seufzer und sie warf dem Mann, der neben der Garderobe wartete, einen liebevollen Blick zu.

»Als er herausfand, dass Sie heute ankommen würden und Sie und ich mit dem Abendzug abreisen sollten, hat er mir einen Heiratsantrag gemacht. Einfach so!«

Norma schnippte mit den Fingern und lachte. Sie zog den Handschuh von ihrer linken Hand und hob diese hoch, um Ellie den funkelnden Stein an ihrem Ringfinger zu zeigen. »Gestern Abend haben wir geheiratet. Jack hat einen Priester aus dem Bett geklingelt, der arme Mann musste uns an Ort und Stelle in seinem Empfangszimmer trauen.«

Sie presste den Ring an ihre Lippen und verkündete: »Norma Brooks gibt es nicht mehr. Ich bin jetzt Mrs Jack Lawson.«

»Herzlichen Glückwunsch.« Die Worte fielen wie Steine aus Ellies Mund, während sie versuchte zu verdauen, was Norma eben wie eine Bombe hatte platzen lassen. Sie brauchte einen Moment, um sich zu sammeln und festzustellen, dass ihr Gegenüber immer noch redete.

»Ich hätte der Zentrale Bescheid geben sollen, aber es ging alles so schnell. Als mich das Telegramm erreichte, in dem ich die Anweisung für unser Treffen erhielt, waren Sie bereits unterwegs. Also entschloss ich mich, zu warten und Ihnen die Situation zu erklären, sobald Sie hier angekommen sind.«

»Wollen Sie damit andeuten, dass Ihr Ehemann uns begleiten wird?« Wie sollten sie sein Beisein erklären, wenn er tatsächlich mitkommen sollte?

»Nein, ich hänge das Agentenleben an den Nagel.«

Ellies Herz schlug gegen ihre Brust. »Sie meinen wohl, nach dem Arizona-Auftrag.«

Normas perfekte Lippen verzogen sich zu einem feinen Schmollmund. »Ich weiß, dass es schrecklich von mir ist, Sie hier einfach so hängen zu lassen. Ich hoffe, Sie können mir verzeihen.«

Ellie betrachtete Normas Gesicht und seufzte. Angesichts des ungetrübten Glücks, wie konnte sie ihr da nicht das Beste wünschen? »Natürlich«, entgegnete sie, in der Hoffnung, dass ihr Lächeln echt wirken würde.

Norma drückte Ellie schnell an sich. »Vielen Dank. Ich wusste auf den ersten Blick, dass Sie ein gutes Herz haben. Jetzt muss ich aber wirklich los.« Sie wies in Richtung ihres frisch angetrauten Mannes, der immer wieder einen ungeduldigen Blick auf seine Uhr warf. »Unser Zug geht in weniger als einer halben Stunde. Wir werden unsere Flitterwochen in New York verbringen!«

Sie ergriff Ellies Hände. »Würden Sie mir einen Gefallen tun und die Zentrale für mich informieren, bitte? Ich weiß, dass ich es ihnen selbst sagen sollte, aber es bleibt keine Zeit dazu. Sagen Sie nur, dass ich ausgestiegen bin, ich erkläre ihnen dann in ein paar Tagen alles genauer.«

Ellie nickte wortlos und Norma schenkte ihr ein strahlendes Lächeln.

»Sie sind zu freundlich. Ich wünschte, wir hätten uns besser kennenlernen können.« Sie hauchte einen Kuss auf Ellies Wange und eilte zu ihrem Mann.

Ellie stand in der düsteren Lobby und fragte sich, warum ihr immer wieder die Rolle des fallen gelassenen Handlangers zufiel. Um ihr inneres Gleichgewicht wiederzufinden, wanderte sie zurück zu dem Polstersessel und setzte sich.

»Entschuldigen Sie, Miss.«

Ellie schaute auf und wurde von dem hochnäsig-verächtlichen Blick des Empfangschefs getroffen. »Das Hotel Imperial gestattet jungen Damen ohne Begleitung nicht, in der Lobby herumzulungern. Wenn Sie nicht Gast dieses Hauses sind, muss ich Sie bitten, zu gehen. Sofort.«

Ellie stieg die Hitze ins Gesicht und sie starrte den Widerling böse an. Sie packte ihre Handtasche, zog die Eingangstür auf und verließ benommen das Hotel.

Was nun? Trotz Normas optimistischer Einstellung teilte Ellie die Zuversicht der Frau nicht, was ihre Zukunft in der Detektei betraf. Sie war für diesen Auftrag eine Notlösung gewesen, alles andere als die erste Wahl. Ohne Ausbildung hatten die Pinkertons keinen Grund, sie weiter zu engagieren. Vielleicht fühlten sie sich noch nicht einmal verpflichtet, ihre Rückkehr nach Chicago zu finanzieren.

Tränen schossen Ellie in die Augen, die sie sich schnell von den Wangen wischte. Selbst wenn, war sie überhaupt gewillt zurückzukehren? In Chicago drohte ihr eisige Kälte und wahrscheinlich der Hungertod … vermutlich auch anderswo.

Mit schweren Schritten überquerte sie die Straße und machte sich auf in Richtung Bahnhof. Mit jedem Schritt wurde sie langsamer, die Welt vor ihren Augen verschwamm. Ein wütender Ruf brachte sie wieder zur Besinnung. Sie stellte fest, dass sie in der Mitte der Pershing Road angehalten hatte und einer eleganten Kutsche den Weg versperrte.

Erschrocken über die eigene Unaufmerksamkeit eilte Ellie auf die andere Straßenseite und stieg auf den Brettergehweg vor dem Telegrafenamt.

Der Anblick der Western-Union-Dienststelle erinnerte sie an ihr Versprechen, die Zentrale über Normas Blitzhochzeit zu informieren. Auch wenn sie kurz vor dem Ruin stand, war sie doch eine Frau, die ihr Wort hielt. Sie hob das Kinn und betrat das Backsteingebäude, ihre Tränen unterdrückend.

»Ich möchte ein Telegramm nach Chicago schicken, bitte.«

Der gelangweilte Schalterbeamte schob ihr ein Formular samt Bleistift zu.

Ellie rollte den Stift zwischen den Fingern und suchte nach einer Formulierung für die Nachricht, welche ihrer kurzen Karriere ein jähes Ende setzen würde. Konnte sie irgendetwas schreiben, was die Pinkertons dazu bewegen würde, sie weiter zu engagieren? Schließlich brauchten sie noch immer jemanden, der die Ermittlungen im Arizona-Fall übernahm, und sie war bereits in das Thema eingearbeitet worden.

Als sie über ihre Möglichkeiten nachdachte, kam ihr ein tollkühner Gedanke. Was, wenn sie einfach im Alleingang als Lavinia Stewart weitermachte? Gates und Fleming hatten sie mit den wichtigsten Details des Falls vertraut gemacht. Wie schwer konnte es sein, als reiche Witwe hier und da ein paar unauffällige Fragen zu stellen? Vielleicht wurde Jessie gar nicht so dringend gebraucht, wie die beiden Männer annahmen.

Bevor sie es sich anders überlegen konnte, griff sie nach dem Bleistift und schrieb eine hastige Zeile an den Codenamen und die Adresse, die sie von Gates und Fleming bekommen hatte:

Henry Jeffers
112 Elm Street
Chicago, Illinois

Habe Jessie getroffen. Reise wie geplant nach Arizona weiter.
Lavinia

Flüchtig überflog Ellie ihre Worte. Sie mochten nicht die ganze Wahrheit offenlegen, waren aber auch nicht wirklich gelogen. Sie hatte Norma getroffen und sie würde wie geplant abreisen. Sicher würden die Pinkertons in wenigen Tagen ein Telegramm von Norma erhalten und Ellie hoffte, dass es dann zu spät war, sie zurückzubeordern.

Ein letztes Mal las sie die Botschaft und schob das Blatt über den Tresen dem Telegrafenbeamten zu.

6

»Pickford. Alles aussteigen!« Der heisere Schrei riss Ellie aus ihrem Dämmerzustand. Sie schob den Zelttuchvorhang vor dem Fenster der Postkutsche beiseite, um sich zu vergewissern, dass sie tatsächlich am Ziel ihrer Reise angekommen war. Draußen schien die Sonne aus einem wunderbar strahlend blauen Himmel und verlieh den staubigen Straßen und Gebäuden von Pickford, Arizona-Territorium, scharfe Konturen.

Der Kutscher schwenkte die Tür auf, stellte einen Holzblock davor und hielt seiner grauhaarigen Passagierin die Hand hin. »Da sind wir, Ma'am, sicher und heil angekommen. Seien Sie vorsichtig beim Aussteigen.«

Als Ellie versuchte aufzustehen und ihre Gliedmaßen den Dienst verweigerten, stellte sie fest, dass dies nicht nur eine höfliche Floskel gewesen war. Sie merkte, wie ihr die Hitze ins Gesicht stieg, während sie auf ihrem Sitz nach vorne rutschte und erneut versuchte, sich auf ihre von der Reise steifen Beine zu stellen.

Der Kutscher warf ihr einen verständnisvollen Blick zu. »Lassen Sie sich Zeit, Ma'am. Die holprige Fahrt geht an niemandem spurlos vorbei. Gönnen Sie sich ruhig ein paar Minuten, um sich aufzulockern.«

Die Fahrt als holprig zu bezeichnen, war eine schamlose Untertreibung angesichts des endlosen Gerüttels der letzten sechs Stunden, das sie hatte erdulden müssen, seit sie in Benson den Zug verlassen hatte und in dieses Höllengefährt gestiegen war. Um sich keine Blöße zu geben, nickte Ellie, zählte innerlich bis drei, ergriff mit einer Hand die des Kutschers und drückte sich mit der anderen vom Sitz. Der Kutscher griff fester zu, ging einen Schritt nach hinten und nutzte Ellies Schwung aus, um sie auf die Füße zu ziehen.

Ellie stand vornübergebeugt in dem engen Innenraum der Kutsche und befahl ihren Beinen zu gehorchen. Sie wünschte, die anderen Passagiere wären vor ihr ausgestiegen, sodass nicht jeder Zeuge dieser peinlichen Szene sein musste. Nach kurzer Zeit kehrte die Kraft in ihre unteren Gliedmaßen zurück. Ellie betrat langsam den Holzblock, dann die Straße.

Mithilfe des Kutschers, der ihren Arm stützte, machte sie ein paar vorsichtige Gehversuche. Als sie feststellte, dass sie nun wieder in der Lage war, alleine aufrecht zu stehen, atmete sie erleichtert auf.

Dem Kutscher dankbar zunickend, wankte sie ein kurzes Stück weiter, zog sich den staubigen Schleier vom Gesicht und machte sich daran, ihren Koffer zu holen. Nach der Lektüre unzähliger Ned-Buntline-Romane war Ellie auf eine rustikale Umgebung eingestellt, aber Pickford war weit mehr als nur *rustikal.* Sie ließ ihren Blick über die grob gezimmerten Häuser entlang der Hauptstraße wandern und suchte vergebens nach einem Gebäude, das über ein zweites Stockwerk verfügte.

Nur wenige Häuserblocks weiter kam die Reihe der Gebäude zu einem abrupten Ende und die Straße führte weiter … ins Nichts. Ellie hielt die Luft an, als ihr Blick weiter und weiter schweifte, über scheinbar endlose Meilen gelbbrauner, von Gestrüpp durchzogener Wüste. Am Horizont sah man zerklüftete braune Berge in den Himmel aufragen. Ellie hatte in Büchern Zeichnungen von Sanddünen gesehen, doch mit denen hier hatten sie nichts gemein. Die tiefen Furchen und hervorstehenden Spitzen wirkten nicht sandigweich, sondern hart und gnadenlos.

Ellie fröstelte trotz der Mittagshitze und versuchte, ihre aufsteigende Panik zu unterdrücken. Ihr war bewusst gewesen, dass sie so weit draußen im Westen ein Leben fernab des großstädtischen Komforts erwartete. War es nicht genau das, was sie wollte – ein Abenteuer erleben? Nun, ihr Wunsch ging gerade in Erfüllung. Wenn das Ganze nur nicht so angsteinflößend gewesen wäre.

Neue Orte zu bereisen, stellte an sich kein großes Abenteuer dar. Schließlich war sie auch mit Magdalena viel herumgekommen. Aber das hier war der Wilde Westen, keine Stadt im gut erschlossenen Osten. Damals hatte sie auch immer klare Anweisungen bekommen, aber nun war sie ganz auf sich gestellt.

Die grenzenlose Weite, der sich ins Unendliche erstreckende Himmel – die Unermesslichkeit der Landschaft im Ganzen – gaben Ellie das Gefühl, ein winziges, unbedeutendes Staubkorn zu sein. Und dieses Gefühl gefiel ihr ganz und gar nicht.

Sie drehte sich langsam um die eigene Achse und machte sich ein Bild von der Straße mit ihren Bretterfassadengebäuden und der Leere dahinter. Ein einsames Maultier, das jemand vor einem Gebäude mit der Aufschrift Johnsons Kaufmannsladen festgebunden hatte, scharrte mit einem Huf über den Boden und wirbelte dabei gelbe Staubwolken auf.

Ellie tat einen zittrigen Atemzug. Alles hier schien so karg, so grob. Waren die Einwohner dieser Wildnis genauso wie ihre Umgebung? Ein Anflug von Furcht stieg in ihr auf. Auch in Chicago stieß man auf Raufbolde, Rowdys und ähnlich unangenehme Gesellen, doch es gab immer noch ein paar wenige, die sich an Recht und Ordnung hielten. Was hatte sie sich dabei gedacht, hier in dieser Wildnis die zivilisierte Dame spielen zu wollen? Bevor sie sich zusammenreißen konnte, schnürte sich ihr Hals zu und eine Träne rollte ihre Wange hinunter.

Ellie wischte den unerwünschten Tropfen schnell mit dem Handrücken beiseite. Dies war nicht die Zeit, um in Selbstmitleid zu zerfließen. Sie hatte sich um diesen Auftrag gerissen, sogar ein wenig getrickst, um ihn zu bekommen. Außerdem hatte sie die lange Reise gut überstanden, wenn man von ein paar steifen Gliedmaßen und ihrem geschundenen Körper absah. Sie waren weder von Banditen noch Indianern überfallen worden. Mit hoch erhobenem Kopf marschierte sie zur Postkutsche zurück.

Nach zwei Schritten machte sie abrupt halt. Sie konnte als in die Jahre gekommene Witwe doch nicht wie eine junge Frau daherstiefeln!

Ellie schaute sich verstohlen um, ob jemand ihre behänden Bewegungen gesehen hatte. Als sie feststellte, dass niemand sie auch nur im Geringsten beachtete, senkte sie leicht den Kopf und ging weiter, diesmal in Lavinias stockender Gangart.

Besser. Viel besser. Ellie lobte sich im Stillen selbst. Sie ging auf einen Mann zu, den sie für den Stationsvorsteher hielt und der gerade damit beschäftigt war, das ihm vom Kutscher angereichte Gepäck entgegenzunehmen und auf dem Brettergehweg zu stapeln.

Als Ellie näher kam, richtete er sich auf und tippte sich zum Gruß an den Hut.

»Guten Nachmittag, Ma'am. Welche Gepäckstücke gehören Ihnen?«

Ellie zeigte auf ihren Koffer und den Korb mit den Kostümen, die der Mann umgehend hervorholte. »Soll ich die ins Hotel bringen lassen?«

Mit entschlossener Stimme und in bester Lavinia-Manier erwiderte Ellie: »Nicht zum Hotel. Ich bleibe länger in Pickford. Ich habe hier ein Haus gemietet.«

Die Augenbrauen des Stationsvorstehers hoben sich in Richtung seines Haaransatzes. Er schaute sich um und betrachtete forschend die anderen Passagiere. »Reisen Sie mit Ihrem Ehemann?«

»Nein, ich bin alleine hergekommen.« Ellie ließ demonstrativ den Kopf hängen. »Ich bin verwitwet, wissen Sie.«

Der Stationsvorsteher zupfte an der Krempe seines Huts. »Das tut mir leid zu hören, Ma'am. Wo ist Ihr Haus? Ich werde Ihre Sachen sofort dort hinbringen lassen.«

»An der Ecke Charles und Second Street.« Ellie sagte die Adresse aus dem Gedächtnis auf, dankbar dafür, dass Fleming und Gates diese Unterkunft für sie arrangiert hatten. So blieb es ihr glücklicherweise erspart, auf eigene Faust eine Bleibe finden zu müssen.

Das Gesicht des Mannes hellte sich auf. »Das Cooper-Haus. Das kenne ich gut. Ich werde die Jungs sofort mit Ihrem Gepäck rüberschicken, dann können sie Ihnen zeigen, wo es ist.« Er stieß einen Pfiff aus und sofort kamen zwei ältere Jungen aus dem angrenzenden Gebäude angetrabt.

Ellie erinnerte sich plötzlich an etwas, das Fleming und Gates ihr aufgetragen hatten. »Ich muss vorher noch ein Telegramm verschicken.«

»Das ist kein Problem. Die Jungs bringen Ihre Koffer rüber, während Sie Ihr Telegramm absenden.«

»Aber … ich habe keinen Schlüssel dabei«, stammelte Ellie. »Den soll ich mir beim Bankier abholen.«

»Machen Sie sich keine Sorgen. Ich schicke einen der Burschen hin, um ihn zu holen.« Sein schroffes Gesicht wurde weich, als er Ellies Überraschung bemerkte. »Hier laufen die Dinge etwas anders, als Sie es vielleicht vom Osten gewohnt sind, nehme ich an. Aber kein Grund zur Sorge, wir werden gut auf Sie achtgeben.«

Diese zwanglose Handhabung der Dinge machte ihr noch einmal bewusst, dass sie den Osten hinter sich gelassen hatte. Ellie schluckte ihre Verwunderung hinunter und zwang sich zu einem Lächeln. »Vielen Dank, Sir. Das ist sehr freundlich von Ihnen.«

Das Telegrafenamt, an welches der Mann sie verwies, schien eine exakte Kopie von dem in Kansas City zu sein – es war klein, dunkel und von einem Beamten besetzt, der aussah, als wäre er kurz davor einzuschlafen.

Ellie ging zum Schalter und räusperte sich. »Ich möchte bitte ein Telegramm verschicken.«

Der Schalterbeamte gähnte und kratzte sich an seiner Stirnglatze, bevor er ihr das Formular und einen Bleistift zuschob. »Bitteschön.« Als er aufschaute, blieb sein Mund mitten im Gähnen weit offen stehen.

Ellie nickte dankend und griff zum Stift. Die Pinkertons hatten sie angewiesen, dass Norma unmittelbar nach ihrer Ankunft die Zentrale verständigen solle, damit Fleming und Gates wussten, dass ihre Agenten nun einsatzbereit vor Ort waren.

Sie hatte die Drei-Tages-Reise aus Kansas City damit verbracht, über der Formulierung dieses Telegramms zu brüten. Die Pinkertons hatten mittlerweile mit Sicherheit von Normas übereilter Hochzeit erfahren und sie konnte sich in etwa vorstellen, welchen

Aufruhr der Alleingang der neuen Rekrutin in der Zentrale ausgelöst hatte.

Ihre Zukunft hing von dieser Nachricht ab. Sie musste etwas schreiben, das Fleming und Gates beruhigte und die beiden Männer glauben ließ, dass sie diese Mission auch alleine erfolgreich bewältigen konnte. Anstatt sich in langatmige Erklärungsversuche zu verstricken und um Vergebung zu betteln, entschied sie sich für eine kurze und optimistische Botschaft.

Unter Verwendung der Codes, die sie vorher mit Fleming und Gates ausgemacht hatte, schrieb sie:

Bin wohlbehalten am Nachmittag angekommen. Werde mich sofort nach Investitionsmöglichkeiten umsehen.
Lavinia

Sie las sich die Botschaft noch einmal durch und strich *am Nachmittag* durch. Auf der Unterlippe kauend, überflog sie die Zeilen erneut. Ja, so würde es gehen.

Freundlich lächelte sie den Schalterbeamten an, der sie mittlerweile mit unverhohlener Neugier anstarrte. Ellie konnte ihm seine schlechten Manieren nicht übel nehmen. Wenn man den ganzen Tag nichts anderes zu tun hatte, als in irgendeinem Kaff dem Klicken einer Morsetaste zuzuhören, dann musste jede Abweichung vom Alltag eine willkommene Ablenkung sein.

Die wässrig-blauen Augen des Telegrafisten leuchteten auf, als Ellie seinen Blick erwiderte. Seine lückenhafte Zahnreihe kam zum Vorschein: »Nur auf der Durchreise, Miss … Miss …?«

»Ich bin Mrs Stewart. Nein, ich werde einige Zeit hierbleiben. Ich wollte nur meinen Cousin in Chicago informieren, dass ich gut angekommen bin.«

Das Zahnlücken-Grinsen wurde breiter. »Amos Crawford, zu Ihren Diensten. Ich freue mich immer über ein neues Gesicht.« Er lehnte sich über den Tresen. »Besonders, wenn es ein so hübsches wie Ihres ist.«

Ellie fiel die Kinnlade herunter. Hatte er ihr etwa gerade ein Kompliment für ihr Aussehen gemacht? Wie lange wünschte sie sich schon, dass endlich einmal ein Mann etwas Schmeichelhaftes über ihr Erscheinungsbild sagte, und nun tat ihr einer den Gefallen, der alt genug war, ihr Vater zu sein … oder sogar ihr Großvater. Und obendrein war sie auch noch als ältere Frau verkleidet.

Bevor sie sich eine passende Antwort zurechtlegen konnte, zog er einen gelben Zettel aus dem Sortierfach über seinem Schreibtisch. »Stewart, sagten Sie? Dann muss das hier für Sie sein.«

Ellie schaute auf das Telegramm, das er ihr zugesteckt hatte. Es war tatsächlich an Lavinia Stewart und/oder Jessie Monroe adressiert. Sie entfaltete das Papier und las die kurze Nachricht mit zunehmender Bestürzung.

ERWARTE NACHRICHT ÜBER SICHERE ANKUNFT STOPP
HABE GELD AN ÖRTLICHE BANK WEITERGELEITET STOPP
KONTO LÄUFT AUF BEIDE NAMEN STOPP
COUSIN HENRY

Beide Namen?

Ellies Finger lösten sich und das Blatt flatterte zu Boden. Anscheinend war Norma noch nicht mit der Zentrale in Kontakt getreten, daher schienen Fleming und Gates auch nichts von ihrem neuen Plan zu wissen.

Der Telegrafist kam hinter dem Tresen hervor und hob den Zettel für sie auf. »Klingt, als sei Ihr Cousin besorgt darüber, dass Sie beide ganz alleine hier draußen sind.«

Ellie nickte, in ihrem Kopf überschlugen sich die Gedanken. Er hatte die Nachricht schließlich entgegengenommen und wusste daher, dass zwei Frauen erwartet wurden.

Was nun?

Sie zerknüllte die Botschaft, die sie gerade erst verfasst hatte, und stopfte sie in ihre Handtasche. »Könnte ich bitte ein neues Formular haben? Ich fürchte, ich habe dieses hier ruiniert.«

Sie nahm das neue Blatt entgegen und versuchte, ihre wirren Gedanken so gut es ging zu sammeln, um eine passende Nachricht zu verfassen. Sie musste Fleming und Gates ausreichend informieren, ohne die Pferde scheu zu machen.

Sicher angekommen. Jessie verspätet sich. Beginne sofort mit Nachforschungen.
Lavinia

Der Text war nicht perfekt, aber das Beste, was ihr spontan einfiel.

Sie zahlte die Gebühr und schaute dem Telegrafisten dabei zu, wie er die Worte in Morsezeichen verwandelte. Nach dem letzten Klick verabschiedete sie sich von ihm und wandte sich zur Tür. Kurz bevor sie diese erreicht hatte, fiel ihr ein, dass sie den Weg zu ihrem Haus gar nicht kannte.

Ellie drehte sich um und rückte ihre Brille zurecht. »Könnten Sie mir sagen, wie ich zum Cooper-Haus komme?«

»Dort wohnen Sie?« Der Schalterbeamte nickte, als wolle er sich eine mentale Notiz machen.

»Sicher. Wenn Sie zur Tür rausgehen, halten Sie sich links, die Grant Street hinunter, bis sie zur Second Street kommen. Da gehen Sie dann rechts. Nachdem Sie die Douglas Street überquert haben, ist die nächste Querstraße die Charles Street. Sie können es gar nicht verfehlen, aber wenn Sie mir eine Minute Zeit geben, führe ich Sie gerne hin.«

Ellie unterdrückte den Drang, nach Luft zu schnappen. »Nein, vielen Dank. Ich werde es schon alleine finden.«

Als sie sich zum Gehen wandte, rief er ihr nach: »Es ist ein bisschen frisch dort draußen – sind Sie sicher, dass Sie in diesem leichten Schal nicht frieren werden?«

»Es wird schon gehen, danke.« Mit einem Schritt in den grellblauen Nachmittag beendete Ellie die Unterhaltung. *Frisch?* Sie schüttelte den Kopf. Die Menschen in Arizona hatten anscheinend keine Ahnung, was Kälte bedeutete.

Der Wegbeschreibung des Telegrafisten folgend, wanderte sie die Grant Street entlang Richtung Westen. Nach drei Tagen im Zug und einem halben Tag Schüttelfahrt in der Postkutsche fühlte es sich herrlich an, die Gliedmaßen zu strecken, soweit es Lavinias Beinbandagen eben zuließen.

Zur Abwechslung genoss sie es, kleinere Schritte machen zu müssen und sich gezwungenermaßen Zeit zu lassen. Der langsame Gang einer alten Frau erlaubte ihr außerdem einen näheren Blick auf die Umgebung, welche sie durch das Fenster der Postkutsche gesehen hatte.

Alles hier wirkte so abweisend: von dem grob gesägten Schnittholz, das für die Häuser und Gehsteige genutzt wurde, bis zu den graugrünen Kakteen, die überall auf den umliegenden Hügeln zu sehen waren. Und alles lag unter einer Staubschicht.

Von der Szenerie abgelenkt, verfing sich Ellie mit einem ihrer Absätze in dem unebenen Brettergehsteig und schaffte es gerade noch, das Gleichgewicht zu halten. Nach diesem Beinaheunfall ermahnte sie sich selbst, nicht in der Gegend herumzugaffen, sondern lieber darauf zu achten, wo sie hintrat.

Als sie von der Grant Street nach rechts in die Second Street abbog, bot sich ihr ein niederschmetternder Anblick. Die Häuser in dieser Straße sahen so lieblos aus, als wären sie aus Holzabfällen und Segeltuch zusammengezimmert worden. Lavinia und Jessie sollten Damen mit einer gehobenen gesellschaftlichen Stellung sein, mit Sicherheit würden die Pinkertons sie nicht in einer solchen Bruchbude unterbringen.

Im nächsten Häuserblock standen etwas größere Lehmziegelhütten.

Ellie schauderte. Auf den gemeinsamen Reisen mit Magdalena hatte sie schon an einigen sonderbaren Orten übernachtet, doch diese heruntergekommenen Unterkünfte übertrafen alles. Sie blieb am Rand der Straße stehen und fragte sich, ob eine davon ihr neues

Zuhause sein würde. Ohne dass sie es verhindern konnte, füllten sich ihre Augen mit Tränen, die ihr die Sicht nahmen.

»Mrs Stewart? Hier drüben.«

Ellie blinzelte die Tränen fort und schaute zum Ende der Straße, von wo aus ihr einer der Lieferjungen zuwinkte. Er stand vor einem kleinen weißen Haus mit Bretterfassade und einem hübschen Schindeldach.

So schnell es ihre bandagierten Beine zuließen, eilte Ellie zu ihm herüber und erreichte das Haus gerade, als der zweite junge Mann von der Vorderterrasse sprang.

»Ist das das Cooper-Haus? Ich meine, werde ich hier wohnen?«

Beide Jungs zogen den Hut. »Ja, Ma'am«, antwortete der größere der beiden. »Ich denke, es wird Ihnen hier gefallen. Ich bin froh, dass hier endlich wieder jemand einzieht. So ein schönes Haus sollte nicht leer stehen und …«

Sein Blick verfinsterte sich. »Kusch!«, brüllte er in Richtung eines kleinen Fliederbuschs unter einem der vorderen Fenster. »Raus da!«

Ellie griff sich erschrocken an den Hals. Was für eine Kreatur lauerte dort in den Büschen?

Der Flieder raschelte und ein dürrer, flachsköpfiger Junge von etwa zehn Jahren tauchte auf. »Was ist denn los? Ich hab gar nix gemacht.«

»Nichts, außer durch die Fenster zu glotzen.« Der Lieferjunge zeigte auf ein kleines Holzhaus auf der gegenüberliegenden Straßenseite. »Los, ab nach Hause mit dir. Und wage es ja nicht, Mrs Stewart zu belästigen. Sie ist eine Dame, also geh ihr nicht auf die Nerven.«

Der kleine Junge streckte die Brust heraus, gab sein draufgängerisches Benehmen aber auf, als der Lieferjunge ihm nachsetzte. Er rannte zum gegenüberliegenden Haus, wo er sich breitbeinig aufstellte und sie alle böse anstarrte.

Ellies Beschützer schüttelte den Kopf. »Entschuldigen Sie bitte, Ma'am. Dieser Taylor-Junge heckt immer irgendetwas aus. Den sollten Sie im Auge behalten.«

Er fuhr in einem fort und sagte: »Wir haben das Feuerholz in Ihrem Kamin aufgeschichtet, Sie müssen es nur noch anzünden.«

Ellie schüttelte den Kopf und suchte in ihrer Tasche nach ein paar Münzen für die beiden. Auch wenn es eine bescheidene Unterkunft war, schien sie ihr neues Zuhause gefunden zu haben.

7

Ellie nahm einen tiefen Atemzug und stieg die drei Stufen zu der Veranda hinauf, die sich entlang der gesamten Vorderseite des Hauses erstreckte. Tiefrote Vorhänge verdeckten die Fenster und an einem der Stützpfähle rankte sich eine Kletterrose hoch. Auf der Veranda luden ein paar Schaukelstühle zum Ausruhen ein. Irgendjemand hatte offensichtlich viel Zeit und Mühe investiert, um diesen Ort in ein einladendes Zuhause zu verwandeln.

Sie beugte sich vor und pflückte ein Rosenblatt, das selbst jetzt, mitten im Winter, noch grün glänzte. Sie stellte sich vor, wie es sein würde, im Frühling auf der Terrasse zu sitzen, die Wüstenbrise und den Duft der Rosen zu genießen. Welche Farbe sie dann wohl haben mochten?

Mühevoll riss sie sich aus ihren Tagträumen. Wenn ihre Ermittlungen nach Plan liefen, wäre sie nicht lange genug hier, um das Aufblühen der Rosen mitzuerleben.

Die Eingangstür öffnete sich mit einem leisen Knarren. Ellie trat ein und konnte sich bei dem bezaubernden Anblick, der sich ihr im Inneren des Hauses bot, das Lächeln nicht verkneifen. Das Wohnzimmer füllte die Hälfte des Gebäudes aus, mit großen Fenstern an der West- und Südwand. Ellie zog die Vorhänge zurück und ließ das Sonnenlicht den Raum durchfluten.

Ein kleiner Esstisch mit Säulenfuß trennte die Küche vom Wohnzimmer. Auf einem ovalen Flechtteppich stand ein Chesterfield-Sofa, umgeben von einem passenden Stuhl zur Rechten und einem Polstersessel zur Linken. Ein runder Tisch mit Marmorplatte, auf dem eine dekorative Öllampe stand, war zwischen dem Sofa und dem Sessel platziert. Ellie fuhr mit den Fingerspitzen über die grazilen Gravuren der cranberryfarbenen Glasglocke und spürte eine

Woge des Entzückens in sich aufwallen. Sie würde in einem groß geratenen Puppenhaus leben.

Als sie durch die Tür lugte, die sich auf der anderen Seite der Küche befand, entdeckte sie ein hübsches Schlafzimmer, komplett mit Frisierkommode aus Walnussholz, einem passenden Schrank und einem gemütlichen Bett mit weißem Eisenkopfende, welches mit Blattrosetten, Ranken und Blättern verziert war. Ihr Koffer und der Kostümkorb standen am Fußende des Bettes. Ein schneller Blick in das letzte Zimmer auf der linken Seite des Wohnzimmers offenbarte ein weiteres kleineres Schlafzimmer mit ähnlicher Einrichtung. Ellie musste lächeln. Lavinia und Jessie hätten beide ihr eigenes Zimmer.

Das Haus war genauso ausgestattet, wie Ellie es sich auch für ihr eigenes gemütliches Zuhause vorgestellt hätte. Die Pinkertons hatten wirklich an alles gedacht, was ein weiterer Beweis für ihre Effizienz war.

Das bedeutete aber auch, dass sie von ihr erwarteten, ebenso effizient bei der Entlarvung der Silberdiebe vorzugehen.

Ellies Hochgefühl schwand dahin, als dieser Gedanke sie an den Grund ihres Aufenthalts in Pickford erinnerte. Sie hatte es geschafft, eine Arbeit zu finden und dem harten Winter in Chicago zu entfliehen. Nun musste sie ebenso erfolgreich ihren Auftrag ausführen.

Doch zuerst …

Ellie eilte zur Vordertür und verlangsamte ihre Schritte, als sie auf die Terrasse hinaustrat. Die Schaukelstühle und die frühlingshaften Temperaturen waren einfach zu verlockend. Außerdem, wenn es darum ging, einer Rolle Glaubwürdigkeit zu verleihen, war ein angemessenes Verhalten genauso wichtig wie das äußere Erscheinungsbild. Es würde ihrer Darstellung der Lavinia entsprechen, Platz zu nehmen und sich ein wenig Ruhe nach der anstrengenden Reise zu gönnen.

Sie setzte sich in den nächstgelegenen Stuhl und schloss die Augen, während das Knarren des Schaukelstuhls einen gleichmäßigen Rhythmus annahm und die wohltuenden Sonnenstrahlen ihre Knochen erwärmten. Was war das für ein Segen nach Chicagos hartem Winter. Dieser Gedanke öffnete ihr im wahrsten Sinne des Wortes die Augen. Ein Segen? Hatte Gott, den sie so lange ignoriert hatte, womöglich doch ihre Gebete erhört?

Während sie darüber nachdachte, breitete sich in ihr ein Glühen aus, das es mit der Wärme der Arizona-Sonne hätte aufnehmen können. Der Schaukelstuhl bewegte sich keinen Zentimeter, wie versteinert saß sie da. Konnte das wahr sein? Nach all den Jahren, in denen sie Gott den Rücken gekehrt hatte – war es möglich, dass er noch immer für sie da war? Vielleicht sollte sie ihre lang vernachlässigte Bibel aus dem Koffer kramen und wieder anfangen, darin zu lesen.

Ein Rascheln unter dem vorderen Fenster riss sie aus ihren Tagträumen. Sie warf dem Fliederbusch einen strengen Blick zu. »In Ordnung, junger Mann, ich weiß, dass du da bist. Lass das Schmollen und komm sofort da raus.«

Erst folgte Stille, dann teilten sich die Zweige und ihr flachsköpfiger Nachbar trat hervor.

»Was hast du da drin gemacht?«

»Nix.« Der Junge verzog die Lippen zu einem trotzigen Schmollmund und malte mit der Zehenspitze seines abgewetzten Schuhs eine Linie in die Erde.

»Oh, ich glaube, du könntest Besseres mit dir anfangen.« Ellie streckte den Arm aus und klopfte auf die Sitzfläche des Stuhls neben sich. »Warum kommst du nicht her und setzt dich ein Weilchen zu mir?«

Der Junge warf ihr einen verdutzten Blick zu. »Warum?«

Eine gute Frage. Sie war nach Pickford gekommen, um ein Verbrechen zu lösen, nicht um junge Strolche auf die rechte Bahn zu lenken. Andererseits würde der Junge vielleicht nicht mehr unter ihrem Vorderfenster herumlungern, wenn sie sich mit ihm anfreundete.

»Ich möchte gerne meine Nachbarn kennenlernen«, antwortete sie unverbindlich. Sie wartete, bis er auf dem Sitz des Schaukelstuhls zurückgerutscht war, dabei berührten seine Füße kaum die Bodenbretter der Terrasse. »Wie heißt du?«

»Billy Taylor.«

»Schön, dich kennenzulernen, Billy. Ich bin Mrs Stewart.« Sie lehnte sich vor. »Dann sag mir mal, warum du mich so interessant findest. Bestimmt hast du Sinnvolleres zu tun, als um mein Haus herumzuschleichen?«

»Nö.« Billys Schuhe hinterließen auf dem Boden der Veranda Spuren im Staub, als er vor- und zurückschaukelte. »Mit mir gibt sich keiner gerne ab.«

Ging sie von seinem bisherigen Verhalten aus, verstand Ellie gut, warum das so war. »Vielleicht brauchst du eine Beschäftigung, etwas, das du auch gut alleine machen kannst. Was macht dir denn Spaß?«

Ein breites Grinsen zeichnete sich auf Billys Gesicht ab. »Ich finde gerne Dinge über andere Leute heraus. Darin bin ich wirklich gut. Vielleicht werde ich ein Spion, wenn ich groß bin. Meinen Sie nicht auch, dass ich einen guten Agenten abgeben würde?«

»Hmm.« Ellie verkniff sich einen Kommentar. »Was hältst du von folgendem Vorschlag? Wie wäre es, wenn du anderswo als in meinem Vorgarten herumspionieren würdest?«

Das Strahlen in Billys Augen erlosch. »Ja gut, wenn's sein muss.« Ohne ein weiteres Wort schlüpfte er aus dem Schaukelstuhl und schlurfte über die Straße nach Hause.

Ellie beobachte ihn und spürte, wie sich ihr aus irgendeinem Grund die Kehle zuschnürte. Ein Sonnenstrahl der Nachmittagssonne traf sie mitten ins Auge und erinnerte sie daran, dass der Tag unablässig voranschritt. Zeit, sich an die Arbeit zu machen.

Zurück in ihrem Schlafzimmer, betrachtete sie ihr Erscheinungsbild in dem ovalen Spiegel, der über der Frisierkommode hing. Gemessen an der anstrengenden Reise, die sie hinter sich hatte, sah sie erstaunlich salonfähig aus. Sie glättete so gut es ging die Falten in ihrem Kleid, prüfte, ob die graue Perücke noch fest saß, und richtete ihren breitkrempigen Hut. Sie war bereit loszulegen.

Aber wie sollte sie vorgehen? Ellie starrte Lavinias Spiegelbild an. In der Theorie hörten sich Ermittlungen nicht schwierig an, aber in Wirklichkeit hatte sie keine Ahnung, welche Schritte dabei notwendig waren. Hätten Fleming und Gates ihr doch mehr Informationen zukommen lassen als die wenigen, die sie für ihre Nebenrolle gebraucht hätte.

Die Verdächtigen befragen. Würden so nicht auch die Detektive aus ihren Romanen vorgehen? Das war mit Sicherheit ein guter erster Schritt.

Doch zuerst musste sie die Verdächtigen eingrenzen. Auf ihrer Reise in den Westen hatte sie sich vorgestellt, wie sie den Leuten in der Stadt mit klugen Fragen auf die Schliche kommen würde. Nun, da sie hier war, wurde ihr klar, dass sie umdenken musste. In Pickford schien jeder über den anderen genauestens informiert zu sein. Bis zum Abend würde die ganze Stadt von ihren Ermittlungen wissen, wenn sie wahllos jeden befragte, dem sie auf ihrem Streifzug begegnete. Mit Sicherheit war das alles andere als ein geschicktes Vorgehen, wenn man nicht auf sich aufmerksam machen wollte.

Im Gegensatz zu Chicago, wo einem der eigene Nachbar völlig fremd sein konnte, erinnerte Pickford sie an die eng verwobene Gemeinschaft des Theaters, in der vertraulich ausgeplauderte Gerüchte sofort die Runde machten.

Ellie seufzte. Sie hatte vor den Pinkertons mit ihrem Einfallsreichtum geprahlt, nun musste sie es unter Beweis stellen.

Sie zog ihre Aufzeichnungen aus der Handtasche, breitete sie auf dem Esstisch aus und setzte sich hin, um sie genauer zu studieren. Minenbesitzer, Geschäftsleute, Viehzüchter. Grübelnd biss sie auf ihre Unterlippe. Diese Information war ein Anfang, aber sie hatte keine Ahnung, wie sie mit diesen Leuten in Kontakt treten sollte.

Mit einem leisen Stöhnen stützte Ellie die Stirn auf ihre Handballen. Ihre Situation wurde immer komplizierter. War es für eine alte Dame angebracht, herumzulaufen und grobschlächtige Minenbesitzer und Saloonbetreiber auszufragen? Doch wie sollte sie aus der Entfernung Beobachtungen anstellen? Ellie biss die Zähne zusammen und schlug mit der Hand auf den Tisch. Wie hatte Norma sie nur im Stich lassen können?

Nur die Ruhe, sagte sie sich. Es musste einen Weg geben … Sie war keine ausgebildete Ermittlerin, aber sie hatte ihr ganzes Leben am Theater verbracht. Die Szenerie in Pickford, mit ruchlosen Dieben, verschrobenen Charakteren und einer exotischen Umgebung, erinnerte an ein Theaterstück, in dem nun auch sie eine Rolle spielte. Konnte sie sich diese Erfahrung irgendwie zunutze machen? Sie hatte schließlich genügend Aufführungen gesehen, um zu wissen, wie ein Stück gegliedert sein musste.

»Wenn das hier eine Theateraufführung wäre«, murmelte sie, »was würde dann als Nächstes passieren?« Sie schob ihren Stuhl vom Tisch zurück und lief im Wohnzimmer auf und ab.

»Erster Akt, erste Szene: Das Verbrechen wird begangen. Erster Akt, zweite Szene: Der Ermittler betritt die Bühne und … und …« Ihre Schritte verlangsamten sich. Mitten auf dem geflochtenen Teppich machte sie plötzlich halt. Sosehr sie sich auch bemühte, ihr wollte einfach nichts einfallen.

Ein kleiner Funken Hoffnung flackerte auf und erstarb wieder, wie eine Motte, die ins Rampenlicht flog. Sie setzte sich erneut an den Tisch und ging ein weiteres Mal ihre Liste der möglichen Verdächtigen durch. Sie selbst hatte nicht den leisesten Schimmer, wie sie diese Personen finden sollte, aber dabei konnte ihr bestimmt jemand aus Pickford helfen. Hatte sie nicht selbst schon feststellen dürfen, dass hier jeder über jeden Bescheid wusste?

Erneut flammte die Hoffnung in ihr auf und Ellie grinste. Nun würde es sich auszahlen, Lavinia zu sein. Ältere Damen waren dafür bekannt, neugierig zu sein. Sie schnappte sich ihre Handtasche und marschierte zur Eingangstür.

Johnsons Kaufmannsladen war angefüllt vom Geruch nach Leder und Tabak sowie einem beißenden Gestank, den Ellie nicht zuordnen konnte. Sie kam an Körben voller Gemüse vorbei und ging in Richtung der Modeabteilung im hinteren Teil des Ladens. Auf ihrem Weg entdeckte sie bei einem Ständer mit Zügeln und Zaumzeug einen ungepflegten Mann, der aussah, als wäre er gerade aus einem Loch im Boden gekrochen. Ellie rümpfte die Nase. Anscheinend ging der nicht identifizierbare Geruch von diesem schmuddeligen Kunden aus. Sie drückte sich an ihm vorbei und ging weiter nach hinten durch.

Ellie beobachtete die anderen Kunden und nickte zufrieden. Zwei junge Frauen schauten sich die Kurzwaren in der entsprechenden Abteilung an. Am langen Ladentresen ging eine Frau mit herben Gesichtszügen und einem absonderlich gefederten Hut die Artikel auf ihrer Liste durch und teilte dem Kaufmann mit, dass ihr Backpulver nur von Czar sein dürfe und sonst keiner anderen Marke.

Ein großer, muskulöser Mann mit sandfarbenem Haar, in dunkler Wolljacke und Segeltuchhosen trug ein Fass mit Nägeln zum Tresen und setzte es mit einem Rums neben einer Reihe anderer Waren ab, die Ellie nicht benennen konnte. Ein weiterer Mann – den großen Sporen und Absätzen an seinen Stiefeln nach ein Cowboy – stand in der Bekleidungsabteilung und schaute sich die Hemden an.

Ellie lächelte.

Sie hatte den Ort für ihre erste Erkundungstour gut gewählt. Diese Auswahl an Leuten stellte einen guten Querschnitt der Bevölkerung von Pickford dar.

Wo sollte sie anfangen? Der Kaufmann wäre eine gute Informationsquelle, aber der arme Mann war noch immer damit beschäftigt, die Bestellung der Frau mit dem Federhut entgegenzunehmen. Einer der beiden anderen Männer konnte ihr vielleicht sagen, wo sie die Minenbesitzer antreffen konnte, Lavinia traute sich nur nicht, sie anzusprechen.

So blieben ihr nur noch die Frauen. Ellie bahnte sich ihren Weg zu den Modeartikeln und sprach eine untersetzte Frau in Lavinias

Alter an. »Guten Tag. Der Kaufmann scheint beschäftigt zu sein. Könnten Sie mir sagen, wo ich Bilderhaken finde?«

»Ich glaube, die sind dort drüben in der Abteilung bei den Gardinenstangen.« Die Frau deutete in eine Ecke auf der anderen Seite des Ladens, ohne dabei Ellie aus den Augen zu lassen.

»Vielen Dank.« Ellie seufzte und schüttelte den Kopf. »Sich in einem neuen Haus einzurichten, ist immer so anstrengend, finden Sie nicht auch?«

»Ach?« Die Augen der anderen Frau blitzten interessiert auf.

Ellie unterdrückte ein Grinsen, die Frau schien ähnlich neugierig zu sein wie sie selbst.

»Ich bin Althea Baldwin. Sind Sie neu in der Stadt?«

Ellie nickte. »Lavinia Stewart. Ich wohne auf der Second Street in dem Cooper-Haus.«

»Was sagt man dazu? Willkommen in Pickford.« Ihre neue Bekanntschaft legte die Zierkissen aus Musselin beiseite, die sie begutachtet hatte, und sah an Ellie vorbei. »Das ist ein ziemlich kleines Haus. Wie groß ist denn Ihre Familie?«

»Leider wohne ich allein dort – zumindest vorübergehend. Ich bin seit einigen Jahren verwitwet, allerdings wird meine Nichte mir schon bald Gesellschaft leisten.«

»Sie auch?« Althea gluckste mitfühlend. »Mein Mann ist vor fast fünf Jahren gestorben. Das ist schwer, besonders am Anfang, aber es muss weitergehen, nicht wahr?«

Ellie nickte, da ihr die Worte ausgingen.

Sie spielte hier nur eine Rolle, doch diese Frau musste mit einer solch traurigen Wahrheit leben. Sie schaute sich im Laden um und fragte sich, was wohl die anderen Leute aus ihrem Leben zu erzählen hätten. »In Pickford scheinen sich ja die verschiedensten Leute zu tummeln.«

»Das mag stimmen.« Althea nickte und schien genauso erpicht darauf zu sein, Informationen auszuteilen, wie Ellie darauf aus war, sie einzuholen. Sie deutete mit dem Kopf in Richtung der Frau an der Ladentheke und senkte die Stimme. »Das ist Irene Peabody. Sie ist die Frau des Bankiers und die einflussreichste Frau der Stadt, wie sie Ihnen selbst versichern wird.«

Sie zeigte über Ellies Schulter. »Der Cowboy, der sich dort drüben die Hemden anguckt, ist Shiloh Hooper. Er arbeitet auf der Circle J Ranch.«

Also hatte sie recht gehabt. Zufrieden über ihre richtige Einschätzung beobachtete sie den Mann genauer, registrierte seine drahtige Gestalt, den hohen Hut und den schweren Waffengürtel.

»Dort drüben …« Althea drehte sich zurück zur Ladentheke und zeigte auf den Mann, der neben dem Fass mit den Nägeln wartete. »Das ist Steven Pierce. Ihm gehört die Redemption-Mine.« Sie trat näher an Ellie heran und stupste ihr mit dem Ellenbogen in die Seite. »Ein gut aussehender Kerl, finden Sie nicht? Da wünscht man sich, dreißig Jahre jünger zu sein.«

Ellie presste ihre Fingerspitzen durch die Handschuhe an die Lippen. Sie setzte ein, wie sie hoffte, teilnahmsvolles Lächeln auf, während ihr der Kopf schwirrte von all den Neuigkeiten. Steven Pierce war einer der Unterzeichner des Briefs gewesen, den die Pinkertons erhalten hatten. Da stand nun also einer der Minenbesitzer, deren Hilferuf sie nach Arizona geführt hatte.

Sie schärfte ihren Blick, als sie die lässige Art und Weise beobachtete, mit der er an der Theke lehnte. Das war wie ein Zeichen des Himmels, bestimmt sollte er ihr erster offizieller Ansprechpartner sein. Sie sah, wie die Frau des Bankiers den Jungen herumscheuchte, der ihre Einkäufe für sie hinaustrug, und dann, wie Steven Pierce sich mit dem Kaufmann unterhielt, während er die Waren bezahlte. Er hob das Fass mit den Nägeln auf die Schulter, nickte dem Kaufmann zum Abschied zu und machte sich auf in Richtung Tür.

Sie durfte ihn nicht gehen lassen. Ellie machte einen Schritt nach vorne und blieb dann abrupt stehen. Sie konnte nicht einfach losgehen und einen fremden Mann ansprechen. Auf der Suche nach einer guten Idee schaute sie sich um und bemerkte eine lose Bodendiele auf halbem Weg zwischen ihnen.

Ellie atmete tief durch und zeigte auf einen Tisch mit Geschirr und Glaswaren. »Schauen Sie sich dieses Geschirr an«, sagte sie zu Althea. »Ich hätte nie geglaubt, solch erlesene Ware hier draußen zu finden.«

So schwungvoll, wie es ihr möglich war, schritt Lavinia auf den Tisch zu, geradewegs in Richtung der unebenen Dielen. Kurz bevor sie den Minenbesitzer erreicht hatte, täuschte sie ein Straucheln vor und stolperte ihm genau vor die Füße. In einer geschmeidigen Bewegung ließ er das Fass zu Boden fallen und streckte die Arme aus, um sie vor dem Fall zu bewahren.

»Ach du lieber Gott!« Als ihr Retter sie auf die Beine stellte, richtete Ellie ihren Hut und spähte zu ihm hoch. »Vielen Dank, junger Mann. Ohne Ihre Hilfe wäre ich schrecklich gestürzt.«

Als er lächelte, umrahmten tiefe Grübchen Mr Pierce' Mund, sodass Ellie sich sofort in seine Arme zurückwünschte. Sie starrte in Augen, die so braun waren wie Arbuckle-Kaffee, und ihr Herz galoppierte wie ein Rennpferd.

Sein Lächeln wich einem besorgten Gesichtsausdruck. »Ma'am, geht es Ihnen gut?«

Ellie sammelte sich und besann sich auf ihre Rolle. Sie ergriff die Gelegenheit, ihn in ein Gespräch zu verwickeln, streckte die Hand aus und legte sie auf seinen Arm. »Ich fühle mich ein wenig wackelig auf den Beinen«, erwiderte sie und bemerkte, dass diese Aussage absolut der Wahrheit entsprach. Der Raum schien sich auf schwindelerregende Art und Weise um sie zu drehen.

Mr Pierce schaute sich um. »Soll ich Ihnen einen Stuhl besorgen?«

»Nicht nötig. Wenn ich mich nur für einen Moment bei Ihnen anlehnen dürfte … Natürlich nur, wenn es Ihnen nichts ausmacht.«

»Nicht im Geringsten.« Die schönen braunen Augen spiegelten seine Erleichterung wider. »Lassen Sie sich ruhig Zeit, bis Sie sich von dem Schrecken erholt haben.«

Über seine Schulter konnte Ellie sehen, wie Althea Baldwin sie beobachtete. Als ihre Blicke sich trafen, wackelte die Frau mit den Augenbrauen und zwinkerte ihr wissend zu.

Ellie spürte, wie sie rot wurde, und konzentrierte sich wieder auf den Minenbesitzer. »Grundgütiger, wir haben uns noch nicht einmal vorgestellt. Ich heiße Lavinia Stewart. Ich bin gerade aus Chicago angereist und …«

Die Tür wurde aufgeschlagen und donnerte mit einem Knall gegen die Wand. Ellie zuckte zusammen, fuhr herum und sah, wie ein unrasierter Mann mit zerbeulter Melone auf dem Kopf hereinstolperte. Tränen zeichneten weiße Linien in sein schmutziges Gesicht, während er die Hände an seine Brust drückte.

»Jemand hat Fatima erschossen!«

8

Ellie schnappte nach Luft und fuhr erschrocken mit den Händen an ihren Hals. Im Raum wurde es so still, dass nur noch der röchelnde Atem des ungepflegten Mannes zu hören war, den eine alkoholträchtige Dunstwolke umgab. Unauffällig wedelte sie sich mit der Hand vor der Nase herum, warf einen verstohlenen Blick erst zu Steven Pierce, dann zu dem Cowboy und dem Kaufmann und fragte sich, wer von ihnen als Erster reagieren würde.

Zu ihrer großen Verwunderung kehrten alle zu ihrer vorherigen Beschäftigung zurück, als wäre nichts passiert, bis auf den Cowboy, der mit mäßigem Interesse aufschaute. »Wo wurde sie denn diesmal getroffen?«

Ellie starrte sie fassungslos an. Warum bewegte sich niemand? Sie hatte Horrorgeschichten darüber gehört, wie hart das Leben im Wilden Westen war, aber konnten die Leute wirklich so abgebrüht sein? Sie richtete sich auf und rief: »Hat jemand einen Arzt gerufen?«

»Dazu gibt es keinen Grund.«

Ellie schaute zu Steven Pierce auf und spürte einen plötzlichen Stich der Enttäuschung.

Als er erneut sprach, waren seine Worte nicht an sie, sondern an den betrunkenen Mann gerichtet. »Reg dich nicht auf, Lester. Es ist doch nur ein weiteres Loch. Etwas Farbe und sie ist so gut wie neu.«

Ellie wich zurück. Sie ermahnte sich selbst, in der Rolle zu bleiben, und fuhr sich daher nur erschrocken mit der Hand an den Mund, anstatt Steven Pierce am Kragen zu packen und zu schütteln … ihn und alle anderen im Laden. Niemand schenkte der Tragödie auch nur die geringste Beachtung. *Was ist nur los mit diesen Leuten?*

Der Cowboy zog ein 25-Cent-Stück aus seiner Westentasche

und warf es dem schluchzenden Mann zu. »Hier. Warum gehst du nicht ins Last Chance und ertränkst deinen Kummer?«

Ellie schob ihre Brille auf der Nase hoch und warf dem hübschen Minenbesitzer neben ihr einen bösen Blick zu. »Wie können Sie nur so kaltherzig darüber hinweggehen, dass eine Frau verletzt wurde?«

Sein charmantes Lächeln löste sich auf. »Ich muss mich entschuldigen. Ich weiß, wie sich das für einen Fremden anhören mag. Es ist nur so, Fatima ist nicht … nun, sie ist nicht wirklich …«

Ellie richtete sich auf. »Sagen Sie jetzt bitte nicht, dass es niemanden kümmert, weil die Dame Ausländerin ist.«

Steven Pierce riss erstaunt die Augen auf. Dann lachte er leise, sehr zu ihrem Erstaunen.

Ellies Augen wurden zu Schlitzen. »Ich finde das wirklich alles andere als komisch, Mr Pierce.«

Das Grinsen verschwand aus seinem Gesicht und er warf einen schnellen Blick durch den Laden. »Ich werde versuchen, es Ihnen zu erklären, aber vielleicht gehen wir besser nach draußen. Darf ich Sie auf Ihrem weiteren Weg begleiten?«

Ellie nickte, sie war zu fassungslos, um noch irgendetwas sagen zu können. Ihr erster Nachmittag in Arizona kam ihr allmählich vor wie ein Traum, ein Albtraum vielmehr. Mr Pierce setzte das Fass mit den Nägeln neben der Ladentheke ab und rief dem Kaufmann zu: »Das hol ich dann später ab, Walter.« Er legte Ellies Hand über seinen Arm und führte sie zur Tür.

Draußen angekommen, fragte er sie: »Wo müssen wir eigentlich hin?«

Ellie zeigte nach rechts. »Zur Ecke Charles und Second Street. Das alte …«

»Ach, das Cooper-Haus.«

Ellie unterdrückte den Impuls, mit den Augen zu rollen. »Ich dachte, Sie wollten mir erklären, warum sich niemand für eine arme angeschossene Frau interessiert.«

»Sie ist keine Frau. Nicht wirklich, ich meine …« Pierce' Worte verhallten und er wurde rot.

Ellie zog die Augenbrauen hoch, ihre Stimme nahm einen strengen Tonfall an. »Mr Pierce, sie mag vielleicht keine Dame sein, aber sie ist zweifelsohne eine Frau.«

Ihr Begleiter rieb sich mit seiner freien Hand über den Nacken und sah aus, als würde er am liebsten im Boden versinken.

»Sie ist zwar eine Frau, aber nur eine gemalte.«

Ellie blieb wie angewurzelt mitten auf dem Gehsteig stehen. »Wollen Sie mir weismachen, dass sich dieser Mann wegen eines beschädigten Bildes die Augen ausgeweint hat?« Als sie seine Worte verdaut hatte, fügte sie hinzu: »Und was hat er überhaupt mit dieser Fatima zu tun? Er scheint kaum der Typ Mann zu sein, der Kunstwerke sammelt.«

Mr Pierce wurde röter und röter. »Sie … das Bild gehört ihm nicht. Sie hängt an der Wand in einem der örtlichen Etablissements.«

Langsam nahm die Geschichte Formen an. »Und mit Etablissement meinen Sie einen Saloon, nehme ich an?«

Er nickte. »Das Palace. Ein paar von den Jungs sind furchtbar vernarrt in das Bild. Fatima hat ganz schöne, ähm … rubensche Formen.« Sein Gesicht hatte mittlerweile die Farbe eines dunkelroten Backsteins angenommen.

»Ich verstehe. Aber warum sollte jemand auf ein Bild schießen?«

»Das war wahrscheinlich ein Versehen. Manchmal geht es im Palace ganz schön wild zu, dann kann es vorkommen, dass einer der Jungs etwas übermutig mit seiner Pistole umgeht und diesmal …«

»War die arme Fatima das Opfer?«

»Ich fürchte, so war es.«

»Passiert so etwas öfter?«

Um Pierce' Mundwinkel zuckte es. »Ich würde schätzen, mit diesem letzten Einschussloch sind es insgesamt neun.«

»Ach du lieber Gott.« Sie entschloss sich, ihn vom Haken zu lassen, und wechselte das Thema. »Ich habe im Kaufmannsladen Mrs Baldwin kennengelernt. Sie hat mir erzählt, dass Sie in einer Mine arbeiten?«

»Genau genommen bin ich sogar Eigentümer einer Mine.« Er straffte die Schultern und richtete sich auf. »Vor zwei Jahren habe ich die Redemption-Mine für mich beansprucht.«

Sofort nutzte Ellie die Gelegenheit, die sich ihr mit dieser Aussage bot. »Dann ist es ein glücklicher Zufall, dass sich unsere Wege auf so ungewöhnliche Weise gekreuzt haben. Fast schon ein Wink des Schicksals.«

»Tatsächlich? Wie das?«

Sie drückte seinen Arm und bemerkte dabei erneut, wie fest sein Bizeps war. »Ich bin nur in den Westen gereist, um jemanden wie Sie kennenzulernen.«

Er strauchelte und warf ihr einen Blick von der Seite zu. »Tatsächlich?«

Ich Dummkopf! Ellie spürte, wie ihr die Hitze ins Gesicht stieg. Gab es einen effektiveren Weg, den armen Mann zu vergraulen, als den Eindruck zu erwecken, dass die alte Dame sich in ihn verguckt hatte?

Auf keinen Fall durfte sie die Chance ungenutzt lassen, eine der Schüsselfiguren in ihrer kleinen Inszenierung näher kennenzulernen.

»Ich suche nach einer attraktiven Möglichkeit, eine größere Summe zu investieren«, erklärte sie. »Als ich von den Silberminen in Arizona erfuhr, schien mir diese Option einer näheren Betrachtung wert.«

Ein Lächeln zuckte in Stevens Mundwinkel. »Erkunden Sie alle Ihre Investitionsmöglichkeiten höchstpersönlich?«

Ellie nickte und besann sich auf die Hintergrundgeschichte, die sie sich für Lavinia ausgedacht hatte. »Mein verstorbener Ehemann hat stets großen Wert darauf gelegt, alles Geschäftliche selbst zu regeln. Außerdem ist es an der Zeit, dass ich einen Neuanfang mache. Ich bin nun seit fast drei Jahren verwitwet und brauche etwas Veränderung. Eine Reise in den Westen erschien mir genau das Richtige, um etwas frischen Wind in mein Leben zu bringen.«

Sie schaute zum Horizont, wo sich goldene und purpurfarbene

Streifen über den Himmel zogen. »Ich betrachte es als ein großes Abenteuer. Vielleicht bleibe ich sogar für immer hier.«

Steven unterdrückte ein Grinsen.

Trotz ihres Alters hatte Lavinia Stewart ganz schön viel Mumm. Doch konnte er sie beim Wort nehmen, wenn sie davon sprach, in Pickford einen Neuanfang machen zu wollen? Hatte sie wirklich die Absicht, in seine Mine zu investieren? Er entschloss sich, ihr etwas auf den Zahn zu fühlen.

»Sie interessieren sich also für Bergbau?«

»Ich interessiere mich dafür, Geld zu verdienen, Mr Pierce. Mein Mann war ein gewiefter Geschäftsmann und außerdem ein guter Lehrer. Ich denke, ich habe viel von ihm gelernt.«

Stevens verlangsamte den Schritt. »Sie wollen mir doch nicht erzählen, dass Sie ganz alleine hierhergereist sind?«

»Leider ja.« Ein frustrierter Ausdruck machte sich in ihrem Gesicht breit. »Eigentlich sollte mich meine Nichte begleiten. Wir haben Chicago gemeinsam verlassen, doch sie wurde auf dem Weg aufgehalten.«

Die kleine Frau neben ihm erschien Steven plötzlich in einem ganz neuen Licht. Auch wenn sie ihn an eine der verblichenen Rosen erinnerte, die seine Mutter in ihrer Bibel zu pressen pflegte, hatte sie doch mehr Schneid als gedacht.

Er hatte von kühnen Frauen wie Nellie Cashman aus Tombstone gehört, die einst einen mit Kartoffeln und Limetten bepackten Hundeschlitten nach British Columbia gelenkt hatte, wo eine Gruppe von Minenarbeitern an Skorbut litt. Er fand derartige Geschichten immer beeindruckend, doch niemals hätte er damit gerechnet, so viel Abenteuerlust bei einer alten Dame anzutreffen.

Plötzlich kam ihm ein neuer Gedanke. Er hatte Gott darum gebeten, ihm einen Weg aus seiner geschäftlichen Misere zu weisen. Vielleicht waren seine Gebete erhört worden. Und sah es Gott nicht ähnlich, die Lösung für seine Probleme in solch ungewöhnlicher Form zu schicken?

Die himmlische Antwort auf seine Gebete schaute mit unverhohlenem Interesse zu ihm auf. »Ich halte nichts davon, die Katze im Sack zu kaufen, Mr Pierce. Wenn ich mein Geld in dieses Unternehmen stecken soll, will ich alles darüber wissen.«

»Das ist eine vernünftige Geschäftspolitik. Ich werden Ihnen gerne Rede und Antwort stehen.«

Mrs Stewart strahlte wie ein Leuchtturm. »Wunderbar. Nun, erzählen Sie mir alles über die Förderung von Silber. Lassen Sie nichts aus.«

Sie hätte sich kein besseres Referatsthema für ihn aussuchen können. Von der Fourth Street bis zur Second Street erzählte er von Silbererz und Adern sowie dem gängigen Wert von Silber pro Tonne. Dabei sah er Mrs Stewart unaufhörlich an, um zu sehen, ob sie auch alles verstand. Sie nickte bestärkend und fragte an einigen Stellen nach.

Er unterdrückte ein Grinsen und versuchte, sich seine Jubelstimmung nicht anmerken zu lassen. Das war es – er konnte es spüren. Seine Redemption-Mine würde die dringend benötigte Finanzspritze bekommen, sodass er sie auch weiterhin betreiben konnte. *Vielen Dank, o Herr.*

Als sie sich dem Ende der Second Street näherten, wurden Mrs Stewarts Schritte langsamer. »Wie steht es mit der Auslieferung des Silbers an Ihre Abnehmer? Wie sichern Sie den Transport ab?«

Steven fühlte sich, als sei er gerade über den Rand einer Klippe getreten. Sie hatte ihm die eine Frage gestellt, der er hatte aus dem Weg gehen wollen. Er klappte den Mund auf und wieder zu in der Gewissheit, dass das, was er nun sagte, ihre Entscheidung beeinflussen konnte. Er musste seine Antwort vorsichtig formulieren.

Am liebsten hätte er die kürzlich erlittenen Verluste heruntergespielt und sich ausschließlich auf das Potenzial der Mine konzentriert. Er brauchte ihr nur von dem Verbund der Minenbesitzer zu erzählen und welche Sicherheitsvorkehrungen sie getroffen hatten.

Die Raubüberfälle, die ihnen keinen anderen Ausweg gelassen hatten, als sich an die Pinkertons zu wenden, musste er einfach unter den Tisch fallen lassen. Das wäre der einfachste Weg. Die alte Dame hatte keinen Grund, seinen Worten zu misstrauen, und er spürte, dass sich zwischen ihnen beiden eine Verbindung aufbaute. Er musste ihr nur ein paar vorsichtig ausgewählte Halbwahrheiten servieren und die Frau würde ihm die finanziellen Mittel zur Verfügung stellen, welche die Zukunft der Redemption-Mine absichern würden.

Als er auf ihr leicht verwittertes Gesicht herabschaute, blieben ihm die Worte im Hals stecken. Egal, was es ihn kosten würde, er konnte das Vertrauen dieser Frau nicht missbrauchen – oder gegen seine eigenen Moralvorstellungen verstoßen.

»Ich würde Ihnen gerne sagen, dass bei der Auslieferung alles glattläuft, aber wir hatten in letzter Zeit Probleme, was das anbelangt. Das gilt nicht nur für mich, sondern auch für alle anderen Minenbesitzer aus der Gegend.« Sie erreichten die Vorderterrasse und mit jedem seiner Schritte sah Steven die Hoffnung auf Rettung weiter dahinschwinden.

Auf der obersten Stufe zu ihrer Veranda machte Mrs Stewart auf einmal halt und warf dem Fliederbusch einen strengen Blick zu. »Ich kann dich sehen, junger Mann. Du machst jetzt besser, dass du nach Hause kommst.«

Steven bedachte seine Begleitung mit einem besorgten Blick, bis er Billy Taylor aus dem Busch steigen sah, der eher missmutig als beschämt wirkte.

»So.« Mrs Stewart wies auf ein paar Holzschaukelstühle. »Ich glaube, jetzt können wir unsere Unterhaltung fortführen, ohne von neugierigen Ohren belauscht zu werden.«

Steven versuchte, sich das Grinsen zu verkneifen, half ihr in einen der Stühle, setzte sich in den anderen und erzählte ihr von seinen Schwierigkeiten.

Ellie beobachtete ihn genau, sagte aber nichts, bis er fertig gesprochen hatte. Stattdessen neigte sie wie ein neugieriger Zaunkönig den Kopf zur Seite. »Meiner Erfahrung nach muss man für alle lohnenswerten Dinge im Leben kämpfen. Ich bin mir sicher, dass wir einen Weg finden können, diesen Verbrechern einen Strich durch die Rechnung zu machen, wenn wir die Köpfe zusammenstecken.«

Ihre ruhige Antwort erschütterte ihn. Hatte er tatsächlich das Wörtchen *wir* gehört, als wäre sie bereits sein Partner?

Ihm kam eine Idee – eine Idee, die dem Herrn sicher besser gefallen würde als die trügerischen Gedanken, die er vorher gehegt hatte. »Würden Sie mich am Sonntagmorgen in die Kirche begleiten? Danach können wir uns weiter über die Mine und Ihre Beteiligung daran unterhalten. Vielleicht beim Mittagessen?«

Mrs Stewarts Blick verriet, wie sehr sie von seinem Vorschlag angetan war. »Eine hervorragende Idee. Ich freue mich jetzt schon auf Sonntag.«

Nachdem er diese Verabredung getroffen hatte, ging Steven Pierce zurück zu seinem Büro und fühlte sich so unbeschwert wie seit Tagen nicht mehr. Nur mit Mühe gelang es ihm, gelassen die Straße hinabzuschlendern, obwohl er am liebsten herumgesprungen wäre und laute Hosiannas gerufen hätte.

Anscheinend hatte er seine Chance doch noch nicht vertan.

Nach einem kleinen Abendessen aus Käse, Kräckern und Dosenpfirsichen, die sie in den teilweise bestückten Küchenschränken gefunden hatte – die Pinkertons hatten an alles gedacht, um ihr die Eingewöhnung in ihr neues Zuhause so einfach wie möglich zu machen –, wollte Ellie nur noch in ihr gemütliches Bett kriechen und ihren Kopf auf dem einladenden Kissen ablegen. Doch sie hatte noch eine Aufgabe zu erledigen, bevor sie ihrem Bedürfnis nach Schlaf nachgeben durfte.

In ihrer kurzen Einweisung hatten die Pinkertons betont, wie wichtig es war, am Ende eines jeden Tages alle Geschehnisse detailliert niederzuschreiben.

»Im Laufe einer Ermittlung«, hatte Fleming gepredigt, »vergisst man leicht irgendwelche Details. Auch wenn Sie diese Untersuchung nicht leiten, sollten Sie sich alles merken, was Sie sehen und hören. Dabei kann es sich um etwas Belangloses wie einen Gesprächsfetzen handeln, der später dabei hilft, die Teile des Puzzles zusammenzufügen.«

Ellie warf dem Bett einen sehnsüchtigen Blick zu. Sie redete sich ein, dass ein paar Stunden Schlaf bestimmt nicht dazu führen würden, dass sie eine wichtige Information vergaß. Dann zog sie sich aus, legte die lästigen Wangenpolster und Beinbandagen ab und zog sich ihr Flanellnachthemd über. Vielleicht bewirkte der dringend benötigte Schlaf ja auch, dass sich ihr Geist erholte und sie noch mehr Dinge im Gedächtnis behalten konnte. Sie zog sich Lavinias graue Perücke vom Kopf, legte sie auf dem dafür vorgesehenen Ständer ab und griff nach ihrer Bürste, um ihre langweiligen braunen Locken, die den ganzen Tag über unter der Perücke gefangen gewesen waren, in langen, gleichmäßigen Strichen auszukämmen.

Ellie schloss die Augen und zählte ihre Bürstenstriche bis hundert, wobei sie an nichts anderes denken konnte, als sich auf der Matratze niedersinken zu lassen. Ihr Gedächtnis war doch mit Sicherheit gut genug, sich über Nacht ein paar Details merken zu können … Immerhin leistete es seinen Dienst, indem es sie an früher erinnerte: Damals war sie nie zu Bett gegangen, bevor sie alle Arbeiten für Magdalena erledigt hatte. Und war ihr Auftrag in Pickford nicht weitaus wichtiger?

Sie legte die Bürste mit einem müden Seufzer auf dem Frisiertisch ab und drückte ihre Handballen gegen die Augen. Sosehr sie sich auch wünschte, ins Bett zu steigen und den Tag hinter sich zu lassen – sie konnte sich jetzt keine Ruhepause erlauben. Nicht, wenn sie noch Arbeit zu erledigen hatte.

Die Zeit arbeitete gegen sie. Sie musste den Dingen auf den Grund gehen, bevor die Pinkertons jemand anderen schickten, der sie aus dem Fall verdrängte. Diese Erkenntnis ließ sie erstarren. Sie durfte ihrer Müdigkeit nicht nachgeben, sie musste weitermachen.

Ungeniert gähnte sie aus vollem Hals, schlurfte ins Wohnzimmer und versicherte sich, dass alle Vorhänge ordentlich zugezogen waren. Es wäre gar nicht gut, wenn ein neugieriger Passant eine fremde junge Frau in Lavinia Stewarts Haus sähe.

Ellie zündete den Ofen unter dem Kessel an und kochte Wasser für eine Kanne Tee. Es war nicht abzusehen, wie lange sie aufbleiben würde, und sie konnte jedes bisschen Unterstützung gebrauchen, um wach zu bleiben. Während sie darauf wartete, dass der Tee durchzog, holte sie sich Füller, Tinte und Papier aus dem Sekretär, der in der Ecke zwischen dem Garderobenständer und der Tür zum zweiten Schlafzimmer stand.

Ein köstlicher Duft stieg ihr in die Nase, als sie an dem Tee nippte. Sie nahm sich vor, die Namen aller Leute aufzuschreiben, denen sie im Laufe des Tages begegnet war, zusammen mit ein paar Bemerkungen zu ihrem Eindruck von den Personen. Das würde nicht schwer sein, nur wusste sie nicht, wie ihr das dabei helfen sollte, den Fall zu lösen. Da sie im Theater groß geworden war, lag ihr das Beobachten von anderen Leuten im Blut. Um ein guter Schauspieler zu werden – wie es ihre Eltern gewesen waren –, musste man die Menschen beobachten und versuchen, die Motive für ihr Handeln zu verstehen.

Sie tunkte den Füller in das Tintenfass und begann aufzuschreiben, wem sie alles an diesem Tag begegnet war – vom Kutscher über den Telegrafisten bis hin zu Althea Baldwin, der redseligen Witwe, die alles über jeden Einwohner der Stadt zu wissen schien.

Und dann war da noch Steven Pierce. Ellies Mund verzog sich langsam zu einem Lächeln, als sie sich an seine warmen braunen Augen erinnerte, seine starken Arme unter ihren Fingerspitzen und wie aufmerksam er ihr gegenüber gewesen war.

Weil er sie als Lavinia gesehen hatte und nicht als Ellie. Vielleicht war es ganz gut, dass er sie als wohlhabende ältere Dame kennengelernt hatte, sonst hätte er sie womöglich nie bemerkt.

Der Gedanke erinnerte sie an ihre vorliegende Aufgabe und sie versuchte, sich Steven in der Rolle des Bösewichts vorzustellen. Genau wie alle anderen Minenbesitzer wusste er, wann und wie das Silber ausgeliefert wurde. Sein reges Interesse, als sie eine finanzielle Beteiligung angedeutet hatte, zeigte, dass er das Geld gut gebrauchen konnte. War seine Lage verzweifelt genug, dass er versuchte, seine Probleme auf illegale Weise zu lösen?

Ellie warf den Füller hin, wobei sie mehrere Papierbögen mit Tinte bespritzte. Sosehr sie sich auch bemühte, sie konnte sich nicht vorstellen, dass Steven Pierce der Übeltäter war. Sie erinnerte sich an seinen hin- und hergerissenen Gesichtsausdruck, als sie ihn zu der Auslieferung des Silbers befragt hatte. Sie war sich sicher, dass es ihn einiges an Überwindung gekostet hatte, ihr reinen Wein über seine Verluste einzuschenken. In ihrer Zeit am Theater hatte sie am eigenen Leib erfahren, wie es war, in einer Welt zu leben, in der ständig nur gespielt und vorgegaukelt wurde und die Menschen ihre Reaktionen vortäuschten. Doch Steven Pierce war kein geübter Schauspieler … oder doch?

Ellie schob ihren Stuhl zurück und ging zum Fenster. Sie zog die Vorhänge auf, schlang die Arme um sich und schaute hinaus in die Nacht. Sie musste achtgeben, dass sie ihren Verstand nicht unter ihre Gefühle stellte. Sie war in Pickford, um einen Auftrag zu erledigen, und dazu gehörte, jeden zu verdächtigen und nicht die blauäugige Naive zu spielen. Hatten ihr Fleming und Gates nicht genau aus diesem Grund eingetrichtert, keinem der Minenbesitzer gegenüber ihre wahre Identität zu enthüllen?

Sie zog die Vorhänge wieder zu, marschierte zurück zum Tisch und schrieb Stevens Namen mit auf die Liste.

9

Der fröhliche Ruf einer Spottdrossel zwitscherte durch die Luft, als Ellie am nächsten Morgen die Grant Street hinunterspazierte. Dabei gab sie sich größte Mühe, wie eine Frau zu wirken, die ihre neue Gemeinde erkundete und lediglich ein paar neue Bekanntschaften sowie ihre Einkäufe im Sinn hatte. Sie durfte nicht das geringste Interesse an irgendwelchen kriminellen Aktivitäten zeigen, die eventuell hier vor sich gingen.

Sie ging an McQueens Zigarrenladen vorbei und verlangsamte ihren Schritt vor der Pickford-Bäckerei, als würde sie sich die Leckereien im Schaufenster ansehen. Doch anstatt sich den Donuts und Eclairs zu widmen, konzentrierte sie sich auf ihr Spiegelbild und das Treiben auf der Straße hinter ihr: einige würdevolle alte Damen mit Einkaufskörben über dem Arm, eine offene Kutsche, die auf dem Weg zur Pferdevermietung in der Second Street war, doch nichts, was ihr zwielichtig vorkam.

Andererseits war es nicht besonders wahrscheinlich, dass die dunklen Machenschaften am helllichten Tag auf offener Straße ausgeführt wurden.

Unbefriedigt atmete sie aus und konnte sich gerade noch zurückhalten, nicht mit dem Fuß aufzustampfen. Wie hatte sie jemals glauben können, dass sie in der Lage war, alleine eine kriminelle Untersuchung durchzuführen?

»Mrs Stewart!«

Aus ihren Gedanken aufgeschreckt, drehte sich Ellie um und sah, wie ihr Amos Crawford aus dem Eingang des Telegrafenamtes zuwinkte.

»Vor ein paar Minuten ist ein Telegramm für Sie angekommen. Ich wollte gerade meinen Botenjungen damit zu Ihrem Haus schicken.« Der Telegrafist wedelte mit dem Blatt Papier über dem Kopf, als hielte er eine Trophäe in die Höhe.

Das musste eine Nachricht von der Zentrale sein.

Ellie überquerte vorsichtig die Kreuzung Fourth Street und Grant Street, bereit, jede noch so schlechte Nachricht entgegenzunehmen.

Auf halber Strecke entdeckte sie weiter hinten an der Straße Althea Baldwin, die in ihre Richtung lief. Ellie hob die Hand zum Gruß und lächelte ihr zu, woraufhin Althea unverzüglich auf dem Absatz kehrtmachte und in die entgegengesetzte Richtung davonmarschierte. Ellie hatte keine Zeit, sich über das seltsame Verhalten der Frau den Kopf zu zerbrechen, und eilte mit ausgestrecktem Arm auf Amos Crawford zu, um die Nachricht aus Chicago entgegenzunehmen.

Anstatt es ihr zu überreichen, wich Amos ins Gebäude zurück, sodass sie ihm gezwungenermaßen folgen musste. Sie setzte ein gelassenes Gesicht auf, ging ihm hinterher und versuchte angesichts seines plumpen Versuchs, mit ihr allein zu sein, nicht die Augen zu verdrehen. Die Möglichkeit, die Nachricht ungestört zu lesen, schien nicht gegeben. Offensichtlich war der Telegrafist darauf aus, den Inhalt der Botschaft mit ihr zu besprechen. Oder er wollte lediglich etwas Zeit in Lavinias charmanter Gesellschaft verbringen. Ellie seufzte und überflog schnell das Telegramm, sobald er es ihr ausgehändigt hatte.

BEKÜMMERT ÜBER JESSIES VERSPÄTUNG STOPP
IST ALLES IN ORDNUNG STOPP
ERBITTE SCHNELLSTMÖGLICHE ANTWORT STOPP
COUSIN HENRY

Ellie las die Botschaft ein zweites und ein drittes Mal. Für einen Außenseiter mochten die Worte neutral klingen, doch sie konnte die Panik in Gates Stimme förmlich hören.

Amos Crawford unterbrach ihre Gedanken. »Klingt, als würde

sich Ihr Cousin ein wenig sorgen, weil Sie ganz allein hier draußen sind.«

Ellie nickte geistesabwesend, während sie noch darüber nachdachte, für wie viel Aufregung ihr Telegramm gesorgt haben musste.

»Ich nehme an, Sie möchten ihm eine Antwort schicken?«

Ein unverbindliches Gemurmel war alles, was Ellie über die Lippen brachte, während sie fieberhaft versuchte, eine passende Antwort zu finden.

»Sie können ihn sofort von seinen Sorgen befreien.« Amos ging hinter den Schalter und reichte ihr ein Formular und einen Bleistift. »Schreiben Sie, dass es hier genügend Leute gibt, denen es eine Freude sein wird, auf Sie achtzugeben. Wir würden es niemals zulassen, dass einer so reizenden Dame wie Ihnen etwas zustößt.«

Etwas an seinem Tonfall ließ Ellie aufhorchen und für einen Moment das Telegramm vergessen. Versuchte er etwa, ihr schöne Augen zu machen?

Als hätte er ihre Gedanken gelesen, wurde Amos rot. »Ich meine natürlich, schreiben Sie, was Sie möchten.« Er lehnte sich vor und senkte seine Stimme zu einem heiseren Flüstern. »Ich erlasse Ihnen auch die Gebühr für ein paar Worte, wenn es Ihnen recht ist.«

Grundgütiger, ein Verehrer hatte ihr gerade noch gefehlt. Ellie griff nach dem Bleistift und begann zu schreiben:

Jessie besucht Freunde.

Das entsprach fast der Wahrheit und Fleming und Gates würden es verstehen, sobald Norma ihnen von ihren Flitterwochen berichtet hatte.

Kein Grund zur Sorge. Alles bestens, lerne viele neue Leute kennen.
Lavinia

So. Sie hoffte, das würde ausreichen, um sowohl ihre Arbeitgeber als auch den neugierigen Amos Crawford zufriedenzustellen. Ellie zahlte die Gebühr und verließ das Telegrafenamt ohne ein weiteres Wort, worüber Amos offensichtlich enttäuscht war.

Draußen angekommen, machte sie sich daran, ihren Spaziergang fortzusetzen. Der Stationsvorsteher trat vor die Tür, als sie an seinem Büro vorbeikam. Er sprang zurück, um einen Zusammenstoß zu vermeiden. »Guten Morgen, Ma'am. Wird Ihre Nichte denn bald eintreffen?«

Ellie zog die Augenbrauen hoch. Gab es denn überhaupt keine Geheimnisse in dieser Stadt? Die Tratschfreude der Einwohner von Pickford stellte sogar die der Theaterleute in den Schatten. Offensichtlich hatte Amos seinem Freund von der Neuigkeit erzählt. Ein Grund mehr, ihre Identität geheim zu halten. Sollte ihre Mission auffliegen, würde bald die ganze Stadt Bescheid wissen.

Sie improvisierte und wählte ihre Worte mit Bedacht. »Ich bin mir nicht sicher, wann sie ankommt. Soweit ich weiß, reisen ihre Freunde, die sie gerade besucht, bald nach San Diego und setzen sie auf ihrem Weg zur Eisenbahnstation in Benson hier ab.«

»Ach so. Nun, wenn sie es sich anders überlegen sollte und lieber mit der Postkutsche reisen will, geben Sie mir einfach Bescheid. Ich werde dafür sorgen, dass man sie gut behandelt.«

Ellie nickte ihm freundlich zu und ging weiter. Sie bemühte sich, ein gelassenes Äußeres zu wahren, um zu verbergen, wie aufgebracht sie in Wirklichkeit war. Wie sollte sie sich aus der Zwickmühle befreien, in die sie sich selbst mit der Ankündigung von Jessies Ankunft hineinmanövriert hatte?

Sie hatte Gates versichert, dass es ein Leichtes für sie sein würde, die Rolle der Lavinia zu spielen, und sie hatte sich selbst eingeredet, dass dieser Auftrag eine gute Gelegenheit war, ihre schauspielerischen Fähigkeiten unter Beweis zu stellen. Doch sie war nicht mehr am Theater. Sie hatte eine Rolle angenommen und spielte diese auch recht überzeugend, keine Frage, aber das hier war kein Theaterstück. Die Geschichte war nicht vorbei, wenn die Lichter ausgingen und das Publikum den Saal verließ. Der Schwindel, den sie hier betrieb, musste pausenlos aufrechterhalten werden und sie konnte es sich nicht leisten, auch nur für einen winzigen Augenblick aus der Rolle zu fallen.

Sie stand an der Straßenecke und zerbrach sich den Kopf, wie sie Jessies andauernde Abwesenheit erklären konnte. Vielleicht wurde ihre imaginäre Nichte ja während des Besuchs bei ihren Freunden krank. Ja, das war die perfekte Lösung. Jetzt musste sie sich nur noch eine passende Krankheit überlegen.

»Guten Morgen, Ma'am.«

Ellie schreckte aus ihren Gedanken hoch und sah einen breitschultrigen Herrn in schwarzer Walkstoffkleidung vor sich stehen. Sein Hut war tief über die durchdringenden dunklen Augen gezogen, die direkt durch sie hindurchzublicken schienen.

Ellie zuckte unwillkürlich zusammen. Sie senkte die Lider, um seinem prüfenden Blick auszuweichen, und bemerkte den silbernen Stern, den er an der Brust trug.

»Ach, guten Morgen, Sheriff … oder Marshal?«

Die dünnen Lippen öffneten sich und trennten seinen akkurat rasierten Schnurrbart von einem schmalen Ziegenbart. »Marshal Everett Bascomb, zu Ihren Diensten. Darf ich Sie über die Straße geleiten?«

Ellie nickte und hakte sich bei ihm unter, begeistert über die Gelegenheit, den Gesetzeshüter von Pickford kennenzulernen. Sie wusste, dass sie mit ihren Äußerungen vorsichtig sein musste. Die Pinkertons hatten sie gewarnt, dass sie nicht für die Integrität der örtlichen Gesetzesvertreter garantieren konnten. Doch dieses erste Aufeinandertreffen würde das Eis brechen und ihnen beiden die Möglichkeit geben, sich ein wenig zu unterhalten. Später würde sie noch genug Zeit haben, sich zu überlegen, wie sie ihm am besten Informationen entlocken konnte.

»Ich bin gerade erst gestern in Pickford angekommen, aber ich glaube, es wird mir hier sehr gut gefallen.« Ellie lächelte zu ihm auf, genauso, wie sie es mit Steven Pierce am Tag zuvor getan hatte, um dann feststellen zu müssen, dass seine Aufmerksamkeit nicht ihr galt, sondern einer drallen jungen Frau, die gerade aus dem Kaufmannsladen trat. Ellie räusperte sich und setzte erneut an. »Pickford scheint ein wirklich nettes Städtchen zu sein. Sie sorgen hier offensichtlich sehr erfolgreich für Recht und Ordnung.«

»Hmm? O ja. Hier leben viele gesetzestreue Bürger … aber auch genug grobschlächtige Elemente, die mich auf Trab halten.« Seine Worte richteten sich an Ellie, während sein Blick weiterhin hartnäckig auf der anderen Straßenseite verharrte. Als würde sie sein Interesse spüren, schaute die attraktive Brünette zu ihm herüber und lächelte.

Als sie auf der anderen Straßenseite der Grant Street angekommen waren, half der Marshal Ellie auf den Gehsteig und lupfte den Hut. »Es war mir eine Freude Sie kennenzulernen, Mrs …?«

»Stewart. Lavinia Stewart. Ich freue mich auf …« Ellies Worte schwebten dahin wie ein Staubwölkchen in der Luft. Der Marshal hatte bereits den halben Weg zwischen ihr und seiner kurvigen Beute zurückgelegt. Ellie beobachtete, wie er seinen Hut schwungvoll vom Kopf zog und sich höflich verneigte. Die junge Frau lächelte ihn einfältig an und Bascomb lehnte sich gegen einen Laternenpfahl, als richte er sich auf eine längere Unterhaltung ein.

Ein paar hartgesotten aussehende Männer kamen aus einer Gasse am anderen Ende der Straße. Als sie den Marshal entdeckten, rief einer von ihnen: »Hey, Bascomb. Hier drüben.«

Der Marshal drehte sich um und runzelte die Stirn. Die anderen Männer gestikulierten und winkten ihn zu sich herüber, aber Bascomb schüttelte bloß den Kopf und wandte sich wieder seiner koketten Begleiterin zu.

Unbeirrt beharrten die Männer darauf, dass er sich zu ihnen gesellen solle.

Deutlich höflicher als zuvor von Lavinia verabschiedete sich Bascomb von dem Mädchen und ging auf die andere Straßenseite.

Hatte das möglicherweise etwas mit ihrem Fall zu tun? So unauffällig wie möglich überquerte Ellie erneut die Grant Street und flanierte langsam an den Schaufenstern der Läden vorbei. Die Gruppe der Männer entfernte sich ein Stück und hielt vor G. F. Lemons Möbelladen an. Einer von ihnen drehte sich etwas und traf Ellies Blick. Er stieß Bascombs Ellenbogen an und nickte in ihre Richtung.

Ellie ging drei Schritte vor und blieb stehen. Sie konnte wohl kaum dort hinüberschlendern und sich in Hörweite aufstellen. Sie spitzte die Ohren, aber die Männer waren zu weit weg, als dass sie hören konnte, worüber sie sich unterhielten.

Was nun? Sie konnte nicht hier stehen bleiben und die Männer unverkennbar belauschen. Doch wo sollte sie hin?

Sie schaute sich um und sah den Eingang des Grand-Hotels nur wenige Schritte entfernt an der Ecke Grant und Fifth Street. Ohne zu zögern, ging sie direkt darauf zu und marschierte durch die Tür.

»Guten Morgen, Ma'am. Kann ich etwas für Sie tun?«

Ellie hielt inne, versuchte, zu Atem zu kommen und sich im Schutze des trüben Lichts zu sammeln. Ein Mann mit hängenden Schultern stand hinter dem Empfangstresen und schaute sie erwartungsvoll an. Sie zog ein spitzenbesetztes Taschentuch aus ihrem Ärmel und wedelte sich Luft zu. »Ich bin nur etwas erschöpft. Ich hatte gehofft, dass ich mich hier für ein paar Minuten ausruhen könnte, um wieder zu Atem zu kommen. Würde Ihnen das etwas ausmachen?«

Mit einem mitfühlenden Ausdruck in seinem breiten Gesicht eilte der Mann durch die Lobby, um Ellie in einen Polstersessel am Fenster zu helfen. Er blieb besorgt bei ihr stehen, während sie sich in die Kissen zurücklehnte. »Möchten Sie vielleicht ein Glas Wasser?«

»Vielen Dank. Ein Schluck Wasser wäre wunderbar.« Der Empfangschef eilte davon, um ihr etwas zu trinken zu besorgen, und zum ersten Mal, seit sie von den Grobianen dort draußen entdeckt worden war, atmete Ellie wieder tief durch. Sie schaute sich um. Am anderen Ende der Lobby stand ein Eichentresen. Dahinter waren zwei Türen, wovon eine, wie sie vermutete, in das Büro des Hotels führte. Die Mitte des Raumes war frei von Möbelstücken, bis auf einen Orientteppich, der fast den ganzen Boden bedeckte. Zu einer Seite gab ein schwarzer verchromter Holzofen sanfte Wärme ab. Die

Sitzecke, in der sie sich niedergelassen hatte, nahm den Platz vor den breiten Fensterscheiben ein, die über die Grant Street blicken, eine ähnliche Garnitur stand vor dem Fenster, das zur Fifth Street hinausschaute.

Ellies Puls ging schneller. Durch die feinen Spitzenvorhänge konnte sie beobachten, was auf der Straße vor sich ging, ohne selbst gesehen zu werden. Wenn sie sich etwas anders ausrichtete – sie nutzte die Abwesenheit des Empfangschefs, um ihren Sessel etwas nach rechts zu verschieben –, hatte sie beide Straßen im Blick. Sie lehnte sich in die bequemen Kissen zurück und fasste Bascomb und seine Begleiter ins Auge, die sich ein paar Meter entfernt in ernstem Tonfall unterhielten. Es war der perfekte Beobachtungsposten. Sie hätte ihn nicht besser wählen können.

Der Empfangschef kehrte mit einem Glas Wasser zurück, das Ellie dankbar entgegennahm und daran nippte. »Vielen lieben Dank. Es tut mir leid, dass ich Ihnen Mühe bereite.«

»Nicht der Rede wert, Ma'am. Kann ich noch etwas für Sie tun?«

»Nein, danke, ich fühle mich schon viel besser. Darf ich nur ein Weilchen hier sitzen bleiben?«

»Lassen Sie sich Zeit. Sie können bleiben, solange Sie möchten.« Ein Lächeln erhellte seine schlaffen Züge. »Ich heiße übrigens Donald Tidwell. Geben Sie mir einfach Bescheid, wenn Sie noch etwas brauchen.«

Ellie erwiderte sein Lächeln. »Vielen Dank, Mr Tidwell. Ich bin Lavinia Stewart. Schön, Sie kennenzulernen.«

Er kehrte zu seiner Arbeit am Empfang zurück und Ellie beobachtete weiter den Marshal und die Männer, mit denen er sich unterhielt. Die kleine Gruppe löste sich gerade auf, Bascomb entfernte sich in westlicher Richtung, die anderen gingen nach Osten auf die Seventh Street und die dahinterliegenden Saloons zu.

Worüber sie sich unterhalten hatten, war Ellie entgangen. Sie schnaubte auf nicht besonders damenhafte Weise. Warum hatte sie nicht ein paar Minuten früher ihren Posten im Hotel einnehmen können? Auch wenn sie durch das Fensterglas nicht hören konnte, was gesprochen wurde, so hätte sie zumindest die Männer genau betrachten, vielleicht sogar ihre Lippen lesen können.

»Sind Sie neu in der Stadt oder nur auf der Durchreise?« Der Empfangschef riss sie aus ihren Gedanken. »Ich habe Sie noch nie hier gesehen.«

»Ich bin gerade erst angekommen. Ich habe vor, in die Minen von Pickford zu investieren.«

Der Mann schaute sie erstaunt an und war offensichtlich beeindruckt. Ellie betrachtete ihn genauer, während sie vorgab, sich mit dem Taschentuch die Wangen abzutupfen. Mit seinen hängenden Schultern und der schlaksigen Gestalt schien er besser für eine Büroanstellung im Osten geeignet zu sein. Wenigstens war er nett, dachte sie, als sie sich an den ungehobelten Empfangschef in Kansas City erinnerte.

Sie warf einen Blick auf die Grant Street hinaus und schaute dann die Fifth Street hinunter, aber sie konnte nichts Ungewöhnliches entdecken. Ellie stützte sich auf die Arme des Polstersessels und schob sich hoch, bereit, das Hotel zu verlassen.

Sie bedauerte, die Gelegenheit vertan zu haben, Bascomb und seine Begleiter auszuspionieren. Der Standort des Hotels machte es zum idealen Aussichtspunkt. Wenn ihr doch nur ein guter Vorwand einfiele, regelmäßig hierherkommen zu können. »Vielen Dank noch einmal für Ihre Gastfreundschaft. Die kurze Rast hat mir sehr geholfen.«

Der Empfangschef deutete eine Verbeugung an. »Es war mir eine Ehre, Ma'am. Meine Tante aus Missouri hat Knieprobleme und muss genau wie Sie zwischendurch immer wieder eine kleine Pause einlegen. Sagen Sie, soll ich Ihnen etwas zeigen, solange Sie hier sitzen?«

Ohne Ellies Antwort abzuwarten, zog der Mann ein kurzes Seil aus der Tasche und hielt beide Enden mit einer Hand fest. »Ich werde jetzt einen Knoten ins Ende dieses Seils machen, indem ich es nach vorne schnellen lasse.«

Er hob den Arm, als wolle er eine Peitsche schwingen, stieß seine

Hand schnell herab und ließ dabei ein Ende des Seils los. Als das lose Ende nach vorne flog, konnte Ellie sehen, dass sich darin ein ordentlich geknüpfter Knoten befand.

Sie lachte und klatschte in die Hände. »Zauberhaft! Ich weiß wohl, dass es sich um einen Trick handeln muss, aber ich habe keinen Schimmer, wie Sie das zustande gebracht haben.«

Der Empfangschef strahlte vor Zufriedenheit. Er nahm seine Brille ab und polierte die runden Gläser mit einem Tuch, das er aus seiner Tasche gezogen hatte. »Das ist nur ein kleines Hobby von mir, Ma'am. Schön, dass es Ihnen Freude bereitet hat. Sie sind jederzeit willkommen, sich hier auszuruhen, wenn Sie in der Stadt spazieren gehen. Ich würde mich freuen, Sie wiederzusehen.«

Ellie lächelte und versuchte, sich ihre Euphorie nicht anmerken zu lassen. »Was für ein freundliches Angebot. Ich werde mit Sicherheit darauf zurückkommen.« Bevor sie die Tür erreicht hatte, flog diese auf, und ein Mann mit sonnengegerbtem Gesicht und schwarzem Schlapphut auf dem Kopf stürmte an ihr vorbei. Ohne sie auch nur eines Blickes zu würdigen, marschierte er direkt auf die Empfangstheke zu.

»In welchem Zimmer wohnt Earl Porter?«

Der Empfangschef wurde blass. »Er ist gerade außer Haus.«

Der Mann mit der rauen Stimme lehnte sich drohend über die Theke, sodass Donald Tidwell ein paar Schritte zurückwich. »Wenn er wieder auftaucht, sagen Sie ihm, dass ich ihn sprechen will. Er sollte mich besser nicht warten lassen.« Er machte auf dem Absatz kehrt und warf Ellie einen durchdringenden Blick zu, als würde er sie erst jetzt bemerken.

Sie hastete aus der Lobby, so schnell sie nur konnte. Auf dem Gehsteig angekommen, zwang sie sich, langsam zu gehen. Am liebsten hätte sie ihren Rock gerafft, um die Grant Street hinunterzurennen und Schutz in ihrem kleinen Haus zu suchen.

Wo war sie nur hineingeraten? Dieser Vorfall, so kurz er auch gewesen sein mochte, hatte ihr eine Gänsehaut bereitet. Die Abenteuer aus den Groschenromanen, die sie gelesen hatte, schossen ihr durch den Kopf. Das war der Wilde Westen. Sie musste aufhören, diesen Auftrag als einen Spaß zu betrachten. Hier in der ungezähmten Wildnis verloren oft genug Leute ihr Leben.

Als sie zwei Straßenblocks zwischen sich, das Hotel und seinen rüpelhaften Besucher gebracht hatte, hielt sie an und lehnte sich gegen die Ladenfront des Juweliers Levi. Es dauerte einen Moment, bis sie zu Atem gekommen war und sich gesammelt hatte. Das Verhalten dieses Furcht einflößenden Mannes hatte nichts mit ihr zu tun gehabt. Es gab keinen Grund für die Angst, von der sie erfüllt war.

Niemand wusste, wer sie war oder was sie wirklich nach Pickford gebracht hatte. Erneut dankte sie den Pinkertons im Stillen dafür, dass sie Ellie davor gewarnt hatten, ihre wahre Identität preiszugeben. Solange sie die Fassade der harmlosen, treuherzigen Lavinia aufrechterhielt, konnte sie ungestört und gefahrlos ihren Ermittlungen nachgehen.

Als sich ihr Puls beruhigt hatte, ging sie weiter und erinnerte sich daran, den ungehobelten Mann später auf die immer länger werdende Liste ihrer Verdächtigen zu setzen. Vielleicht sollte sie auch den Empfangschef nicht außen vor lassen, auch wenn er harmlos wirkte.

Wenigstens konnte sie einen kleinen Erfolg verbuchen, da es ihr nun freistand, das Hotel öfter aufzusuchen. So war sie in der Lage, auf unauffällige Art und Weise Donald Tidwell und die Gäste des Hauses unter die Lupe zu nehmen.

Auch diesen rüpelhaften Kerl würde sie im Auge behalten. Aber nur aus sicherer Entfernung.

Als sie die Treppen zu ihrer Veranda hinaufstieg, hörte Ellie, wie es im Fliederbusch raschelte. Sie räusperte sich und das Rascheln verstummte. Sie zog den Schlüssel aus ihrer Handtasche und schloss ohne einen weiteren Kommentar die Haustür auf, während sie sich im Geiste eine Notiz machte, alle Vorhänge ordentlich zuzuziehen.

In ihrem gemütlichen und vor allem sicheren Zuhause angekommen, verriegelte sie die Tür von innen und zog die Gardinen zu. Dann holte sie ihre Aufzeichnungen heraus und schrieb die Geschehnisse des Vormittags auf, solange die Erinnerungen noch frisch waren. Nachdem sie diese Aufgabe erledigt hatte, ging sie in ihr Schlafzimmer, zog die Perücke vom Kopf, legte sie auf ihrem Ständer ab und fuhr sich mit den Fingern durchs Haar. Danach legte sie ihre Brille und die Beinbandagen ab, nahm die Wangenpolster aus dem Mund und ließ sich auf ihr Bett fallen.

Zum tausendsten Mal wünschte sie sich, Norma hätte sie nicht im Stich gelassen. Sie brauchte jemanden, mit dem sie reden, dem sie sich anvertrauen konnte, dem sie ihre Gedanken mitteilen durfte, ohne irgendwelche Codes benutzen zu müssen. Sie klopfte das weiche Kissen zu einem bequemen Haufen zusammen, lehnte es gegen das Kopfteil des Bettes und ließ sich darin zurücksinken. Sie überlegte, wie die Situation jetzt aussehen würde, hätte Norma sie wie geplant begleitet. Vielleicht würden sie dann am Tisch sitzen und Tee trinken, ihre Aufzeichnungen vergleichen, feststellen, was sie bereits herausgefunden hatten, und sich gemeinsam überlegen, was als Nächstes zu tun war.

Was würde Norma sagen, wenn sie jetzt hier wäre? Ellie hatte keine Ahnung, aber sie war sich sicher, dass ihre dienstältere Partnerin bis jetzt sehr viel mehr herausgefunden hätte als sie. Die Menschen hier hatten Lavinia freundlich empfangen, aber keiner von ihnen hatte sich als Informationsquelle für irgendwelche Schandtaten entpuppt, die sich in ihrer Mitte abspielten.

Die frühe Nachmittagssonne schien durch die Vorhänge und warf einen Schatten über die Perücke auf ihrem Ständer, sodass der Eindruck entstand, dass eine andere Person mit ihr im Zimmer war. Ellie ließ sich auf das Spiel ein, legte den Kopf auf die Seite und wandte sich an die graue Perücke.

»Lavinia, Sie sind eine zauberhafte Dame, aber es ist nicht sehr wahrscheinlich, dass Sie mit Orten und Personen in Kontakt kommen werden, die mehr über die Schattenseite dieser Stadt preisgeben könnten. Wäre Norma jetzt hier, würde ihr bestimmt etwas einfallen, wie Jessie mit denjenigen Leuten ins Gespräch kommen könnte, die eine ehrbare Dame wie dich links liegen lassen.«

Sie richtete sich im Kissen auf. »Ich sage es ja nicht gerne, aber die Pinkertons hatten recht. Sie geben eine hervorragende Anstandsdame ab, aber Sie sind *viel* zu respektabel, um Jessies Rolle in diesem Auftrag übernehmen zu können.«

Wenn sie die Augen zusammenkniff, konnte sie sich beinahe vorstellen, wie die Perücke nickte.

Wie konnte sie nur jemals geglaubt haben, diesen Auftrag alleine ausführen zu können? Die Leute waren höflich Lavinia gegenüber, aber die Männer mit den wirklich wichtigen Informationen würden nur ihren Hut ziehen und an der grauhaarigen Dame vorbeigehen. Sie brauchte einen Verbündeten.

Und den würde sie wohl kaum finden. Die Pinkertons hatten mit Mühe und Not Lavinias Rolle besetzt. Es war sinnlos, darauf zu hoffen, dass eine andere Jessie vom Himmel fiel.

Genauso wenig wollte sie die Zentrale um Hilfe bitten. Das hier war ihre Bewährungsprobe. Wenn sie sich eingestand, mit dem Auftrag überfordert zu sein, würden Fleming und Gates sie niemals ernst nehmen.

Sie starrte die Perücke an. Was würde Lavinia sagen, wenn sie eine echte Person wäre? Ellie schloss die Augen und wartete auf eine zündende Idee.

»Wie wäre es, wenn du Hilfe ins Spiel bringst, ohne die Pinkertons darum zu bitten?«

Ellie zuckte zusammen. Fast war es, als hätte die alte Dame wirklich zu ihr gesprochen. Als Lösungsansatz schien dieser Einfall jedoch gänzlich ungeeignet. Wie sollte sie auf eigene Faust Unterstützung finden? Es war einfach zu gefährlich, sich irgendjemandem in Pickford anzuvertrauen.

Doch der Gedanke, einmal gefasst, ließ sie nicht mehr los. Er schwirrte ihr unablässig wie eine lästige Fliege im Kopf herum. Es war ihr nicht schwergefallen, sich in Lavinia zu verwandeln, also warum nicht auch in Jessie?

Ellie richtete sich kerzengerade auf, ihr war, als hätte jemand ein Feuerwerk in ihrem Kopf entzündet. Konnte das funktionieren?

Nein, natürlich nicht. Sie war die unscheinbare Ellie, die niemand bemerkte. Sich in eine Frau mittleren Alters zu verwandeln, die kein Mann zweimal anschauen würde, war nicht schwer. Doch eine Persönlichkeit darzustellen, die sich so sehr von der eigenen unterschied, war eine ganz andere Herausforderung.

Tränen stiegen ihr in die Augen. Es war eine schöne Idee, doch wie sollte sie sich in eine atemberaubende Schönheit wie Norma verwandeln …? Aus einem Ackergaul ließ sich nun mal kein Rennpferd machen, das war schlichtweg unmöglich.

Auf der anderen Seite war sie schließlich Schauspielerin, oder nicht? Jetzt war keine Zeit für Bescheidenheit. Und im Kostümkorb lag noch eine rote Perücke …

Bevor sie es sich anders überlegen konnte, eilte Ellie ans andere Ende des Zimmers, riss den Korbdeckel hoch und stieß weiter unten auf die ordentlich in Papier gewickelte rote Perücke. Ellie zog sie hervor, schüttelte sie aus und betrachtete die kupferfarbenen Locken mit dem goldenen Schimmer, die Normas Haar gar nicht so unähnlich waren. Mit ein paar Handgriffen ließ sich aus Farbe und Frisur etwas zaubern, was auf der Straße die Blicke eines jeden Mannes auf sich ziehen würde, der noch einen Funken Leben in sich hatte.

Sie ging zum Spiegel und hob die Perücke neben ihr Gesicht. Sofort schwand ihr Hochgefühl. Die Haare waren in Ordnung, doch es war immer noch Ellies Gesicht. Das konnte einfach nicht klappen.

Oder vielleicht doch? Sie wusste mehr über Schminke als die meisten anderen Leute. Ohne ihr Make-up war selbst Magdalena nicht annähernd so betörend wie Norma. Ellie wusste, wie viel die Schauspielerin mit etwas geschickt aufgetragener Farbe erreicht hatte.

Sie schaute erneut in den Spiegel und betrachtete ihre Gesichtszüge, als wären sie ihr fremd. Die Locken der Perücke würden über ihre Stirn fallen, ihr Gesicht umrahmen und ihr einen lebhafteren

Ausdruck verleihen. Voller neuer Hoffnung durchstöberte sie den Schminkkoffer und legte ein paar Kosmetikprodukte beiseite.

Ohne Lavinias gealterte Haut und volle Wangen bot sich ihr eine komplett neue Leinwand. Vielleicht sollte sie ihre Wimpern verlängern, dunklere Augenbrauen und etwas mehr Farbe auf Lippen und Wangen auftragen. Sofort begann Ellie, ihre Ideen in die Tat umzusetzen und sich mit geübter Hand zu schminken. Sie nahm die Perücke hoch, legte die Locken zurecht und streifte sie sich über das eigene Haar. Dann trat sie einen Schritt zurück, um ihr Werk zu begutachten.

Nach Luft schnappend, versuchte sie, die Erinnerung an ihr eigenes Aussehen mit dem des betörenden Geschöpfs in Einklang zu bringen, das ihr nun aus dem Spiegel entgegenblickte. Norma Brooks – nein, eine noch selbstsicherere Version von Norma – stand vor ihr. Ellie wagte ein angedeutetes Lächeln und die rot bemalten Lippen verzogen sich zu einem neckischen Grinsen.

Siehst du?, schnurrte Lavinias imaginäre Stimme in ihrem Kopf. *Ich wusste, dass du es kannst.*

Ellie ersparte sich eine Antwort. Ihr Kopf schwirrte von den Möglichkeiten, die sich ihr nun boten. Wie sollte Jessies Gang aussehen? Sie schritt würdevoll durch das Zimmer. Nein, das passte nicht zu ihr. So wirkte sie viel zu brav. Um mit den Leuten, die sie im Auge hatte, ins Gespräch zu kommen, durfte Jessie sich nicht wie eine Debütantin verhalten. Sie rollte mit den Schultern, um ihre Verspannungen zu lösen, und probierte eine lockerere Gangart. Immer noch nicht ganz richtig.

Ellie schob die Lippen auf eine Seite und grinste. Mit einer Hand auf der Hüfte stolzierte sie gezielt schwungvoll zurück. Fast, aber immer noch nicht ganz richtig. Sie versuchte es erneut, diesmal mit etwas weniger Schwung in den Hüften.

O ja, das war es. Sie tänzelte vor dem Spiegel auf und ab und fühlte sich in ihrer neuen Rolle mit jedem Schritt wohler. So würde sie garantiert einige Blicke auf sich ziehen.

Sie schaute zur grauen Perücke hinüber und fragte sich, ob ein solches Verhalten zu einer Verwandten der ehrbaren Lavinia passte. Was würde Steven Pierce von Lavinias Nichte halten? Würde ein achtbarer Mann von ihr angetan oder abgestoßen sein? Dieser Gedanke wirkte ernüchternd auf sie. Sie konnte es sich nicht erlauben, ihn zu vergraulen – er war ihre Verbindung zu den Minenbesitzern. Doch ein schüchternes Auftreten würde sie nicht in Kontakt mit den anderen Männern der Stadt bringen.

Sie blickte erneut in den Spiegel und legte den Kopf auf die Seite. Vielleicht musste sie zu einem Chamäleon werden und sich bei Männern wie Bascomb offener geben, während sie in der Gegenwart von Steven ein achtbares Verhalten an den Tag legen würde.

Ellie seufzte. Das würde ein ganz schöner Balanceakt werden.

Sie stellte sich vor, wie ihr Lavinia ermunternd zuflüsterte: »Das mag wohl stimmen, meine Liebe. Doch eine Doppelrolle zu spielen, ist nichts Neues. Magdalena hat es in *Was ihr wollt* auch geschafft und du bist besser als sie. Du wirst schon sehen.«

War sie das wirklich? Ellie ließ sich rückwärts auf ihr Bett fallen und verschob dabei die Perücke. Sie riss sie sich vom Kopf und schleuderte sie in die Ecke. Was hatte sie sich dabei gedacht? Magdalena hatte begeisterte Kritiken für ihre Darstellung der Viola und des Cesario geerntet, doch diese Darbietung war ihr nur möglich dank Ellies fähiger Unterstützung bei den Kostümwechseln und Make-up-Anpassungen hinter der Bühne … ganz abgesehen von Shakespeares Texten, in denen genug Zeit für die Rollenwechsel vorgesehen war. War sie verrückt geworden, ein solch ambitioniertes Unterfangen auch nur in Erwägung zu ziehen? Das war wohl die eigentliche Frage. Niemand konnte einen klaren Verstand behalten, wenn er gezwungen war, sich auf Knopfdruck für die jeweilig passende Rolle zu entscheiden und schnell zwischen den beiden Identitäten hin und her zu wechseln.

Ellie blickte zu der Frisierkommode, auf der »Lavinia« stand, und vergrub das Gesicht in den Händen. Sie hatte sich gerade eben mit einer grauen Perücke unterhalten. Vielleicht war es schon zu spät, sich Sorgen um ihre geistige Gesundheit zu machen.

10

Ellie zupfte ihren Kragen zurecht und stopfte eine widerspenstige braune Strähne unter ihre graue Perücke, während sie sich wünschte, dass sich ihr Nervenkostüm ebenso leicht richten ließe. War das schwarz gesäumte Mieder mit dem Plisseerock für Lavinias ersten Kirchenbesuch geeignet? Es war Jahre her, dass sie sonntagmorgens an einem Gottesdienst teilgenommen hatte, doch sie war überzeugt, dass Stevens Einschätzung von Lavinia als gottesfürchtige Frau und Kirchgängerin einwandfrei zu ihrer Rolle passte. Außerdem hatte sie so die Gelegenheit, noch mehr Leute aus der Gemeinde kennenzulernen. Sie warf einen weiteren Blick in den Spiegel und überprüfte jedes Detail ihres Erscheinungsbilds.

Da klopfte es an der Haustür. Bereit oder nicht, das war ihr Einsatz. Genauso mühelos, wie sie die Kleider der alten Dame angezogen hatte, schlüpfte Ellie in die Rolle der Lavinia und öffnete Steven die Tür, der herausgeputzt in einem schwarzen Gehrock, weißem Hemd und Schnürsenkel-Krawatte vor ihr stand. Bei seinem Anblick stockte ihr der Atem.

Steven runzelte die Stirn und griff nach ihrem Ellenbogen. »Geht es Ihnen gut?«

»Hervorragend.« Ellie drehte sich zu einem nahe gelegenen Tisch, um ihre Handtasche an sich zu nehmen, und hoffte, dass dieses Manöver ihre Gefühle verbergen und ihr Zeit verschaffen würde, ihre Atmung wieder unter Kontrolle zu bringen. Es stand außer Frage, dass dieser Mann beunruhigend gut aussah. Ein Grund mehr, sich zu konzentrieren.

»Ein leichter Schwindelanfall, das ist alles. Es geht mir wieder gut.« Der erste Teil der Aussage war noch nicht einmal gelogen. Sie hoffte, dass sich auch der zweite bald bewahrheiten würde.

Er lächelte und reichte ihr den Arm. »Wenn das so ist, sollten wir uns auf den Weg machen.«

Ellie sammelte sich und legte die Hand in seinen gebeugten Arm. Ihre Augen weiteten sich erstaunt, als sie ein leichtes Kribbeln spürte. Sie schaute zu ihm hoch und fragte sich, ob Steven es auch gefühlt hatte, doch im Gegensatz zu ihrer übersensiblen Wahrnehmung schien er gänzlich ungerührt zu sein.

Sie unterdrückte das Gefühl von Enttäuschung, das in ihr hochwallte, während sie die Second Street entlangwanderten und dann links in die Douglas Street abbogen. Was war sie nur für ein Dummkopf. Lavinia war alt genug, um Stevens Mutter zu sein. Schwer anzunehmen, dass er ihr gegenüber irgendetwas anderes als höflichen Respekt zeigte.

»Ich hoffe, der Gottesdienst sagt Ihnen zu. Pastor Blaylock ist ein guter Prediger, aber sein Stil könnte Ihnen etwas derb vorkommen im Vergleich zu dem, was Sie aus Chicago gewohnt sind.«

»Ich bin mir sicher, dass es ganz bezaubernd sein wird.« Als Steven ihr einen fragenden Blick zuwarf, fügte sie hastig hinzu: »Inspirierend, meine ich natürlich.« Sie musste schnell das Thema wechseln, bevor er sie zu Predigten befragte, die sie kürzlich gehört hatte.

Im Grunde konnte sie den jetzigen Zeitpunkt bereits nutzen, um Jessies Ankunft vorzubereiten. Bevor sie die Fourth Street überquerten, machte Steven halt, um einen Erzwaggon passieren zu lassen, der von zwanzig Maultieren gezogen wurde. Als der schwere Wagen an ihnen vorbeigerumpelt war, atmete Ellie tief durch und sagte: »Ich habe schöne Neuigkeiten. Meine Nichte wird bald hier sein.«

»Ihre Nichte?« Stevens Überraschung zeichnete sich deutlich in seiner Stimme ab.

»Ja. Wir sind gemeinsam in den Westen gereist, aber sie entschloss sich, auf dem Weg einen Zwischenstopp einzulegen und Freunde zu besuchen, die südlich von hier eine Ranch betreiben.« Ellie schüttelte den Kopf. »Das arme Kind.«

Sein neugieriger Blick verriet, dass er den Köder geschluckt hatte. Während sie die Straße überquerten, sprach Ellie weiter und erzählte ihm eine Geschichte, die sie sich am Abend zuvor ausgedacht hatte. »Sie hat es nicht leicht gehabt. Das arme Ding war in Chicago als Sekretärin für eine wohlhabende Frau angestellt und hat den großen Fehler begangen, sich in den Sohn ihrer Arbeitgeberin zu verlieben. Als seine Mutter von der Affäre erfuhr, schickte sie ihn umgehend auf eine große Europareise, um ihn davon abzuhalten, eine Frau niederen Standes zu heiraten.«

Sie war selbst erstaunt darüber, wie leicht ihr diese Worte über die Lippen gingen. Sie hatte sich entschlossen, mit ihrer Geschichte über Jessies verspätete Ankunft so nah wie möglich an der zu bleiben, die sie bereits dem Telegrafisten erzählt hatte. Es würde um einiges einfacher sein, sich an eine Aussage zu halten, als sich mehrere Versionen merken zu müssen. Jetzt verstand sie auch, warum Magdalena immer darauf bestanden hatte, ihre Rollen aus eigener Erfahrung zu entwickeln. Es fiel ihr nicht schwer, sich mit einer Figur zu identifizieren, die von ihrem Arbeitgeber verstoßen und in Amerika zurückgelassen worden war, als dieser plötzlich nach Europa übersiedelte.

Mitleid spiegelte sich in Stevens Augen. »Das tut mir leid. Es muss sehr schwer für sie gewesen sein.«

»Sie war am Boden zerstört. Ich dachte, dass ihr ein Tapetenwechsel guttun würde, also lud ich sie ein, mich zu begleiten.« Verschwörerisch senkte sie die Stimme. »Ich möchte ihr zeigen, dass das Leben immer noch lebenswert ist. Ich hoffe, Sie werden ihr mit genauso viel Charme begegnen wie mir.«

»Aber natürlich. Ich finde es bewundernswert, wie aufmerksam Sie mit den Gefühlen der jungen Dame umgehen. Wann wird sie hier ankommen?«

Sobald ich ihr Kostüm und Make-up perfektioniert habe. Mit lauter Stimme erwiderte Ellie: »Das genaue Datum ist mir nicht bekannt. Ihre Freunde reisen bald nach San Diego und wollen sie auf dem Weg dorthin hier absetzen.«

Steven nickte, als mache er sich eine Notiz im Geiste. »Ich werde tun, was in meiner Macht steht, damit sie sich hier wohlfühlt.« Er blieb stehen und wies auf ein Gebäude zu ihrer Linken. »Wir sind da.«

Ellie schaute zu dem unauffälligen Bretterfassaden-Gebäude an der Ecke der Douglas und Fourth Street auf und tat einen hastigen Atemzug. *Lieber Gott, ich weiß, dass ich unter falschem Vorwand hier bin, aber bitte lass nicht das Dach über meinem Kopf einstürzen.*

Der würzige Geruch frisch geschlagenen Holzes drang in Ellies Nase, als sie den gemütlichen Altarraum betraten. Der Mittelgang war zu beiden Seiten von Bankreihen gesäumt, von denen fast die Hälfte bereits besetzt war. Ellie zwang sich, nicht unverhohlen zu starren. Sie hätte niemals mit einer solch regen Teilnahme an einem Sonntagmorgen gerechnet, sondern war davon ausgegangen, dass die meisten Bewohner der Stadt noch im Bett lagen und sich von den nächtlichen Ausschweifungen des Samstagabends erholten.

Die Menschen schauten auf und lächelten, als Steven sie den Gang hinunter zu einer der vorderen Bänke geleitete. Viele riefen seinen Namen und warfen seiner Begleitung neugierige Blicke zu. Ellie lächelte zurück und stellte zufrieden fest, dass sie einige Gesichter bereits kannte. Sie entdeckte Althea Baldwin in der drittletzten Reihe, in der vordersten saß Irene Peabody neben ihrem Mann.

»Morgen, Ma'am.« Amos Crawford schenkte ihr ein lückenhaftes Lächeln, als sie vorbeiging.

Ellie nickte ihm zu und gab sich Mühe, eine überzeugende Lavinia-Darstellung abzuliefern, ohne auch nur für eine Sekunde zu vergessen, dass sie sich hier auf einer Bühne befand. Wie würde sich Lavinia verhalten, eine Frau, die jede Woche in die Kirche ging? Zum ersten Mal stand sie kurz davor, sich von ihrer Panik überwältigen zu lassen, und es kostete sie viel Kraft, dagegen anzukämpfen. Sie durfte sich keinen noch so winzigen Konzentrationsfehler erlauben.

Steven wies mit dem Kopf auf eine Bank zu ihrer rechten Seite und Ellie rutschte in die Mitte, dankbar für die Gelegenheit, sich setzen und sammeln zu können. Sie machte sich daran, Falten in ihrem Rock zu glätten und eine bequeme Sitzposition zu finden.

Aus dem Augenwinkel beobachtete sie, wie sich zwei Reihen hinter ihnen Amos aus seinem Sitz erhob und Anstalten machte, nach vorne zu kommen, als wolle er sich zu ihnen gesellen. Doch bevor er den Gang erreichte, erklangen die ersten Töne des Vorspiels von einem Harmonium, das auf der rechten Seite der Kanzel stand, und so nahm er wieder Platz. Ellie setzte ein aufmerksames Gesicht auf und faltete die Hände in ihrem Schoß, dankbar dafür, sich nicht mit dem geschwätzigen Telegrafisten unterhalten zu müssen.

Während des Musikstücks nutzte sie die Gelegenheit, die Leute in den Bänken vor ihr und auf der gegenüberliegenden Seite des Gangs zu beobachten. Nach einem schnellen Rundblick wandte Ellie ihre Aufmerksamkeit wieder dem Altarraum zu und betrachtete den Mann, der auf einem Stuhl links neben der Kanzel saß und ähnlich wie Steven gekleidet war. Sie nahm an, dass dies der Pfarrer war, obwohl er viel jünger aussah, als sie es erwartet hätte.

Als das Harmonium verstummte, stand ein schlaksiger Mann aus der ersten Reihe auf und nahm seinen Platz vor dem Altar ein. »Bitte erheben Sie sich und singen Sie mit mir ›Wir marschieren nach Zion‹.« Er nickte dem Organisten zu, der eine schwungvolle Einleitung spielte, während die Gemeinde aufstand. Ellie schaute sich nach einem Gesangsbuch um, konnte aber keines entdecken.

Ihre Kehle schnürte sich zu. Es war eine Sache, dazusitzen und großes Interesse vorzuheucheln, aber im Leben hatte sie nicht daran gedacht, dass sie die Kirchenlieder auswendig singen musste, so wie es Lavinia mit Sicherheit konnte. Was sollte sie nun tun?

Der Chorleiter stimmte die erste Strophe an und wedelte dabei wie ein Kapellmeister mit den Armen, um den Takt anzugeben. Um sie herum stimmten alle in das Lied über die wundervolle Stadt Gottes mit ein. Ellie schaute zu Steven auf, der in einem maskulinen Bassbariton mitsang. Er erwiderte ihren Blick und lächelte. Ellie strahlte ihn an und versuchte, die Worte von seinen Lippen abzulesen.

Sie mogelte sich durch die erste Strophe, dann durch die zweite. Als sie am Ende der dritten angekommen waren und Ellie endlich in das erlösende »Amen« mit einstimmte, war sie kurz davor, zur Tür hinauszurennen.

Der Chorleiter, ermuntert von der regen Anteilnahme am ersten Lied, kündigte das zweite mit noch mehr Enthusiasmus an. Ellie stöhnte innerlich auf, als der Organist die Einleitung zu »Beluah Land« spielte. Es würde ihr auf keinen Fall gelingen, sich auch durch dieses Lied zu schummeln. Sie hüstelte, legte die Hand an ihren Hals und zuckte entschuldigend mit den Schultern, als Steven sie ansah. Singen, entschied sie, zählte nicht zu Lavinias Stärken.

Dann endlich war das Lied zu Ende, sehr zu Lavinias Erleichterung. Der Pfarrer stand auf und nahm seinen Platz hinter der Kanzel ein. In dem Glauben, dass sie von einer Predigt in einer solch hinterwäldlerischen Stadt wenig zu erwarten hatte, setzte Lavinia sich kerzengerade hin, um nicht einzudösen. Zu ihrer Überraschung war Pastor Blaylock jedoch ein äußerst fesselnder Redner, der nicht von oben herab predigte, sondern mitteilte, was ihm auf dem Herzen lag, so als spräche er zu einer Handvoll Freunde.

»Der heutige Text ist aus dem Buch der Sprüche, Kapitel sechs.« Mit der linken Hand hob er einen abgenutzten Lederband hoch und fing an zu lesen: »›Diese sechs Dinge hasst der Herr, diese sieben sind ihm ein Gräuel: stolze Augen, eine falsche Zunge, Hände, die unschuldiges Blut vergießen …‹«

Ellies Stimmung hob sich. Wenn dies die Dinge waren, die der Herr hasste, so stand weniger zwischen ihnen, als sie geglaubt hatte. Immerhin hatte sie noch nie unschuldiges Blut vergossen und hielt sich für einen ehrlichen Menschen, selbst in Fällen, in denen das nachteilige Folgen für sie hatte. Oft genug hatte sie Magdalenas Zorn auf sich gezogen, weil sie eine allzu ehrliche Meinung über ihre schauspielerische Leistung geäußert hatte. Sie wandte ihre Aufmerksamkeit wieder dem Pastor zu, um gerade noch den letzten Vers der Passage mitzubekommen.

»›… ein falscher Zeuge, der frech Lügen redet, und wer Hader zwischen Brüdern anrichtet‹.«

Ellie nickte energisch mit dem Kopf. Sie stimmte vollkommen

zu. Zusehends entspannte sie sich, machte es sich auf ihrem Platz bequem und nutzte die Predigt, um heimlich die anderen Leute zu beobachten, wie es wohl jeder Neuankömmling einer Kirchengemeinde getan hätte.

Mit halbem Ohr hörte sie dem Pastor zu, während ihr Blick durch den Raum schweifte und sie die Gesichter in ihrer Sichtweite nach Anzeichen von Unbehagen oder Schuld absuchte. Alle Kirchgänger schienen voll auf Pastor Blaylocks Worte konzentriert, welch hohen Stellenwert die Rechtschaffenheit im Leben eines jeden Christen einnehmen sollte.

So ein Unsinn! Sie hätte wissen müssen, dass keiner dieser Menschen verdächtig sein konnte. Würde jemand, der unmoralisch war, sonntagmorgens in die Kirche gehen?

Was ist mit dir?, fragte eine lästige Stimme in ihrem Kopf. *Du bist doch auch nur zum Schein hier.*

Hmm. Damit hatte die Stimme gar nicht so unrecht. Gab es eine bessere Tarnung, als sich rechtschaffen und harmlos zu geben? Ellie wollte später genauer darüber nachdenken.

Pastor Blaylock beendete seine Ansprache mit dem innigen Gebet, dass Gott »jeden von uns dazu bringen soll, unsere Herzen genau zu prüfen, wie es die Psalmenschreiber taten. Wir bitten dich, lieber Gott, zu erkennen, ob in unserer Brust irgendein Übel lebt, dass du dein Licht in das Dunkel unseres innersten Wesens wirfst und alles Böse an der Wurzel herausreißt. Wir geben uns in deine Hand, so wie der Knabe in Johannes, Kapitel sechs, dir seine Brotlaibe und Fische gab, damit du nach deinem Belieben mit uns verfahren kannst. Lass uns für alles, das dir missfällt, Buße tun und unsere Leben nach deinen Geboten gestalten, bevor wir vor deinen Richterstuhl treten.«

Ellie kroch ein unbehaglicher Schauer über den Rücken. Wenn er doch nur den letzten Teil ausgelassen hätte. Die Predigt war ganz anders gewesen als der feurige Wortschwall, auf den sie sich eingestellt hatte. Der Pfarrer hatte Gott als liebenden Vater dargestellt, nicht als missbilligenden Richter. Und dann musste er alles verderben, indem er vom Jüngsten Gericht sprach. Schade – bis dahin hatte ihr seine Botschaft gut gefallen.

Ellie griff nach ihrer Handtasche und stand auf, als auch Steven und die anderen sich erhoben. Sie ging an seiner Seite den Gang hinunter und blieb mit ihm stehen, wenn er Leute begrüßte. Dankbar nahm sie wahr, wie aufmerksam er sie rundherum vorstellte. Nun konnte sie ihre neuen Bekanntschaften ansprechen, sollten sie sich auf der Straße begegnen. Alleine dafür hatte sich ihr morgendlicher Kirchenbesuch schon gelohnt.

Pastor Blaylock stand am Ausgang der Kirche und schüttelte jedem Gemeindemitglied die Hand. Sein Gesicht erhellte sich, als er Ellie auf sich zukommen sah. »Ah, es ist immer wieder schön, einen neuen Besucher im Hause Gottes willkommen zu heißen.«

Ellie bemerkte sein Lächeln und den aufrichtigen Ausdruck seiner Augen. Gütiger Himmel, er meinte es tatsächlich ernst. Sie schenkte ihm ebenfalls ein breites Lächeln und einen warmen Händedruck. »Vielen Dank. Es ist schön, hier zu sein.«

»Ich hoffe, wir werden Sie bald wiedersehen.«

»Das werden Sie bestimmt«, antwortete Ellie, erstaunt darüber, dass sie sich sogar auf ihren nächsten Kirchgang freute.

Als sie vor die Pforte der Kirche getreten waren, setzte Steven seinen Hut auf und wandte sich ihr mit einem Ausdruck des Bedauerns zu. »Ich wollte heute mit Ihnen über die Mine sprechen, doch ich befürchte, dass ich mich verabschieden muss, sobald ich Sie nach Hause gebracht habe. Der Verbund der Minenbesitzer hat für heute Nachmittag ein Treffen anberaumt und ich muss mich beeilen, um rechtzeitig dort zu sein.« Ein reumütiges Lächeln umspielte seinen Mund. »Da wir uns in meinem Büro treffen, wäre es nicht gut, wenn ich zu spät käme.«

Ellie winkte großmütig ab. »Kein Problem. Wir können diese Angelegenheiten auch zu einem späteren Zeitpunkt besprechen.«

Plötzlich kam ihr eine Idee – den anderen Minenbesitzern vorgestellt zu werden, war eine Gelegenheit, die sie nicht verpassen durfte. »Andererseits, fänden Sie es fürchterlich anmaßend, wenn ich mich selbst zu diesem Treffen einladen würde?« Sie sah, dass er nicht sonderlich begeistert von ihrer Idee war, und sprach schnell weiter, bevor er etwas erwidern konnte.

»So könnte ich einige der anderen Minenbesitzer kennenlernen und sehen, wer alles in dieser Branche zu tun hat. Das ist eine Taktik, die mir mein verstorbener Mann beigebracht hat.«

Steven klappte den Mund ein paarmal auf und wieder zu. »Ich habe Sie wohl ein wenig in die Irre geführt, als ich von einer Versammlung sprach, es handelt sich hierbei nicht um ein formelles Treffen. Wir setzen uns einfach zusammen, reden über die Diebstähle und beraten uns, was wir dagegen tun können.«

Ellie strahlte. »Ein Grund mehr, dass ich dabei sein sollte. Da wir es hier mit einem gemeinsamen Feind zu tun haben, sollte ich doch Bekanntschaft mit unseren Verbündeten schließen, meinen Sie nicht?«

Stevens verzweifelter Gesichtsausdruck hätte sie erweicht, wenn sie nicht einen Auftrag zu erfüllen gehabt hätte.

»Aber was ist mit Ihrem Mittagessen, Mrs Stewart? Ich möchte nicht, dass Sie wegen mir eine Mahlzeit verpassen und einen Schwächeanfall erleiden.«

»Unsinn, Mr Pierce. Behandeln Sie mich nicht wie chinesisches Porzellan. Ich mag gebrechlich wirken, aber ich versichere Ihnen, dass ich aus härterem Holz geschnitzt bin. Wenn Sie es für notwendig halten, können wir auf dem Weg an einem der Restaurants haltmachen und eine leichte Mahlzeit in Ihr Geschäftszimmer liefern lassen, belegte Brote vielleicht.« Sie schlug begeistert die Hände zusammen. »Wie ein Picknick!«

Stevens Augen nahmen einen glasigen Ausdruck an. Er sprach, als würde ihm jedes Wort aus dem Hals gepresst. »Das ist sehr aufmerksam von Ihnen, Mrs Stewart. Ich bin mir sicher, alle werden Ihre Fürsorge sehr zu schätzen wissen.«

Als sie die Fifth Street hinuntergingen, hielt Ellie Ausschau nach verdächtig oder fehl am Platz wirkenden Personen. Um die Unterhaltung am Laufen zu halten, sagte sie: »Wie nett von Ihnen, dieses Treffen in Ihren Räumen abzuhalten. Ich nehme an, dass die anderen Sie als eine Art Anführer betrachten?«

Steven lachte auf. »Nein, ich bin eigentlich der Grünschnabel in dieser Truppe. Die meisten der anderen haben viel mehr Erfahrung im Fördern von Silber als ich. Wir treffen uns nur in meinem Geschäftszimmer, weil es dort sonntags am ruhigsten ist. Im Gegensatz zu anderen gebe ich meinen Männern am Sabbat frei, daher sind wir dort garantiert ungestört.«

Abgesehen davon, dass seine Gestalt und Gesichtszüge jede Frau zum Schwärmen bringen mochten, war er also obendrein noch ein Mann mit Prinzipien. Seine Glaubensvorstellungen waren nicht nur leere Worte, er handelte danach. Das klang nicht nach der Sorte Mann, der das hart verdiente Hab und Gut eines anderen begehrte.

Auf Ellies Drängen hin schauten sie kurz im Beck-House-Restaurant an der Ecke der Fifth und Mill Street vorbei, um Mittagessen für die Versammlung zu bestellen, und gingen dann weiter. Eine Straßenecke weiter südlich, die Fifth Street hinunter, hörte die Stadt plötzlich auf. Vor ihnen wälzten sich sandig-braune Hügel bis zum Horizont, übersät von graugrünem Gestrüpp und stacheligen Kakteen.

Bei dem Gedanken, in ihren guten Schuhen durch diese raue Landschaft wandern zu müssen, blieb Ellie stehen und schaute zu Steven hoch. »Ich nehme an, ich hätte Sie vorher fragen sollen, aber wo genau befindet sich Ihre Mine eigentlich?«

»Wir sind fast da. Dort ist mein Büro.« Er wies auf ein unscheinbares Gebäude knapp 50 Meter vor ihnen.

»Ach so. Und die Mine selbst liegt wo?«

»Wir arbeiten unter Tage. Der Haupteingang zum Stollen befindet sich auf der anderen Seite des Geschäftszimmers. Sie werden ihn gleich sehen können.«

Verstreut über die Hügel konnte Ellie hinter dem kleinen Holzgebäude in einiger Entfernung ähnliche Bauten entdecken, die sich dank ihrer verwitterten Farbe kaum von der Landschaft abhoben und auf den ersten Blick schwer zu entdecken waren. Ellie wies mit einem Kopfnicken in ihre Richtung. »Was ist mit denen?«

»Das sind ein paar der anderen Minen, deren Besitzer wir gleich treffen werden.« Steven hielt sie fest am Arm und führte sie einen geschwungenen Pfad entlang.

Ellie verkniff sich weitere Fragen, da sie sich voll darauf konzentrieren musste, auf dem Geröllweg nicht zu stolpern.

»Sieht so aus, als wären einige von ihnen schon da«, stellte Steven fest.

Ellie entdeckte ein Pferd, das an einem Geländer neben Stevens Bürohäuschen angebunden war. Als sie um die Ecke des Gebäudes kamen, entdeckte sie drei Männer, die an der Bretterfassade lehnten, und zwei, die im spärlichen Schatten eines verkümmerten Baums saßen.

»Genauer gesagt, sie sind alle da«, berichtigte sich Steven. Die hockenden Männer standen auf und alle fünf starrten Ellie und Steven an, während diese auf sie zugingen.

Steven fischte einen Schlüsselbund aus seiner Tasche und klimperte damit herum, als er sich der Gruppe zuwandte. »Guten Nachmittag, *Gentlemen.*«

Ellie beobachtete die Männer, als er das letzte Wort betonte.

»Ich möchte euch gerne Mrs Lavinia Stewart aus Chicago vorstellen, die vor Kurzem nach Pickford gekommen ist, um sich nach Investitionsmöglichkeiten umzusehen. Sie interessiert sich für die Redemption-Mine und hat mich gebeten, an unserem Treffen teilnehmen zu dürfen, um euch alle kennenzulernen und mehr über die Probleme zu erfahren, mit denen wir zurzeit konfrontiert sind.«

»Moment mal.« Ein mondgesichtiger Mann mit strahlend blauen Augen und einer roten Knollennase trat einen Schritt nach vorne und hakte die Daumen in seinen Vordertaschen ein. »Willst du damit sagen, dass du ihr von … du weißt schon … erzählt hast?«

»Von den Diebstählen?« Steven wich nicht zurück, als der andere

Mann bei dem Wort zusammenzuckte und ihn böse anstarrte. »Ja, sie weiß, was mit unseren Silberlieferungen passiert ist. Ich bin mir bewusst, dass wir das nicht öffentlich machen wollten, aber unter diesen Umständen sah ich keinen anderen Ausweg.«

Die anderen schienen die Einstellung des Mannes mit dem runden Gesicht zu teilen. Der älteste von ihnen glättete mit der Handfläche seinen silbernen Bart und wandte sich direkt an Ellie. »Diese Informationen müssen Sie unter allen Umständen vertraulich behandeln, sie dürfen nicht wie leichtfertiger Tratsch durch die Stadt getragen werden. Haben Sie das verstanden?«

Ellie war angesichts seines schroffen Tonfalls brüskiert, brachte aber trotzdem ein huldvolles Lächeln zustande. »Natürlich.«

Ein Mann mit dichten, buschig-schwarzen Augenbrauen und einem schielenden Auge schaute sie mit dem linken Auge an und zupfte zum Gruß an seiner Hutkrempe. »Schön, Sie kennenzulernen, Ma'am. Ich bin Ezra Winslow, Besitzer der Jubilee-Mine.« Er schaute zu Boden, runzelte die Stirn und klopfte seinen Ärmel aus. »Wir haben nicht mit weiblicher Gesellschaft gerechnet, sonst hätte ich meine Kleidung etwas sorgsamer ausgewählt.«

Ellie streckte ihre Hand aus und ergriff seine, dankbar für den netten Empfang.

»Übernachten Sie im Hotel?«, fragte Ezra.

Ellie lächelte. »Nein, ich habe vor, für längere Zeit in Pickford zu bleiben. Ich habe ein kleines Haus in der Stadt gemietet – ich glaube, es nennt sich das Cooper-Haus.«

Bei der Erwähnung des Hauses wurde der silberhaarige Mann aufmerksam. »Ich habe davon gehört, dass das Haus vermietet ist. Also wohnen Sie nun dort?«

»Aber ja«, antwortete Ellie, die sich über sein plötzliches Interesse wunderte. »Es ist sehr gemütlich.« Sie wandte sich wieder Ezra Winslow zu, der strahlte wie ein Sonnenuntergang im Westen.

»Ich weiß, wo das ist«, sagte er. »Wenn Sie jemanden brauchen, der Ihnen die Stadt zeigt, lassen Sie es mich nur wissen. Ich würde Sie gerne herumführen.«

Ellie lächelte und neigte den Kopf, dankbar, als Steven sich in die Unterhaltung einmischte.

»Lassen Sie mich Ihnen die anderen Minenbesitzer vorstellen.« Er wies auf einen älteren Herrn, der Ellie nachdenklich taxierte. »Das ist Tom Sullivan. Die Constitution-Mine ist sein größter Grundbesitz, ihm gehören aber noch weitere Grubenfelder und Grundstücke in der Umgebung.«

Mr Sullivan quittierte das mit einem kurzen Rucken seines weißen Haupts. Er nahm zwar Ellies ausgestreckte Hand, doch ließ sie fast sofort wieder fallen.

Steven wies auf die verbleibenden Männer. »Und hier haben wir Brady Andrews, Alfred Clay und Gilbert Owens.«

Der rotnasige Mann, den er als Brady Andrews identifiziert hatte, musste erst seinen silbernen Flachmann in die andere Hand nehmen, bevor er Ellie seine Rechte reichen konnte. Sie bemerkte, dass sein Atem nach Alkohol roch, als er sich zu ihr vorbeugte, um sie zu begrüßen.

Dann folgte Gilbert Owens. »Freut mich, Sie kennenzulernen, Ma'am.«

Alfred Clay rührte sich nicht und hatte die Arme fest vor der Brust verschränkt. »Ich dachte, das hier sollte ein Treffen der Minenbesitzer werden und nicht ein Picknick mit der Sonntagsschule.«

Stevens Gesicht errötete, doch er verkniff sich einen Kommentar, schloss die Tür auf und bat alle herein. Ellie beobachtete Alfred Clay, während sie sich auf dem Stuhl niederließ, den Gilbert Owens für sie herangerückt hatte, und überlegte sich, was sie an diesem Abend über den mürrischen Minenbesitzer in ihr Notizbuch schreiben würde.

Steven wandte sich an die Männer und fokussierte dabei Alfred Clay. »Wenn Mrs Stewart bereit ist, in die Redemption zu investieren, empfinde ich es nur als gerecht, sie über alles aufzuklären, was hier gerade vor sich geht.«

»Die Katze ist aus dem Sack. Daran lässt sich jetzt eh nichts mehr ändern.« Tom Sullivan warf einen missmutigen Blick in Ellies Richtung, dann lehnte er sich gegen den Schreibtisch und klopfte mit seinen Knöcheln auf dessen glatte Oberfläche. »Lasst uns anfangen.«

Er schaute zu Steven. »Hast du schon irgendwas von der Pinkerton-Agentur gehört?«

Ellie richtete sich in ihrem Stuhl auf und presste ihre gefalteten Hände zusammen, ohne dabei den Blick von Stevens Gesicht zu wenden.

Er schüttelte den Kopf. »Nichts mehr, seit ihrer Antwort, dass sie sich unseres Falles annehmen wollen.«

»Aber wann?«, fragte Ezra Winslow. »Schon vor Wochen haben wir diesen Brief erhalten und ihnen eine Anzahlung geschickt.«

»Einen Vorschuss«, korrigierte Tom ihn. »Das Geld bekommen wir nicht zurück.« Er strich sich mit dem Daumen über das Kinn. »Ja, eigentlich sollten wir mittlerweile etwas von ihnen gehört haben.«

Alfreds Augen verengten sich. »Ich habe nach einem Agenten Ausschau gehalten. In der Stadt kommen andauernd neue Leute an, doch keiner von ihnen erweckt den Eindruck, als würde er hier herumschnüffeln.«

Ellies Mund wurde trocken und ihr Atem ging schneller. Sie zwang sich dazu, tief und langsam zu atmen. Clays Kommentar war kein Grund zur Beunruhigung. Ihr Plan ging bisher auf. Jeder ging davon aus, dass Damen eines gewissen Alters neugierig waren. Die Reaktion der anwesenden Männer machte deutlich, dass niemand sie für den Pinkerton-Ermittler hielt.

Clay schlug mit der Faust gegen seinen jeansgekleideten Schenkel. »Wofür bezahlen wir diese Agentur eigentlich, wenn die sich so viel Zeit lassen? Mit jedem Tag, der verstreicht, verlieren wir Zeit und damit auch Geld.«

»Ich muss Alfred zustimmen.« Brady Andrews hob den Flachmann an die Lippen, bemerkte Ellies Blick und senkte ihn mit Bedauern wieder. »Nach gestern Nacht brauche ich nur einen kleinen Schluck gegen den Kater«, murmelte er. »Ich komm heute gar nicht richtig in die Gänge.«

Ezra starrte Tom an. Oder vielleicht einen Punkt auf der anderen Seite des Zimmers – Ellie konnte es nicht genau sagen. »Warum engagieren wir nicht ein paar Wachen, vielleicht diese harten Jungs, die drüben in Tombstone herumlungern?«

Steven schnaubte. »Hör auf, Ezra. Du weißt doch genau, was das für Leute sind. Die würden sich möglicherweise selbst mit dem Silber davonmachen.«

Tom Sullivan lachte auf. »Da muss ich dir wohl recht geben.«

Ellie hob eine Hand. »Dürfte ich kurz eine Frage stellen?«

Tom sah aus, als würde er sie lieber vor die Tür setzen, doch er nickte. »Schießen Sie los.«

»Was machen Sie mit dem Silbererz, während Sie auf Hilfe warten?«

Tom schaute in die Gesichter der anderen Minenbesitzer, bevor er ihr antwortete. »Ich kann nicht für alle Anwesenden sprechen, aber ich schicke mein Silber nach wie vor zum Pochwerk. Aber anstatt die Barren nach Benson und dann weiter zur Münzprägeanstalt in New Orleans zu versenden, bringe ich sie hierher zurück und lagere das Silber in meiner Mine.«

»So mache ich es auch«, sagte Brady. »Nur werde ich mir das Pochwerk bald nicht mehr leisten können. Ich weiß nicht, wie es dann weitergehen soll.« Die anderen nickten und murmelten zustimmend.

Ellie nahm sich einen Augenblick Zeit, diese Information zu verarbeiten. »Also stehen Sie vor dem Ruin, wenn nicht bald eine Lösung gefunden wird, richtig?«

»Das kann man wohl sagen«, erwiderte Tom. »Wir brauchen ein paar neue Investoren, die uns helfen, diese schweren Zeiten zu überstehen.« Er kniff die Lippen zusammen und warf Steven einen Blick zu. »Scheint so, als wärst du uns allen einen Schritt voraus.«

Ellie schaute zu Boden und konzentrierte sich auf ein Astloch in den Dielen. Sie hatte Angst, ihr Gesicht könnte verraten, dass Steven keinen Deut besser dastand als die anderen. Auch wenn er etwas anderes annahm, war keine Rettung in Sicht, zumindest nicht durch die finanziellen Mittel, die sie ihm angeblich zur Verfügung stellen wollte.

Tom räusperte sich. »Ich bin immer noch davon überzeugt, dass die Pinkertons die beste Option für uns sind. Lasst uns lieber noch etwas abwarten, bevor wir übereilt handeln.«

Alfred Clay lief im Zimmer auf und ab wie ein Tiger im Käfig. »Wie viel Zeit willst du ihnen noch geben? Ich weiß ja nicht, wie es euch geht, aber ich habe nicht vor, die Hände in den Schoß zu legen und abzuwarten.«

»Niemand von uns kann sich das leisten«, erwiderte Gilbert Owens aufgebracht. »Du bist nicht der Einzige, der Verluste macht.«

Alfred starrte zurück. »Es scheint zumindest, als sei ich der Einzige, der bereit ist zu handeln, anstatt dabei zuzusehen, wie mein hart erarbeiteter Besitz den Bach runtergeht.«

Brady Andrews hantierte mit seinem Flachmann herum. »Wir können dieses Treffen genauso gut beenden. Wir erreichen hier ja doch nichts. Außerdem bringt mich mein Kopf um. Ich brauche etwas …«

Er warf Ellie einen Blick von der Seite zu. »… zu essen«, beendete er seinen Satz lahm.

Ellie strahlte ihn an. »Oh, aber wir haben doch belegte Brote bestellt.«

Alfred Clay lachte verächtlich. »Ich hatte recht. Es ist *doch* ein Sonntagsschulpicknick.«

Ellie ignorierte seine Bemerkung und schaute Brady streng an. »Die Brote werden Ihnen sehr viel besser bekommen als ein weiterer Schluck von was auch immer Sie dort in Ihrer Flasche haben. Wirklich, Mr Andrews, wir alle müssen einen klaren Kopf behalten, wenn wir diese Schurken überlisten wollen.«

Alfred brummte leise vor sich hin und ging zur Tür. »Ihr könnt gerne bleiben und eure kleinen Leckereien essen. Ich hab genug von diesem Firlefanz.« Er riss die Tür auf und stürmte hinaus, wobei er beinahe einen erschrockenen Lieferjungen über den Haufen gerannt hätte, der ein Tablett mit Broten in den Händen hielt.

11

Ellie zupfte eine rotgoldene Locke zurecht und betrachtete sich kritisch im Spiegel, der auf ihrer Frisierkommode stand. Die Perücke, mit der sie sich in Jessie verwandelt hatte, war mit dem lockigen Pony, den hochgebürsteten Seiten und der Kaskade kupferner Ringel, die ihren Rücken herabfielen, wie für sie gemacht. Sie arrangierte eine der langen Locken neu und zog diese nach vorne, sodass sie über ihre Schulter fiel.

Perfekt. Oder so perfekt, wie sie es sein konnte. Nun, da Kostüm und Make-up saßen, stolzierte sie vor dem Spiegel auf und ab und grinste. Gar nicht mal so übel. Während sie tagsüber ihre üblichen Runden als Lavinia absolvierte, hatte sie die letzten Abende damit verbracht, eine Hintergrundgeschichte für Jessie zu konstruieren, sowie Angewohnheiten und Sprechweise ausgearbeitet, die ihrer Rolle Tiefe verliehen.

Ungleich Ellie, mit ihrer nichtssagenden Haarfarbe und ihren unscheinbaren Gesichtszügen, erinnerten Jessies strahlender Ausdruck und ihre grellen Farben eher an Norma Brooks Erscheinung – solche Frauen fanden Beachtung in der Männerwelt. Erneut schritt sie durch das Zimmer und schwang mit den Hüften, so wie sie es bei Magdalena beobachtet hatte, wenn diese versuchte, Aufmerksamkeit und Bewunderung bei Männern zu erregen. Das Ergebnis war erstaunlich. Die Erscheinung im Spiegel wiegte sich wie eine geübte Verführerin hin und her.

Sie setzte sich einen breitkrempigen Hut mit einem kleinen Federschmuck an der Seite auf den Kopf, steckte ihn fest und unterdrückte dabei den Neid, der in ihr aufstieg. Wie würde es sich anfühlen, eine dieser Frauen zu sein, denen die Männer hinterherschauten? Erneut warf sie einen Blick in den Spiegel, um den Gesamteindruck auf sich wirken zu lassen, und sog die Luft ein. Mit etwas Glück würde sie es gleich herausfinden.

Sie schlüpfte zur Tür hinaus und atmete den Geruch der Wüste ein. Selbst durch den Staub, der schwer in der Luft hing, konnte sie Duftnoten von Beifuss und Mesquitebaum riechen, die sich enorm von den Gerüchen der Großstadt unterschieden.

»Wer sind Sie?«

Ellie schreckte auf und schaute sich um.

Billy Taylor starrte sie vom Straßenrand aus an. »Sie sind nicht die Dame, die hier wohnt«, stellte er entschlossen fest. »Wo kommen Sie auf einmal her?«

Ellie zwang sich, ruhig zu bleiben. »Ich bin Mrs Stewarts Nichte.« Es war die perfekte Gelegenheit, sich der Öffentlichkeit zu präsentieren. Sie musste das Beste daraus machen.

»Ich bin gestern angekommen«, fuhr sie fort. »Und ich werde ab jetzt hier bei meiner Tante wohnen.« Sie ging vorsichtig den Weg hinunter und reichte ihm die Hand. »Ich bin Miss Monroe. Und wie heißt du?«

»Billy«, antwortete er und ignorierte ihre ausgestreckte Hand. Das war vielleicht auch besser so, stellte sie mit einem Blick auf seine schmutzigen Finger fest.

»Nun Billy, es war nett, dich kennenzulernen. Ich bin mir sicher, dass wir uns in Zukunft öfter über den Weg laufen werden.«

Mit diesen Worten warf sie ihre Locken herum, marschierte die Straße hinunter und genoss ihre neu gewonnene Bewegungsfreiheit. Es war herrlich, wieder in normalem Tempo gehen zu können, ohne die Beinbandagen, die Lavinias alterssteife Bewegungen forcierten.

Zwei Blocks weiter erreichte sie die Grant Street und wandte sich nach links, um den nächstbesten Passanten anzusprechen. Doch die Straße schien an diesem Morgen ungewöhnlich leer zu sein. Ellie ärgerte sich, dass ihr ein Strich durch die Rechnung gemacht wurde. Nach all der Mühe, die es sie gekostet hatte, sich in Jessie zu verwandeln, wäre es nur gerecht, wenn die Gehsteige von Menschenmengen wimmeln würden, während sie ihre neue Kreation vorstellte.

Sie überquerte die Fourth Street und lächelte den Stationsvorsteher an, der gerade aus dem Büro der Postkutschenstation trat und eine schwere Kiste auf einem Stapel ähnlicher Kisten absetzte.

»Guten Morgen«, rief sie ihm zu.

»Morgen«, murmelte er zurück und warf einen flüchtigen Blick in ihre Richtung. Doch dieser Blick schien auszureichen. Er warf derart schnell den Kopf herum, dass Ellie befürchtete, er habe sich die Wirbelsäule verrenkt.

Er riss seinen Hut vom Kopf und drehte ihn nervös in den Händen. »Brent Howard, zu Ihren Diensten.«

Sie nickte sittsam und schritt hocherhobenen Hauptes an ihm vorbei, während sie den Mann aus dem Augenwinkel beobachtete. Er gab keinen Laut mehr von sich, folgte jedoch mit gebanntem Blick ihren schwingenden Bewegungen. Sie hob die Hand zum Mund, um das Lächeln zu verbergen, das sie sich nicht verkneifen konnte. Volltreffer! Es war zwar nur die erste Reaktion eines erwachsenen Mannes auf Jessies Ankunft in der Stadt, doch diese fiel genauso aus, wie sie es sich erhofft hatte. So weit, so gut.

Nur für den Fall, dass er ihr hinterhersah, wurde sie langsamer und studierte die Schilder, die über dem Gehsteig angebracht waren, als suchte sie etwas Bestimmtes. Zwei Häuser weiter betrat sie das Telegrafenamt und ging an den Schalter.

»Bin sofort bei Ihnen.« Amos Crawford schaute nicht auf, während er eine Nachricht zu Ende schrieb und sie einem wartenden Botenjungen überreichte. »Bring das so schnell du kannst zum Marshal. Und wehe ich bekomme mit, dass du auf dem Weg angehalten hast, um dir Süßigkeiten im Kaufmannsladen zu kaufen – verstanden?«

Nachdem der Junge zur Tür hinausgeeilt war, wandte sich der Telegrafist Ellie zu. Kaum hatte er sie wahrgenommen, bekam er Glubschaugen wie ein Frosch und zu Ellies Zufriedenheit fiel ihm regelrecht die Kinnlade herunter. Ellie konnte volle fünfzehn Sekunden in ihrem Kopf mitzählen, bevor er sich ausreichend gesammelt hatte, um wieder sprechen zu können. »Guten … Morgen, Miss. Entschuldigen Sie, dass ich Sie habe warten lassen. Was kann ich … für Sie tun?«

»Ich würde gerne ein Telegramm versenden, bitte.« Sie zwinkerte dem völlig verzauberten Mann keck zu und beobachtete, wie dessen Adamsapfel auf und nieder hüpfte.

Wortlos schob er ihr ein Formular und einen Bleistift hin, ohne auch nur für eine Sekunde den Blick von ihr abzuwenden.

Bei seinem Gesichtsausdruck musste Ellie sich sehr beherrschen, um nicht laut loszuprusten. »Vielen Dank. Ich muss meiner Familie mitteilen, dass ich sicher angekommen bin.«

Amos Crawford legte den Kopf zur Seite. »Aber die Postkutsche kommt doch erst heute Nachmittag an. Wie sind Sie hierhergekommen?«

Plötzlich wurde Ellie von Lampenfieber überwältigt und sie hatte Mühe, ihr selbstsicheres Auftreten beizubehalten.

Eine gute Schauspielerin zu sein, bedeutete zum größten Teil, sein Publikum davon zu überzeugen, dass man *tatsächlich* die Person war, die man darstellte. Um das zu bewerkstelligen, musste sie selbst daran glauben.

Sie schüttelte ihre Locken. »Ich bin nicht mit der Postkutsche angereist. Gestern haben mich ein paar Leute, die ich besucht habe, hier abgesetzt. Sie waren so freundlich, einen kleinen Umweg auf ihrem Weg zum Bahnhof einzulegen.« Sie hielt die Luft an und hoffte, dass diese Geschichte mit jener übereinstimmte, die sie ihm schon vorher als Lavinia aufgetischt hatte.

Als er nicht überrascht wirkte und nur mit dem Kopf nickte, entspannte sie sich wieder.

Beruhigt nahm sie den kurzen Bleistift in die Hand und schrieb die Nachricht auf, die sie am Abend zuvor auswendig gelernt hatte – eine zweideutige Botschaft, die Jessies Ankunft in der Stadt bekannt machen und hoffentlich einige der Befürchtungen, die Fleming und Gates mit Sicherheit hatten, lindern würde:

Bin gut angekommen. Tante Lavinia geht es gut. Freue mich, Stadt und Leute kennenzulernen.
Jessie

So – das sollte ausreichen.

Amos drehte seinen Kopf zur Seite auf eine Art, die Ellie verriet, dass er darin geübt war, Nachrichten kopfüber zu lesen. Seine Augen weiteten sich und ein breites Grinsen durchzog sein Gesicht. »Sie sind Mrs Lavinias Nichte!«

»Ja, die bin ich.« Ellie hielt ein triumphierendes Lächeln zurück. Ihr listiger Plan war aufgegangen.

»Hatten Sie einen angenehmen Aufenthalt bei Ihren Freunden?«

Dieses Mal konnte Ellie das Lächeln nicht mehr unterdrücken. Der Telegrafist lieferte ihr gerade einen weiteren Beweis dafür, dass er den örtlichen Tratsch genau verfolgte.

»Ich hätte direkt erkennen müssen, wer Sie sind«, fuhr er fort. »Sie sind das Ebenbild Ihrer Tante.«

»Ich nehme an, dass eine gewisse Familienähnlichkeit besteht.« Ellie wählte ihre Worte sorgsam genug, doch innerlich wusste sie nicht, ob sie belustigt oder besorgt sein sollte. War ihre Tarnung so leicht zu durchschauen?

»Sie haben die gleiche Augenfarbe«, sagte Amos weiter. »Ich wette, sie hat in Ihrem Alter genauso ausgesehen wie Sie.«

Ellie bemerkte seinen verträumten Tonfall und den kuhäugigen Blick. Wer hätte das gedacht?

Sie war davon ausgegangen, dass Jessie der Männerschwarm sein würde, doch nun war es Lavinia, die als Erstes einen potenziellen Verehrer für sich gewonnen hatte. Wie amüsant es wäre, wenn am Ende die Witwe Stewart eine Schar von Bewunderern vor der Tür stehen hätte. Andererseits …

Bei dem Gedanken daran, dass so etwas tatsächlich passieren könnte, erlosch jeder Funken der Belustigung in ihr. Ellie hoffte inständig, dass es niemals dazu kommen mochte. Ansonsten würde sich ihre verzwickte Situation nur noch weiter verkomplizieren.

Sie warf ihm einen neckischen Blick zu. »Wie nett von Ihnen, das zu sagen, ich habe schon immer Tante Lavinias Augen bewundert.«

Als sie sich zum Gehen wandte, räusperte sich der Telegrafist ein letztes Mal. »Bitte grüßen Sie Ihre Tante recht herzlich von mir.«

Ellie bog nach rechts ab, schlenderte die Grant Street hinunter und versuchte den Neuankömmling zu spielen, der die Stadt erkundet. Sie verlangsamte ihre Schritte, um den hohen Hut im Schaufenster des Schneiders zu bewundern. Mit seiner Verzierung aus Blumen und Wachskirschen würde er Jessie hervorragend stehen, das dunkelgrüne Band wäre ein schöner Kontrast zu ihrem rotblonden Haar. Wenn sie eigenes Geld hätte, würde sie in den Laden marschieren und den Hut vom Fleck weg kaufen, doch die Mittel, die ihr die Pinkertons zur Verfügung gestellt hatten, waren für ihren alltäglichen Bedarf gedacht, nicht für unnützen Firlefanz. Sie konnte sich bildhaft vorstellen, was Gates für ein Gesicht ziehen würde, wenn er wüsste, dass sie über einen solchen Luxus auch nur nachdachte.

Mit sehnsüchtigem Blick auf das bezaubernde Stück ging sie weiter und nickte den Leuten zu, an denen sie vorbeiging.

Eine hohe Gestalt in schwarzem Gehrock und roter Brokatweste kam ihr auf dem Gehsteig aus Richtung der Saloons entgegen. Ellie hielt die Luft an, als sie Marshal Everett Bascomb erkannte. Er hatte durch Lavinia hindurchgesehen, als wäre sie Luft, doch heute trat Ellie als Jessie verkleidet auf. Würde sie nun seine Aufmerksamkeit erregen können?

Die goldene Kette seiner Uhr glänzte gegen den tiefroten Brokat, als er sich näherte. Viele Leute auf dem Gehsteig traten zur Seite und machten einen weiten Bogen um ihn, als er vorbeieilte.

Denk nach! Es musste doch einen Weg geben, ihn in ein Gespräch zu verwickeln.

Das Herz schlug ihr bis zum Hals, als er näher kam. Wenn sie nicht bald aktiv wurde, würde die Gelegenheit verstreichen, und wer konnte sagen, wann sich eine solche nochmals bieten würde? Jetzt oder nie.

Der Marshal tippte sich an den breitkrempigen schwarzen Filzhut und schritt auf sie zu. Ellie öffnete den Mund, brachte jedoch kein Wort heraus. Sie verlor den Mut, als ihr bewusst wurde, dass sie ihre Chance vertan hatte. Nur noch wenige Schritte und er würde an ihr vorbeigegangen sein.

Als er sie überholte, warf er einen neugierigen Blick in ihr Gesicht. Sein sicherer Gang kam ins Straucheln. Er blieb mitten auf dem Gehsteig stehen und starrte sie an wie ein verblüffter Ochse.

Ellie riss sich zusammen, um kein Anzeichen zu geben, dass sie ihn erkannte. Jessie war dem Gesetzeshüter noch nie begegnet. Stattdessen klimperte sie mit den Wimpern, wie sie es bei Magdalena gesehen hatte, und blickte zu Boden. Aus dem Augenwinkel konnte sie sehen, wie er den Hut vom Kopf zog und sich galant verbeugte.

»Verzeihen Sie mir, Ma'am, dass ich Sie anstarre. Ich dachte, dass ich alle hübschen Mädchen in Pickford kenne, aber ich glaube, ich hatte noch nicht das Vergnügen, Ihre Bekanntschaft zu machen.«

In der Hoffnung, dass er nicht merkte, wie nervös sie war, blickte Ellie auf, direkt in sein Gesicht. Sie verzog die Lippen zu einem frechen Grinsen. »Nein, ich bin gerade erst in der Stadt angekommen. Ich wohne bei meiner Tante, Mrs Stewart.«

Er zeigte keinerlei Anzeichen dafür, dass ihm der Name etwas sagte, doch seine dunklen Augen funkelten auf, als ihre Blicke sich trafen. Mit dem Zeigefinger strich er sich über eine Seite seines akkurat rasierten Schnurrbarts. »Ich bin Everett Bascomb, der Marshal dieser Stadt.« Er machte eine kurze Pause, als wollte er ihr Zeit geben, gebührend beeindruckt zu sein.

Ellie neigte den Kopf und warf ihm einen bewundernden Blick zu, bevor sie ihm die Hand reichte. »Schön, Sie kennenzulernen, Marshal. Ich bin Jessie Monroe.«

Bascomb hielt ihre Hand ein paar Sekunden zu lange fest und Ellie merkte, wie sich auf ihrem Arm eine Gänsehaut bildete. Sie zog ihre Hand so schnell es ging zurück und widerstand dem Drang, ihre Finger an ihrem Rock abzuwischen.

Er erinnerte sie an den zweitklassigen Schauspieler, der am Anfang von Magdalenas Karriere mit ihr auf Tournee gegangen war – mit seinen Fingern so freizügig wie mit seinen Komplimenten. Selbst die Bühnenarbeiter hatten ihn nach kürzester Zeit durchschaut. Einer von ihnen hatte Ellie bei einer ihrer ersten Stationen beiseitegenommen. »Vor dem musst du dich in Acht nehmen. Der lächelt dir ins Gesicht, während er dir das Gold aus den Zähnen klaut.«

Marshal Everett Bascomb schien der gleiche Schlag Mensch zu sein.

Er setzte den Hut wieder auf und schwang den Arm in einer ausladenden Geste über die gesamte Grant Street. »Darf ich Sie in der Stadt herumführen? Ich würde mit Freuden alles tun, damit sich ein solch zauberhafter Neuankömmling wie Sie hier wohlfühlt.«

»Was für eine hervorragende Idee. Ich war gerade auf dem Weg zum …« – Ellie schaute sich auf der Suche nach Inspiration um und entdeckte den großen Laden auf der anderen Straßenseite – »… Krämerladen. Ich habe meiner Tante versprochen, ein paar Sachen für sie zu besorgen.«

»Dann darf ich Sie wenigstens bis dahin begleiten.« Ohne ihre Zustimmung abzuwarten, ergriff er ihre Hand und legte sie sich über den Arm.

Angesichts des erneuten Körperkontakts musste Ellie sich beherrschen, um nicht zusammenzuzucken. Sie drückte seinen Arm und folgte ihm, als er auf die staubige Straße trat.

»Wo kommen Sie ursprünglich her, Miss Monroe?«

»Aus Chicago.« Ellie zwang sich, nicht den Arm wegzureißen, und setzte ein einladendes Lächeln auf. Es gab nun wirklich keinen Grund dafür, dass er ihr bei dieser Frage so nah kommen musste.

Bascomb wickelte seine Finger noch enger um ihre.

»Dann muss das Wetter in Arizona eine willkommene Abwechslung für Sie sein. Die Winter dort sind wohl ziemlich hart, oder nicht?«

»Sie glauben gar nicht, wie hart.« Allein bei der Erinnerung an die eisigen Temperaturen musste Ellie zittern. Oder war es Bascombs Nähe, die diese Reaktion bei ihr auslöste?

Kurz bevor sie den Kaufmannsladen erreichten, hielt er plötzlich an, als sei ihm gerade eine Idee gekommen. »Würden Sie mit mir ein Stück Obstkuchen essen gehen?« Er zeigte auf das Restaurant am Ende des Häuserblocks. »Der Koch macht einen wirklich hervorragenden Pfirsichkuchen, auch wenn er um diese Jahreszeit getrocknete Pfirsiche verwenden muss.« Er neigte den Kopf zu ihr herunter und murmelte: »Unsere Unterhaltung macht mir großen Spaß, ich würde sie gerne weiter fortsetzen, damit ich Sie besser kennenlernen kann.«

»Es wäre mir eine Freude. Meine Besorgungen kann ich auch später noch erledigen.« Ellie zwang sich, begeistert zu klingen. Es war die Chance, auf die sie gewartet hatte. Nun durfte sie nicht vor der Pflicht zurückschrecken.

Doch obwohl sie sich alle Mühe gab, das Gespräch auf die Silberdiebstähle zu lenken, schien sie von Anfang an zum Scheitern verurteilt. Egal, wie sie es anstellte, Bascomb fand immer wieder einen Weg, auf sich und seine erfolgreiche Regentschaft als Marshal zurückzukommen. Noch bevor sie die Hälfte ihres Kuchenstücks verzehrt hatte, stand Ellie kurz davor, vor Wut laut aufzuschreien. Sie ballte die linke Hand unter der Serviette zu einer Faust und schob sich mit der Gabel ein weiteres Stück Trockenpfirsichkuchen in den Mund.

»Eine faszinierende Geschichte«, sagte sie, als er mitten im Erzählen, wie er einmal eine Schlägerei im Saloon Palace beendet hatte, innehielt, um Luft zu holen. Kaum hatten die Worte ihre Lippen verlassen, warf Ellie einen kurzen Blick nach oben, um zu sehen, ob angesichts dieser schamlosen Lüge die Decke zusammenbrechen und Blitzschläge auf sie niederprasseln würden.

Bascombs dunkle Augen durchbohrten sie auf eine viel zu intime Weise. »Es freut mich, dass Sie das so sehen. Es ist schön zu wissen, dass jemand meine Bemühungen anerkennt, den Frieden in Pickford zu wahren.«

Ellie verschluckte sich an ihrem Stück Kuchen und nahm hastig einen Schluck Wasser. Sie lehnte sich vor und starrte ihn mit einem Blick an, von dem sie hoffte, dass er ihn als Bewunderung deuten würde. »Sie waren so großzügig, mir die Stadt zu zeigen. Ich habe mich gefragt, ob Sie mir vielleicht die eine oder andere Frage beantworten könnten.«

Seine Augen leuchteten auf. »Aber natürlich.«

»Kann man als Frau sicher durch die Straßen von Pickford gehen? Meine Tante hat mir erzählt, dass es hier in letzter Zeit einige Überfälle gab – irgendetwas mit Silber, glaube ich. Ich bin ganz erpicht darauf, den Wilden Westen in all seinen Facetten kennenzulernen, doch ich muss gestehen, dass solche Geschichten mich nervös machen.«

Bascombs Gesicht verdunkelte sich. Dann formten sich seine Lippen zu einem Lächeln und er beugte sich über den Tisch, um ihre rechte Hand zu tätscheln. »Zerbrechen Sie sich über so etwas nicht Ihren hübschen Kopf. Das hat nichts mit anständigen Bürgern wie Ihrer Tante und Ihnen zu tun. Ich bin mir sicher, dass sich Ihre Wege niemals mit denen dieser Verbrecher kreuzen werden, also brauchen Sie sich keine Sorgen zu machen.«

Ellie befreite ihre Finger und zog die Hand zur Tischkante zurück. »Da haben Sie wahrscheinlich recht. Doch wer würde etwas so Schreckliches tun? Ich würde mich viel besser fühlen, wenn Sie diese Kriminellen schnappen würden. Haben Sie schon eine Ahnung, wer dahinterstecken könnte?«

Für einen kurzen Moment verzogen sich seine Lippen, als habe er in eine Zitrone gebissen. »Ich bin jedem Hinweis nachgegangen, aber ich bin ihnen noch nicht auf die Schliche gekommen. Darüber sollten Sie sich aber keine Gedanken machen. Es ist nur eine Frage der Zeit, bis ich diese Ganoven hinter Schloss und Riegel gebracht habe.«

Ellie studierte sein Gesicht genau. War dieser kurze Gefühlsausbruch ein Zeichen für seinen Ärger über die Tatsache, dass er die Diebe noch nicht gefasst hatte, oder wies er darauf hin, dass Bascomb mit ihnen unter einer Decke steckte? Was immer der Grund sein mochte, sein verschlossener Blick verriet, dass er auf der Hut war. Es war unwahrscheinlich, dass sie ihm noch weitere Informationen entlocken würde. Beim Gedanken, das Gespräch nun beenden zu können, spürte sie ein unbeschreibliches Gefühl der Erleichterung.

Sie schob ihren Stuhl zurück und legte ihre Serviette gefaltet neben ihrem Teller ab. »Vielen Dank für den Obstkuchen und die nette Unterhaltung, Marshal. Nach unserem Gespräch meine ich Pickford schon viel besser zu kennen.«

Der selbstzufriedene Ausdruck kehrte in sein Gesicht zurück. »Es war mir eine Ehre, mein Fräulein. Ich werde sicherstellen, dass es nicht unsere letzte Unterhaltung war.«

Ellie klimperte mit den Augen und verzog die Lippen zu einem Lächeln. Zum Glück entging ihm, dass sie bei dem Gedanken, mehr Zeit mit ihm verbringen zu müssen, erschauerte.

Sie verabschiedeten sich an der Tür und Ellie ging alleine in den Kaufmannsladen. Sie durchstöberte ein paar Minuten lang die Regale und kaufte dann zwei Dosen Schweinefleisch mit Bohnen und eine Packung Cracker – Dinge, die sie nicht wirklich brauchte. Nachdem sie den Laden wieder verlassen hatte, setzte sie ihre Fußspitze auf den Gehsteig und betrachtete die Gebäude am östlichen Ende der Stadt.

Am liebsten hätte sie nun die Häuserblocks von hier bis zum Saloonbezirk erkundet, aber sie hatte dem Marshal erzählt, dass ihre Tante sie mit den Einkäufen erwartete. Also hielt sie sich besser an ihre eigene Geschichte und ging zum Haus zurück, nur für den Fall, dass er sie beobachtete.

Ellie schnaufte frustriert und wirbelte dabei die Locken über ihrer Stirn auf. Bis jetzt hatte sie nie darüber nachgedacht, wie schwer eine Darbietung ohne Drehbuchvorlage sein konnte, besonders wenn man nicht wusste, wo sich das Publikum befand.

Sie öffnete ihren spitzenverzierten Sonnenschirm, um nicht von der Nachmittagssonne geblendet zu werden, und ging in Richtung

Westen. Sie hatte gerade erst ein paar Schritte getan, da hörte sie, wie jemand ihren Namen rief. Sie drehte sich herum und sah Amos Crawford über die Straße traben, mit einem Blatt Papier in der Hand.

»Gut … dass ich Sie getroffen habe«, keuchte er. »Das ist gerade reingekommen.« Er reichte Ellie den Zettel.

ERLEICHTERT DASS ALLES IN ORDNUNG STOPP
WARTE GESPANNT AUF EINDRÜCKE VON PICKFORD UND ALLE MÖGLICHKEITEN DIE SICH AUFTUN STOPP
COUSIN HENRY

Erleichterung machte sich auch in Ellie breit. Ihre Nachricht schien den Eindruck erweckt zu haben, dass Norma und sie nun wie geplant zusammenarbeiteten. Kurz nagte das schlechte Gewissen an ihr, was sie schnell wieder verdrängte. Sie hatte niemals direkt behauptet, dass Norma mit ihr an dem Fall arbeitete, und es würde nicht schaden, Fleming und Gates erst einmal in diesem Glauben zu lassen. Die Wahrheit würde bald genug ans Licht kommen – früher oder später würde Norma sich bei der Zentrale melden. In der Zwischenzeit konnte sie etwas Zeit gewinnen, die Ermittlungen voranzutreiben und ihre Fähigkeiten unter Beweis zu stellen.

Einen Straßenblock weiter, die Fourth Street hinunter, entdeckte sie eine dunkel gekleidete Gestalt. Everett Bascomb tippte sich an die Hutkrempe und kam auf sie zu. Ellie machte auf dem Absatz kehrt und ging so schnell sie konnte, jedoch ohne loszustürmen, in Richtung ihres Hauses. Der Pfirsichkuchen hatte ihren Appetit angeregt. Sie konnte genauso gut das Beste aus ihren durchkreuzten Plänen machen und Mittagessen gehen.

Ein schneller Blick über die Schulter bestätigte, dass Bascomb aufgegeben hatte und in eine andere Richtung davongegangen war. Die Erinnerung an seine Finger auf ihrer Hand und die besitzergreifende Art, mit der er sich über sie gebeugt hatte, ließen ihre Schritte schneller werden. Auf einmal erschien ihr die Aussicht auf ein heißes Bad, bei dem sie sich jede Spur seiner Berührungen vom Leib schrubben konnte, verlockender als eine Mittagsmahlzeit.

12

Nachdem sie sich ordentlich abgeschrubbt und zu Mittag gegessen hatte, brach Ellie erneut auf, dieses Mal als Lavinia verkleidet. Obwohl sie dringend Informationen gewinnen musste für den Fall, dass die Pinkertons Fragen stellten, wollte sie nicht riskieren, dass Jessie dem Marshal Bascomb zweimal an einem Tag über den Weg lief. Das eine Mal hatte ihr gereicht.

Brent Howard nickte ihr einen Gruß zu, als sie an der Postkutschenstation vorbeikam, allerdings starrte er ihr nicht so interessiert hinterher, wie er es bei Jessie getan hatte. Da sie Lavinias glühendem Verehrer Amos Crawford aus dem Weg gehen wollte, hastete Ellie am Telegrafenamt vorbei und erreichte endlich die Stelle, an der ihr vorheriger Erkundungsgang von der Begegnung mit dem Marshal unterbrochen worden war.

Was nun? Ihr Blick wanderte sehnsüchtig zum östlichen Ende der Stadt. In ihrer Aufmachung als Lavinia wagte sie nicht, die Seventh Street zu überqueren und in den Saloonbezirk vorzudringen. Doch um an die gewünschten Informationen zu gelangen, blieb ihr wohl nichts anderes übrig, als den zwielichtigen Stadtteil und seine Stammgäste aus nächster Nähe zu erkunden.

Ellie tippte sich mit einem Finger an die Wange. Wie nahe konnte sie sich heranwagen, ohne die Grenze zu überschreiten? Sie betrachtete die Gebäude, die der unsichtbaren Trennlinie zwischen dem ehrbaren und verruchten Teil der Stadt am nächsten waren, und lächelte, als sie das Bankgebäude an der Ecke der Sixth Street entdeckte.

Auf der ehrbaren Seite angesiedelt, lag die Bank immer noch nah genug an der Seventh Street, dass die Casinos und Saloons ihre finanziellen Geschäfte dort tätigen konnten. Niemand würde es als verdächtig einstufen, wenn Lavinia dem Bankier ihre Investitionspläne vorlegte und sich so Rat bei jemandem holen würde, der sich hier auskannte. Da der Bankkaufmann wahrscheinlich Verbindungen zu beiden Seiten der Stadt unterhielt, würde er eine hervorragende Informationsquelle abgeben, wenn sie ihn nur vorsichtig genug befragte.

Sie schloss die Finger fester um ihre Handtasche. Ja, die Bank war ein guter Anlaufpunkt.

Eilig beschleunigte sie ihre Schritte und ging die Straße hinunter, mit den Gedanken ganz bei der Aufgabe, die nun vor ihr lag. Als sie sich der Fifth Street näherte, hörte sie, wie jemand ihr nachrief. Ellie zuckte zusammen, in der Befürchtung, dass Amos Crawford sie doch noch entdeckt hatte. Als sie aufschaute, stellte sie mit Erleichterung fest, dass es nur der Empfangschef war, der ihr aus dem Eingang des Grand-Hotels zulächelte.

»Einen guten Tag wünsche ich Ihnen, Mrs Stewart. Schön zu sehen, dass es Ihnen an diesem herrlichen Tag so gut geht.«

Ellie nickte ihm zu, ohne langsamer zu werden.

»Meine Frau hat gerade eine frische Kanne Tee aufgesetzt. Vielleicht möchten Sie sich ja ein Weilchen ausruhen und ihr Gesellschaft leisten.«

Seine Frau? Bei ihrem letzten Besuch hatte nichts auf die Anwesenheit einer Frau hingedeutet. Ellie war hin- und hergerissen zwischen ihrer Neugier und der Enttäuschung, ihre Pläne erneut über den Haufen werfen zu müssen. Nach einem kurzen inneren Kampf siegte die Neugier. »Nun, ich denke, das könnte ich wohl.« Das dankbare Lächeln des Mannes erleichterte ihr die Entscheidung. »Ja, das wäre wirklich nett.«

Sie folgte ihm ins Hotel. Ihre Laune hob sich, als sie sah, dass er einen kleinen Tisch dort aufgestellt hatte, wo sie anderentags gesessen hatte. Wenn sie schon nicht den Bankier befragen konnte, so war es ihr doch möglich, ein wenig Zeit auf ihrem Aussichtsposten zu verbringen.

»Das ist meine Frau Myra«, sagte er. »Liebes, das ist Mrs Stewart.«

»Lavinia.« Ellie lächelte die gebrechlich wirkende Dame an, die auf dem Sofa mit der geschwungenen Rückenlehne saß. Sie betrachtete ihre neue Bekanntschaft genauer und erschrak, wie transparent die Haut der anderen Frau wirkte. Sie schien ein wenig jünger als Lavinia zu sein. Es verwunderte nicht, dass ihr Mann davon ausging, dass die beiden gut miteinander auskommen würden.

»Schön, dass Sie sich die Zeit genommen haben, bei uns vorbeizuschauen.« Myras Stimme wirkte genauso zerbrechlich wie ihre Erscheinung. »Donald weiß, wie sehr ich mich nach weiblicher Gesellschaft sehne, nachdem ich tagelang in meinem Schlafzimmer eingesperrt war.«

»Ich bin dankbar für die Gelegenheit, mich ein wenig ausruhen zu können.« Ellie lächelte und nickte Donald zu, als er mit einem Teetablett zurückkehrte und es vor ihnen auf dem Tisch abstellte. Vielleicht war dieser Nachmittag ja doch nicht vergeudet. Myra schien sich auf eine längere Unterhaltung zu freuen. Und die Einsichten dieser Frau konnten vielleicht sogar hilfreicher sein, als sich mit dem Bankier zu unterhalten. Sie machte es sich in dem Polstersessel gemütlich, der ihr eine gute Sicht auf die Straße bot.

Als sie ihre Aufmerksamkeit wieder ihrer Gastgeberin zuwandte, vermied sie es, deren dünnes Haar, die eingefallenen Augen und knochigen Finger anzustarren. Ihr Lächeln wurde schwächer. Sie hatte ihre eigenen Probleme, doch die schienen geradezu lächerlich im Vergleich zu dem, was diese Frau durchmachen musste.

»Könnten Sie uns vielleicht einschenken? Die Teekanne ist ein wenig zu schwer für mich, wie ich fürchte.«

»Aber gerne.« Ellie goss das goldfarbene Getränk in zwei Tassen aus feinstem Porzellan. Sie griff sich zwei der Plätzchen, die sich auf dem Tablett befanden, legte sie mit auf die Untertasse und stellte diese auf dem Tisch neben Myra ab.

Die Tasse klapperte gegen die Untertasse, als Myra sie hochnahm und das Gesicht verzog. »Ich bin nicht mehr so kräftig wie früher, aber die Tage, die ich außerhalb des Bettes verbringen kann, will ich voll auskosten.«

»Wie lange sind Sie … ich meine …« Ellie spürte, wie sie rot wurde.

Myra lächelte und ignorierte Ellies Unbeholfenheit. »Ich bin nun schon seit einigen Monaten bettlägerig. Der Arzt kann nichts feststellen – nichts Genaues zumindest –, doch meine Kraft scheint einfach so dahinzuschwinden.«

Ellie schaute betreten auf ihre Teetasse herab und wusste nicht, was sie sagen sollte.

»Ich versuche jeden Tag einfach so zu nehmen, wie er kommt«, fuhr Myra fort, als würde sie Ellies Unbehagen überhaupt nicht bemerken. »Ich habe einen guten Ehemann, der für mich sorgt, und der Herr bürdet uns nicht mehr auf, als wir ertragen können, hab ich nicht recht?«

Um eine Antwort verlegen, biss Ellie in ihr Plätzchen. Sie schaute erleichtert auf, als die Tür aufging und eine Frau eintrat, die so kräftig und frisch aussah, wie Myra dürr und aschfahl war.

»Ich habe Donald draußen beim Kehren getroffen. Er meinte, dass es dir heute gut genug geht, um das Bett zu verlassen, also dachte ich mir, ich schaue kurz vorbei und setze mich ein paar Minuten zu dir.«

Myras Gesicht leuchtete auf. »Was für ein Spaß! Das wird ja eine richtige Teeparty.« Sie wandte sich an Ellie. »Lavinia, das ist meine liebe Freundin Gertie Johnson. Sie betreibt mit ihrem Mann den Kaufmannsladen. Gertie, das ist meine neue Freundin Lavinia Stewart.«

Gertie lächelte. »Mein Mann hat mir bereits von Ihnen erzählt, Mrs Stewart.«

Myra wies zum Tisch. »Gertie, macht es dir etwas aus, dir selbst eine Tasse zu holen?«

»Ganz und gar nicht. Besonders wenn das bedeutet, dass ich auch ein paar von diesen köstlichen Keksen abbekomme.« Gertie zwinkerte und verschwand durch eine Tür ins Esszimmer. Einen Moment später tauchte sie wieder auf und ließ sich gegenüber vom Sofa in einen zierlichen Medaillon-Stuhl fallen. Ellie hielt den Atem an, als die kräftige Frau mit der imposanten Statur auf dem kleinen Sitz Platz nahm, doch der Stuhl hielt stand.

Gertie schenkte sich eine Tasse Tee ein, fügte einen Löffel Zucker hinzu und wandte sich dann Ellie zu. »Wohnen Sie hier im Hotel?«

Ellie unterdrückte ein Lachen. Offensichtlich nahm Gertie kein Blatt vor den Mund. »Nein, ich habe das Cooper-Haus gemietet und suche nun nach Investitionsmöglichkeiten. Seit Kurzem wohnt auch meine Nichte bei mir.«

»Zwei neue Frauen in der Stadt! Bevor Sie sich's versehen, werden wir einen zivilisierten Ort aus Pinkerton gemacht haben.« Gertie warf den Kopf in den Nacken und ließ ein herzhaftes Lachen ertönen.

Myra stimmte mit ein, auch wenn ihre Fröhlichkeit etwas verhaltener ausfiel. Ellie bemerkte ein Funkeln in den Augen der gebrechlichen Frau, das bei ihrer Ankunft noch nicht da gewesen war.

Während die beiden anderen Frauen sich unterhielten, schaute sie zum Fenster hinaus, nippte an ihrem Tee und spitzte die Ohren in Erwartung irgendwelcher kleiner Tratschgeschichten, die vielleicht von Interesse für sie sein konnten. Sehr zu ihrer Enttäuschung konzentrierte sich die Unterhaltung auf das Wetter und den neuen Ofen, den die Bäckersfrau gerade neu geliefert bekommen hatte. Kein Wort zu einem Thema, das ihr bei den Ermittlungen hätte weiterhelfen können. Die Teilnahme an der Teeparty verhalf ihr anscheinend zu keinen neuen Hinweisen, dennoch genoss sie die Gesellschaft von Myra und Gertie sehr.

»Wie läuft es in eurem Laden?«, fragte Myra.

Gertie stellte ihre Teetasse mit einem leisen Klirren auf der Untertasse ab. »Walter nach zu urteilen, könnte es gar nicht besser laufen. Er sagt, wir haben so viele Bestellungen von den Minen wie noch nie zuvor.« Ein Kichern brachte ihre beachtliche Brust in Wallung. »Ich muss wohl seinen Worten Glauben schenken, du weißt ja, wie schlecht ich in Dingen wie Buchhaltung bin.«

Myra presste ihre Serviette an die Lippen. »Das weiß ich wohl.«

Ellie lenkte ihre Aufmerksamkeit vom Fenster auf die beiden

Frauen, während sie angesichts der offensichtlich entspannten Freundschaft zwischen den beiden einen überraschenden Anfall von Neid verspürte. Wie würde es sein, enge Kontakte in einer Stadt wie Pickford zu knüpfen? Einer Stadt, in der die Menschen befreundet sein konnten, ohne die ständigen Streitereien und kleinliche Missgunst, die sie aus der Welt des Theaters kannte?

Als würde sie spüren, wie sehr Ellie sich danach sehnte, miteinbezogen zu werden, lächelte Myra ihr zu und klopfte auf eine Bibel, die neben ihr auf dem Kissen lag. »Würde es Ihnen etwas ausmachen, Gertie und mir eine Passage vorzulesen, Lavinia?«

»Ganz und gar nicht. Wo soll ich anfangen?« Ellie sprach betont gelassen in der Hoffnung, mit einer ruhigen Haltung über ihre Nervosität hinwegtäuschen zu können. Sie hatte damit begonnen, jeden Morgen ein paar zufällig gewählte Passagen aus ihrer eigenen Bibel zu lesen, doch sie war immer noch sehr unbedarft, wenn es darum ging, auf Anhieb bestimmte Kapitel oder Verse zu finden.

»An der Stelle, wo ich zuletzt war, habe ich ein Lesezeichen eingefügt«, sagte Myra, wofür Ellie ihr auf ewig dankbar sein würde.

Ellie schlug die Bibel beim Johannesevangelium auf, das durch das Lesezeichen markiert war, räusperte sich und begann zu lesen. Nach nur ein paar Versen stellte sie fest, dass sie den gleichen Text las, wie der Pastor am letzten Sonntagmorgen: jene Geschichte über den Knaben, der sein Mittagsmahl mit Jesus teilte, um die Menge zu speisen.

Gerade als sie an die Stelle kam, wo die Jünger die Überbleibsel aufsammelten, legte Myra ihre Serviette beiseite und presste die Hand an ihre Brust. »Ich fürchte, mich verlassen meine Kräfte. Ich werde mich besser wieder hinlegen.«

Gertie rappelte sich auf, jede Spur von Heiterkeit war verflogen. »Lass mich dich zu Bett bringen – oder soll ich lieber Donald rufen?«

»Mir wäre es lieber, du würdest mir helfen, wenn es dir nichts ausmacht. Der Arme hat so viel damit zu tun, sich um das Hotel und mich zu kümmern. Ich belästige ihn nur ungern, wenn es nicht unbedingt sein muss.«

Gertie legte einen fleischigen Arm um die Schultern ihrer Freundin und half ihr auf. Neben der kräftigen Frau wirkte Myra wie ein kleines Küken, das sich unter dem Flügel seiner Mutter versteckte.

Sie lächelte Ellie an. »Ich hatte gehofft, dass wir mehr Zeit zum Plaudern hätten. Wenn Sie ein andermal wiederkommen möchten, können wir unsere Unterhaltung gerne fortführen. Sie sind immer willkommen, sich in der Lobby auszuruhen, auch wenn ich nicht da sein sollte.«

»Vielen Dank, das ist wirklich sehr nett von Ihnen.« Ellie schnürte es die Kehle zu. Sie sah Myra hinterher, wie diese von Gertie gestützt durch eine Tür hinter dem Empfangstresen verschwand, die wahrscheinlich zu Myras und Donalds Privatgemächern führte.

Um sich nützlich zu machen, räumte sie die Tassen und Untertassen wieder auf das Tablett zurück. Sie wusste nicht, was sie als Nächstes tun sollte, also stellte sie sich neben das Fenster und hielt Ausschau nach irgendetwas Interessantem, das auf der Straße vor sich ging, während sie immer noch über den Mut und die Güte der kranken Frau nachdachte.

Kurze Zeit später kehrte Gertie zurück und schloss leise die Tür hinter sich. »Ich habe sie ins Bett gebracht, jetzt ruht sie sich ein wenig aus. Ich glaube, sie war schon eingeschlafen, bevor ich auch nur zur Tür raus war, das arme Ding.«

Ellie konnte sehen, wie sich Tränen in den Augen der anderen Frau sammelten, und auch sie musste gegen ihre eigenen ankämpfen.

Gertie zog ein Taschentuch aus ihrem Ärmel, tupfte sich die Augen ab, schnäuzte sich und steckte das Tuch aus Batist wieder ein. »Ich muss zurück zum Laden. Walter wundert sich bestimmt schon, wo ich bleibe.«

Ihre Worte lenkten Ellies Gedanken über Myra zurück zu ihren eigenen Pflichten. Sie hatte noch immer nicht ihren Plan in die Tat umgesetzt, den Besitzer des Kaufmannsladens zu befragen. Die Gelegenheit am Schopf packend, sagte sie: »Ich werde Sie begleiten. Ich muss noch etwas einkaufen.«

Als sie die Straße überquerten, fügte sie noch hinzu: »Meine Nichte hat bereits die Dosennahrung und Cracker besorgt, die ich brauchte, aber ich wollte gern nachsehen, ob sie auch Kamillentee führen.«

»Nichte?« Gerties Gesicht erhellte sich. »Sie meinen doch nicht etwa diese umwerfende Rothaarige, die uns heute Morgen beehrt hat?«

Die Beschreibung ihres Alter Ego ließ Ellie erröten.

»Jetzt weiß ich, wer Sie sind.« Gerties breite Schultern bebten. »Sie sind die Dame, von der Amos Crawford so schwärmt.«

Ellie blieb abrupt in der Mitte des Gehsteigs stehen. »Er schwärmt? Für mich?«

Gertie brach in schallendes Gelächter aus. »Das kann man wohl sagen. Er kommt mindestens zweimal täglich rein und fragt, ob irgendwer Sie gesehen hat. Außerdem marschiert er so beschwingt durch die Gegend, wie ich es noch nie bei ihm gesehen habe, als wäre er wieder jung … oder zumindest glaubt er das.« Sie zwinkerte und verpasste Ellie mit ihrem Ellenbogen einen Stups in die Seite. »Erst kürzlich habe ich ihn dabei beobachtet, wie er sich einen Kamm aus Elfenbein angesehen hat. Ich wusste, dass er so etwas niemals für sich selbst kaufen würde, also habe ich ihn gefragt, für wen das Geschenk sein sollte.«

»Was hat er geantwortet?«, fragte Ellie, die Gerties Geschichte, ohne es zu wollen, gebannt verfolgte.

»Er klappte den Deckel zu und wurde rot wie … wie dieser Kohl dort drüben.« Gertie zeigte auf das Gemüse in einem Korb neben dem Eingang zum Kaufmannsladen.

Ellie starrte Gertie an und versuchte, aus dem vielsagenden Blick der Frau schlau zu werden. Langsam dämmerte es ihr. »Einen Moment mal. Wollen Sie damit sagen, dass er mir den Kamm schenken wollte?«

Gertie prustete. »Nun, er wollte ihn mit Sicherheit nicht für mich kaufen.«

»Ich bin ja wohl kaum die einzige Frau in Pickford«, stotterte

Ellie. »Es gibt doch mit Sicherheit noch andere, für die er sich interessiert.«

»Das mag vielleicht sein, doch so wie jetzt hat sich Amos in all den Jahren noch nie aufgeführt. Das hat erst angefangen, seitdem Sie in der Stadt sind. Einen so verliebten Mann habe ich nicht mehr gesehen, seitdem mir mein Walter einen Antrag gemacht hat.«

Ellie umklammerte die Satinrüschen an ihrem Kragen. »Sie wissen doch, wie das ist, Sie waren doch auch schon verheiratet. Und Amos ist ein guter Mann. Sie könnten eine wahrlich schlechtere Partie machen. Sie wollen doch nicht für den Rest Ihres Lebens alleine bleiben, oder?«

Ellie zwang sich, ihr zu antworten, obwohl ihre Lippen soeben völlig vertrocknet waren. »Es ist noch viel zu früh, um über so etwas nachzudenken. Noch habe ich die Erinnerung an meinen lieben Oliver, die mir Gesellschaft leistet.«

Gertie verpasste Ellie einen weiteren Stups. »Das mag ja sein, aber in einer kalten Winternacht halten Erinnerungen keinen Körper warm.«

Der Hitze in ihren Wangen nach zu urteilen, war Ellies Gesicht nun auch so rot wie der Kohl in dem Korb neben der Tür. »In der Tat«, murmelte sie. »Das werde ich mir merken.«

Die Glocke über der Tür bimmelte, als sie den Laden betraten, in dem Walter gerade über der Theke lehnte und einen wild verstreuten Haufen Papiere durchsah. Bei dem Geräusch der Glocke richtete er sich auf und lächelte Gertie an. »Da bist du ja. Ich hatte mich schon gefragt, wo du abgeblieben bist.«

»Myra hatte Lust auf etwas Gesellschaft, also bin ich kurz geblieben und habe eine neue Freundin kennengelernt.« Sie wies mit dem Kopf in Ellies Richtung: »Du bist Mrs Stewart bereits begegnet, glaube ich.«

Walter quittierte Ellies Anwesenheit mit einem Nicken.

Gertie griff sich eine Schürze, die an einem Haken hinter der Theke hing, und band sie sich um ihren fülligen Bauch. »Ich wollte dich nicht im Stich lassen.«

»Hast du auch nicht.« Walter kratzte sich am Kopf, was dazu führte, dass ihm Strähnen seines dünnen Haars zu Berge standen. »Es ist gerade ziemlich ruhig. Ich dachte mir, dass ich vielleicht mit der Inventurliste weitermachen könnte.« Er schob die Blätter, über denen er gerade gearbeitet hatte, zusammen, klopfte sie auf die Theke zu einem ordentlichen Stapel und packte sie weg. Dann legte er beide Arme auf die Theke und wandte sich Ellie zu. »Wie gefällt es Ihnen in Pickford? Leben Sie sich gut ein?«

»Mir gefällt es hier ganz hervorragend. Die Leute sind sehr nett und das Wetter ist um einiges besser als dort, wo ich herkomme. Wenn sich jetzt noch das Geschäftliche zum Guten fügt, bin ich nicht abgeneigt, für immer hierzubleiben.«

»Besonders jetzt, da Sie jemanden haben, der Ihnen Gesellschaft leistet«, kicherte Gertie. Als Ellies Augen sich weiteten, fügte sie hinzu: »Ich meinte natürlich Ihre Nichte und nicht Amos.« Noch immer grinsend, drehte sie sich zu ihrem Mann um. »Das war Mrs Stewarts Nichte, die heute Morgen hier war.«

Walters Gesicht leuchtete. »Jetzt erkenne ich die Ähnlichkeit. Sie hat mir von Ihren Plänen berichtet, was war das doch noch gleich …?«

Ellie öffnete den Mund, um zu wiederholen, was sie ihm an dem Morgen erzählt hatte, und klappte ihn dann schnell wieder zu. Woher sollte Lavinia wissen, was Jessie gesagt hatte?

Um Himmels willen! Ihre Identitäten glaubhaft zu spielen, würde nicht ausreichen. Sie musste peinlich genau auseinanderhalten, was Lavinia wusste und was Jessie.

Sie schloss die Augen und drückte ihre Finger an die Schläfen. Vielleicht sollte sie zwei verschiedene Akten anlegen, eine für Jessie und eine für Lavinia, um nicht durcheinanderzukommen. Sie spürte eine Berührung an ihrem Ellenbogen, öffnete die Augen und sah, wie Gertie sie besorgt anschaute.

»Geht es Ihnen gut? Sie sehen ein wenig mitgenommen aus.« Sie legte ihren Arm um Ellies Schultern und führte sie zu einem Holzstuhl, der neben einem Kanonenofen stand.

Walter verschwand im hinteren Bereich des Ladens und kehrte

mit einem Glas Wasser zurück. »Sind Sie sicher, dass es Ihnen gut geht, Mrs Stewart?«

Ellie war die Fürsorge des Ehepaars unangenehm. Wenn sie ihre Gedanken schweifen ließ, konnte sie das in ernste Schwierigkeiten bringen. Sie musste ihre Konzentration ständig aufrechterhalten, wenn sie mit dieser Maskerade durchkommen wollte.

Walter entschuldigte sich, um einem Mann in derber Minenarbeiterkleidung dabei zu helfen, ein Paar passende Stiefel zu finden.

Irene Peabody, die Frau des Bankiers, winkte herrisch von einem der Tische mit dem Nähzubehör. »Als ich das letzte Mal hier war, hatten Sie eine breite Auswahl an Clarks O.N.T.-Garn, aber jetzt finde ich nicht den Farbton, den ich brauche.«

Den Rücken zu der Frau gedreht, machte Gertie ein Gesicht, das nur Ellie sehen konnte. »Die Pflicht ruft. Sind Sie sich sicher, dass Sie alleine zurechtkommen?

»Machen Sie sich um mich keine Sorgen. Ich bleibe einfach noch ein Weilchen hier sitzen, wenn das in Ordnung ist.«

»Bleiben Sie, so lange Sie wollen, und wenn Sie etwas brauchen, sagen Sie einfach Bescheid.«

Während Gertie sich auf die Suche nach einem Garn begab, dessen Farbton ihrer anspruchsvollen Kundin zusagen würde, nutzte Ellie die Gelegenheit, sich in Ruhe im Laden umzusehen. Alle Produkte waren ordentlich an den dafür vorgesehenen Plätzen ausgestellt und doch …

Für ein Geschäft, das so gut lief, wie Gertie es behauptete, war erstaunlich wenig Kundschaft im Laden. Auch wirkten die Regale nicht gerade überladen und sie entdeckte einige freie Stellen, an denen die Waren offensichtlich nicht wieder aufgefüllt worden waren.

Dennoch hatte Gertie behauptet, dass sie große Bestellungen angenommen hatten, also ließ sich der Wohlstand des Ladens vielleicht nicht an der Anzahl der Produkte messen, die hier ausgestellt waren.

An einem Tisch nahe der Wand begutachtete ein schlaksiger Mann mit rotem Halstuch eine Auswahl an Sporen. Am anderen Ende des Ladens entdeckte sie zwei der Minenbesitzer, die sie bei dem Treffen in Stevens Büro kennengelernt hatte. Einer von ihnen blätterte durch einen abgenutzten Katalog. Es gab genug Leute, die herumstöberten, aber kein Anzeichen dafür, dass der Kaufmannsladen ein Bombengeschäft machte.

Die Glocke klingelte und Ellies Herz machte einen Satz, als Steven Pierce zur Tür hereinkam.

Im gleichen Moment tauchte Walter mit einem Paar Stiefel in der Hand auf. Er nickte Steven zu. »Bin gleich bei dir.«

»Keine Eile. Ich brauche nur noch eine Rolle von diesem zweieinhalb Zentimeter starken Seil.« Während der Minenarbeiter die Stiefel anprobierte, schaute Steven sich im Laden um. Seine Augen leuchteten auf, als er Ellie entdeckte. »Mrs Stewart, wie geht es Ihnen heute Nachmittag?«

Ellie erhob sich, so schnell es ihre bandagierten Gliedmaßen zuließen, und ging zu ihm herüber, während sie insgeheim bewunderte, wie der Schnitt seiner Jacke seine männliche Figur betonte. »Was für eine nette Überraschung. Das hier scheint zu unserem Treffpunkt zu werden.«

Steven lachte auf. »Welchen Eindruck hatten Sie von der Versammlung der Minenbesitzer? Hat sie irgendwelche Fragen bei Ihnen aufgeworfen?«

Als Ellie sah, wie hoffnungsvoll er sie anblickte, wurde sie von Schuldgefühlen geplagt. Er wollte alle Unklarheiten für sie beseitigen, damit sie guten Gewissens ihre Investitionspläne in die Tat umsetzen konnte. Wie sehr sie sich wünschte, wirklich über das Geld zu verfügen, das seine Probleme lösen würde.

Zuversichtlich lächelte sie ihn an. »Nein, ich glaube nicht. Eigentlich habe ich alles verstanden.« Sie wies mit dem Kopf zum anderen Ende des Ladens und senkte die Stimme, bevor sie hinzufügte: »Einige der Minenbesitzer scheinen ein ganz schön wilder Haufen zu sein.«

Steven folgte ihrem Blick und lächelte. »Lassen Sie sich nicht von Äußerlichkeiten täuschen. Sie mögen vielleicht etwas grobschlächtig wirken, doch das liegt daran, dass sie sich ihrer Umgebung anpassen – wie ein Chamäleon, das die Farbe seiner Umwelt annimmt. Tom Sullivan, zum Beispiel, war ein erfolgreicher Geschäftsmann in San Francisco, bevor er nach Arizona gezogen ist.«

Er deutete mit dem Kopf in Richtung des Mannes, der in dem Katalog blätterte. »Soweit ich weiß, ist Ezra der Einzige, der so gut wie keine Schulbildung genossen hat. Die anderen sind vielleicht auch keine Universitätsabsolventen, aber hier draußen neigen die Leute eher dazu, sich selbst weiterzubilden, anstatt durch die üblichen Institutionen zu gehen. Tatsächlich habe ich erst vor Kurzem Brady Andrews dabei beobachtet, wie er eine Ausgabe von *Plutarchs vergleichenden Lebensbeschreibungen* las.«

Ellie riss ganz erstaunt die Augen auf. »Ist das wahr? Ich hatte geglaubt, dass er sich eher für Saloons als für Bücher interessieren würde.«

Einer von Stevens Mundwinkeln zuckte nach oben. »Ich muss zugeben, dass es wahrscheinlich ein Kopf-an-Kopf-Rennen ist.«

Ellie erwiderte sein Lächeln und genoss die Herzlichkeit zwischen ihnen beiden, als sie gemeinsam über den kleinen Witz lachten.

Walter kehrte mit der Seilrolle über der Schulter aus dem Hinterzimmer zurück. Mit einem dumpfen Aufschlag setzte der Kaufmann sie auf der Ladentheke ab. »So, bitte schön. Brauchst du sonst noch etwas?«

Steven zog ein Blatt Papier aus der Tasche. »Ich hab eine Liste gemacht. Nur ein paar Kleinigkeiten, aber die kann ich mir auch selbst zusammensuchen. Mach dir keine Mühe.«

Walter zuckte mit den Schultern. »Wie du willst, aber es ist nicht so, als würde ich gerade in Arbeit ertrinken.« Er zog einen Lappen unter der Theke hervor und fing an, die Regale hinter sich abzustauben.

Steven wandte sich wieder Ellie zu. »Sind Sie schon zu einer Entscheidung gekommen, was Ihre Investition angeht?« Er räusperte sich. »Ich will Sie auf keinen Fall unter Druck setzen. Ich frage nur, damit ich weiß, wie ich weiterplanen soll.«

»Das ist schon in Ordnung, ich kann Sie gut verstehen.« Ellie versuchte, so ruhig wie möglich zu wirken, während sie verzweifelt nach Worten suchte, die sich nach einem echten Investor anhörten. Was hätte Lavinias imaginärer verstobener Mann ihr geraten?

Plötzlich kam ihr eine Idee. »Vielleicht wäre es eine gute Idee, Ihre Mine zu besichtigen. Wären Sie gewillt, mich herumzuführen?« Die Worte waren aus ihrem Mund geschlüpft, ohne dass sie groß darüber nachgedacht hatte, dennoch sagte der Gedanke ihr zu, sobald sie ihn ausgesprochen hatte. Gab es einen besseren Weg, die Abläufe in einer Mine zu begreifen, als diese mit eigenen Augen zu sehen? Die daraus gewonnenen Erkenntnisse konnten ihr vielleicht bei ihren Ermittlungen weiterhelfen.

Steven starrte sie ungläubig an. »Sie wollen runter in die Mine?«

»Ja! Ich halte das für eine großartige Idee, Sie nicht?«

Stevens Blick hätte nicht skeptischer sein können. »Das ist eigentlich alles andere als ein Ort für schaulustige Besucher.«

Ellie nahm Haltung an und warf ihm einen strengen Blick über den Rand ihrer Brille zu. »Aber ich bin doch kein schaulustiger Besucher, oder etwa doch, Mr Pierce? Schließlich werde ich Teilhaberin sein, falls ich mich entschließen sollte, mein Geld in die Redemption-Mine zu investieren.«

»Es ist dort unten dreckiger und holpriger, als Sie es sich vielleicht vorstellen. Das ist kein Ort für eine Dame.«

Ellie schob die Brille auf ihrer Nase hoch und sah Steven direkt in die Augen. »Betrachten Sie mich nicht als Dame, sondern als Geschäftspartnerin.«

Sein Adamsapfel hüpfte auf und ab und sie merkte, wie sein Widerstand schwächelte.

»Sie können auf keinen Fall dort hinunter, während gearbeitet wird. Vielleicht können wir Sonntag eine Besichtigung durchführen, wenn die Mine stillliegt. Das heißt, nur wenn Sie sich wirklich sicher sind.«

Ellie schaute beiseite, um ihr Hochgefühl zu verbergen. Als sie sich ihm wieder zuwandte, sagte sie: »Das wäre wundervoll. Wir könnten nach der Kirche hingehen. Ich lade Sie auch gerne zum Mittagessen ins Beck House Restaurant ein, wenn Sie Lust haben.«

Sie stellte sich vor, was Gates zu dieser Aufwendung zu sagen haben würde, aber die Pinkertons würden mit Sicherheit erkennen, dass es sich dabei um eine sinnvolle Investition innerhalb ihrer Ermittlungen handelte.

Außerdem hatte sie auch nichts dagegen, Steven Pierce eine halbe Stunde lang gegenüberzusitzen und in seine traumhaft kaffeefarbenen Augen zu blicken.

Auf ihrem Weg aus dem Kaufmannsladen musste Ellie abrupt stehen bleiben, um nicht mit einem Mann mit schwarzem Schlapphut zusammenzustoßen. Ihre Augen verengten sich, als sie den unangenehmen Kerl aus dem Hotel wiedererkannte. Nachdem er an ihr vorbeigelaufen war, trat sie auf den Gehsteig hinaus und folgte ihm in sicherer Entfernung.

Ein kurzes Stück hinter der Fourth Street, wo eine Gasse neben der Bäckerei abging, blieb der Mann plötzlich stehen und schaute sich auf eine Weise um, die Ellie mehr als auffällig erschien. Sein Verhalten wirkte geradezu verstohlen.

Was hatte er vor? Als er schnell in die Gasse abtauchte, war Ellies Neugier vollends geweckt.

Sie schickte sich an, ihm zu folgen, während sie Lavinias Gang verfluchte und hoffte, ihr Zielobjekt nicht aus den Augen zu verlieren. Die Hausecke des Gebäudes bot ihr ausreichend Schutz, um in die Gasse zu blicken, gerade in dem Moment, als der Mann einen Zettel aus einem Riss in der Hauswand der Bäckerei zog und ihn zu lesen begann.

Konnte dieses heimlichtuerische Gehabe etwas mit den Überfällen zu tun haben? Ellie war ganz aufgeregt.

Sie beobachtete, wie der Mann die Hand in die Tasche schob, um den Zettel wegzustecken. Ihre Aufregung verwandelte sich in Euphorie, als sie sah, wie das Stück Papier unbemerkt zu Boden flatterte.

Sie wartete ab, bis der Mann die Gasse am anderen Ende in Richtung Douglas Street verlassen hatte. Dann hastete sie den schmalen Gang entlang, um den Zettel an sich zu nehmen und die Botschaft darauf zu lesen:

Wir treffen uns heute Nacht. Selber Ort. Neun Uhr.

Aha! Hatte sie nicht sofort bemerkt, dass von diesem Mann etwas Düsteres und Bedrohliches ausging? Auf ihre Instinkte war Verlass. Er führte offensichtlich nichts Gutes im Schilde.

Doch auch wenn sie gerade ihren ersten Hinweis gefunden hatte, half ihr die Information selbst kein Stück weiter. Ohne zu wissen, wo dieser »selbe Ort« war, hatte sie keine Möglichkeit, seine weiteren Aktionen zu überwachen. Außerdem war neun Uhr abends eine Uhrzeit, zu der sich weder Jessie noch Lavinia ohne Begleitung auf der Straße blicken lassen konnten.

Ellie starrte den Zettel in ihrer Hand an. Endlich war sie auf einen Hinweis gestoßen, aber was sollte sie nun damit anfangen? Sie seufzte, steckte das Papier in ihre Handtasche und straffte die Schultern. Auch wenn es ihr nicht möglich war, das Treffen des düsteren Mannes zu belauschen, so würde sie doch in Zukunft ein Auge auf ihn haben.

Irgendwie würde es ihr schon gelingen, ihm auf die Schliche zu kommen.

13

Der Abend dämmerte über Pickford und warf tiefe Schatten in das luxuriös ausgestattete Wohnzimmer. Der Herr des Hauses nahm eine Schachtel Streichhölzer zur Hand und zündete eines davon an. Das Ende des Streichholzes loderte auf. Mit einer schnellen Bewegung entfachte er den Docht einer Öllampe, die auf einem geschnitzten Mahagonitisch stand, und wedelte das Streichholz aus. Dann dimmte er die Lampe herunter, bis sie nur noch ein schummriges Licht warf, setzte sich in den Ledersessel hinter dem Schreibtisch und wartete ab. Aufmerksam auf jedes Geräusch achtend, konnte er nichts weiter hören als das regelmäßige Ticken der Uhr auf dem Kaminsims. Mit jedem Tick wurde er ungeduldiger.

Endlich hörte er das Geräusch, auf das er gewartet hatte – das leise Schlurfen von Füßen auf der Veranda hinter dem Haus. Er war schon auf dem Weg zur Tür, als es leise klopfte, und öffnete sie gerade weit genug, damit sein Besucher hereinschlüpfen konnte.

»Du bist spät dran.« Mit einem schnellen Blick nach draußen, um sich zu vergewissern, dass sie nicht beobachtet wurden, schloss er die Tür wieder und führte seinen Gast zurück ins Wohnzimmer.

»Auf der Straße treiben sich zu viele Leute herum. Ich musste warten, bis die Luft rein war, bevor ich ungesehen hierherkommen konnte … *Boss.*«

Die Betonung des letzten Wortes machte ihn wütend, doch er ignorierte die Unverschämtheit des Mannes. Es wäre nicht gut, sich gehen zu lassen, nicht jetzt, wo er so kurz vor seinem Ziel stand. Er drehte die Lampe auf, sodass Licht auf den steinernen Ausdruck des anderen Mannes fiel. »Hast du herausgefunden, wo Owens sein Silber versteckt?«

Die nach unten gezogenen Mundwinkel verrieten die Antwort,

noch bevor sein Besucher zu sprechen begann. »Nein, er ist verschlossener als erwartet. Ich hab alles versucht, aber weder er noch sein Vorarbeiter haben irgendetwas ausgespuckt.«

»Bleib dran. Wir haben nicht mehr viel Zeit. Jeden Tag können die Pinkertons aufkreuzen und jetzt schnüffelt auch noch diese Mrs Stewart überall herum. Vielleicht müssen wir unseren Zeitplan etwas vorverlegen.«

»Ich glaube nicht, dass wir uns Sorgen machen müssen.« Mit einem Schulterzucken tat er die Bemerkung ab. »Die Pinkertons sind noch nicht aufgetaucht. Vielleicht haben sie gerade zu viel zu tun, als dass sie jemanden herschicken könnten. Es könnte noch eine Weile dauern, bis sie aufkreuzen, vielleicht kommen sie auch gar nicht mehr. Und was diese Frau angeht ...« Er stieß ein bellendes Lachen aus. »Ich glaube, Sie verlieren die Nerven. Warum machen Sie sich um eine alte Schachtel Gedanken?«

»Sie ist nicht einfach nur eine alte Dame, sie ist eine *neugierige* alte Dame. Das kann Ärger geben.«

Sein Handlanger schnaubte verächtlich und ignorierte den eisigen Blick, der sonst jeden anderen einschüchterte. »Dann ist sie eben neugierig. Was kann sie schon ausrichten?«

»Überall in der Stadt schnüffelt sie herum. Ihre Fragen könnten die anderen auf dumme Gedanken bringen. Wenn die Leute anfangen, eins und eins zusammenzuzählen, wird womöglich noch jemand rausbekommen, was wir hier die ganze Zeit treiben.«

Das Lächeln des anderen Mannes löste sich in Luft auf. »Okay, was machen wir mit ihr?«

Zufrieden, dass ihm wieder die Führung überlassen wurde, trommelte er mit den Fingerspitzen auf die Schreibtischkante. »Sie muss davon abgehalten werden, Pierce' Mine zu erkunden. Dann hat sie keinen Grund mehr, hierzubleiben und für Unruhe zu sorgen.«

»Wie sollen wir das anstellen?«

»Ich habe da schon eine Idee. Wenn wir sie ordentlich einschüchtern, lässt sie sich vielleicht davon überzeugen, dass es doch besser wäre, die Stadt zu verlassen.«

»Das könnte funktionieren«, stimmte sein Besucher zu. »Andererseits muss sie schon eine mutige Lady sein, allein in den Wilden Westen zu reisen. Was, wenn sie mehr Schneid hat, als wir ihr zutrauen?«

»Dann muss ich eben meine eigenen Ermittlungen einleiten.« Er griff in die mittlere Schublade des Schreibtischs und zog einen Messingschlüssel heraus, den er von seinen Fingern baumeln ließ. »Mir gehört das Haus, in dem sie wohnt. Die Bank vermietet es für mich, aber ich habe immer noch einen Schlüssel. Ich kann jederzeit dort rein und mich ein wenig umsehen.«

»Verstehe ich nicht. Was soll das bringen?«

Er ließ den Schlüssel in seine Westentasche gleiten und klopfte leicht darauf. »Wissen ist Macht, mein Freund. Sie will alles über die Minen und die Überfälle in Erfahrung bringen, ich will alles über sie wissen. Jeder hat Geheimnisse, selbst neugierige alte Damen. Vielleicht stolpere ich ja über etwas, das sie lieber geheim halten würde.«

Der größere Mann zog die Augenbrauen hoch. »Etwas, das sie überzeugen kann, die Stadt zu verlassen, bevor wir auffliegen?«

»Genau.«

»Warum sich all diese Mühe machen? Wenn Sie wollen, dass sie verschwindet, lässt sich das leichter machen. Solange die Pinkertons nicht herkommen, haben wir nichts zu befürchten.«

Noch ein Grund, warum er die Verantwortung trug. Schon immer hatte er über das Talent verfügt, ein paar Schritte vorausdenken zu können. »Das wäre mit Sicherheit die einfachste Lösung, aber nicht die beste. Da ist zum einen noch ihre Nichte. Wenn sie vermisst wird und ihre Familie Nachforschungen anstellt, könnte es Probleme geben. Wir halten uns erst mal an meinen Plan.«

»Und wenn der nicht funktioniert?«

Sein Gesicht wurde zu einer Maske. »Wir haben zu viel erreicht, um uns von einer alten Frau die Pläne durchkreuzen zu lassen. Wenn wir sie nicht verscheuchen oder davon überzeugen können, aus freien Stücken zu gehen, werden wir tun, was zu tun ist.«

14

Steven schrieb die letzte Zahl in die Spalte seines Geschäftsbuchs und schüttelte den Kopf. Die Betriebskosten verschlangen seine Rücklagen in schwindelerregendem Tempo. Er schob das in Leinen gebundene Buch beiseite und kniff sich mit Daumen und Zeigefinger in die Nasenwurzel. Wenn jetzt nichts Unvorhergesehenes dazwischenkam, würde er noch eine Weile durchhalten können, aber nur mit knapper Not. Er fühlte sich, als würde er an einem Seil über einer Klippe baumeln und müsste zusehen, wie dieses dünner und dünner wurde.

Schwungvoll schloss Steven das Geschäftsbuch. Etwas musste passieren, und zwar schnell.

Als er in den Westen gezogen war, um sein Glück zu suchen, hatte er das Ganze als ein großes Abenteuer betrachtet. Niemals hätte er damit gerechnet, wie schwer die Verantwortung wog, wenn der Lebensunterhalt von einem Dutzend Männer auf den eigenen Schultern lastete.

Alles sah so verheißungsvoll aus, als ich hier angefangen habe, o Herr. Habe ich deine Zeichen falsch gedeutet und einen anderen Weg eingeschlagen, als du für mich vorgesehen hast?

Auf einmal wurde er von den Erinnerungen an die düsteren Prophezeiungen seines Vaters verfolgt, der ihm immer sein Scheitern vorausgesagt hatte, und er wünschte sich, dass sie sich so leicht wegschieben ließen wie sein Geschäftsbuch.

Er stieß den Stuhl zurück und ging zu dem kleinen Fenster, von dem aus man den Mineneingang in etwa 45 Metern Entfernung sehen konnte. Lavinia Stewarts schicksalhaftes Interesse, in die Redemption-Mine zu investieren, war ihm bei ihrer Ankunft wie ein vom Himmel geschicktes Manna vorgekommen, aber nun schien sie nicht in Eile, ihre Geldbörse zu öffnen und ihm einen Scheck auszustellen.

Steven versuchte, seine Ungeduld zu zügeln und sie nicht zu bedrängen, wollte aber wenigstens herausfinden, auf welchem Stand er sich mit ihr befand. Bisher hatte er nur ihr Wort, dass sie sich für seine Mine interessierte. Er hatte keine Ahnung, wie gut sie finanziell aufgestellt war, und er konnte wohl kaum von ihr verlangen, ihr gesamtes Vermögen in sein Unternehmen zu investieren.

Vielleicht war die Besichtigung am Sonntag genau das Richtige, um sie beide auf einen Nenner zu bringen. Er seufzte und lehnte sich mit der Stirn gegen das Fenster. Immer noch fragte er sich, wie er so dumm gewesen sein konnte, auf ihren Vorschlag einzugehen. Eine Mine war kein Ort für eine Frau und schon gar nicht für eine ihres Alters. Er würde seinem Vorarbeiter auftragen müssen, dass die Arbeiter zu Schichtende am Samstag den Schutt aus der Abbaukammer räumen sollten. Sollte die alte Dame auf dem Geröll ausrutschen und sich einen Knöchel verstauchen – oder noch schlimmer, sich etwas brechen –, wäre sie sicher nicht mehr gewillt, ihm die finanziellen Mittel zur Verfügung zu stellen, die für das weitere Betreiben der Mine nötig waren.

Würde die Führung durch die Mine ausreichen? Gab es nicht noch irgendetwas anderes, das er tun konnte, um die Dinge voranzutreiben? Sein Blick fiel auf das Geschäftsbuch, woraufhin sich ein Knoten in seinem Magen formte. Würde sie auch Einblick in die Bücher verlangen? Wahrscheinlich schon – schließlich hatte sie ja bereits klargestellt, dass sie alles über die Mine wissen wollte.

Steven stöhnte auf und rieb sich die Stirn. Wenn Mrs Stewart auch nur einen Funken Ahnung von Geschäftsdingen hatte, würde ein Blick auf den jetzigen Stand und die verbleibenden Mittel genügen und die Sache wäre gelaufen. Er ging zurück zu seinem Schreibtisch und schlug erneut das Geschäftsbuch auf, in der Hoffnung, dass die Zahlen wie durch ein Wunder auf einmal ein rosigeres Ergebnis darstellen würden als eben noch.

Dem war nicht so.

Wenn er ihr doch nur die Zahlen aus dem letzten Jahr präsentieren könnte, bevor die Überfälle begonnen hatten, als die Einnahmen aus dem Silbererz sein Vermögen wöchentlich vergrößert hatten. Das waren Zahlen, die jeden überzeugen würden, eine ordentliche Rendite aus seinen Investitionen gewinnen zu können.

Er fuhr mit den Fingern über den Leineneinband, während sein Blick auf das Regal fiel, in welchem das Geschäftsbuch vom letzten Jahr stand. Da kam ihm eine Idee.

Was, wenn …

In drei schnellen Schritten hatte er das Zimmer durchquert und nahm das Geschäftsbuch von seinem Platz. Zurück an seinem Schreibtisch, schlug er es auf und überprüfte peinlichst genau die Zahlen. Ja, sie waren genauso Erfolg versprechend, wie er sie in Erinnerung gehabt hatte.

Was, wenn …

Wenn Mrs Stewart Einblick in seine Bücher verlangte, konnte er ihr doch einfach dieses hier vorlegen, welches das volle Potenzial der Redemption-Mine demonstrierte – ohne auf die kürzlich erlittenen Verluste einzugehen. Schließlich gaben die aktuellen Zahlen sowieso nicht die wahren Geschäftsmöglichkeiten wieder, die in der Mine steckten. Diese Raubüberfälle konnten nicht bis in alle Ewigkeit weitergehen. Wenn die Diebe erst einmal geschnappt waren und er keine Verluste mehr erlitt, würde die Redemption wieder aufblühen und so viel Gewinn abwerfen, dass sie beide zufrieden sein konnten.

Er stellte sich Lavinia im Geiste vor, mit ihrem grauem Haar und dem Aussehen einer verwelkten Rose. Sie schien nicht über ausreichend Geschäftssinn zu verfügen, um nach den neuesten Zahlen zu fragen. Würde es ihr überhaupt auffallen, wenn er ihr das Buch vom Vorjahr vorlegte? Es wäre keine echte Täuschung, nicht wirklich. Er wollte ihr einfach nur einen realistischen Eindruck davon vermitteln, wie die Situation aussehen würde, wenn sie die jetzigen Probleme gelöst hatten. Im Grunde vereinfachte er die Dinge nur.

Den leichten Ausweg wählen? Schon wieder?

Stevens Gedanken kamen zu einem abrupten Halt. Fast konnte er die missbilligende Stimme seines Vaters hören, welche die Erinnerung an den Riss weckte, der durch ihr Verhältnis gegangen war. Als ihm bewusst wurde, was er im Begriff gewesen war zu tun, stieg ihm die Galle hoch.

Bevor er der Verlockung nachgeben konnte, schlug er das Buch zu und stellte es zurück ins Regal. Er würde die Wahrheit nicht verdrehen. Schon einmal hatte er diesen Weg gewählt und es bitter bereut.

Nachdem er sich mit seinem Vater überworfen hatte, hatte er sich geschworen, von jenem Zeitpunkt an ein absolut rechtschaffenes Leben zu führen, komme, was wolle. Der Erfolg seiner Mine sollte auf seinem Gottvertrauen basieren und nicht auf seiner Fähigkeit, die Wahrheit zu vertuschen. Oder auf Lavinia Stewarts Investition.

Die Tür schwang auf und Milt Strickland, sein Vorarbeiter, trat ein. »Sind Sie gerade beschäftigt?«

»Ich hab mich nur etwas um die Buchhaltung gekümmert.«

Milt zog eine Augenbraue hoch. »Wie schlimm ist es?«

»Wir halten durch, aber nur mit Ach und Krach.«

»Ein paar der Männer machen sich Gedanken, ob sie sich nach neuer Arbeit umsehen sollten. Drüben in Tombstone vielleicht.«

»Sag ihnen, dass noch genug Geld da ist, um ihre Löhne zu bezahlen. Darauf können sie sich verlassen. Diesen Monat noch zumindest.«

»Da werden sie beruhigt sein. Wir kommen mittlerweile nur noch langsam voran, weil die Bohreisen stumpf werden. Jake hat versprochen, die anderen heute Nachmittag fertig geschliffen zu haben. Soll ich sie abholen gehen?«

»Danke, ich kümmere mich drum. Sag du den Männern nur, dass sie pünktlich bezahlt werden.«

Steven ging die fünfundvierzig Meter zum Stadtrand und folgte der Mill Street in Richtung Seventh. Als er an Brady Andrews Haus vorbeikam, das auf der Ecke Mill und Seventh stand, zog er den Hut und grüßte eine schlanke Frau, die damit beschäftigt war, den Weg zum Haus zu kehren.

»Guten Tag, Dora.«

Bradys Frau stellte den Besen beiseite, hielt eine Hand über die Augen, um besser gegen das Sonnenlicht sehen zu können, und zog die Mundwinkel nach unten, als sie ihn erkannte. »Ach, du bist es, Steven. Ich hatte gehofft, Brady käme nach Hause.«

Er bemerkte ihren angespannten Blick und die verhärteten Mundwinkel. »Ist alles in Ordnung?«

»Nichts ist in Ordnung.« Sie verschränkte energisch die Arme vor der Brust. »Ich würde das ja nicht jedem erzählen, aber du warst Brady immer ein guter Freund. Die Verluste, die wir wegen dieser Überfälle erlitten haben, treiben ihn zur Flasche … Noch mehr als sonst«, fügte sie mit einem bitteren Lachen hinzu.

Der Schmerz in ihren Augen fuhr Steven direkt ins Herz. »Mir ist auch schon aufgefallen, dass er mehr trinkt als gewöhnlich. Kann ich irgendetwas tun, um zu helfen?«

Dora Andrews schüttelte den Kopf und blinzelte schnell ihre Tränen weg. »Das müssen wir zwischen uns ausmachen. Ich habe nur Angst, was das für unsere Ehe bedeuten wird. Ich habe ihm gesagt, dass wir unsere Verluste eingrenzen und von hier wegziehen müssen. Tom Sullivan hat angeboten, ihn auszubezahlen, aber Brady ist der Meinung, dass er ihm zu wenig bietet.«

Ihr Blick war ganz entrückt, als sie über die von Kakteen überzogenen Hügel schaute. »Es bricht mir das Herz, ihm dabei zuzusehen, wie er sich zu Tode trinkt. Ich kann nicht hierbleiben und tatenlos danebenstehen.« Sie presste ihre Hand gegen die Lippen und ihre Schultern bebten.

Betroffen trat Steven von einem Bein auf das andere. »Ich wünschte, ich hätte die Antwort, Dora. Lass es mich wissen, wenn ich irgendetwas für dich tun kann. In der Zwischenzeit werde ich für dich beten.«

»Das weiß ich und danke dir dafür. Du bist uns beiden ein echter Freund, das weiß ich zu schätzen.« Sie schenkte ihm ein müdes Lächeln. »Wenn er dir in der Stadt über den Weg läuft, schick ihn bitte nach Hause, ja?«

Steven nickte und ging weiter, während er sich überlegte, ob Brady wohl Toms Angebot annehmen würde. Auf der Seventh Street angekommen, bog er nach links ab und machte sich auf den Weg zur Schmiede an der Ecke Grant Street.

Jake Freeman schaute auf und grinste, als Steven die Schmiede betrat und wegen des scharfen Kohlegeruchs die Nase rümpfte. »Ich dachte mir schon, dass du oder Milt heute vorbeischauen würden. Die Stahlbohreisen sind fertig.« Er wies mit dem Kopf auf eine Leinentasche, die in einer Ecke stand.

»Danke dir.« Steven packte die schwere Tasche an den Griffen und ging zur Tür. »Die anderen bringe ich dir dann in ein paar Tagen.« Er trat aus dem trüben Licht der Werkstatt und blieb einen Moment stehen, damit sich seine Augen wieder an die helle Nachmittagssonne gewöhnen konnten.

Ein mädchenhaftes Lachen drang von der anderen Straßenseite zu ihm herüber. Steven blinzelte und sah die Umrisse eines Mannes und einer Frau, die langsam schärfer wurden. Der Mann stand mit dem Rücken zu Steven und verdeckte die Sicht auf seine Begleiterin. Doch selbst aus diesem Blickwinkel verrieten der frech aufgesetzte Panamahut, der schicke schwarze Gehrock und die graue Nadelstreifenhose Steven, womit der Mann seinen Lebensunterhalt verdiente, als würde er ihn vor dem grünen Filz eines Spieltischs sitzen sehen.

Wieder ertönte das klingelnde Lachen und Steven schüttelte den Kopf. Meistens hielten sich die Spieler und Kurtisanen der Stadt im Saloonbezirk am östlichen Ende der Seventh Street auf. Was hatten diese beiden vor dem Büro des Stationsvorstehers auf der ehrbaren Seite der Stadt zu suchen?

Diesem Gedanken folgte prompt ein anderer: *Wer bist du, dass du auf diese Menschen herabblicken kannst?* Er lebte schon lange genug im Westen, um zu wissen, wie verkommen das Leben rund um die Minen sein konnte, doch nur wenige Frauen hatten sich freiwillig für dieses Dasein entschlossen. Oftmals folgte eine schlechte Entscheidung der nächsten, und so entstand eine Abwärtsspirale, aus der es so gut wie kein Entkommen gab. Er wusste besser als jeder andere, wie eine kleine, scheinbar harmlose Entscheidung in der Lage war, eine Kettenreaktion auszulösen und das Leben für immer zu verändern.

Warum diese Menschen dort standen und was sie beredeten, ging ihn überhaupt nichts an. Als er gerade weitergehen wollte, drehte der Spieler sich etwas zur Seite und gab den Blick auf seine Begleiterin frei.

Steven blieb wie angewurzelt stehen, als wäre er von einem Vorschlaghammer getroffen worden. Diese Frau trieb sich nicht in Saloons herum. Der hohe Ausschnitt und die langen Ärmel ihres saphirblauen Kleides attestierten, dass sie eine achtbare Dame war. Ein Sonnenstrahl glitzerte in ihren kupfernen Locken und ließ ihre milchige Haut wie Alabaster aufleuchten. Warum gab sich ein so strahlendes Geschöpf mit einem Ritter des grünen Tuchs ab?

Als er hörte, wie jemand neben ihm aufseufzte, drehte er sich um und sah Jack Freeman, der ein verträumtes Lächeln auf seinem groben Gesicht trug. »Sie ist eine echte Augenweide, nicht wahr?«

Steven nickte zustimmend. »Wer ist sie?«

»Das ist die Nichte von deiner Mrs Stewart.«

Stevens Kopf wirbelte herum und er starrte den bulligen Schmied irritiert an. Wann war seine potenzielle Investorin zu »seiner« Mrs Stewart geworden? Er schaute wieder zu dem Paar auf der anderen Straßenseite hinüber. Da also stand nun die Nichte, die sie erwartet hatte.

Jake redete weiter, als würde er Stevens Grübelei nicht bemerken. »Sie ist in die Schmiede gekommen und hat mir ein wenig Gesellschaft geleistet, während ich deine Bohreisen geschärft habe. Hat echten Glanz in meine Hütte gebracht, kann ich dir sagen.« Er stupste Steven mit dem Ellenbogen an und zwinkerte ihm mit einem breiten Grinsen zu. »Scheint ganz nach ihrer Tante zu kommen – unglaublich freundlich und interessiert an allem und jedem.«

Steven nickte langsam. »Anscheinend.« Die Stahlbohreisen klirrten gegeneinander, als er die Leinentasche in die andere Hand nahm.

Er betrachtete Mrs Stewarts Nichte mit erneutem Interesse und versuchte, diese umwerfende Erscheinung mit der Vorstellung in Einklang zu bringen, die er sich bisher von Lavinias Nichte gemacht hatte. Dabei hatte er an eine weniger quirlige, gesetztere Dame gedacht, gezeichnet von Liebeskummer. Ein einfaches Gänseblümchen, keine exotische Orchidee.

Außerdem hätte er einer Verwandten von Lavinia mehr Vernunft zugetraut. Ein Besuch in Jakes Schmiedewerkstatt war vielleicht schon »harmlos« genug, aber wie zum Henker konnte sie sich mit diesem Spieler abgeben? Er war wohl kaum die Art Umgang, die Lavinia pflegen würde.

Stevens Blick wanderte die Straße entlang. Sie war dem Saloonbezirk, der nicht einmal einen Block weiter begann, gefährlich nahe gekommen. Das konnte ihrem Ruf schaden.

Er trat vom Gehsteig herunter, bereit, sie aus einer Lage zu befreien, die mit Sicherheit unangenehm für sie sein musste. Auf halbem Weg über die Straße hielt er inne, als sie erneut in Gelächter ausbrach. Wenn man die Situation genauer betrachtete, schien ihr die Aufmerksamkeit des Mannes keineswegs peinlich.

Steven beobachtete, wie sie ungehemmt mit ihm plauderte und sich offensichtlich köstlich dabei amüsierte. Vielleicht wollte sie ja gar nicht gerettet werden. Er machte auf dem Absatz kehrt und wandte sich in Richtung der Redemption-Mine. *Ich sollte mich besser um meine eigenen Angelegenheiten kümmern.*

Aber was war mit Mrs Stewart? Würde sie dieses Verhalten billigen? Ganz bestimmt nicht, da war sich Steven sicher. Ihrer jungen, temperamentvollen Nichte gegenüber war er nicht verpflichtet. Aber wenn Lavinia Stewart bereit war, ihm ihr Vermögen anzuvertrauen, sollte er diesem entgegengebrachten Vertrauen gerecht werden, wenn es um Dinge ging, die weit wichtiger waren als Geld. Ihre Nichte war neu in der Stadt und hatte noch keine Zeit gehabt, sich mit den örtlichen Gepflogenheiten vertraut zu machen. Da sie wahrscheinlich sehr behütet aufgewachsen war, konnte es durchaus sein, dass sie sich gar nicht bewusst war, welch schäbiges Treiben jenseits der Seventh Street stattfand oder welche Gefahren im Umgang mit den falschen Leuten lauerten.

Steven fuhr herum und betrachtete die beiden. Wenn er sah, wie jemand auf eine Klippe zusteuerte, nicht wissend, dass vor ihm ein steiler Abgrund lag, konnte er dann ohne ein Wort der Warnung einfach weitergehen? Wohl kaum.

Diese junge Frau war sich ihrer Notlage vielleicht nicht bewusst, er aber schon.

Er ging auf die beiden zu und fragte sich, wie er sie von dem Spieler weglotsen konnte, ohne dabei selbst wie ein Flegel zu wirken. Schließlich schien sie die Aufmerksamkeit des Mannes zu genießen und er war im Begriff, sich ungebeten in die Unterhaltung einzumischen.

Er wartete ab, bis er nur noch ein paar Schritte entfernt war, bevor er sie ansprach. »Guten Tag.«

Mitten im Satz unterbrochen, erschrak der Rotschopf und fuhr herum. Als sie ihm in die Augen sah, schnappte sie nach Luft.

»Sind Sie nicht Mrs Stewarts Nichte?«

Die befragte Dame starrte ihn an wie ein gehetztes Reh. »Ja, das stimmt.« Sie streckte ihm die Hand hin und zog sie dann schnell zurück. »Aber ich fürchte, wir sind uns noch nicht begegnet.«

Der Spieler rückte unauffällig herum, sodass er nun zwischen Steven und der jungen Frau stand, wobei er Steven von Kopf bis Fuß musterte. »Wir kennen uns auch noch nicht.«

Steven stellte sich breitbeinig hin und erwiderte den Blick. Er hatte gehofft, dass die Erwähnung von Mrs Stewarts Namen die Situation ein wenig entschärfen würde. Er reichte dem Dandy die Hand. »Steven Pierce. Mir gehört die Redemption-Mine im Süden hinter der Stadtgrenze.« Er hoffte, dass Mrs Stewart ihre Nichte in ihre Pläne eingeweiht hatte, seine Geschäftspartnerin zu werden. Vielleicht ging der Frau ein Licht auf, wenn sie seinen Namen hörte oder den der Mine.

Der Dandy starrte Stevens Hand eine Weile an, bevor er einschlug. »Quincy Taylor. Ich bin gerade erst in Ihrer schönen Stadt angekommen.« Sein schnelles Lächeln reichte nicht ganz zu seinen Augen.

Die junge Dame streckte erneut ihre Hand aus und zeigte ein Lächeln, das Stevens Herz Saltos schlagen ließ. »Ich bin Jessie Monroe. Schön Sie kennenzulernen, Mr Pierce. Meine Tante hält große Stücke auf Sie.«

Ermutigt ergriff Steven ihre Hand und lächelte. »Das ist schön zu hören. Auch ich schätze Ihre Tante sehr. Wie der Zufall will, wollte ich sie gerade besuchen gehen.« Er vermied es zu erwähnen, dass ihm der Gedanke erst diesem Moment gekommen war. »Falls Sie in die gleiche Richtung müssen, wäre es mir eine Freude, Sie zu begleiten.«

»Oh.« Jessie öffnete den Mund und wurde rot. »Aber ich …«

Ihr Blick wanderte zwischen ihm und Taylor hin und her, da sie offensichtlich nur widerwillig ihre Unterhaltung mit dem Kartenspieler beendete. »Nun, ich nehme an … wenn Sie mich entschuldigen würden, Mr Taylor?«

Mit einer schwungvollen Bewegung zog der Spieler seinen Hut und verbeugte sich. »Es war mir eine Ehre, meine Teuerste. Bis zum nächsten Mal.« Ohne ein weiteres Wort an Steven drehte er sich um und folgte den klimpernden Klängen eines Klaviers, die von der Seventh Street herüberwehten.

»Ich wollte Sie nicht hetzen«, sagte Steven, während sie die Grant Street in die entgegengesetzte Richtung hinunterliefen. »Ich begleite Sie gerne, sollten Sie noch andere Besorgungen zu tätigen haben.«

Jessie schüttelte den Kopf und ließ ihre Locken fliegen. »Nein, vielen Dank. Ich habe meine Besorgungen erledigt. Mehr werde ich heute sowieso nicht schaffen.«

Sein Mund wurde trocken, als sie ihn anlächelte. Aus der Entfernung betrachtet, war sie umwerfend, aus der Nähe verschlug sie ihm den Atem.

»Ist alles in Ordnung?«, fragte sie ihn, als er sie weiter wortlos anstarrte.

»Ihre Augen.« Ohne nachzudenken, platzten die Worte aus ihm

heraus. Als er ihren erstaunten Gesichtsausdruck bemerkte, erklärte er: »Sie sind von einer äußerst ungewöhnlichen Farbe. Meine Großmutter hatte einen Ring mit einem Aquamarin, in genau diesem Blauton.« Er hielt einen Moment inne und fügte hinzu: »Wenn ich es recht bedenke, haben Sie die gleiche Augenfarbe wie Ihre Tante.«

Jessie senkte den Blick und schaute weg. »Ja, das ist richtig. Ich denke … das liegt in der Familie.«

Sie gingen einen Block weiter, bevor er sie wieder ansprach. »Ich hoffe, ich habe Sie nicht verärgert, als ich Ihre Unterhaltung so rüde unterbrochen habe.«

Jessie schaute zu ihm auf und warf ihm einen Blick zu, bei dem ihm die Luft wegblieb. »Ganz und gar nicht. Ich hatte Mr Taylor gerade erst auf der Straße kennengelernt und wir haben nur ein wenig geplaudert. Ich bin mir sicher, dass wir unsere Unterhaltung ein anderes Mal fortsetzen können.«

Steven befeuchtete seine Lippen und suchte nach den richtigen Worten. »Sind Sie sich bewusst, womit Mr Taylor seinen Lebensunterhalt bestreitet?«

Sie legte den Kopf auf die Seite und ein Runzeln zeichnete sich auf ihrer Stirn ab.

»Er ist ein professioneller Kartenspieler. Er verbringt seine Tage – und Nächte – am Spieltisch. In den Saloons.« Er wartete auf eine schockierte Reaktion, die nicht kam. Wenn überhaupt, funkelten ihre Augen noch mehr als zuvor.

»Ich weiß. Ist das nicht aufregend? Ein echter Spieler! Ich fühle mich, als würde ich nun endlich den wahren Wilden Westen kennenlernen.«

Steven wollte sie warnen, dass das Leben im Wilden Westen in vielerlei Hinsicht keine geeigneten Erfahrungen für eine anständige junge Dame bot. Stattdessen starrte er entgeistert in ihre strahlenden, aquamarinblauen Augen.

Er schluckte die Warnung herunter, bevor er sie aussprechen konnte. Er würde sie – oder ihre Tante – ein andermal zur Vorsicht ermahnen.

Wie er feststellte, beruhte die Familienähnlichkeit auf mehr als nur der Augenfarbe. Jessie war schlanker und vielleicht fünf Zentimeter größer als Mrs Stewart, doch in ihren Gesichtszügen ließen sich deutliche Parallelen erkennen. Alles in allem war Jessie eine strahlendere, lebhaftere Version ihrer Tante. Der Gedanke ließ ihn lächeln. Wenn Lavinia Stewart ihn an eine verwelkte Rose erinnerte, so war Jessie dieselbe Rose in voller, glorreicher Blüte.

Stumm ging er neben ihr her, zufrieden, ihrer trällernden Stimme zu lauschen, während sie die Unterschiede zwischen Chicago und Pickford aufzählte. Bevor er es bemerkte, hatten sie das kleine Haus an der Ecke Charles und Second Street erreicht.

Die Leinengriffe der Tasche schnitten in seine Hand und erinnerten ihn an seinen eigentlichen Auftrag. Er hatte Jessie gegenüber behauptet, dass er ihrer Tante einen Besuch abstatten wollte. Wie kurz konnte er diesen ausfallen lassen, ohne unhöflich zu wirken? Er hätte schon längst die geschärften Bohreisen bei Milt in der Mine abliefern müssen.

»Ich hoffe, ich dränge mich mit meinem unangekündigten Besuch nicht auf.«

Das Funkeln in Jessies Augen erlosch und sie wich seinem Blick aus. Anstatt die Tür aufzuschließen, als sie die Vorderterrasse des Hauses erreicht hatten, trat sie unruhig von einem Fuß auf den anderen und drehte das Zugband ihrer Handtasche um ihre Finger. »Ehrlich gesagt, ist das vielleicht kein günstiger Zeitpunkt … Tante Lavinia war ein wenig müde, als ich ging, und ich fürchte, dass sie sich wahrscheinlich hingelegt hat.«

Sie presste die Lippen zusammen und schaute zu ihm auf. »Vielleicht können Sie ja ein andermal wiederkommen? Ich werde ihr Bescheid geben, damit sie auf Ihren Besuch vorbereitet ist.«

Steven war einerseits schwer erleichtert, dass er ohne weitere Verzögerung zu seiner Arbeit zurückkehren konnte, andererseits konnte er sich kaum von der bezaubernden Jessie Monroe losreißen. »Das ist völlig in Ordnung«, erwiderte er. »Ich sehe sie ja spätestens am Sonntag wieder.«

Ihm kam eine Idee. »Ihre Tante wird nach dem Gottesdienst meine Mine besichtigen. Würden Sie uns gerne begleiten?«

Jessie sah einen Moment lang verwirrt aus, schenkte ihm dann aber ein breites Lächeln. »Was für ein freundliches Angebot, Mr Pierce. Ich werde sehen, ob es sich einrichten lässt.«

Er tippte sich zum Abschied an den Hut und ging davon, während sich die Gedanken in seinem Kopf überschlugen. Er war seiner moralischen Pflicht nachgekommen, indem er sie aus den Klauen des Spielers befreit hatte, doch infolgedessen fürchtete er, dass der betörende junge Rotschopf ihm das Herz geraubt hatte.

15

»Passen Sie auf Ihren Kopf auf. Der Vorsprung über dem Mundloch liegt tiefer, als es scheint.«

Ellie schaute sich nach dem Mundloch um – was immer das sein mochte – und schrammte mit dem Kopf unter einem großen Felsen entlang, der über dem gewundenen Pfad hing, welcher in die Redemption-Mine führte. Sie stieß einen unterdrückten Schrei aus und fuhr sich mit der Hand an die Schläfe.

Sofort war Steven an ihrer Seite. »Haben Sie sich verletzt, Mrs Stewart?«

»Mir geht es gut, vielen Dank. Ich hab es kaum gespürt.« Sie wedelte ihn beiseite und schaute zu dem Stein des Anstoßes hoch. »Ist es das, was Sie als Mundloch bezeichnen?«

»Eigentlich ist das Mundloch der Eingang zum Stollen.« Sein Ärger über sich selbst war deutlich zu spüren. »Ich habe nicht nachgedacht, als ich diesen Ausdruck benutzte. Ich hätte niemals erwarten dürfen, dass Sie mit der Terminologie des Bergbaus vertraut sind. Es tut mir wirklich leid.«

»Kein Grund zur Sorge. Lassen Sie uns weitergehen.« Ellie überprüfte verstohlen ihren rechten Handschuh und stellte erleichtert fest, dass kein Blut daran klebte. Sie setzte ein strahlendes Lächeln auf und versuchte, trotz ihres Zusammenstoßes mit dem unnachgiebigen Felsen einen gelassenen Eindruck zu machen. »Warum beginnen wir unseren Rundgang nicht mit einer kleinen Einführung in die Bergbausprache. Wenn ich mich an diesem Unternehmen beteilige, sollte ich mich mit dem entsprechenden Jargon vertraut machen.«

»Eine hervorragende Idee. Lassen Sie uns sofort damit anfangen. Jetzt wissen Sie ja, was ein Mundloch ist.« Er lächelte sie reumütig an, als er auf den Pfad wies, der ins Innere der Mine führte. »Diesen Weg bezeichnen wir als Abbaubegleitstrecke. Das Dach wird Firste genannte, die Seiten Stöße und der Boden Sohle.«

Ellie nickte und versuchte, sich jedes Wort zu merken. Steven referierte wortgewandt über die 60 Zentimeter langen Stahlspitzen, die er als Bohreisen bezeichnete und welche von den Minenarbeitern in die Wände gehämmert wurden – die Stöße, erinnerte sie sich –, um die Dynamitstangen einführen zu können, mit denen der Fels gesprengt wurde. Währenddessen wanderte Ellies Blick über die Felswände und blieb schließlich an dem dunklen Höhleneingang hängen, der sich vor ihnen auftat. Würde sie darin irgendetwas Interessantes entdecken?

Steven beendete seinen kurzen Vortrag und schaute sie erwartungsvoll an. »Sind Sie bereit hineinzugehen?« Auf Ellies Nicken hin nahm er eine Laterne, die direkt im Eingang hing, von ihrem Haken und zündete sie mit einem Streichholz aus seiner Westentasche an. Mit einer höflichen Verbeugung führte er sie in den Stollengang.

Ellie folgte ihm und stellte erleichtert fest, dass der Weg nicht ganz so steil und steinig war, wie sie befürchtet hatte. Auch die Temperatur war anders als erwartet. Statt der erwarteten feuchtkalten Klammheit fühlte sich die Luft überraschend trocken und warm im Vergleich zur Außentemperatur an. Etwas ermutigt, schritt sie zuversichtlich voran und folgte Steven den Stollengang entlang.

»Ich habe vor einigen Tagen Ihre Nichte kennengelernt.«

Der plötzliche Themenwechsel ließ Ellie die Luft anhalten. »Ja, sie hat mir davon erzählt.« Da sie sah, dass sein Blick nach vorne auf den Boden gerichtet war, musste sie das Lächeln nicht verbergen, das sich auf ihrem Gesicht ausbreitete – wie er Jessie Monroe angesehen hatte!

Er räusperte sich. »Entschuldigen Sie bitte, wenn die Frage zu persönlich ist, aber warum hat Jessie uns heute Morgen nicht in die Kirche begleitet?«

Ellies Lächeln erstarb, als sie verzweifelt nach einer zufriedenstellenden Antwort suchte. Das Letzte, was sie wollte, war einen Keil zwischen Steven und ihre imaginäre Nichte zu treiben. »Sie klagte heute Morgen über Kopfschmerzen. Aber auch ich bedaure es, dass sie nicht mitgekommen ist. Ich bin mir sicher, dass der Gottesdienst besser für sie gewesen wäre, als Trübsal blasend im Bett zu liegen.«

Ihre Kirchgänge hatten sich sehr zu ihrer Überraschung als wahrer Segen herausgestellt. Durch sie hatte Ellie die barmherzige Seite Gottes kennengelernt. Bisher hatte sie immer angenommen, dass Gott sie vor vielen Jahren während ihrer düsteren Kindheit verlassen hatte.

Aber jetzt unterhielten sie sich gerade über Jessie, rief sie sich ins Gedächtnis. »Ich werde sehen, ob ich sie dazu bewegen kann, uns nächsten Sonntag zu begleiten.«

Steven grinste sie über die Schulter an. »Das höre ich gerne. Ich würde mich freuen, sie dort zu sehen.«

Ellie erwiderte das Lächeln und hoffte, dass ihm ihre Beklemmung nicht auffiel. Lavinia und Jessie gleichzeitig auf der Bühne? Ein solches Kunststück hätte selbst Magdalena niemals fertiggebracht.

Nach kurzer Zeit weitete sich der Stollengang zu einem weitläufigen, offenen Bereich. Steven blieb in der Mitte des höhlenartigen Raums stehen und hielt die Laterne hoch, um zu demonstrieren, wie riesig dieser war. »Hier sind wir auf eine besonders große Silbererzader gestoßen. Wie Sie sehen können, haben wir das meiste davon bereits abgebaut. Den so gewonnenen Raum bezeichnen wir als Abbaukammer.«

Die Begrenzung der felsigen Kammer lag in tiefen Schatten versteckt, Ellie erschauerte. Sie hatte sich eine enge, knapp bemessene Arbeitsstätte vorgestellt, doch dieser Ort war überraschend groß … fast zu groß, denn sie fühlte sich im Vergleich nahezu zwergenhaft. Das Licht der Laterne flackerte und sie hielt die Luft an, während sie sich fragte, was sie wohl tun würden, wenn die Flamme erlosch.

Als sie sich weiter umschaute, entdeckte sie Geröllhaufen, die verstreut neben dem Stollengang lagen. Sie ging hinüber, um sie näher zu begutachten. »Ist das das Silbererz, aus dem Sie das Silber gewinnen?«

»Vorsicht.« Bevor sie noch einen Schritt tun konnte, hielt Steven sie am Arm fest. »Sie halten besser Abstand zu diesem Schacht.«

Ellie schnappte nach Luft, als das Licht der Laterne auf ein schwarzes Loch fiel, das sich nur ein paar Meter von ihren Füßen entfernt im Boden auftat. Sie rückte näher an Steven heran und schwor sich, ihm nicht mehr von der Seite zu weichen, bis sie wieder im Tageslicht stand.

»Das ist Basisgestein. Die schwarzen Streifen, die Sie dort sehen, sind Erzadern von geringerer Qualität. Sie mit dem Silber abzubauen, lohnt sich nicht.«

Ellie wandte sich um, wobei sie darauf achtete, dicht bei Steven zu bleiben. »Auf welchem Wege wird es an die Oberfläche transportiert?«

»Wir schicken es nach unten, nicht nach oben.« Steven lachte, als er ihren verdutzten Gesichtsausdruck sah, und erklärte, dass das Erz in Waggons geworfen wurde, deren Strecke noch tiefer unter ihnen verlief. Dann wurde das Silber zum Hauptstollen transportiert, in Eimer gekippt und an die Oberfläche hochgezogen.

Ellie war so fasziniert, dass sie fast ihre Rolle vergaß. »Was passiert, nachdem das Silber die Mine verlassen hat?«

»Die Erzwagen bringen das Silbererz zum Pochwerk, das sich kurz vor der Stadt am Ufer des San-Pedro-Flusses befindet. Dort wird das Erz zerstampft, damit das Silber geschmolzen und zu Barren gegossen werden kann, bevor es abtransportiert wird.«

»Wohin schicken Sie es?«

»Wir liefern es an die Münzprägeanstalt der Vereinigten Staaten in New Orleans, wo es zu Silberdollars verarbeitet wird.« Steven lachte traurig auf. »Das heißt, wenn sie dort überhaupt ankommen. Jeder unserer Barren wiegt nur 80 Pfund. Die Schmelzhütte in Tombstone gießt ihr Silber zu 180-Pfund-Barren, was es Dieben schwer macht, sich damit einfach auf- und davonzumachen.«

»Was für eine gute Idee.«

»Ich wünschte, es wäre unsere gewesen. Es würde viel Zeit in Anspruch nehmen, die Anlage auf größere Barren umzustellen, aber vielleicht gibt es keinen anderen Ausweg … wenn wir es überhaupt schaffen, bevor es zu spät ist.«

Die letzten Worte entschwebten wie leises Geflüster in die Dunkelheit. Ellie fragte sich, ob Steven sich überhaupt bewusst war, dass er sie laut ausgesprochen hatte. Als sie sein Gesicht genauer betrachtete, fiel ihr die Anspannung um seinen Mund und seine Augen auf.

»Bei unserem Treffen letzten Sonntag hat Mr Sullivan davon gesprochen, dass Sie Ihr Silber lagern, bis die Diebe gefasst sind. Wo bewahren Sie es auf?«

Steven schaute erst weg, dann erwiderte er ihren Blick. »Zu diesem Zeitpunkt wissen selbst meine Arbeiter nicht, wo es liegt. Nur mein Vorarbeiter und ich verfügen über diese Information.«

»Sie haben recht.« Ellie nickte zustimmend. »Diese Information sollte geheim bleiben.« Sie tat einen Schritt zur Seite und rutschte auf einem faustgroßen Stein aus, der lose herumlag. Wild ruderte sie mit den Armen, doch bevor sie fallen konnte, fing Steven sie mit seinem starken Arm auf, den er um ihre Schultern schlang.

Du meine Güte! Ellie ließ sich Zeit, zu Atem zu kommen, und lehnte länger an ihm, als es wirklich nötig gewesen wäre.

»Können Sie stehen, wenn ich den Arm wieder wegnehme?«

Sie nickte und schimpfte sich selbst eine Lügnerin. Als sein Arm ihre Schultern verließ, spürte sie eine schmerzliche Leere.

»Hier drüben ist eine der Adern, die wir gefördert haben.« Steven führte sie zu einer Wand aus zerklüftetem Fels, die von zentimetergroßen Löchern durchsiebt war. »Bis jetzt ist sie sehr ertragreich, wir werden ihr folgen, bis sie ausläuft.«

Ellie merkte sich, was er gesagt hatte, und starrte durch den schummrig beleuchteten Raum. Ihre Brust verengte sich bei dem Gedanken, ganze Tage unter der Erde verbringen zu müssen. »Wie können Ihre Männer in einer solch düsteren Umgebung arbeiten?«

»Zu Beginn jeder Schicht bekommt jeder von ihnen drei Kerzen ausgehändigt. Doch oftmals zünden die Männer im Schacht nur zwei oder drei Kerzen gleichzeitig an.« Er lächelte, als er ihren ungläubigen Blick sah. »Ich weiß, es hört sich seltsam an, aber es dauert nicht lange, bis sie sich an die Arbeit in der Dunkelheit gewöhnt haben.«

Ellie betrachtete die freie Wand vor ihnen. »Wir scheinen das Ende unseres Rundgangs erreicht zu haben.« Sie versuchte, sich ihre Erleichterung nicht anmerken zu lassen, dem bedrückenden Untergrund endlich zu entkommen.

»Ich würde Ihnen gerne noch etwas zeigen.« Stevens Stimme klang ein wenig aufgeregt. Er führte sie den Weg zurück, den sie gekommen waren.

Ellie folgte ihm und tröstete sich mit dem Gedanken, dass sie zumindest in die richtige Richtung gingen, zurück zum Sonnenlicht und dem offenen Himmel.

»Das Beste habe ich für den Schluss aufgehoben.« Steven leitete sie zur anderen Seite der Abbaukammer, die zuvor in der Dunkelheit verborgen gewesen war. Ein Tunnel führte von der Hauptkammer weg, sein Eingang wurde von schweren Balken gestützt.

»Auf diese Ader sind wir vor einigen Wochen gestoßen und es ist die größte, die wir bisher entdeckt haben. Wenn wir es schaffen, die Mine in Betrieb zu halten, ist zu erwarten, dass alle Beteiligten einen Riesengewinn machen werden.«

Bei dem hoffnungsvollen Blick, den er ihr zuwarf, wäre Ellie am liebsten zu einer Pfütze vor seinen Füßen zerschmolzen. Vielleicht sollte sie sich noch einen Stein suchen, auf dem sie ausrutschen konnte.

»Kommen Sie, ich zeige Ihnen die neue Abbaukammer und wie weit wir vorangekommen sind.«

Mit Mühe konzentrierte sich Ellie wieder auf ihre Aufgabe und versuchte, sich nicht von der beglückenden Gegenwart von Steven Pierce ablenken zu lassen.

Welche Fragen würde Lavinia stellen? Wahrscheinlich etwas zum Thema Geld.

Sich selbst dafür hassend, dass sie ihm falsche Hoffnungen machte, folgte sie ihm in den neuen Tunnel. »Wie viel würde es kosten, alles am Laufen …«

Ohne dass sie es geplant hätte, verfing sich ihr Fuß, und sie fiel. So schnell wie schon zuvor ergriff Steven ihren Ellenbogen und hielt sie aufrecht.

Bevor sie ihm danken konnte, durchbrach ein lautes Knacken die Stille der Mine, gefolgt von einem knirschenden Geräusch, dass sie in Panik versetzte.

»Vorsicht!« Steven warf den Arm um sie und riss sie zurück in die Abbaukammer, wobei er sie fest an seine Brust drückte.

Ein rollendes Krachen hallte durch die Mine. Einen Moment später begann die Flamme der Laterne wild zu flackern. Ellie öffnete den Mund, um zu schreien, doch Steven drückte sie so fest, dass sie kaum atmen konnte, geschweige denn einen Laut herausbrachte.

Sie presste sich im Halbdunkeln an ihn und hatte das Gefühl, an dem dichten Staub in der Luft zu ersticken, während ihr Herz wie ein Hammerwerk schlug. »Ist da gerade etwas eingestürzt?«

»Sprechen Sie leise«, flüsterte er. »Wir wollen keine Vibrationen verursachen, die weitere Erdrutsche auslösen könnten.«

»Was ist passiert?«

»Geben Sie mir einen Augenblick Zeit, bis sich der Staub gelegt hat, dann finde ich es heraus. So lange bleiben Sie bitte so ruhig wie möglich stehen.«

Ellie hatte mit dieser Anweisung kein Problem. Stevens rhythmischer Herzschlag, der gegen ihre Wange pochte, war das Einzige, was sie vor einer Panikattacke bewahrte.

Sie legte den Kopf in den Nacken und sah, wie er zu ihr herunterblickte, seine Lippen waren verführerisch nahe. Ihr entwich ein leises Seufzen, als sie das Kinn hochreckte und langsam die Augen schloss.

»Geht es Ihnen gut, Mrs Stewart?«

Ellie riss die Augen auf und ihr Herz machte einen Satz, als sie die Besorgnis auf Stevens Gesicht sah.

»Mir … geht es gut«, brachte sie heraus.

»Sind Sie sich sicher?« Sein sorgenvoller Blick vertiefte sich. »Einen Moment lang dachte ich, Sie würden gleich in Ohnmacht fallen.«

Ellie kniff die Augen zusammen und stellte sich die Szene aus Stevens Sicht vor – die alte Frau an ihn gedrückt, der zurückfallende Kopf, der sich langsam öffnende Mund … die Demütigung schnürte ihr die Kehle zu. Kein Wunder, dass er dachte, sie hätte einen Anfall erlitten.

Das war auch gut so! Es war weitaus weniger peinlich, wenn er sie für eine schwache, alte Frau hielt, die angesichts einer Katastrophe in Ohnmacht fiel, als wenn er bemerkt hätte, dass sie kurz davor gewesen war, ihn zu küssen. Was hätte er dann wohl von Lavinia Stewart gehalten? Sie biss die Zähne zusammen, um ein entsetztes Stöhnen zu unterdrücken.

Am liebsten hätte sie lauthals protestiert, als er seinen Arm von ihren Schultern nahm und einen Schritt zurücktrat. Dann öffnete sie die Augen und wagte einen Blick in Stevens Gesicht, das durch den herumwirbelnden Staub kaum zu erkennen war.

»Werden Sie zurechtkommen, wenn ich Sie einen Moment alleine lasse?«

Nein! »Natürlich, gehen Sie bitte nur nicht allzu weit weg.«

»Ich bleibe ganz in Ihrer Nähe.« Er ging hinüber zum Eingang und Ellie beobachtete, wie er mit der Laterne einen Bogen über der Tunnelöffnung beschrieb. »Einer der Stützbalken hat nachgegeben«, stellte er mit finsterer Stimme fest.

»Also ist der Stollen eingebrochen?«

»Nein, der Balken hat eine kleine Gerölllawine ausgelöst, aber mehr nicht. Wir werden über ein paar Felsen klettern müssen, aber wenigstens ist der Weg zum Ausgang nicht zugeschüttet.« Steven griff nach ihrer Hand und half ihr über die Steinhaufen, dann machten sie sich schweigend auf den Weg in Richtung Ausgang.

Schon bald war ein Schimmer des Sonnenlichts zu sehen. Kurze Zeit später stand Ellie wieder unter freiem Himmel und sog die herrlich frische Luft mit tiefen Atemzügen in sich ein.

Steven sah sie besorgt an. »Sind Sie sicher, dass es Ihnen gut geht?«

»Ja.« *Bis auf die Tatsache, dass ich mich fast bis auf die Knochen blamiert hätte.* Ellie schluckte, um das Zittern aus ihrer Stimme zu vertreiben, und fügte hinzu: »Mir sitzt nur noch etwas der Schreck in den Knochen, das ist alles.«

Er nickte, schien aber nicht wirklich überzeugt zu sein.

Ellie blickte zurück zum Mineneingang und spürte, wie sie von einem Schaudern ergriffen wurde. »Kommen solche Unfälle häufiger vor?«

»Nein, überhaupt nicht.« Steven folgte ihrem Blick und sein Mund verzog sich zu einer harten Linie. »Mein Vorarbeiter soll herausfinden, wer von den Männern diesen Stützbalken gesetzt hat. Er muss für seine schlampige Arbeit zur Verantwortung gezogen werden.«

Dann wandte er sich wieder Ellie zu, in seinen Augen spiegelte sich Unsicherheit. »Ich wollte Ihnen eigentlich noch mein Büro zeigen und Ihnen einen Einblick in die Bücher geben, aber vielleicht verschieben wir das besser auf ein anderes Mal.«

Ellie zauderte.

Ein guter Ermittler würde die Gelegenheit beim Schopf packen, so viele Informationen wie möglich zu sammeln. Im Moment glich sie jedoch eher einem verängstigten Kind als einer Ermittlerin. »Ich fürchte, Sie haben recht. Falls es Ihnen nichts ausmacht, wäre es schön, wenn Sie mich jetzt nach Hause bringen könnten. Ich glaube, ich sollte mich ein wenig ausruhen.«

* * *

In dem Moment, als sie ihr Haus betrat, merkte Ellie, dass etwas nicht stimmte. Sie blieb im Türrahmen stehen und versuchte herauszufinden, was ihr Misstrauen erweckt hatte. Die Vorhänge waren vorgezogen und die Möbel im Wohnzimmer standen noch genauso da, wie als sie das Haus verlassen hatte. Soweit sie es aus ihrer

Position heraus feststellen konnte, war auch in der Küche alles unverändert.

Ihr Blick wanderte zu dem Sekretär, der neben der Tür zum zweiten Schlafzimmer stand, und ihr stockte der Atem.

Die Schubladen waren zugeschoben gewesen, als sie gegangen war – da war sie sich sicher. Jetzt standen zwei von ihnen leicht offen. Als sie näher herantrat, sah sie einige Blätter Papier aus der Schublade hervorlugen, in der sie ihre Aufzeichnungen aufbewahrte.

Jemand war in ihrem Haus gewesen. Jemand hatte ihre Notizen gelesen.

Der Holzboden im zweiten Schlafzimmer knarrte. Ellie schlug eine Hand vor den Mund, um nicht zu schreien. Wer auch immer ihren Schreibtisch durchwühlt hatte, war noch hier.

Ellie schaute sich panisch im Zimmer um und schnappte sich einen Sonnenschirm, der neben der Tür stand. Sie hielt ihn über die Schulter wie einen Baseballschläger, stieß mit einem Zeh die Tür zum Schlafzimmer auf und machte sich bereit, dem Eindringling entgegenzutreten.

Eine Gestalt kniete vor dem Fenster und fummelte an den Riegeln herum. Dieses Mal konnte Ellie den Schrei nicht mehr unterdrücken.

Der Einbrecher wirbelte erschrocken herum.

»Billy Taylor!«

Der Junge wich zurück, bis er mit dem Rücken zur Wand stand, und starrte nervös auf ihren improvisierten Knüppel.

Als sie die Angst in seinen Augen sah, ließ Ellie ihre Waffe sinken und stemmte die Hände in die Hüften. »Was zum Henker treibst du in meinem Haus?«

»Nix.« Sein trotziger Tonfall verriet, dass er weniger seine Tat bereute, sondern eher die Tatsache, dabei erwischt worden zu sein.

Ellie ballte die Hand um den Sonnenschirm und stellte ihn gegen die Wand, um nicht in Versuchung zu geraten. »Das sehe ich. Das ist um einiges schlimmer, als unter meinem Fenster herumzuspionieren. Wie bist du überhaupt reingekommen? Die Tür war verschlossen.«

Ein triumphierendes Lächeln breitete sich auf seinem Gesicht aus. »Aber nicht das Fenster auf der Hinterseite. Es geht nicht weit auf, aber ich passe gerade so durch.«

Ellie nahm sich fest vor, ab jetzt immer alle Fenster zu verriegeln, wenn sie das Haus verließ. »Und als du ins Haus eingedrungen warst, was dann? Wolltest du mich bestehlen oder nur meine Sachen durchwühlen? Ich sollte deiner Mutter Bescheid sagen. Oder vielleicht Marshal Bascomb. Ich wette, der schafft es, dich zur Vernunft zu bringen.«

»Tun Sie das«, erwiderte er. »Dann sag ich ihm alles, was ich über Sie weiß.«

Seine Worte brachten Ellie zum Stocken. »Und was soll das bitte schön sein?«

»Sie und Ihre Nichte sind ein und dieselbe Person.«

Ellies Knie wurden weich und sie presste eine Hand an ihre Brust. »Wovon redest du überhaupt?«

An seinem frechen Grinsen konnte sie erkennen, dass ihre eigene Vorstellung von Wagemut nicht so überzeugend wie die von Billy gewesen war. Sie versuchte, ihre zitternden Knie durchzudrücken und sich herauszureden. »Wie kommst du auf so eine blödsinnige Idee?«

»Sie ist überhaupt nicht blödsinnig. Dieses Schlafzimmer, zum Beispiel, wird überhaupt nicht benutzt.«

»Leute können sich auch ein Schlafzimmer teilen, weißt du?«

»Ja, aber in dem anderen gibt es nur eine Haarbürste. In der Küche steht nur ein Essgeschirr neben der Spüle zum Trocknen. Außerdem habe ich ihren Kopf gefunden.«

Ellie schnappte nach Luft, dann wurde ihr bewusst, dass er mit Sicherheit den Perückenständer meinte, auf dem nun Jessies rote Locken ruhten.

Billy hakte die Daumen in seinen Hosenbund ein. »Ich weiß, was Sie hier treiben.«

Ellies Mund wurde trocken. »Was meinst du?«

Er nickte mit dem Kopf in Richtung der offenen Tür und dem Schreibtisch dahinter. »Den ganzen Kram, den Sie da aufschreiben. Sie scheinen sich ja sehr für das gestohlene Silber zu interessieren.« In seinen Augen leuchtete ein wissender Blick auf. »Sie sind irgend so eine Detektivin, richtig?«

Ellie gab es auf, die Unschuldige zu spielen. »Was, wenn es so ist?«

»Ich wusste es! Das muss ich den anderen erzählen!«

»Das darfst du auf keinen Fall tun!« Entsetzen machte sich in Ellie breit – bis ihr plötzlich eine Idee kam. Billy träumte doch davon, später einmal ein Agent zu werden. Vielleicht ließ sich das zu ihrem Vorteil nutzen. »Wie würde es dir gefallen, ein Juniordetektiv zu werden, Billy?«

Der Junge kräuselte die Nase. »Ein was?«

»Ein Junior-Pinkerton-Ermittler. Du hast bereits unter Beweis gestellt, wie talentiert du im Aufspüren von Informationen bist.« Sie hielt die Luft an, während sie seine Antwort abwartete.

Billy legte den Kopf zur Seite. »Was müsste ich denn dafür tun?«

»Nun ...« Ellie atmete tief durch und improvisierte. »Du könntest mein Assistent sein und kleine Aufträge übernehmen, um mir bei meinen Ermittlungen weiterzuhelfen. Aber du darfst es niemandem sagen. Das ist sehr wichtig. Niemand außer mir und dir darf davon erfahren.«

Seine Augen wurden zu Schlitzen. »Woher weiß ich, dass es offiziell ist?«

»Warte kurz.« Ellie eilte in ihr Schlafzimmer und wühlte durch den Korb mit den Kostümen. Endlich fand sie das kleine Tablett mit dem Theaterschmuck, suchte eine Brosche aus, die wie eine Medaille aussah, und brachte sie Billy.

»Hier ist deine Marke.«

Mit Genugtuung stellte sie fest, wie seine Augen sich weiteten. »Kann ich die behalten? Darf ich sie die ganze Zeit tragen?«

Ellie nickte. »Aber nur so.« Sie lehnte sich vor und steckte die Medaille auf der Innenseite seines Hemdes fest. »So. Jetzt ist es offiziell. Aber als guter Detektiv musst du in der Lage sein, ein Geheimnis zu bewahren. Das hier bleibt unter uns, klar?«

Billy nickte und streckte seine knochige Brust vor. »Was soll ich als Erstes machen?«

Ellie suchte verzweifelt nach einer Aufgabe für ihn. »Halt die Augen nach irgendwelchen verdächtigen Aktivitäten offen. Wenn du irgendetwas beobachtest, von dem ich wissen sollte, komm sofort zu mir und erstatte Bericht.«

Billy strahlte über das ganze Gesicht. »Sie können sich auf mich verlassen.« Er warf die Schultern zurück und eilte ganze fünf Zentimeter größer aus dem Haus … diesmal durch die Eingangstür.

Ein kurzes Nickerchen und eine kräftigende Tasse Tee halfen Ellie, ihr inneres Gleichgewicht wiederzufinden. Wer hätte ahnen können, dass dieser Tag, an dem sie sich eigentlich nur etwas über den Bergbau hatte informieren wollen, solche Gefahren bergen würde? Ihre Schultern zitterten leicht, als sie sich an die panischen Momente erinnerte, nachdem der schwere Stützbalken eingebrochen war. Doch für die Erfahrung, die Sicherheit von Stevens starken Armen zu spüren, war es das fast wert gewesen.

Ellie zog den Gürtel ihres Morgenmantels enger und ging zu dem Schreibtisch, wo sie ihre Notizen aufbewahrte. Sie hatte keinerlei Verlangen, an diesem Abend noch weitere Nachforschungen anzustellen. Der Unfall in der Mine und der Einbruch von Billy Taylor in ihr Haus waren ihr für einen Tag Abenteuer genug. Für heute würde sie sich nur noch auf geistige Arbeiten konzentrieren.

Draußen auf der Straße riefen und schrien Billy und seine Horde herum. Sie überprüfte, ob die Vorhänge richtig zugezogen waren. Das Letzte, was ihr fehlte, war, dass eins der Kinder eine braunhaarige Fremde in Mrs Stewarts Haus entdeckte.

Aus der Schublade holte sie sich Tinte, Füller und Papier und breitete die Gegenstände auf ihrem Schreibtisch aus. Sie konnte nicht jede einzelne Person in der Stadt überprüfen, es musste ihr irgendwie gelingen, den Kreis der Verdächtigen zu verkleinern.

Ellie warf einen Blick auf ihre Liste, um festzustellen, ob sich irgendeiner der von ihr notierten Namen als Täter ausschließen ließ. Doch woher sollte sie das wissen?

Mit einem Stöhnen verschränkte sie die Arme auf dem Schreibtisch und legte ihre Stirn auf ihnen ab. Was sollte sie nur tun? Jessie in die Ermittlungen mit einzubeziehen, hatte ihren Handlungsradius vergrößert, indem sie nun mehr Leute befragen konnte – aber es hatte überhaupt nicht dabei geholfen, ihre Untersuchung auf einen bestimmten Punkt zu konzentrieren. Außerdem fehlte ihr Normas Erfahrung. Sie hatte zwar eine Nachricht gefunden, die eine Korrespondenz zwischen den Dieben sein konnte, doch den Mann, für den diese bestimmt gewesen war, hatte sie seitdem nicht mehr gesehen. Ellie spürte, wie sich ihr Magen verknotete. Wie lange würden sich die Pinkertons noch mit kryptischen Telegrammen abspeisen lassen, wenn sie nicht bald Ergebnisse präsentierte?

Und wie lange würde es noch dauern, bis sie ein Telegramm erhielt, in dem ihr mitgeteilt wurde, dass ihre Dienste nicht länger benötigt wurden?

16

»Hast du einen Augenblick Zeit?«

Steven schaute vom Tisch auf und erblickte Milt Strickland, der gegen die Tür lehnte. »Gerne, was hast du auf dem Herzen?«

»Ich möchte dir etwas zeigen.«

Was war nun schon wieder passiert? Verwirrt folgte Steven seinem Vorarbeiter zum Eingang der Mine in der Hoffnung, es handle sich nicht um weitere schlechte Neuigkeiten. Das abrupte Ende von Lavinia Stewarts Minentour gestern gab ihm wenig Anlass, sich auf positive finanzielle Aussichten zu freuen. So wagemutig und risikofreudig Mrs Stewart auch war, keine Frau mit klarem Menschenverstand würde in ein Projekt investieren, das sie mittlerweile höchstwahrscheinlich als Todesfalle einstufte.

Er wartete, während Milt eine Laterne anzündete und den Weg hinunter in die Mine leuchtete. »Läuft es gut mit der neuen Erzader?«

»Ja, sehr gut. Innerhalb kurzer Zeit konnten wir das Geröll beseitigen und den Stützbalken ersetzen. Aber das ist es nicht, was mir Sorgen bereitet.« Sie gingen in Richtung des neuen Stollens, doch anstatt hineinzugehen, blieb Milt stehen und kniete rechts neben dem Eingang nieder.

»Schau dir das an.«

Steven stützte sich neben ihm auf ein Knie und schaute zu, wie Milt einen faustgroßen Stein zur Seite schob und auf etwas zeigte. Das flackernde Licht war gerade hell genug, um erkennen zu lassen, dass dort ein schmaler Nagel im Holzpfosten steckte. Um den Metallschaft war das Ende eines dünnen, etwa fünfundvierzig Zentimeter langen Kabels gewickelt.

Steven ließ sich zurücksinken. »Was um Himmels willen …?«

Milt sprang auf die Füße und machte einen Schritt auf die andere Seite des Eingangs. »Jetzt schau mal hier runter.«

Steven fiel der nichtssagende Gesichtsausdruck seines Vorarbeiters auf. Er tat, was er ihm sagte. Offensichtlich wollte Milt, dass er selbst herausfand, worum es ging. Aus dem linken Pfosten ragte das runde Ende einer Ringschraube, sie hatte ungefähr die gleiche Länge wie der Nagel aus der rechten Stütze. Er blieb stehen und rieb sich den Nacken. »Vielleicht stehe ich ja auf dem Schlauch, aber was hat das alles zu bedeuten?«

Milt griff hinter einen Schutthaufen und brachte einen dunklen Gegenstand zum Vorschein. Er streckte ihn Steven entgegen. »Das ist der Keil, mit dem das Ende des Stützbalkens justiert wurde.«

Steven streckte seine Hand aus und nahm den Keil entgegen. Dabei fiel ihm auf, dass von demselben Kabel, das um den Metallschaft gewickelt war, mehrere Meter aus dem Stück Holz ragten.

Um den Verlauf zu verdeutlichen, zog Milt eine Linie von der Spitze des Eingangs hinunter bis zur Ringschraube. »Für mich sieht es so aus, als wäre dieses Kabel an den Keil gebunden und bis zum Bolzen durch den Nagel auf die andere Seite gespannt gewesen.«

Steven schaute von dem Keil in seiner Hand nach oben zu der Öffnung, dann runter zu der Ringschraube und hinüber zu dem Nagel. Krampfhaft suchte er nach einer anderen Erklärung als die, die zu offensichtlich erschien. Er drehte sich um und sah Milt an. »Du meinst …«

»Ja. Es war kein Unfall.«

Steven stützte sich mit einer Hand an der Wand ab, in der anderen schwenkte er den Keil. Irgendjemand wollte den Stützbalken zum Einsturz bringen. Ausreichend dazu war lediglich, dass jemand mit dem Fuß am Kabel im Tunneleingang hängen blieb. Plötzlich erinnerte er sich, wie Mrs Stewart beim Eintreten in den Schacht gestolpert war. Wut stieg in ihm auf. *Todesfalle* war anscheinend genau das richtige Wort, um den Hinterhalt zu beschreiben, den irgendein Übeltäter hier geplant zu haben schien. »Aber warum sollte jemand die Redemption sabotieren wollen?«

Milt schüttelte den Kopf und blickte in Richtung Mineneingang. »Das besprechen wir lieber draußen. Es ist besser, wenn keiner der Männer uns hört, am Ende verlierst du noch deine komplette Mannschaft.«

Zurück im Büro, schloss Steven die Tür und sah Milt ernst an. »Okay, ich muss die Frage noch einmal stellen: Wer könnte die Redemption sabotieren wollen?«

Milt zuckte mit den Schultern. »Das ist schwer zu sagen. Ich finde selbst keine Gründe dafür, aber offensichtlich scheint jemand einen zu haben. Alles war in bester Ordnung, als wir Samstagnacht hier dichtgemacht haben. Du warst gestern Nachmittag mit Mrs Stewart dort, also muss jemand Samstagabend oder Sonntagfrüh hier gewesen sein.«

Steven seufzte. Ausgerechnet den Tag, an dem seine Investorin die Mine besichtigte, hatte sich der Unbekannte für seinen Anschlag ausgesucht. Er lehnte sich gegen die Tischkante zurück. »Das ergibt keinen Sinn. Der Balken würde nur jemanden das Leben kosten, wenn er die Person unmittelbar träfe. Und um die Mine zum Einsturz zu bringen, war die aufgebaute Falle nicht groß genug.«

Milt presste die Lippen aufeinander. »Vielleicht sollten wir lieber nach dem *Warum* fragen. Sobald wir darauf eine Antwort gefunden haben, wird es mit Sicherheit leichter, das *Wer* zu bestimmen.«

Steven nickte. Er wusste, diese Frage würde ihm Tag und Nacht keine Ruhe lassen, bis er die Antwort gefunden hatte.

»Wir dürfen keine Zeit verlieren und müssen sofort handeln!«

Steven schlug mit der flachen Hand auf die polierte Oberfläche von Tom Sullivans Tisch.

Tom rutschte mit seinem Stuhl zurück und starrte Steven an, als wäre er um dessen geistige Gesundheit besorgt.

Steven konnte es ihm nicht verübeln. In das Büro eines Mannes zu platzen und ihn mit wild rollenden Augen zum Handeln aufzufordern, war nicht der beste Weg, denjenigen vom Ernst der Lage zu überzeugen. Er strich sich mit beiden Händen die Haare zurück und wartete, bis sich seine Atmung beruhigte.

Tom stand auf und ging im Kreis um seinen Tisch herum. »Ich dachte, wir wären uns einig, dass die Pinkertons unsere beste Wahl waren.«

Steven konnte sich gerade noch bremsen, nicht erneut auf den Tisch einzuhauen. »Verstehst du denn nicht? Ich habe dir doch gerade erzählt, was Sonntagnachmittag in der Redemption passiert ist. Sie sind nicht mehr nur auf unser Silber aus – mittlerweile ist es ein persönlicher Angriff. Was haben die vor? Einen nach dem anderen draufgehen zu lassen und die Minen für sich selbst zu beanspruchen, genauso wie das Silber, das sie bereits von uns geklaut haben? Hinzu kommt noch, dass Mrs Stewart mit dabei war. Sie hätte tot sein können.«

Tom zog seine silbernen Augenbrauen in Richtung Haaransatz. »Deine Geldgeberin? Was hast du dir dabei gedacht, eine Frau in ihrem Alter mit unter Tage zu nehmen?«

»Glaub mir, niemand weiß besser als ich, wie dumm das war. Ich hätte niemals einwilligen sollen. Die Sache ist, keiner ist sicher, solange diese Bande ihr Unwesen treibt. Denk darüber nach, Tom. Du könntest der Nächste sein.«

Tom zog den Kopf zurück und hob die Brust. »Schon gut, du hast mich überzeugt. Was meinst du, sollen wir tun?«

»Ich habe schon Brent Howard und Amos Crawford befragt. Sie schwören beide, dass sie niemandem von unseren Plänen erzählt haben, das Silber zu versenden.«

Tom warf ihm einen forschen Blick zu. »Und das glaubst du den beiden?«

»Zum jetzigen Zeitpunkt ist es schwer zu sagen, wem man glauben kann und wem nicht.«

Tom nickte. »Es ist bedauerlich, aber wahrscheinlich eine kluge Herangehensweise. Wen wirst du als Nächstes befragen?«

»Ich dachte, ich statte dem Kaufmannsladen und den Saloons einen Besuch ab und versuche herauszubekommen, ob irgendjemand mehr Geld ausgegeben hat, als er sollte.«

Tom griff nach seinem Hut. »Klingt nach einem guten Plan. Ich komme mit dir.«

Dreißig Minuten später verließen sie um keinen Deut schlauer den Kaufmannsladen.

»Hast du noch Zeit, mich bei der Runde durch die Saloons zu begleiten?«, fragte Steven. Sein Gefährte nickte und sie machten sich auf der Grant Street in Richtung Osten auf.

»Was ist mit Bascomb?«, fragte Tom, während sie die Straße entlangliefen. »Meinst du, der lässt sich bestechen?«

Steven wurde langsamer und rümpfte die Nase wegen des starken Kohlegeruchs, der aus der Schmiede gegenüber der Straße entwich. Auch wenn Bascomb ihm von Grund auf unsympathisch war, besonders nachdem er mitbekommen hatte, welch besondere Aufmerksamkeit er Jessie schenkte, wollte er niemanden ohne handfeste Beweise verdächtigen.

»Ich bin mir nicht sicher …«, fing er an.

Als er ein ihm bekanntes Lachen hörte, drehte er ruckartig den Kopf nach rechts und sah Jessie aus der Schmiede kommen, gefolgt von Jake Freeman. Der dunkelhaarige Schmied sagte etwas, doch sie waren zu weit weg, um sie zu verstehen. Jessie lachte erneut hell auf, winkte zum Abschied und tänzelte in die entgegengesetzte Richtung die Straße nach Westen hinunter. Jake folgte jeder ihrer Bewegungen mit einem zutiefst verzauberten Ausdruck auf dem Gesicht.

»Was hast du gerade gesagt …?«, fragte Tom.

»Bitte?«

Tom folgte seinem Blick und schmunzelte. »Sie ist bildhübsch, nicht wahr? Ach, die Jugend.«

»Das war absolute Zeitverschwendung«, grummelte Tom, nachdem sie jeden Saloon abgeklappert hatten, den Pickford zu bieten hatte. »Wenn wir nicht bald etwas herausfinden, muss ich alles zusammenpacken und bei dieser neuen Silberfundstelle in New Mexico anfangen.«

Steven gab ein frustriertes Schnauben von sich. »Ich weiß nicht, was wir als Nächstes tun sollen. Viel mehr, als ständig die Augen und Ohren offenzuhalten, bleibt uns sowieso nicht übrig.«

Tom grunzte zustimmend und schaute derart konzentriert auf die andere Straßenseite, dass Steven seine Aufmerksamkeit ebenfalls auf die Cosmopolitan-Bar richtete, wo Alfred Clay und Gilbert Owens im gleichen Moment durch die Schwingtüren traten.

»Was ist los?«

Tom wandte abrupt den Blick ab. »Wahrscheinlich nichts. Es schien mir nur eine ungewöhnliche Tageszeit für die beiden, um in einen Saloon zu gehen.«

Steven zog einen Mundwinkel hoch. »Wenn die beiden uns heute Morgen gefolgt wären, hätten sie das Gleiche über uns sagen können. Vielleicht suchen sie auch nach Antworten.«

»Mag sein.« Tom runzelte die Stirn. »Andererseits …«

Steven schaute ihn fragend an.

»Alfred und Gilbert waren die Einzigen, die gegen meinen Vorschlag waren, unser Silber gemeinsam zu lagern.«

Steven blieb wie versteinert mitten auf dem Gehsteig stehen. »Was hast du gesagt?«

»Es hat wahrscheinlich nichts zu bedeuten. Ich wundere mich nur, warum sie nicht möchten, dass wir erfahren, wie viel Silber sie haben.« Toms Gesichtsausdruck verfinsterte sich. »Ich fürchte, du hast recht. In Zeiten wie diesen können wir es uns nicht erlauben, irgendjemandem zu trauen.«

17

»Guten Morgen, Mrs Stewart.« Gertie Johnsons breites Gesicht strahlte, als sie durch den Altarraum winkte.

Ellie neigte den Kopf, um ihre Begrüßung zu erwidern. Dabei ging sie zu dem Platz in der dritten Reihe, an dem sie nun immer saß. Beim Hinsetzen sah sie aus dem Augenwinkel, wie Steven das Gebäude betrat.

Sie drehte sich zurück nach vorne und konzentrierte ihre Aufmerksamkeit auf das Kreuz an der Vorderwand.

»Guten Morgen.«

Ellie erlaubte sich einen erstaunten Blick, als Steven am Ende ihrer Bank auftauchte. Sie schenkte ihm ein freundliches Lächeln.

Seine Finger wanderten die Krempe des Huts entlang, den er in seinen Händen trug. »Darf ich mich neben Sie setzen?«

»Natürlich, sehr gerne.« Ellie merkte, wie ihr Grinsen immer breiter wurde, bis es peinliche Ausmaße annahm. Sie versuchte, ihre Gesichtszüge zu glätten, bevor er es bemerkte. Die Finger an ihre Kehle gepresst, zwang sie sich zu atmen. Warum brachte dieser Mann sie dermaßen aus dem Konzept? Sie erinnerte sich immer wieder daran, wie er eine Woche zuvor seine starken Arme um sie – oder besser gesagt Lavinia – gelegt hatte.

Steven zögerte und schaute sich im Altarraum um. »Sitzt Ihre Nichte neben Ihnen? Ich möchte ihr nicht den Platz wegnehmen.«

Es war nicht leicht für Ellie, aber sie schaffte es, ihr Lächeln aufrechtzuerhalten. »Sie ist heute Morgen ein wenig unpässlich, daher hat sie sich dazu entschieden, zu Hause zu bleiben.« Als sie die Enttäuschung in seinem Gesicht aufblitzen sah, machte sie sich auf einen Fragenschwall gefasst.

»Es tut mir leid zu hören, dass sie sich nicht gut fühlt. Bitte richten Sie ihr gute Besserung aus und dass sie schnell wieder gesund werden soll.«

Erleichtert atmete Ellie auf, als er durch die Bank rutschte und ohne einen weiteren Kommentar neben ihr Platz nahm. Seine Frage nach Jessie brachte ein weiteres Problem zum Vorschein, welches sie bisher noch nicht bedacht hatte. Je mehr die Leute über Lavinia und Jessie erfuhren, desto mehr würden sie die beiden auch im Doppelpack erwarten. Das wurde ihr erst jetzt bewusst. Als sie damals den Plan ausgeheckt hatte, Jessie mit an Bord zu holen, war ihr dieser Aspekt entgangen. Lavinias Alter bot die perfekte Grundlage für Ausreden – einer älteren Dame würde man Unpässlichkeit aufgrund eines körperlichen Leidens abnehmen, wann immer die Situation es verlangte –, aber für Jessies Abwesenheit brauchte sie genauso plausible Erklärungen. Sie würde sich nicht auf Dauer darauf berufen können, dass ihre Nichte krank sei, um deren Abwesenheit zu erklären.

Der Chorleiter leitete die Messe ein und verkürzte so den Zeitraum für unangenehme Fragen. Gemeinsam mit den anderen stand Ellie auf, auch mit dem Singen klappte es weitaus besser als bei ihrem ersten Besuch. Die Lieder wurden ihr von Woche zu Woche vertrauter. Genau wie die Predigten. Das wurde ihr bewusst, als Pastor Blaylock die Gemeinde bat, das elfte Kapitel der Sprüche Salomons aufzuschlagen, und erneut davon sprach, wie wichtig es war, ein anständiges Leben zu führen.

Schon wieder? Ellie verschränkte die Arme und starrte den Pfarrer über den Rand ihrer Brillengläser hinweg an. Wenn der Mann wollte, dass die Gemeinde ihm weiterhin ihre Aufmerksamkeit schenkte, musste er ihnen etwas Neues bieten. Während ihrer Bibellektüre hatte sie zahlreiche Geschichten wiederentdeckt, die sie aus ihrer Kindheit kannte, Geschichten von Riesen, die getötet wurden, und Wundern in der Wüste. Warum erzählte er nicht davon?

Ohne ihren Kopf dabei zu bewegen, warf sie einen Blick auf die Leute, die vor ihr und auf der anderen Seite des Ganges saßen. Aus ihren Gesichtern sprach unverkennbares Interesse. Ellie kniff die

Augen zusammen. Was war los mit diesen Leuten? Hatten sie es nicht satt, immer und immer wieder dieselben Themen zu hören? Brauchten sie tatsächlich jemanden, der sie ihnen regelmäßig ins Gedächtnis rief?

Ihr eigenes Leben war das beste Beispiel dafür. Es gab unzählige Situationen, bei denen die Wahrheit ihr Leben bestimmte. War das nicht genau der Grund, warum sie in Pickford war? Um Bösewichte ihrer gerechten Strafe zuzuführen, indem sie die Wahrheit ans Licht brachte? Sie schnaubte, um ihrem Unmut Luft zu lassen.

Als Steven sie anschaute, fühlte Ellie, wie ihr die Hitze in die Wangen schoss. Geschickt zog sie ihr Stofftaschentuch aus dem gefalteten Ärmelbündchen um ihr Handgelenk und tupfte leicht ihre Nase ab in der Hoffnung, er würde ihren Ärger als Heuschnupfen missdeuten. Sie unterdrückte ihren Verdruss, straffte die Schultern und richtete ihre Aufmerksamkeit mit dem gleichen höflichen Interesse auf den Pastor, wie Lavinia Stewart es tun würde.

Wenn sie eine reale Person wäre, versteht sich.

Als der Pastor zum Abschluss kam, hatte Ellie das Gefühl, sie würde Pastor Blaylocks Predigt seit einer Ewigkeit zuhören. Zu guter Letzt neigte er seinen Kopf für ein Schlussgebet und Ellie antwortete gemeinsam mit den anderen aus der Gemeinde mit einem Amen, das sich vielleicht etwas zu innig anhörte. Munter erhob sie sich, bereit, den Altarraum, so schnell es Sitte und Anstand erlaubten, zu verlassen.

Doch Steven hatte anderes vor. Scheinbar wollte jeder der Anwesenden in der Kirche mit ihm sprechen und er schien es auch nicht eilig zu haben. Endlich erreichten sie die Tür, Ellie schüttelte Pastor Blaylocks Hand und trat hinaus in das klare, sonnige Tageslicht. Endlich frei!

Sie war sich nicht sicher, ob sie es durchhalten würde, jede Woche hierherzukommen, wenn sie sich jedes Mal dasselbe Thema anhören musste.

Zusammen mit Steven lief sie am Rande des Gehwegs und wurde auf einmal nervös, als ihr einfiel, er könnte sie fragen, ob er sie nach

Hause begleiten sollte. Denn dann müsste sie eine Ausrede finden, warum er nicht mit hereinkommen konnte.

»Hallooo!«

Die durchdringende Stimme ließ Ellie herumwirbeln. Direkt vor ihr stand Althea Baldwin.

»Einen wunderschönen guten Morgen!« Die ältere Dame strotzte nur so vor Energie. »Man erzählte mir diese Woche von Ihrer Nichte und ich hätte mich so gerne heute einmal mit ihr unterhalten.«

»Leider fühlt sie sich nicht gut und konnte daher heute nicht kommen.« Dieses Mal gingen ihr die Worte nicht so leicht von der Zunge wie sonst. Hoffentlich wirkten sich Pastor Blaylocks Ermahnungen an die Treue zur Wahrheit nicht auf ihre Fähigkeit aus, ihre Rollen zu spielen. »Aber ich bin mir sicher, Sie werden sie bald wieder in der Stadt sehen.« Zumindest das war die Wahrheit, beziehungsweise sehr nah an der Wahrheit.

»Das nehme ich auch an, aber ich muss genauso mit Ihnen sprechen. Sie können es Ihrer Nichte auch gerne ausrichten.« Althea Baldwins Kinn wackelte zu dem enthusiastischen Nicken ihres Kopfes. »Die Damen in der Kirche gründen eine Theatergruppe. Alle Mitglieder sind Amateure, dennoch haben wir bereits Vorkehrungen für Auftritte in der Pickford Hall getroffen und wollen auf diese Weise der Gemeinde etwas Kultur verleihen.«

Ellie nickte ihr zu und ihr Puls ging schneller, auch wenn sie wusste, dass sie gut daran tat, jegliche Beziehung zum Theater für sich zu behalten.

»Um damit Erfolg zu haben, bitten wir alle Damen aus der Stadt um Mithilfe. Darf ich auch auf die Unterstützung von Ihnen und Ihrer Nichte zählen?« Mrs Baldwin neigte den Kopf zur Seite und schürzte die Lippen. »Wenn Sie auch nur ein klein wenig schauspielerisches Talent hat, würde ich ihr gerne eine Hauptrolle geben. Ihr umwerfendes Aussehen würde sicher eine Menge Besucher anlocken.«

Eine Gelegenheit, vor Publikum aufzutreten? Wie sehr sie sich das wünschte! »Das ist eine tolle Idee, aber ich fürchte, wir können nicht mitmachen.« Sie sah dem Gesicht der Dame die Enttäuschung an und fügte schnell hinzu: »Ich werde es mit meiner Nichte besprechen und Ihnen dann Bescheid geben.«

»Sehr gut, ich hoffe doch sehr, dass Sie dabei sein können. Je mehr Teilnehmer, desto besser, verstehen Sie.« Mit einem Mal entglitt Althea das Lächeln und sie starrte an Ellie vorbei über deren Schulter. Ellie drehte sich um, um sicherzugehen, dass keine Gefahr drohte, doch die einzige Person, die in ihre Richtung schaute, war Amos Crawford. Als sie zurück zu Althea schaute, hatte diese sich bereits umgedreht und war weggeeilt, um den nächsten nichts ahnenden Kirchgänger zu überfallen. Kopfschüttelnd drehte sich Ellie zu Steven, der ihr ein Lächeln schenkte.

»Ist es Ihnen lieber, wenn Jessie die Hauptrolle nicht bekommt?«

Sie neigte den Kopf, damit er nicht sah, wie ihr Tränen in die Augen schossen. Steven sollte nicht wissen, dass seine Worte sie mehr trafen, als er es ahnen konnte. Es kam ihr vor wie gestern, als die Chance, vor einem Publikum aufzutreten – egal, wie klein dieses auch sein mochte –, ihr innigster Wunsch war. Doch nun spielte sie die Rolle ihres Lebens; eine, bei der ein Patzer sie weitaus mehr kosten konnte als eine schlechte Kritik.

Angesichts von Lavinias Verlegenheit lachte Steven leise in sich hinein. Offensichtlich war sie keine Frau, die das Rampenlicht suchte – eine weitere Eigenschaft, die er liebenswert an ihr fand. Spontan kam ihm eine Idee. »Hätten Sie Lust, mit mir Mittagessen zu gehen?«

Lavinia hob den Kopf und er konnte sehen, wie ihre blassen Wangen leicht erröteten.

»Bitte entschuldigen Sie«, fügte er hinzu. »Sie müssen natürlich nach Hause und sich um ihre Nichte kümmern.« Er hätte sich am liebsten selbst geohrfeigt, dass er sie eingeladen hatte, ohne über ihre häuslichen Pflichten nachzudenken.

»Nein, nein, das ist es nicht.« Ihre Wangen waren nun rosa gesprenkelt.

»Was ich eigentlich sagen möchte – Jessie ist nicht wirklich krank. Sie hat eher Schlafprobleme. Darunter leidet sie hin und wieder, verstehen Sie. Als ich heute Morgen in ihr Zimmer kam, erzählte sie mir, dass sie fast die ganze Nacht kein Auge zugetan hat. Sie wollte einfach nur ihre Ruhe haben. Es kann gut sein, sagte sie, dass sie bis zum späten Nachmittag schlafen wird.«

»Ich verstehe.« Steven fragte sich, ob diese Schlaflosigkeit schon immer da gewesen war oder etwas mit Jessies Liebeskummer zu tun hatte.

Lavinia warf den Kopf zurück und schaute ihm direkt in die Augen. Sie sah aus, als hätte sie gerade eine Entscheidung getroffen. »Um ehrlich zu sein, habe ich Sie ein wenig in die Irre geführt. Es gibt etwas, was ich gerne mit Ihnen besprechen würde, am liebsten bei einem Mittagessen, sofern Ihre Einladung noch steht.«

Der Speisesaal des Beck-House-Restaurants war von leisem Gemurmel erfüllt, das vom Klimpern des Silberbestecks untermalt wurde. Steven gab die Bestellung auf, gespannt, was Mrs Stewart ihm mitteilen wollte. Hatte sie sich dazu entschlossen, doch nicht in die Redemption zu investieren? Er versuchte, seine Neugier zu verbergen, und beobachtete seine Begleitung dabei, wie sie in aller Ruhe Sahne in ihren Kaffee goss und ihr Roastbeef in mundgerechte Stücke klein schnitt.

Endlich legte sie Messer und Gabel neben den Teller und faltete die Hände. Ihr Blick schweifte kurz zur Seite ab, bevor er seinen traf. »Ich befürchte, ich habe einen schwerwiegenden Fehler gemacht, was Jessie anbelangt.«

Steven lehnte sich etwas zurück. Er war darauf vorbereitet gewesen, dass sich seine Chance auf finanzielle Unterstützung in Luft auflösen könnte, aber nie im Leben hätte er damit gerechnet, dass sie sich ihm in familiären Angelegenheiten anvertrauen würde. Er nahm einen großen Schluck Eistee und versuchte, sich seine Verwirrung nicht anmerken zu lassen, während er sie beobachtete. Ihr Kinn kräuselte sich und sie drückte ihre Hände so eng aneinander, dass man die Kontur jedes Knöchels durch den Stoff ihrer Handschuhe sehen konnte.

Sein Mitgefühl war stärker als die Verwirrung. Die arme Frau hatte außer Jessie keine Familie in Pickford. Wenn sie ihm ihre Sorgen anvertraute, würde er ihr helfen so gut er nur konnte. Er stützte die Arme auf den Tisch, lehnte sich nach vorne und lächelte sie ermutigend an. »Sprechen Sie weiter.«

Sie atmete tief ein und fuhr fort. »Als Sie mich fragten, warum sie mich nicht zur Kirche begleitet, habe ich Ihnen erzählt, sie sei zu Hause geblieben, weil sie sich nicht gut fühlt oder nicht gut geschlafen hat …«

Steven zog die Augenbrauen zusammen, er war gespannt, in welche Richtung das Gespräch gehen würde.

Sie beobachtete ihn genau, während sie sprach. »Dem war nicht so. Wissen Sie, Jessie und ich hatten eine kleine … Auseinandersetzung.«

»Tatsächlich?« Er presste die Lippen aufeinander. Innerlich fragte er sich, wie weit er sich wohl in die Familienangelegenheit einmischen durfte. »Ich hoffe, es handelt sich bloß um eine unbedeutende Meinungsverschiedenheit?«

Lavinias Unterlippe zitterte. »Ich befürchte, die Angelegenheit ist ernster. Wie ich erfahren habe, hat Jessie gewisse Stadtviertel aufgesucht, die ich nicht gutheißen kann. Sie war in den Etablissements östlich der Seventh Street.« Steven stockte der Atem. »Sie hat nicht einfach nur darüber gesprochen, sondern ist tatsächlich dort hingegangen?«

Lavinia nickte, ihr war die Besorgnis anzusehen. »Ich habe sie gewarnt, dass ein solches Verhalten dem Ruf einer jungen Dame schaden kann …«

»Ganz zu schweigen von dem Risiko, dass ihr etwas zustoßen

könnte«, fügte Steven aufgebracht hinzu. »Verzeihen Sie meine Unterbrechung, aber auch ich habe sie vor diesem Teil der Stadt gewarnt. Ich kann zwar verstehen, wenn sie den Worten eines nahezu Fremden wenig Gehör schenkt, aber den Rat der eigenen Tante nicht zu befolgen …«

»Das finde ich auch.« Lavinia hob den Kopf. Um ihre Augen und ihren Mund konnte er Falten der Anspannung erkennen, ein Beweis für die Besorgnis um ihre eigensinnige Nichte. »Jessie sieht das allerdings anders. Sie ist fest entschlossen, ihr ›Abenteuer im Wilden Westen‹, wie sie es nennt, so gut es geht auszukosten, und war sehr aufgebracht über meinen Tadel. So sehr sogar, dass sie sich weigert, mich zu begleiten, egal, wohin.«

Steven blickte sie erstaunt an. »Ich hatte ja keine Ahnung.«

»Das ist der wahre Grund, warum sie nicht in der Kirche war. Sie möchte nicht mit mir gesehen werden.«

Steven nahm seine Gabel und stach in ein Stück von seinem Steak. Er wurde aus Miss Jessie Monroe einfach nicht schlau. Mehr als einmal hatte er sie wie einen farbenfrohen Schmetterling durch die Stadt flattern und mit jedem, den sie traf, Gespräche anfangen sehen. Das entsprach wohl kaum dem Verhalten von jemandem, der aufgrund einer zerbrochenen Romanze an Liebeskummer litt. Vor ein paar Tagen noch hatte er sie Arm in Arm mit Marshal Bascomb gesehen. Da hatte sie ihren Kopf zurückgeworfen und gelacht, als hätte er den besten Scherz gemacht, den sie in diesem Jahr gehört hatte.

Und das, dachte er sich, war allein schon deswegen nicht möglich, weil Bascomb viel zu wenig Grips im Kopf hatte, um lustig zu sein.

An dem Tag, als er sie zum ersten Mal gesehen hatte, war sie in ein Gespräch mit einem Glücksspieler vertieft gewesen, das insgesamt viel zu intim wirkte. Doch als er selbst sie nach Hause begleitet hatte, war sie wie verwandelt gewesen. Irgendwie weicher. Obwohl sie seinen Rat nicht befolgt hatte, den Umgang mit dem Glücksspieler und seinesgleichen zu meiden, konnte er sich das von Lavinia beschriebene trotzige Verhalten bei Jessie nicht vorstellen. Es war, als steckten zwei Personen in ihrem Körper.

Welche von den beiden war die richtige Jessie?

Lavinia räusperte sich dezent und riss ihn aus seiner ratlosen Grübelei. »Ich fürchte, dass ich Ihnen nun das Essen vermiest habe, Mr Pierce. Lassen Sie uns über etwas anderes reden – zum Beispiel Ihre Probleme. Was glauben Sie, wer hinter den Silberdiebstählen steckt?«

»Wie bitte?« Der abrupte Themenwechsel holte ihn mit einem Ruck zurück in die Gegenwart. Er blinzelte ein paarmal und versuchte, seine Gedanken zu ordnen.

»Ehrlich gesagt, habe ich keine Ahnung. Ich habe mir den Kopf darüber zerbrochen, aber bisher keine Antwort gefunden.« Es gefiel ihm überhaupt nicht, dass er dies zugeben musste. Er wollte nicht, dass sie schlecht von ihm dachte und dadurch ihre zukünftige Zusammenarbeit auf dem Spiel stand.

»Was ist mit den anderen Minenbesitzern, mit denen wir uns getroffen haben? Haben die eine Idee?«

Steven schüttelte den Kopf. »Es kursieren viele Gerüchte, aber bisher haben wir nichts Handfestes.«

»Warum erzählen Sie mir nicht ein wenig mehr über die Menschen, die verdächtigt werden? Manchmal hilft es mir, eine Situation klarer zu beurteilen, wenn ich sie mit jemandem durchspreche. Vielleicht hilft Ihnen das auch.« Der Trübsinn in ihren Augen hatte sich in Interesse verwandelt. »Vielleicht finden wir die Antwort gemeinsam.«

»Das wäre schön, wenn es so einfach wäre. Dann hätten wir die Schuldigen allerdings schon längst gefasst.« Steven senkte die Stimme. »Um ehrlich zu sein, hatte ich all meine Hoffnung auf die Pinkertons gesetzt.«

Lavinia schaute hinunter auf den Keks, den sie gerade zwischen ihren Fingern zerbröselte. »Haben Sie immer noch nichts von ihnen gehört?«

Er schob mit seiner Gabel ein Stück Kartoffel auf dem Teller herum. »Ich kann verstehen, dass sie versuchen, den besten Agenten für diesen Fall zu finden, aber ich muss zugeben, dass ich nicht mehr so optimistisch bin wie am Anfang. Schon vor einiger Zeit haben wir ihnen eine Anzahlung geschickt und bis heute hätte längst einer von ihnen hier auftauchen müssen.«

»Ich bin mir sicher, dass sie daran arbeiten. Geben Sie die Hoffnung nicht auf.«

»Werde ich nicht.« Er zwang sich zu einem schiefen Lächeln. »Zumindest noch nicht.« Dann schaute er auf seine Uhr, die er aus der Hosentasche zog, und bat die Kellnerin um die Rechnung. »Es tut mir wirklich sehr leid, dass ich so plötzlich aufbreche, aber ich muss nach einem meiner Männer sehen. Er liegt seit ein paar Tagen flach und ich möchte sichergehen, dass seine Familie alles hat, was sie benötigt.«

Die Enttäuschung legte sich wie ein Schatten über Lavinias Augen. »Dafür müssen Sie sich doch nicht entschuldigen. Es ist sehr nett von Ihnen, dass Sie sich so gut um Ihre Leute kümmern. Sie müssen sich auch nicht die Umstände machen, mich nach Hause bringen. Es ist ein herrlicher Nachmittag, ich komme gut alleine zurecht.«

»Nein, es wäre mir eine Freude, Sie erst nach Hause zu bringen.«

Steven half ihr aus dem Stuhl und begleitete sie nach draußen, seine Gedanken sprangen hin und her zwischen seiner eigene Misere und der Sorge um Lavinia und ihre Nichte. Ihr Streit schien die ältere Dame zu belasten und er bewunderte ihre entschiedene Haltung trotz Jessies Dickköpfigkeit. Ausflüge auf die zwielichtige Seite der Stadt bargen Gefahren, welche die Vorstellungskraft einer wohlerzogenen jungen Frau übertrafen. Gab es nicht eine Möglichkeit, wie er zwischen den beiden vermitteln konnte, sodass sie sich wieder besser verstanden?

Während sie über die Fifth Street liefen und in die Grant Street abbogen, dachte er über das faszinierende Wesen von Jessie Monroe nach. Eine Straßenecke weiter schoss plötzlich ein Junge aus dem Telegrafenamt und rannte direkt in Lavinia hinein.

Steven fing sie auf, dann schnappte er sich den Burschen am Hemdkragen. »Hiergeblieben! Wo willst du denn so schnell hin?«

Der Junge versuchte, sich aus Stevens Griff herauszuwinden. »Lassen Sie mich los. Ich muss ein Telegramm ausliefern.«

»Das kann warten. Erst entschuldigst du dich bei der Dame dafür, dass du sie fast umgerannt hast.«

»Entschuldigung«, murmelte der Knabe.

Steven schüttelte ihn am Kragen. »Das kannst du mit Sicherheit besser.«

Der Junge schaute auf, Schamesröte stieg ihm ins Gesicht. »Es tut mir wirklich leid, Ma'am. Wenn ich Sie gesehen hätte, wäre ich niemals in Sie hineingerannt.« Besorgt fügte er hinzu: »Ich habe Ihnen hoffentlich nicht wehgetan, oder?«

»Nein«, beteuerte Lavinia mit einem Lächeln im Gesicht. »Du hast mir nur ein wenig den Atem genommen.«

»Da bin ich froh. Ich wollte Ihnen nicht wehtun. Ich muss mich nur beeilen, weil Mr Crawford mir auftragen hat, dieses Schreiben so schnell ich kann zu Mrs Stewart zu bringen.«

»Mrs Stewart?«

»Ja, Ma'am. Sie ist neu in der Stadt.« Mit einem Blick über die Schulter vergewisserte er sich, dass keiner zuhörte, und flüsterte dann: »Wenn Sie mich fragen, ich glaube, Mr Crawford ist ganz schön in die Dame verschossen.«

Steven sah, wie Lavinias Gesicht erstarrte, bevor sie ihre Hand ausstreckte.

»Nun ja, den Weg zu meinem Haus kann ich dir ersparen, ich bin Mrs Stewart.«

»Ehrlich? Das ist ja großartig. Hier ist das Telegramm. Ich werde aufpassen, dass ich nicht noch einmal in Sie hineinlaufe.«

Mit zusammengepressten Lippen öffnete Lavinia das Schreiben und überflog die kurze Nachricht. Plötzlich wurde sie kreidebleich. Sie faltete das Telegramm wieder zusammen und steckte es kommentarlos in ihre Handtasche.

Steven berührte sie am Arm. »Schlechte Nachrichten?«

»Nein, ganz im Gegenteil.« Ihre Stimme zitterte und ihr Lächeln wirkte gezwungen. »Nur eine Nachricht von unserer Familie aus Chicago. Wie es aussieht, wird unser Cousin uns schon sehr bald einen Besuch abstatten.«

18

Ellie stand im Schatten draußen vor dem Palace Saloon und fühlte, wie ihr Pulsschlag eine Geschwindigkeit erreichte, die dem Takt der virtuos durch die Schwingtüren klimpernden Musik gleichkam.

Raues Gelächter drang auf die Straße, laut genug, um das verstimmte Klavier für ein paar Sekunden zu übertönen. Ellies Herzschlag wurde schneller. Was dachte sie sich dabei, sich nach Sonnenuntergang östlich der Seventh Street herumzutreiben, kurz davor, diese lasterhafte Absteige zu betreten?

Sie drehte sich um und wäre fast wieder zurück in die Sicherheit ihres gemütlichen kleinen Hauses geflohen, als ein Gedanke sie zurückhielt. Sie hatte alle erdenklichen Mittel ausgeschöpft, um nützliche Informationen aus den braven Bürgern von Pickford herauszukitzeln. Nun war es an der Zeit, die weniger achtbaren Orte aufzusuchen. Sich mit den Stammgästen des Palace anzufreunden, könnte ihre einzige Chance sein, den Fall weiter voranzubringen. Sie konnte es sich nicht erlauben, ihrer Angst nachzugeben. Wenn sie jetzt einen Rückzieher machte, würde sie womöglich nie wieder den Mut für einen weiteren Versuch aufbringen.

Außerdem betrat sie das Palace nicht als die ängstliche Ellie Moore.

Es war Jessie Monroe, die durch die Schwingtüren stolzieren würde, tollkühn und wagemutig.

Sie stimmte sich auf ihre Rolle ein, zupfte ihre kupferroten Löckchen in Form, stieß die Tür auf und ging hinein.

Just in dem Moment, als sie den rauchigen Raum betrat, hörte das Klavier auf zu spielen und die Gespräche verstummten wie auf ein Signal. Der süßliche Geruch von Alkohol erfüllte den Raum. Ellie unterdrückte das dringende Bedürfnis, so schnell ihre Füße sie tragen konnten wegzurennen, und schaute sich stattdessen im Saloon um.

Drüben an den Spieltischen saßen zwei Gruppen Pokerspieler und glotzten sie an, als wären sie erstarrt. Sie ließ den Blick über die anderen Gäste schweifen und blickte ausschließlich in erstaunte, ungläubige Gesichter. Viele der Anwesenden kannte sie von ihren Ausflügen in die Stadt; drahtige Minenarbeiter, die sie aus der Ferne gesehen, aber mit denen sie nicht gesprochen hatte. Jake Freeman, der Schmied, war auf einmal nicht mehr so freundlich wie sonst immer. Er wich ihren Blicken aus, als wäre es ihm unangenehm, sie an diesem Ort zu treffen. Der eine oder andere Mann erholte sich von der Überraschung und gaffte sie nun ungeniert an. Ellie wandte den Blick ab.

Sie zog ihre Handtasche eng an sich heran und wickelte den Kordelgriff um ihre Finger. Es war dumm von ihr gewesen, hierhin zu kommen. Das Herz klopfte ihr bis zum Hals, als sich ein Mann aus der Menge löste und vortrat. Ihre Panik ebbte nur mäßig ab, als sie Marshal Everett Bascomb erkannte.

Der adrette Gesetzeshüter nahm seinen breitkrempigen Hut ab und verbeugte sich mit einer überschwänglichen Geste. »Willkommen, holde Maid. Eine Schönheit wie die Ihre sieht man nur selten in diesen Räumlichkeiten.«

Das Schauspiel konnte beginnen. Ellie stützte eine Hand auf die Hüfte und warf ihm den kokettesten Blick zu, den sie in dieser Situation zustande brachte.

»Guten Abend, Marshal. Was für eine Freude, Sie hier zu treffen.«

Zufriedenheit leuchtete in Bascombs Augen auf. Langsam drehte er sich einmal im Kreis und warf einen Blick in die Runde. Die anderen hatten sich wieder ihren eigenen Angelegenheiten zugewandt, setzten ihre Gespräche im Flüsterton fort und warfen heimlich Blicke in Ellies Richtung.

»Sie sind der letzte Mensch, den ich in diesem Etablissement erwartete hätte. Was führt Sie hierher?« Bascomb kam näher, Ellie konnte seine Alkoholfahne riechen.

Vorsichtig wechselte sie die Position, damit er nicht merkte, wie angewidert sie war. Beim Umdrehen erblickte sie ein riesiges Bild an der gegenüberliegenden Wand. Vor Schreck kreischte Ellie kurz auf und starrte auf die riesige Fläche nackter Frauenhaut, die an diversen Stellen durch Einschusslöcher entstellt war. Sie wirbelte auf dem Absatz herum und drehte dem vulgären Bild den Rücken zu.

Bascomb grinste sie vergnügt an: »Daraus schließe ich, dass Sie unserer Fatima nichts abgewinnen können?«

Fatima? Ellies Verstand raste, während sie mit aller Kraft versuchte, sich zusammenzureißen. Das war also das Bild, von dem der betrunkene Minenarbeiter am Tag ihrer Ankunft in Pickford gesprochen hatte.

Sie erschauerte und versuchte, das Bild aus ihrem Kopf zu löschen. Welche Beschreibung hatte Steven noch einmal benutzt, um das Gemälde zu beschreiben? Rubens'sche Form – das war es. Das traf es auf den Punkt. Sie konnte sich keine bessere Zusammenfassung für die allzu offensichtlichen Reize der Dame vorstellen.

Sie warf einen Blick durch den Raum, um zu sehen, ob jemand bemerkt hatte, wie peinlich berührt sie war.

Niemand schaute sie an, sie entdeckte allerdings weitere Einschusslöcher in den Wänden, die von den Pistolen übermütiger Gäste herrühren mussten. Scheinbar herrschte bei der Klientel im Palace eine ausgelassene Stimmung – genau der richtige Ort, um ihre Ermittlungen voranzutreiben.

Mit einem aufgesetzten Lächeln schaute sie Bascomb in die Augen. »Bisher war mein Leben viel zu behütet. Ich möchte mehr von der Welt sehen und ein paar Abenteuer erleben.«

Bascombs Lippen öffneten sich und formten ein wölfisches Grinsen, bei dem er alle Zähne zeigte. »Ich bewundere Ihren Mut. Welche Art von Abenteuer suchen Sie denn?«

Nicht das, was er meinte, da war sich Ellie sicher. Sie zuckte mit den Schultern und überlegte, was sie ihm antworten könnte, ohne die Situation zu verschlimmern. Ihr Ziel war es, im Palace mit den Hartgesottenen der Stadt ins Gespräch zu kommen, doch das würde sie nie schaffen, wenn der Marshal die ganze Zeit wie eine Klette an ihr hing.

Sie neigte den Kopf zur Seite und rümpfte die Nase. »Vielleicht würde ich gerne herausfinden, ob die Saloons des Wilden Westens ihrem Ruf aus den Groschenromanen gerecht werden.«

»Ich verstehe.« Der Sheriff kam näher, seine Stimme hatte einen anzüglichen Unterton. »Heute Abend ist es eher ruhig. Wenn Sie auf der Suche nach ein wenig Aufregung sind, warum kommen Sie dann nicht an einem Samstagabend mit mir zusammen her, wenn …«

»Da bist du ja, lungerst schon wieder an der Bar herum. Ich hätte es wissen müssen.«

Ellie drehte sich um und sah einen Mann auf sie zutorkeln. Sie erkannte ihn wieder, es war einer der Minenbesitzer, die sie bei der Versammlung kennengelernt hatte. Er hielt eine halb volle Flasche mit einer bernsteinfarbenen Flüssigkeit in der Hand und lief in Schlangenlinien direkt bis vor Bascomb.

»Wie willst du die Diebe fangen, wenn du deine Zeit damit verbringst, Röcken nachzujagen? Kein Wunder, dass du die Schufte noch nicht gefunden hast, wenn du damit beschäftigt bist, dieser rothaarigen Schickse schöne Augen zu machen.«

Schickse? Ellie hielt den Atem an. Sie konnte sich nicht entscheiden, ob sie schamgesenkten Hauptes das Feld räumen oder dem unhöflichen Kerl gehörig die Meinung sagen sollte.

Bascomb stieß den Mann mit der Schulter weg, sodass dieser in einen Tisch hineinstolperte. »Du bist betrunken, Andrews. Sprich erst wieder mit mir, wenn du nüchtern genug bist, um den Unterschied zwischen einer Dame und einem Saloonmädchen zu erkennen.«

Brady Andrews. Der Minenbesitzer, der während ihres Treffens mit Steven nicht von seinem Flachmann hatte ablassen können.

»Was sollte mir das bringen, überhaupt mit dir zu reden? Die ganze Zeit über hast du keinen einzigen Hinweis gefunden.« Er nahm einen Schluck aus der Flasche und wischte sich den Mund mit dem Handrücken ab. »Wir brauchen dich eh nicht. Wir haben die Pinkertons angeheuert, die werden uns schon helfen.«

Bascombs Hände ballten sich zu Fäusten. Ellie konnte sehen, wie sich sein Gesicht zusammenzog. »Was redest du da für einen Blödsinn? Wieder dein Whiskeygeschwätz?«

Brady Andrews stieß sich vom Tisch ab und torkelte auf den Marshal zu. Dabei hob er eine Hand in die Luft, als wollte er einen Eid sprechen. »Es ist so wahr wie das Amen in der Kirche. Wir haben denen erzählt, was passiert ist, und sie werden jemanden schicken.«

Ellie blieb das Herz stehen. Die Minenbesitzer hatten vereinbart, dass keiner außerhalb ihres Kreises davon erfahren sollte, dass sie die Pinkertons eingeschaltet hatten. Was dachte sich dieser Mann? Gar nichts dachte er, erinnerte sie sich selbst. Nicht in diesem betrunkenen Zustand.

Bascombs Kiefer mahlte. »Wann?«

»Wer weiß das schon!« Ohne die Flasche abzustellen, machte Brady eine breite Geste mit dem Arm und verteilte so im hohen Bogen Whiskey durch den Raum.

Schnell tippelte Ellie ein paar Schritte zurück, um ihren Rock vor dem Whiskeyregen zu schützen, und suchte Zuflucht in einer dunkle Ecke.

»Schon vor Wochen haben wir ihnen geschrieben.« Brady sprach undeutlich, doch seine Stimme war laut genug, dass alle im Raum aufmerksam wurden. »Sie müssten innerhalb der nächsten Tage eintreffen.«

Bascomb trat einen Schritt vor und packte Brady mit der linken Hand vorne am Hemdkragen. »Was denkst du dir dabei, die schnüffelnden Pinkertons in meine Stadt zu bringen?« Er zog seinen rechten Ellbogen zurück, als wollte er mit der Faust auf Bradys Kiefer einschlagen. »Wirklich, ich sollte …«

»Lassen Sie es gut sein, Bascomb.«

Ellie drehte sich ruckartig um, als sie Stevens Stimme hörte. Er kämpfte sich durch, bis er zwischen den beiden Männern stand. In ihrem Kopf herrschte völliges Chaos. Wo kam er plötzlich her? Die langsam ausschwingenden Flügeltüren waren der einzige Hinweis auf sein unerwartetes Erscheinen.

»Immer mit der Ruhe«, beschwichtigte er den Sheriff. »Er ist so betrunken, er würde es sowieso nicht spüren. Die zerschundenen Knöchel können Sie sich sparen.«

Mit erhobener Brust und glühenden Augen starrte Bascomb Steven an. Dann nahm er den Arm zur Seite und drückte Brady gleichzeitig von sich weg. »Bist du an diesem lächerlichen Plan beteiligt, Pierce? Ich will keine stinkenden Pinkertons in meiner Stadt.«

Brady wankte und Steven legte stützend den Arm um seine Schulter. »Ich bringe ihn nach Hause. Deswegen bin auch gekommen. Seine Frau hat sich schon Sorgen um ihn gemacht.«

»Sie wird sich noch mehr Sorgen machen, wenn er weiterhin den Mund so voll nimmt.« Bascomb zupfte an den Ärmeln seiner Jacke und stolzierte zur Bar, ohne Ellie eines weiteren Blickes zu würdigen.

Steven sah Brady an. »Komm, lass uns gehen.« Er stützte seinen Freund auf dem Weg zur Tür.

Ellie rutschte immer tiefer in die dunkle Ecke und hoffte inbrünstig, dass er sie nicht bemerken würde. Zu spät. Sein schockierter Gesichtsausdruck, als er sie erblickte, war eines Macbeths würdig, dem gerade Banquos Geist erschienen war.

Sein Arm rutschte von Bradys Schulter. Der betrunkene Mann wankte hin und her und glitt sanft zu Boden, die Flasche fest im Griff. Er drückte sie wie einen wertvollen Schatz an seine Brust, schloss die Augen und fing leise an zu schnarchen.

»Was machen Sie denn hier?« Steven stieg über seinen schnarchenden Freund hinweg und fixierte Ellie mit finsterem Blick. »Miss Monroe, das hier ist kein Ort für eine Dame.«

Zum ersten Mal in Ellies Leben fehlten ihr die Worte. »Ich wollte nun … Ich habe nur …« Sie räusperte sich und setzte neu an. »Ich war neugierig, wie es in einem Western Saloon wirklich zugeht«, sagte sie und versuchte, Jessies draufgängerische Art wiederzuerlangen.

Steven schnaubte wütend. »Gut, nun haben Sie es gesehen. Wenn Sie sich schon nicht um Ihren eigenen Ruf sorgen, könnten Sie zumindest darüber nachdenken, welches Licht Ihr Verhalten auf Ihre Tante wirft. Ich werde Sie jetzt sofort nach Hause bringen.«

»Was ist mit Ihrem Freund?« Ellie musste sich anstrengen, damit er das Zittern in ihrer Stimme nicht bemerkte.

Er zögerte einen Moment, dann beugte Steven sich vor, schob die Hände unter Bradys Schultern, zog ihn in der liegenden Position über den Boden bis zur Wand und legte ihn unter einen leeren Tisch. Dann machte er kehrt und ging mit großen Schritten wieder auf Ellie zu.

Mit vernichtendem Blick packte er sie am Ellbogen und zog sie wie ein wütender Vater sein ungehorsames Kind in Richtung Tür. »Er wird erst einmal eine Weile schlafen. Sobald ich Sie bei Ihrer Tante abgesetzt habe, werde ich wiederkommen und ihn holen.«

Kurz bevor sie den Ausgang erreicht hatten, schlugen die Schwingtüren auf und ein Mann mit glänzendem Gesicht taumelte herein. Dabei fuchtelte er mit einer großen Pistole herum.

Noch bevor Ellie hätte reagieren können, stieß Steven sie gegen die Wand und stellte sich schützend vor sie.

»Leute, ihr könnt mir gratulieren«, grölte der Neuling. »Ich bin gerade auf eine neue Erzader gestoßen und die sieht so vielversprechend aus wie der neue Fundort in New Mexico, über den alle Welt spricht.« Seinen Worten folgten ein paar Schüsse in die Luft.

Ellie hielt sich die Ohren zu, um den ohrenbetäubenden Lärm zu dämpfen. Als die Schüsse verhallt waren, trieb Steven sie zur Tür hinaus. Sie hatte gerade noch Zeit, um einen flüchtigen Blick über ihre Schulter zu werfen und zu erkennen, dass Fatima nun ein neues Schussloch zierte.

19

Ellie rückte die graue Perücke und Wangenpolster zurecht und warf sicherheitshalber zum zehnten Mal einen Blick in den Spiegel auf dem Schminktisch. Sie konnte sich bei ihrem ersten Auftritt an der Postkutschenstation keinen Patzer erlauben. Als sie sicher war, dass alles hundertprozentig saß, hob sie das Telegramm auf, welches mittlerweile ganz zerknittert war, da sie es seit Sonntag Dutzende Male gelesen hatte.

COUSIN TED KOMMT DIENSTAG AN DER STATION AN STOPP
ER FREUT SICH AUF SEINEN BESUCH BEI EUCH BEIDEN STOPP
HENRY

Ellie las die Zeilen laut vor in der Hoffnung, die Worte bekämen dadurch eine neue Bedeutung. Leider ohne Erfolg. Aus der ominösen Nachricht sprach jedes Mal dieselbe Drohung, egal, wie oft sie das Schreiben las. Sie zog die Handschuhe an und nahm einen Schluck von dem Pfefferminztee, den sie zuvor aufgebrüht hatte, um ihren Magen zu beruhigen. Bis jetzt hatte er keine Wirkung gezeigt.

Gedankenverloren stampfte sie einen abgehackten Rhythmus auf den Küchenboden. Auch wenn Cousin Ted eine neue Figur in ihrem kleinen Theaterstück war, bestätigte die Unterschrift »Henry«, dass das Telegramm aus der Zentrale kam. Wer war dieser neue Verwandte und was hatte es zu bedeuten, dass er nach Pickford kam?

Wollten Fleming und Gates sie von dem Fall abziehen? Und konnte sie es ihnen verübeln, wenn sie es taten? Sie gingen davon aus, dass sie zwei Agenten nach Arizona geschickt hatten, davon einer ein erfahrener Profi. Tatsächlich blieb ihnen nur eine unverschämte Amateurin, die sowohl ihren Arbeitgeber als auch alle Bewohner von Pickford hinters Licht geführt hatte.

Sie stellte die Tasse ab und wischte sich die Augen. Hätten sie ihr doch mehr Zeit gelassen. Mit Sicherheit brauchten selbst erfahrene Agenten Zeit für ihre verdeckten Ermittlungen. Wenn sie ein oder zwei Wochen mehr Zeit hätte, um Fragen zu stellen und die Reaktionen auszuwerten, könnte sie daraus genügend Informationen ziehen, um die Schuldigen aufzuspüren und sich ihren Arbeitsplatz für die Zukunft zu sichern.

Frustriert nahm sie den Becher und stellte ihn ins Spülbecken. Wem machte sie eigentlich gerade etwas vor? Sie hatte mit jedem aus der Stadt, der bereit war, mit ihr zu sprechen, Gespräche geführt, als Lavinia und als Jessie, und was hatte sie bisher herausgefunden? Dass Gertie eine Tratschtante war, Bascomb unverdientermaßen sehr große Stücke auf sich hielt und Amos Crawford sich über beide Ohren in Lavinia verliebt hatte.

Und dass, wenn Steven Pierce in ihrer Nähe war, ihr Herz schmolz und sie keinen klaren Gedanken fassen konnte.

Aber was die Raubüberfälle anbelangte? Nichts. Entweder standen die Diebe in keiner Verbindung zu Pickford oder sie war eine absolute Niete als Detektivin. Sie hoffte nur, dass die Pinkertons nicht das Geld zurückhaben wollten, das sie für sie auf der Bank in Pickford hinterlegt hatten. Es würde ihr für den Übergang helfen, bis sie eine neue Stelle gefunden hatte.

Und wenn sie keine neue Arbeit fand? Nicht auszudenken, was das für ihre Zukunft bedeuten würde. Dafür würde später noch genügend Zeit sein.

Bedrückt von diesen Gedanken, zog sie den Sonnenschirm aus dem Ständer neben der Tür und nahm ihre Handtasche vom Tisch. Die Kutsche würde erst in einer Dreiviertelstunde eintreffen, aber es erschien ihr sinnvoller, an der Station zu warten. Dort konnte sie eher auf einen Hinweis stoßen, als wenn sie alleine zu Hause saß.

Sie schloss die Haustür hinter sich ab, holte tief Luft und machte sich auf den Weg, ihren neuen Cousin kennenzulernen.

Als sie in die Grant Street abbog, fiel ihr ein schmaler Gedichtband ein, den sie Myra hatte leihen wollen. Sie zögerte und überlegte, ob sie es auf ein anderes Mal verschieben sollte. Andererseits, wenn es nicht gut mit »Cousin Ted« lief, würde sie die Frau wahrscheinlich nie wiedersehen. Mit einem müden Seufzen drehte sie sich um und trottete zurück zu ihrem Haus.

In dem Moment, als ihre Füße die Schwelle übertraten, überkam sie zum zweiten Mal das Gefühl, dass etwas nicht stimmte. Ein kurzer Blick auf den Tisch genügte, um ihren Verdacht zu bestätigen. Die Schubladen standen anders als vorhin, als sie das Haus verlassen hatte.

Billy Taylor hatte wieder zugeschlagen.

Wie hatte er das gemacht? Sie wusste genau, dass sie die Haustür wenige Minuten zuvor abgeschlossen hatte. Geschwind überprüfte sie die Fenster, die ebenfalls alle verschlossen waren. Dann fiel ihr auf, dass die Hintertür nicht eingeklinkt war – damit war das Rätsel gelöst, wie Billy ins Haus gekommen war. Wie um Himmels willen hatte sie etwas so Wichtiges übersehen können?

Der Gedanke ließ sie nicht mehr los. Sie packte das Buch, schloss beide Türen ab und machte sich erneut auf den Weg die Second Street herunter. Wenn sie sich noch nicht einmal solch simple Vorsichtsmaßnahmen merken konnte, hatte sie vielleicht tatsächlich kein Anrecht darauf, weiterhin bei den Pinkertons beschäftigt zu sein.

Plötzlich bemerkte sie im Augenwinkel eine blitzschnelle Bewegung und sah Billy wie einen echten kleinen Detektiv um die Ecke huschen.

»Bleib, wo du bist, Billy Taylor!«

Der Junge schlitterte, blieb stehen und trabte ihr mit einem breiten Grinsen entgegen. Sein sonniges Gemüt erstarrte, als er ihren Gesichtsausdruck sah. »Was ist los? War ich nicht gewieft genug?«

»Ich würde eher sagen, du warst zu gewieft. Hattest du mir nicht versprochen, mein Haus nicht mehr ohne meine Erlaubnis zu betreten?«

Billy rollte die Augen. »Doch, Ma'am. Hab ich auch nicht.«

Ellie verschränkte die Arme und schaute auf ihn herab. »Wage es nicht, mich anzuflunkern, junger Mann. Jemand war vor ein paar Minuten in meinem Haus und hat meinen Schreibtisch durchsucht. Wir wissen beide, wer das war.«

Der Junge wollte gerade den Mund öffnen, um zu antworten, aber Ellie schnitt ihm das Wort ab. »Ich hatte sehr viel Geduld mit dir, Billy. Aber wenn du weiter so einen Unfug treibst, werde ich härtere Maßnahmen ergreifen. Verstanden?«

Ohne seine Antwort abzuwarten, drehte sie sich um und machte sich auf den Weg.

Nachdem sie Donald das Buch ausgeliefert und er ihr versprochen hatte, es seiner Frau zu geben, machte sie sich auf den Weg zur Postkutschenstation. Auf der gegenüberliegenden Straßenseite fiel ihr ein Mann mit Schlapphut ins Auge. Als sie genauer hinschaute, stockte ihr der Atem. Es war tatsächlich der Mann, der im Hotel ein solch ruppiges Verhalten an den Tag gelegt hatte. Der Mann, der die mysteriöse Nachricht verloren hatte. Während sie sich der Bäckerei näherte, ließ sie den Mann nicht aus den Augen. Beinahe hätte sie laut aufgejubelt, als er sein damaliges Verhalten wiederholte, über die Schulter blickte und in die benachbarte Gasse abtauchte.

Ellie überquerte die Straße, machte eine Pause vor der Bäckerei, tat so, als würde sie etwas in ihrer Handtasche suchen, und wagte einen Blick um die Ecke. Dabei versuchte sie, sich nicht anmerken zu lassen, wie aufgeregt sie war.

Ohne Zweifel war es derselbe Mann und er war gerade dabei, einen Zettel in das geheime Versteck zu schieben. Sie wartete, bis er das andere Ende der Gasse erreicht hatte, und eilte zu dem Spalt in der Wand.

Als sie die Hand hineinsteckte und ein Stück Papier ertastete, hätte sie am liebsten triumphierend aufgeschrien. Vorsichtig zog sie es heraus, faltete es mit zitternden Händen auseinander und las die kurze Botschaft:

Heute 19 Uhr. Hinter der Pickford Hall.

Ein leichtes Lächeln formte sich auf Ellies Lippen. Endlich ein echter Hinweis und die Gelegenheit, die Pinkertons von ihren Fähigkeiten zu überzeugen!

Sie schob das Papier zurück in das Versteck und tippelte zurück auf den Gehsteig. Mit Mühe verbarg sie ihr Hochgefühl. Vielleicht war dies ihre Chance, endlich die unbekannten Silberdiebe zu entlarven.

Unruhig wartete Ellie vor der Station. Woran würde sie ihren vermeintlichen Cousin erkennen, wenn sie ihn sah? Fleming und Gates hatten natürlich keine Beschreibung in das Telegramm einbauen können, aber es wäre schön gewesen, wenn sie wüsste, mit wem sie sich hier treffen sollte. Unruhig ging sie den Gehsteig auf und ab in der Hoffnung, dass die nervöse Spannung, die sie verspürte, nach außen hin eher wie Vorfreude wirkte und nicht wie die tatsächlich gefühlte Beunruhigung.

Zum zigsten Mal zog sie ihre Ärmel zurecht, zupfte an ihren Handschuhen und schob ihre Brille nach oben. Sie hatte für das kleine Familientreffen die Rolle der Lavinia gewählt, da Gates und Fleming nur diese Verkleidung von ihr kannten und demnach Jessie nicht hätten beschreiben können. Natürlich vorausgesetzt, sie gingen davon aus, »Jessie« war tatsächlich in Pickford.

Aus der Kutsche stieg ein Cowboy in staubiger Kleidung, gefolgt von einem jungen Pärchen, das aussah, als käme es direkt aus dem Osten, und einem munter wirkenden Mann mit Melone auf dem

Kopf. Der Mann drehte eine kleine Runde auf dem Gehsteig. Als er Ellie erblickte, leuchtete sein Gesicht auf.

»Cousine Lavinia!« Mit ausgebreiteten Armen und einem breiten Lächeln lief er auf sie zu.

»Theodor, mein Lieber!« Ellie trat in seine offenen Arme und fiel ihm um den Hals. »Wann haben wir uns das letzte Mal gesehen?«

»Es fühlt sich an wie eine Ewigkeit. Ich kann mich gar nicht mehr erinnern, wann das war.« Sein Zwinkern im Auge hätte Ellie normalerweise erleichtert, wäre da nicht der Verdacht gewesen, dass er hier war, um sie in die Erwerbslosigkeit zu treiben. »Wo ist das gemütliche kleine Häuschen, von dem Henry mir erzählt hat?«

Ellie nahm den Faden auf. »Nur wenige Straßenzüge entfernt. Den Weg schafft man leicht zu Fuß, selbst für mich ist es nicht zu weit.«

»Ich kümmere mich erst einmal um mein Gepäck und ein Hotelzimmer. Henry hat mir erzählt, dass in eurem Haus gerade einmal genug Platz für dich und Jessie ist.« Er warf Ellie einen eindringlichen Blick zu, den sie gekonnt ignorierte.

»Das ist sehr rücksichtsvoll von dir. Sicherlich passt der Stationsvorsteher gerne solange auf dein Gepäck auf.« Sie wartete, während er alles in die Wege leitete, dankbar dafür, dass er nicht versuchte, sich über Nacht bei ihr einzuquartieren.

Als er so weit war, hakte sie sich bei ihm unter, und sie gingen gemeinsam in Richtung Second Street. »Ich hoffe, das Reisen hat dich hungrig gemacht. Auf dem Herd köchelt ein Eintopf für dich, genau, wie du ihn magst. Wie geht es der lieben Matilda? Hat sie sich gut von der Rippenfellentzündung erholt?«

Der gespielte Cousin Ted sprach mit einem ernsten Unterton in der Stimme, dennoch sah Ellie zwischendurch ein Lächeln aufflackern. »Es geht ihr blendend. Sie ist glücklicherweise wieder genauso robust wie eh und je.«

Ellie plauderte den gesamten Heimweg über weitere erfundene Verwandte. Und für Ted war es ein Leichtes, Antworten auf ihre Fragen zu finden. Ihm schien das Improvisieren Spaß zu machen.

Als sie sich der Straßenecke an der Second Street näherten, beugte er den Kopf in ihre Richtung. »Und wie findet sich Jessie im Wilden Westen zurecht?«

Ellie kam ins Schwanken und brachte sie beide aus dem Gleichgewicht. »Jessie? Sie ist … nun ja, sie ist …«

»Schon gut.« Ted strich über ihre Hand und sie gingen weiter. »Ich werde sie später selbst fragen.«

Im Augenwinkel erblickte Ellie Billy Taylor und seine Kumpane hinter einem Regenfass, während sie Ted die Treppen hinaufführte. Mit etwas lauterer Stimme antwortete sie: »Sie freut sich auf dich. Du bist der Erste aus der Familie, der uns in unserem neuen Haus besuchen kommt.«

Ted folgte ihrem Blick und nickte fast unmerklich. »Es passiert selten, dass ich in dieser Familie bei solchen Angelegenheiten der Erste bin. Sie sind alle schon ganz gespannt auf die Neuigkeiten und Abenteuer, die ihr hier draußen erlebt.«

Ellie kramte nach ihrem Schlüssel, steckte ihn ins Schloss, öffnete die Tür und schloss sie von innen wieder, sobald sie beide im Haus waren. Geschützt vor den Blicken der Öffentlichkeit, befreite sie sich von dem Buckel und der gebeugten Haltung und zog die Schultern zurück. Vorsichtig warf sie Ted einen Blick zu. Was nun?

Er nahm die Melone vom Kopf und sein grau meliertes, zur Mitte hin lichter werdendes Haar kam zum Vorschein. Behutsam hängte er seinen Hut an die Garderobe neben der Tür. »Also, Miss Moore, was geht hier vor?«

Ellie gemahnte sich, Luft zu holen. »Ich bin mir nicht sicher, was Sie meinen.«

Ted wandte sich ihr zu, von dem geselligen Besucher war keine Spur mehr zu erkennen. »Ihre Telegramme haben für große Aufregung in der Zentrale gesorgt. Wir wissen, dass Norma Brooks nicht mit Ihnen zusammen hergekommen ist. Daher liegt es auf der Hand, dass diese Ermittlung von niemandem mit Erfahrung geführt wird. Und das bringt mich zu meiner nächsten Frage: Mit wem sind Sie hier?«

»Mit niemandem.«

Seine buschigen Augenbrauen zogen sich zusammen. »Ich bitte Sie, Miss Moore. Sie haben uns ein Telegramm geschickt, dass Jessie angekommen ist, und nun behaupten Sie, Sie würden alleine agieren. Es wundert mich nicht, dass die Zentrale mich von meiner eigenen Ermittlung in Denver abgezogen und hierhin geschickt hat, um herauszufinden, was hier eigentlich los ist.« Er machte zwei Schritte auf sie zu, seine Augenbrauen senkten sich wieder. »Ich frage Sie noch einmal – mit wem arbeiten Sie zusammen?«

Ellie presste ihre Lippen aufeinander, um das Zittern zu unterdrücken. Nun, da die Zeit für ein Geständnis gekommen war, fehlten ihr die Worte. Wie sollte sie eine Idee erklären, die ihr anfangs so simpel erschienen war, sich dann aber in einen Sumpf der Verwirrung verwandelt hatte?

Sie deutete auf den Sessel. »Würden Sie kurz hier warten? Ich bin gleich wieder da.«

Ted hob eine Augenbraue, befolgte aber ihre Anweisung. Ihr fiel auf, dass er den Sessel genau auf die Linie zwischen ihr und der Eingangstür geschoben hatte, höchstwahrscheinlich für den Fall, dass sie sich zu einer Flucht entscheiden sollte.

Mit dem Gefühl, als wäre sie selbst eine Verdächtige, ging Ellie so erhaben wie möglich in ihr Schlafzimmer.

Drinnen angekommen, zog sie wie ein Wirbelwind Lavinias dunkelgraues Kleid aus und warf es aufs Bett. Weg mit der grauen Perücke, der Brille, den Beinwickeln und den Wangenpolstern.

Blitzschnell riss sie Jessies saphirblaues Prinzessinnenkleid aus dem Schrank und streifte es über. Dabei wandte sie jede Technik an, die sie hinter der Bühne gelernt hatte, wenn es darum ging, schnelle Rollenwechsel zu vollziehen. Als Nächstes wischte sie sich »Lavinia« mit Hautcreme aus dem Gesicht und trug mit flinken Fingern geschickt Jessies Make-up auf. Zum Schluss nahm sie die rote Perücke vom Ständer und zog sie über ihre eigenen glanzlosen Locken.

Ein letzter Blick in den Spiegel, einmal noch den lockigen Pony gerichtet, den Rock des Kleides mit den Händen geglättet, dann ging sie zurück ins Wohnzimmer, bereit für den Auftritt ihres Lebens.

Tatsächlich hätte Ellie sich keine bessere Reaktion ihres Besuchers wünschen können. In dem Moment, als sie das Wohnzimmer betrat, fiel Teds Kinnlade hinunter und er sprang auf. »Norma? Aber ich dachte …«

Ellie schüttelte den Kopf und erlaubte sich ein leichtes Lächeln.

Er beugte sich nach vorne und betrachtete sie genauer. »Okay, Sie sind nicht Norma, aber Sie sehen ihr zum Verwechseln ähnlich. Wer sind Sie?«

Ellie ließ die Schultern hängen und trat mit Lavinias steifem Gang näher an ihn heran. »Wieso, Cousin Theodor, habe ich mich in so kurzer Zeit so sehr verändert?«

Teds Mund bewegte sich, aber es kamen keine Worte heraus. Er zog ein Tuch aus seiner Tasche, ohne den Blick von ihr abzuwenden, und wischte sich damit über die Stirn. »Grundgütiger! Man hat mir erzählt, dass Sie Erfahrungen beim Theater gesammelt haben, aber ich hätte mir niemals erträumen lassen …«

»Der Eintopf ist fertig. Soll ich auftischen?« Ohne die Antwort abzuwarten, richtete sich Ellie wieder gerade auf und tänzelte mit einem Hüftschlag à la Jessie in die Küche. Am besten sorgte sie dafür, dass er nicht so schnell die Fassung zurückgewann.

Trotz ihrer Bemühungen, locker zu wirken, sprach Ellie wenig beim Abendessen. Sie fragte lediglich, ob Ted einen Nachschlag des leckeren Eintopfs haben wollte. Er nahm ihr Angebot ohne zu zögern an, dennoch konnte sie nicht sagen, ob sie das als gutes Zeichen werten konnte oder nicht.

Als er alles ausgelöffelt hatte, schob Ted seinen Stuhl vom Tisch zurück und schaute Ellie nachdenklich an. »Würden Sie nun so freundlich sein, mir alles zu erklären?«

Der Moment der Wahrheit war gekommen. Ellie tupfte ihre Lippen mit dem Taschentuch ab und sah ihm direkt in die Augen. »Der Auslöser für die ganze Situation ist schnell erklärt … Ich brauchte diesen Auftrag. Ohne ihn wäre ich auf den Straßen von Chicago verhungert. So einfach ist das.«

Sie beobachtete ihn genau, war jedoch nicht in der Lage, irgendetwas von seinem Gesicht abzulesen. »Wie mir aufgetragen wurde, fuhr ich nach Kansas City. Doch als ich dort Norma traf, erfuhr ich, dass sie geheiratet hatte und den Fall nicht annehmen wollte. Ich wusste nicht, was ich sonst tun sollte, daher entschied ich mich, wie geplant hierherzukommen und die Ermittlung auf eigene Faust durchzuziehen. Es war nicht meine Absicht, jemanden mit diesen Telegrammen in die Irre zu führen.« Pastor Blaylocks Lieblingsthema kam ihr in den Kopf, sie schluckte und fügte erklärend hinzu: »Nicht richtig zumindest. Ich wollte nur etwas Zeit gewinnen, bis ich mich zurechtgefunden hatte und eine Entscheidung treffen konnte, wie es weitergehen sollte. Ich durfte in den Telegrammen nicht zu viel verraten, sonst hätte am Ende des Tages ganz Pickford über meine Nachrichten an die Zentrale Bescheid gewusst.«

Sie wartete auf eine Antwort von Ted, doch der schwieg weiter. »Dann wurde mir klar, dass ich Normas Figur zusätzlich zu Lavinia brauchte. Das Telegramm mit der Nachricht, dass Jessie angekommen war, sollte niemanden in Chicago hinters Licht führen, sondern diente eher als Information für die Leute in der Stadt, damit ich so die Ankunft einer neuen Person vorbereiten konnte.«

Sie hob ihr Kinn und blickte Ted direkt in die Augen, gewillt, seinem prüfenden Blick standzuhalten.

Seine Stimme klang jetzt lediglich neugierig. »Wie laufen die Ermittlungen bisher?«

Ellie war versucht, ihre Entdeckungen auszuschmücken, doch stattdessen entschied sie sich, bei der Wahrheit zu bleiben. Wenn Ted die Ermittlung übernehmen würde, musste er alle Einzelheiten wissen – so wenige das auch waren –, um das Chaos zu beseitigen, das sie angerichtet hatte. Das war sie Steven und den anderen Minenbesitzern schuldig.

Was war mit der Nachricht, die sie in der Wand der Bäckerei gefunden hatte? Sie öffnete den Mund, um Ted von ihrer Entdeckung zu erzählen, klappte ihn dann aber schnell wieder zu. Davon würde sie ihm später erzählen. Die Nachricht war ihr Ass im Ärmel, ihre Chance zu zeigen, was sie ohne fremde Hilfe erreicht hatte. Es war nicht sinnvoll, ihn zu früh einzuweihen, damit er einschreiten und ihr die Schau stehlen konnte.

»Um ehrlich zu sein, bin ich nicht weit gekommen. Ich habe mich mit so vielen Leuten wie möglich unterhalten, doch keiner scheint eine Idee zu haben, wer hinter den Diebstählen stecken oder damit etwas zu tun haben könnte.«

»Und keiner der Leute ist misstrauisch geworden, warum Sie ihnen diese Fragen stellen?« Ted sah sie gespannt an. »Sind Sie sich sicher, dass keiner Verdacht geschöpft hat?«

»Ja«, sagte sie ruhig. »Zumindest könnte ich es bei keinem sagen. Ich habe lediglich einen Unterschied bemerkt in der Art, wie die Leute auf Lavinia und Jessie reagieren. Wenn ich Lavinia spiele, muss ich vorsichtiger sein, wie ich Dinge formuliere. Die meisten Menschen erwarten von älteren Frauen, dass sie neugierig sind und wissen möchten, was um sie herum passiert, dennoch muss ich aufpassen, dass ich es nicht übertreibe.«

Ted nickte. »Erzählen Sie weiter.«

»Wenn Jessie wiederum mit den Männern der Stadt redet, muss sie nicht alles aus ihnen herausquetschen. Wenn ich sie einmal zum Reden gebracht habe, hören sie nicht mehr auf und tun alles, damit das Gespräch in Gang bleibt.«

Ted legte seine Hand auf den Mund, als wollte er ein Lächeln wegwischen. »Das ist ein Grund dafür, warum Norma so erfolgreich in ihrem Beruf war. Männer sind von einem schönen Gesicht so geblendet, dass sie das Denken vergessen. Sie merken noch nicht einmal, was sie alles ausgeplaudert haben. Mir scheint, Sie nutzen Ihr gutes Aussehen zu Ihrem Vorteil.« In seiner Stimme schwang Anerkennung mit.

Jessies gutes Aussehen, korrigierte Ellie ihn still. Ihre eigene Erscheinung würde ihr höchstens einen kurzen Blick und einen Gruß im Vorbeigehen einbringen, wenn überhaupt. Ted führte die Fingerspitzen zusammen und tippte die Zeigefinger gegeneinander. »Das hört sich an, als hätten Sie gute Vorarbeit geleistet. Dennoch gelangt man meist zu mehr Informationen, wenn man die Menschen über den indirekten Weg anspricht.«

Ellie zwang sich zu atmen.

Seine Reaktion war das Gegenteil von dem, was sie erwartet hatte. Wann würde er ihr sagen, dass sie ihre Tasche packen und verschwinden sollte?

»Es ist ein bisschen so, als würde man ein Puzzle zusammenbauen«, sagte er und hörte sich dabei eher wie ein Lehrer als ein Detektiv an. »Jede einzelne Person mag vielleicht nur einen Bruchteil nützlicher Information beitragen, aber wenn man alle Einzelteile zusammenfügt, entsteht ein völlig neues Bild.«

Ellie lehnte sich nach vorne. Sie war wie gefesselt von seinem Vortrag. »Zum Beispiel?«

»Ist Ihnen jemand aufgefallen, der mehr Geld hat, als man von ihm oder ihr erwarten würde? Oder eine Person oder Gruppe, die besonders geheimnisvoll tut?«

Ellie schüttelte den Kopf. »Daran habe ich auch schon gedacht, aber mir ist niemand aufgefallen, der auf diese Beschreibung passen würde. Außer dem Ladenbesitzer, dessen Frau mir erzählte, dass die Geschäfte sehr gut laufen, obwohl die Regale immer leer sind. Sonst ist mir nichts aufgefallen, was darauf hindeutet, dass jemand aus der Stadt in die Diebstähle verwickelt sein könnte. Ich glaube fast, wir verfolgen die falsche Spur und die Diebe sind bereits weitergezogen.«

Ted wog ihre Aussage mit Bedacht ab, dann schüttelte er den Kopf. »Wenn es nur einen Diebstahl gegeben hätte, würde ich Ihnen zustimmen, aber mehrere Diebstähle sprechen dafür, dass sich mindestens ein Beteiligter in der Gegend aufhält und großen Aufwand betreibt, um seine Beteiligung zu vertuschen. Nach allem, was ich über diesen Fall gehört habe, waren es keine spontanen Raubüberfälle. Sie wurden sorgfältig geplant. Ich glaube sogar, dass jemand sie seit langer Zeit vorbereitet hat, jemand, der geschickt ein ehrenwertes Auftreten in der Gesellschaft pflegt und im Hintergrund die Fäden zieht.«

»Das kann sehr gut sein«, stimmte Ellie zu. Warum war sie nicht von alleine daraufgekommen? Teds Auslegung hörte sich so klar und einfach an. Das war genau der Grund, warum jemand mit Erfahrung den Auftrag ausführen sollte und kein blutiger Anfänger, wie sie es war. Sie hoffte bloß, dass ihre stümperhaften Ermittlungen am Ende nicht auf Kosten von Steven und den anderen Minenbesitzern gehen würden.

Ted trommelte mit seinen Fingern auf den Tisch und schaute aus dem Fenster. »Ein bisschen Tageslicht bleibt uns noch. Lassen Sie uns spazieren gehen.«

Sein plötzlicher Vorschlag ließ Ellie hochschrecken. Als er sich erhob, tat sie es ihm gleich, zupfte ihre Verkleidung zurecht und nahm ein Tuch von der Garderobe. Dann folgte sie ihm nach draußen.

Zu ihrer Überraschung ging er in westliche Richtung die Charles Street hinunter, anstatt zurück in die Stadt zu laufen. Innerhalb kürzester Zeit hatten sie die Gebäude hinter sich gelassen und einen Weg eingeschlagen, der sie durch ein Dickicht von Mesquitebäumen und Pappeln führte. »Wohin gehen wir?«

»Auf dem Weg in die Stadt sind mir von der Postkutsche aus diese Bäume aufgefallen. Hier draußen deutet eine Ansammlung von vielen Bäumen auf eine Wasserquelle hin, höchstwahrscheinlich ein Fluss.«

Mit einem Mal war Ellies Unbehagen wieder zurückgekehrt. Was hatte er vor? Ted schien nicht zu bemerken, wie unwohl sie sich fühlte, und so stiefelte er seelenruhig weiter durch das Gehölz, als würden die beiden einen Spaziergang durch den Park machen.

Ihrer Einschätzung nach waren sie bereits fast einen Kilometer gelaufen, bevor sie das Ufer einer Flussbiegung des San Pedro erreichten. Von hier war das Brechwerk nicht mehr zu sehen und sein ununterbrochenes Pochen nur gedämpft zu hören.

Ted nickte zufrieden. »Perfekt. Fußläufig von der Stadt entfernt, aber weit genug, dass keiner den Lärm hören kann.« Er griff in seine rechte Hosentasche und zog einen kleinen Revolver heraus. »Haben Sie so etwas schon einmal benutzt?«

Ellie sah die kleine Waffe angewidert an. »Nur als eine Requisite auf der Bühne.«

»Dann wird es Zeit, dass Sie es lernen. Passen Sie auf, ich zeige es Ihnen.« Er hob einen Arm und zielte auf einen Baumstamm, der in etwa sechs Meter Entfernung im Wasser trieb.

Ellie fuhr erschrocken zusammen und hielt sich mit den Händen die Ohren zu, als der Knall des Revolvers die Abendruhe durchbrach.

»Jetzt sind Sie dran.« Ted ignorierte ihre Zurückhaltung einfach und zeigte ihr, wie man den Zylinder lud, den Hahn spannte, zielte und abfeuerte.

Sie übten so lange, bis Ellie ihre Abneigung gegen die Waffe überwunden hatte und sie gut und sicher in ihrer Hand lag. Schließlich schien Ted zufrieden zu sein. »Sie sind kein professioneller Scharfschütze, aber Sie könnten sich damit verteidigen, wenn es darauf ankäme. Lassen Sie uns nun zurückgehen.«

Sie übergab Ted die Waffe und sie liefen schweigend zum Haus zurück. Ellie versuchte, aus den Ereignissen des Tages schlau zu werden. Genügte sie Cousin Teds Anforderungen? Warum sollte er sich die Zeit nehmen und ihr das Schießen beibringen, wenn er vorhatte, sie nach Hause zu schicken?

Als sie ihr Wohnzimmer wieder betraten, hielt er ihr die Waffe hin. »Halten Sie sie immer griffbereit.« Ellie wollte protestieren, doch er drückte ihr den Revolver in die Hand. »Ich habe noch andere. Vielleicht brauchen Sie ihn nicht, das hoffe ich sogar sehr. Aber wenn es die Situation erfordert und Sie mit dem Rücken zur Wand stehen, werden Sie sich besser fühlen, wenn Sie vorbereitet sind.«

»Aber ich …«

Ein Klopfen an die Tür unterbrach sie.

»Erwarten Sie jemanden?«

Ellie schüttelte den Kopf. Sie schaute auf die Waffe in ihrer Hand und sah sich im Zimmer nach einem guten Versteck um. Der Schreibtisch schien ihr am besten geeignet, also hastete sie hinüber, riss die vordere Schublade auf und warf den Revolver hinein, bevor sie ihr Halstuch zurück an den Haken hängte und die Tür öffnete.

Auf der Veranda stand Amos Crawford mit einem Wildblumenstrauß in der Hand. Ellie starrte ihn mit offenem Mund an.

Das Gesicht des Telegrafisten färbte sich dunkelrosa. »Ich würde gerne Mrs Lavinia einen Besuch abstatten. Ist sie zu Hause?«

Ellie hörte ein prustendes Auflachen aus dem Wohnzimmer, welches schnell wieder verstummte. Sie warf Ted einen strengen Blick zu. »Es tut mir leid, aber sie hat sich hingelegt. Sie … hatte so etwas wie einen Schwindelanfall, wahrscheinlich von der Aufregung, weil sie heute ihren Lieblingscousin wiedergesehen hat.«

Sie streckte die Hand aus, um die Blumen entgegenzunehmen.

Amos war die Enttäuschung anzusehen, er hielt den kleinen Strauß fest in seinen Händen. »Sind Sie sicher, dass sie nicht kurz herauskommen kann? Ich warte gerne, bis sie sich fertig gemacht hat.«

»Es tut mir wirklich sehr leid«, sagte Ellie entschieden. »Ich denke, es ist besser für sie, wenn sie sich ausruht.«

Sein sturer Ausdruck zeigte ihr, dass sich der dickköpfige Amos nicht abwimmeln lassen wollte. »Ich wäre Ihnen sehr verbunden, wenn Sie sie fragen würden.«

So verlockend der Gedanke auch war, Ellie konnte ihm nicht einfach die Tür vor der Nase zuschlagen. »Na gut, ich werde sie fragen. Bitte warten Sie hier.« Sie warf Ted erneut einen vernichtenden Blick zu, als sie an ihm vorbeiging. Er hatte keinen Finger gerührt, um ihr aus der Situation herauszuhelfen.

Das Schlafzimmer bot ihr nur für kurze Zeit Zuflucht. Dort stand sie nun, mit dem Rücken zur Tür, ihre Gedanken überschlugen sich. Wie um Himmels willen sollte sie den Mann wieder loswerden? Sie schaute auf die graue Perücke auf dem Ständer und das dunkelgraue Kleid auf dem Bett. Sollte sie wieder als Lavinia auftreten und die Blumen entgegennehmen?

Nein, es war einfach nicht genug Zeit, sich umzuschminken. Selbst wenn sie mehr Zeit hätte, erschien es ihr augenblicklich keine gute Idee, sich in Lavinia zu verwandeln. Wer weiß, wie lange sie brauchen würde, um den verliebten Mann wieder zum Gehen zu bewegen.

Sie ballte ihre Hände zu Fäusten und drückte die Knöchel gegen die Schläfen. *Denk nach!* Die Idee, zwei Identitäten gleichzeitig zu spielen, hatte sie anfangs brillant gefunden, doch in diesem Moment wirkte es auf sie wie der törichtste Plan, den jemals ein Mensch ausgeheckt hatte. Es war einfach nicht möglich, zwei Rollen zur selben Zeit auf der Bühne zu spielen.

Auf der anderen Seite war sie in diesem Moment nicht auf der Bühne …

Plötzlich kam ihre eine Idee. Mit lauter Stimme, damit man sie durch die Tür bis draußen auf die Veranda hören konnte, sagte sie: »Tante Lavinia? Bist du wach?«

Mit Lavinias bebender Stimme antwortete sie: »Was ist denn los, meine Liebe?«

Ellie grinste, ihr neues Spiel machte ihr Spaß. »Mr Crawford ist zu Besuch gekommen. Er hat dir Blumen mitgebracht. Meinst du, du kannst aufstehen und mit ihm sprechen?«

Sie setzte sich auf die Bettkante, damit man das Quietschen der Bettfedern hören konnte, und stöhnte mitleiderregend auf. »Ach du meine Güte! Mir ist immer noch ganz schwindelig. Richtest du ihm meinen Dank aus? Und wärst du so lieb und stellst die Blumen ins Wasser, damit ich mich in meinem Zimmer an ihnen erfreuen kann?«

»Natürlich.« Ellie ging wieder ins Wohnzimmer und schloss die Schlafzimmertür entschlossen hinter sich zu. »Es tut ihr sehr leid …«

»Ich habe es gehört.« Amos übergab ihr die Blumen. »Richten Sie ihr bitte gute Besserung aus. Wir sehen uns dann bald wieder in der Stadt.«

»Das werde ich machen.« Sobald er das Haus verlassen hatte, schloss sie die Tür und lehnte sich erleichtert dagegen. Ein leises

Klatschen erregte ihre Aufmerksamkeit. Ted schenkte ihr einen kleinen Applaus.

»Das war eine gekonnte Vorstellung, Miss Moore. Das Theater hat ein großes Talent verloren, als Sie sich dafür entschieden haben, Detektivin und nicht Schauspielerin zu werden.«

Dieses Mal war Ellies Seufzen nicht gespielt. »Ich habe ein schlechtes Gewissen, den armen Mann zu täuschen. Es war nie meine Absicht, dass so etwas passiert.«

Ted lächelte sie mitleidig an und zuckte mit den Schultern. »Das gehört wohl leider zum Beruf, fürchte ich. Nach einer Weile gewöhnt man sich daran. Außerdem«, ergänzte er und zwinkerte ihr dabei zu, »Lavinia *war* tatsächlich im Schlafzimmer, wenn Sie sich dadurch besser fühlen.«

Zu Ellies Überraschung ging er zur Garderobe und nahm seinen Hut. »Mir hat unsere gemeinsame Zeit sehr viel Freude bereitet, aber es wird langsam spät.«

»Fahren Sie zurück nach Denver?« Sie versuchte, ihre Erleichterung nicht zu sehr durchklingen zu lassen.

Seine Augen funkelten, als wüsste er genau, wie sie sich fühlte. »Nein, nur zurück ins Hotel. Es war ein langer Tag, ich freue mich auf die Nachtruhe. Wir werden uns morgen wieder treffen. Sie müssen noch viel lernen, nicht nur, wie man mit einer Waffe umgeht.«

Ellie wagte einen letzten Versuch. »Aber Ihre Ermittlung …«

»Die wird noch ein paar Tage warten müssen. In der Zwischenzeit muss ich meinen Bericht an Gates und Fleming schicken, damit sie eine Entscheidung treffen können, wie es weitergeht.« Er öffnete die Haustür und drehte sich noch einmal zu ihr um. »Kommen Sie morgen früh ins Hotel. Dann frühstücken wir zusammen und setzen den Unterricht fort.« Mit einer schwungvollen Geste lüpfte er den Hut und verschwand in der Dunkelheit.

Ellie sah ihm hinterher und spürte, wie ihre Laune in einem Moment in die Höhe schnellte und im nächsten wieder in den Keller sank. Teds Andeutung, er wolle sie weiter ausbilden, hatte ihr Hoffnung geschenkt, dass er sie noch nicht abgeschrieben hatte. Dennoch hatte die Zentrale das letzte Wort. Was würden Gates und Fleming sagen, wenn sie die Wahrheit herausfanden? Und was für ein Telegramm könnte Ted verschicken, ohne dass Amos Verdacht schöpfte?

Sie schloss die Haustür ab und sank aufs Sofa. Trotz ihrer schlimmsten Befürchtungen war ihr Auftritt ein voller Erfolg gewesen. Sie hatte unerwartet Beifall von einem erfahrenen Agenten geerntet und es geschafft, Amos Crawford hinters Licht zu führen. Eigentlich müsste sie ganz aus dem Häuschen sein vor Freude und Stolz. Warum nur war ihr eher zum Weinen zumute?

Wahrscheinlich war sie einfach fertig mit den Nerven. Seit der Nachricht, dass Ted sie besuchen käme, stand sie unter höchster Anspannung. Und der Tag war noch nicht vorbei. Sie musste noch das geheime Treffen hinter der Pickford Hall beobachten. Erst wenn sie die Verbrecher entlarvt hatte, würde sie einen guten Grund zum Feiern haben.

Ellie lauerte – anders konnte man es nicht beschreiben – unter der Hintertreppe, die vom zweiten Stock der Pickford Hall hinabführte. Dank des schwarzen Kleides und der grauen Perücke fiel sie in der Dunkelheit nicht auf. Der blasse Mondschein spendete genügend Licht, um den Schauplatz zu erleuchten, doch er reichte nicht bis in ihre geschützte Ecke. Während sie durch die Trittstufen lugte, klopfte sie sich selbst auf die Schulter. Die Bedingungen zum Spionieren hätten nicht besser sein können. Billy Taylor hätte das bestätigt, da war sie sich sicher.

Knirschende Schritte kündeten das Eintreffen eines der Verschwörer an. Ellie zog sich, so weit sie konnte, hinter die Stufen zurück. Sie sah, wie der Mann, den sie am Nachmittag verfolgt hatte, den offenen Bereich hinter dem Gebäude betrat. Seine gehetzten Blicke nach links und rechts verrieten seine Anspannung.

Ellies Mund wurde trocken. Vielleicht plante die Bande einen neuen Überfall gegen die Minenbesitzer. Sollte dies der Fall sein, wäre ihr Versteck der perfekte Ort, um die Einzelheiten des Plans mitzuhören. Sie beschwor ihr Herz, langsamer zu schlagen. Sie musste sich konzentrieren, damit sie jedes Wort verstand.

Wieder hörte sie Schritte, diesmal kamen sie aus Richtung der Charles Street, erst zögerlich, dann trappelten sie schnell über den festgestampften Lehmboden. Ellie hielt die Luft an und traute ihren Augen nicht, als sie eine junge Frau sah, die über den Platz lief und ihre Arme um den Hals des Mannes schlang. »Tut mir leid, dass ich zu spät bin.« Der Wind trug ihre gehauchte Entschuldigung bis an Ellies Ohr. »Daddy hat uns ewig lange nicht erlaubt, vom Tisch aufzustehen; ich hätte schreien können.«

Ihr Geliebter sagte nichts, sondern senkte den Kopf und gab ihr einen langen, innigen Kuss.

Ellie rang nach Luft, woraufhin das Pärchen erschrocken auseinandersprang.

Der Mann spähte in die dunkle Ecke und erkannte sofort, dass das Versteck nur unter der Treppe liegen konnte. Mit wenigen schnellen Schritten hatte er die Treppe erreicht, griff in die dunkle Ecke, packte Ellie am Arm und zog sie nach draußen ins Mondlicht.

»Sie!« Es war mehr sein finsterer Ausdruck als das Wort, der Bände sprach.

Mit offenem Mund starrte Ellie ihn an, ihr Blick wanderte zwischen ihm und seiner Begleitung hin und her. Nun erkannte sie das Mädchen wieder, es war die dralle Brünette, die sie mit Marshal Bascomb kurz nach ihrer Ankunft auf der Straße hatte flirten sehen.

Sein Griff wurde fester. »Was machen Sie hier?«

Ellie suchte verzweifelt nach einer Erklärung für ihre Anwesenheit. »Ich habe einen Abendspaziergang gemacht«, stammelte sie. »Dann habe ich jemanden kommen gehört und wusste nicht, wer es war. Also bin ich hier untergetaucht in der Annahme, Sie würden an mir vorbeigehen. Es war niemals meine Absicht, Sie beide zu stören bei Ihrem … ähm …«

Sie versuchte, ihren Arm loszureißen, doch er ließ nicht locker.

Das Mädchen kam zu den beiden hinüber. »Lass sie gehen. Sie sieht verängstigt aus.« Dann drehte sie sich zu Ellie. »Sie werden niemandem davon erzählen, richtig? Wir machen nichts Verbotenes, die Sache ist nur, dass mein Vater es nicht gutheißt. Er findet, dass unser Altersunterschied zu groß ist.« Mit einem verzückten Lächeln wandte sie sich an ihren Angebeteten. »Aber Daddy hat unrecht. Eines Tages werden wir ihm das beweisen, nicht wahr?«

Der mürrische Blick des Mannes wurde weicher. Widerwillig ließ er Ellie los und gab ihr dabei einen kleinen Stups. »Sie haben genug für heute gesehen. Es ist Zeit, nach Hause zu gehen – dort sind Sie in Sicherheit.«

Ellie musste nicht lange zum Einlenken überredet werden. Schnurstracks und so schnell es Lavinias Beine erlaubten, machte sie sich auf den Weg nach Hause. Dabei schimpfte sie bei jedem Schritt mit sich selbst. Ihre große Chance, den Fall zu lösen, hatte sich als schwerer und zugleich peinlicher Fehler entpuppt.

Der einzige Trost, der ihr zu dieser entwürdigenden Pleite einfiel, war die Tatsache, dass sie Ted nichts von ihrem Vorhaben erzählt hatte.

20

An einem Fenster auf der Rückseite des Hauses war ein leises Klopfen zu hören. Der Mann legte die Berichte über die Bodenanalyse weg, die er gerade durchgelesen hatte, und eilte zur Hintertür. Er öffnete sie einen Spalt, gerade einmal weit genug, damit sein Handlanger durchschlüpfen konnte, und schloss sie sachte hinter ihm. Draußen wurde es dunkel.

Der Besucher schob seinen Hut aus dem Gesicht.

»Ich habe Ihre Nachricht bekommen. Sie wollten mich sehen?«

Kurzes Nicken. »Wir müssen reden.«

Die Augen des anderen Mannes leuchteten begierig auf. »Sind Sie in das Haus gekommen?«

Seine Lippen und Stirn wollten sich zu einer Grimasse verziehen, doch schnell brachte er seine Gesichtszüge unter Kontrolle, damit man ihm sein Unbehagen nicht ansah. »Ja, bin ich«, sagte er mit ausdrucksloser Stimme. Er blickte auf seine Hände und dann genau im richtigen Zeitpunkt wieder auf, um ein Grinsen auf dem Gesicht seines Gastes zu erkennen. »Sagen Sie jetzt nicht, Sie wurden erwischt?«

Wut stieg in ihm auf. Wie konnte ein Untergebener es wagen, in diesem arroganten Ton mit ihm zu sprechen? Der Mann war ein Handlanger, ein Werkzeug, nicht mehr. Er hatte es noch nie leiden können, wenn ein Angestellter nicht wusste, wo sein Platz war. Seine Hände ballten sich zu Fäusten, die er mühsam wieder entkrampfte. Schließlich beruhigte er sich damit, dass er bald nichts mehr mit diesem unverschämten Kerl zu tun haben musste.

Er nahm sich die Zeit, seine Verärgerung zu überwinden, und fuhr dann in seiner gewohnt selbstsicheren Manier fort. »Ich habe beobachtet, wie sie das Haus verlassen hat. Normalerweise spaziert sie stundenlang durch die Stadt, daher dachte ich, ich hätte genügend Zeit.«

Das Grinsen wurde immer breiter. »Was ist dann passiert? Hat die Nichte Sie erwischt?«

Er kniff die Augen zusammen und warf seinem Lakaien einen giftigen Blick zu. »Ich bin doch nicht blöd. Zuerst ging ich die Stufen vor dem Haus hinauf und klopfte an der Tür, um sicherzugehen, dass niemand zu Hause war. Es machte keiner auf, also stahl ich mich ums Haus herum und schloss mit meinem Schlüssel die Hintertür auf.«

Der andere Mann stützte die Hand auf die Hüfte. »Und?«

Nur schwer konnte er den Drang zurückhalten, seinem Besucher mit der Faust das spöttische Grinsen aus dem Gesicht zu wischen. Stattdessen fuhr er sich mit der Hand durch die Haare. »Als Erstes wollte ich mir den Schreibtisch vornehmen. Doch kaum hatte ich die erste Schublade geöffnet, hörte ich, wie sie über die Stufen zum Haus zurückkam. Ich konnte gerade noch die Schublade zuschieben und ungesehen durch die Hintertür entwischen. Es war noch nicht mal genügend Zeit, die Tür hinter mir abzuschließen.«

Sein Gast sog hörbar die Luft ein. »Hat Sie keiner gesehen?«

»Nein. Auf dieser Seite des Hauses war keine Menschenseele. Ich bin durch die Nebenstraßen nach Hause gelaufen.«

»Wann werden Sie es wieder versuchen?«

»Gar nicht. Die Aktion war heikel genug. Jetzt haben sie noch Besuch von ihrem Cousin, keine Ahnung, wie lange der bleibt. Unter den gegebenen Umständen bin ich bereit, deinen Plan in die Tat umzusetzen, allerdings ein bisschen abgeändert.«

Der große Mann zog die Augenbrauen hoch. »Auch wenn der Cousin in der Stadt ist? Ich dachte, wir wollten ihre Familie aus dem Spiel lassen.«

»Du wirst sie nicht verschwinden lassen, sondern nur aus dem Verkehr ziehen. Lass es wie einen Unfall aussehen.« Er betonte jedes Wort und schaute den anderen eindringlich an. »Ihre Familie wird zu bestürzt sein, um nach ihren geschäftlichen Angelegenheiten zu sehen. Und … Simsalabim!« Er schwang die Arme wie ein Zauberer auf der Bühne. »Weg sind die lästigen Fragen.«

Der andere Mann nickte erst langsam, dann mit wachsender Überzeugung. »Geht klar, ich kümmere mich darum. Wann und wie?«

Er zog eine Augenbraue hoch. »Das Wie überlasse ich dir. Sobald sich eine Gelegenheit bietet, schlägst du zu.«

Nachdem er sich erneut an jedem erdenklichen Ort umgehört hatte, entschied Steven, dass er diese Art der Ermittlung wohl eher den Experten überlassen sollte. Abgesehen davon, dass seine Befragungen außer neugierigen Blicken und hochgezogenen Augenbrauen keinerlei Früchte getragen hatten, fragte er sich, ob sich die Kriminellen wohl insgeheim über seine amateurhaften Bemühungen lustig machten.

Während er über seine mangelnden Fortschritte nachdachte, ließ er das Geschäftsviertel hinter sich und ging immer weiter, bis er das westliche Ende der Stadt passiert hatte und die Häuser der Wüste wichen. Die ganze Zeit hatte er nach jemandem gesucht, der überraschend zu Geld gekommen war, doch vielleicht waren diese Räuber auch gerissener als die gewöhnlichen Strolche. Was, wenn sie das Silber horteten, bevor sie den nächsten Schritt machten, wie auch immer dieser aussehen würde?

Er hätte gerne mit jemandem darüber geredet, aber Tom hatte an diesem Nachmittag keine Zeit, ihn zu begleiten. Und nachdem der alte Mann Bedenken wegen Alfred und Gilbert geäußert hatte, war Steven nicht mehr wohl bei dem Gedanken, sich den anderen Minenbesitzern anzuvertrauen.

Dennoch gab es jemanden, der immer ein offenes Ohr hatte und ihm half, seine Last zu tragen. Ein wenig verlegen schlug Steven den Weg in Richtung San Pedro ein, bereit, seine Sorgen demjenigen vorzutragen, an den er sich von Anfang an hätte wenden sollen.

Das Ufer hatte ihm oft als ruhiger Zufluchtsort gedient, wenn er nachdenken musste … oder beten wollte. Er folgte dem vertrauten Weg durch das Dickicht aus Mesquitebäumen und Pappeln. Schon bevor der Fluss in Sicht kam, sprudelten die Worte nur so aus ihm heraus. »Herr, du weißt, dass mein Vater der Überzeugung ist, dass ich versagen werde. Nun sieht es so aus, als würde genau das passieren, es sei denn, du schreitest ein und zeigst mir, wie ich …«

Plötzlich ertönte ein durchdringendes Geräusch. *War das ein Schuss?* Regungslos stand er da und lauschte, doch das Einzige, was er in der Ferne hörte, war das Klopfen des Pochwerks.

In einiger Entfernung bewegte sich etwas. Heimlich versteckte er sich hinter dem Stamm eines Mesquitebaumes. Schritte raschelten durch das Laub auf dem Pfad und Steven zog sich weiter in den Schatten des Baumes zurück. Auf einmal sah er eine Frau in einem saphirblauen Kleid – es war Jessie. Er kam hinter dem Baum hervor und rief ihr einen Gruß zu.

Sie kreischte auf und hielt ihre Handtasche fest umklammert an ihren Körper gedrückt.

Obwohl ihr letztes Treffen mehr als angespannt gewesen war, konnte Steven ein Lächeln nicht unterdrücken. »Sie hätte ich hier nicht erwartet.«

Sie schenkte ihm ein zaghaftes Lächeln, als hätte auch sie bildlich vor Augen, wie er sie aus dem Palace geführt hatte. »Dasselbe könnte ich auch sagen. Was für eine nette Überraschung.«

Die Nachmittagssonne blinzelte durch die kahlen Äste und sprenkelte ihre kupferroten Locken. Bei diesem Anblick stockte Steven der Atem. »Ich war auf dem Weg zu einem meiner Lieblingsorte, dort draußen bei der Flussbiegung. Es ist ein schöner Platz, um nachzudenken und die Gedanken zu sortieren.« Spontan fügte er hinzu: »Hätten Sie Lust, mich zu begleiten?« Zu seiner Freude nickte sie und wandte sich um, um ihm zu folgen.

Wenige Augenblicke später verließ er den Pfad und führte sie zu einer umgekippten Pappel am Ufer. »Hier kann man wie auf einer Bank sitzen und beobachten, wie der Fluss an einem vorbeiströmt.«

Er zog sein Stofftaschentuch aus der Tasche und breitete es auf dem Baumstamm aus, damit Jessie sich hinsetzen konnte. Während sie Platz nahm, stützte er ihren Ellbogen, dann setzte er sich neben sie.

Als sie ihn ansah, lag nichts Freches in ihrem Blick – anders, als er erwartet hatte. »Sie sagten eben, Sie kämen hierhin, um nachzudenken. Spuken Ihnen viele Gedanken durch den Kopf?«

Er sah ihr tief in die aquamarinblauen Augen. »Alles geht den Bach hinunter und es scheint, als könnte ich nichts dagegen tun. Das Silber liegt abholbereit in der Mine, aber wir können es nicht abtransportieren, weil wir Angst haben, dass noch mehr davon gestohlen wird. Ich bin damals in den Westen gegangen, um meiner Familie zu beweisen, dass ich etwas aus meinem Leben mache und meinen Platz in der Welt gefunden habe. Aber jetzt …« Er fühlte, wie es ihm den Hals zuschnürte, senkte den Kopf und schaute auf seine Stiefel.

Wortlos streckte sie ihren Arm aus und legte ihre zierlichen Finger auf seine Hand. Ihre sanfte Berührung löste eine Hitzewelle in ihm aus. »Ich kann mir nicht vorstellen, warum jemand denken sollte, Sie hätten nichts erreicht im Leben.«

Er lachte bitter. »Sie kennen meinen Vater nicht.«

Jessie zog ihre sanft geschwungenen Augenbrauen hoch und schaute ihn fragend an.

Was war das mit ihm und dieser Frau? Nur wenige Tage zuvor hatte er sie wegen ihres Verhaltens gerügt und heute war er bereit, ihr sein Herz auszuschütten.

»Vor einigen Jahren fragte mich ein Freund aus dem College, ob ich die Verantwortung für etwas übernehmen könne, was er getan hatte. Damals schien es trivial, doch für ihn hätte es schlimme Konsequenzen gehabt, wenn die Wahrheit ans Licht gekommen wäre. Da ich meinem Freund helfen wollte, habe ich zugestimmt.«

Jessie legte die Stirn in Falten. »Das hört sich für mich nach einer zu belanglosen Sache an, um einen Keil zwischen Sie und Ihren Vater zu treiben. Wir machen doch alle Fehler und Sie waren noch sehr jung damals.«

»Jung und leichtsinnig.« Er grub den Absatz des Stiefels in die weiche Erde und fühlte, wie ihn die schmerzliche Vergangenheit erneut einholte. »Wir sind uns der Folgen unserer Handlungen nicht immer bewusst. Damals hätte ich mir niemals träumen lassen, dass dies ein entscheidender Moment im Leben meines Freundes werden würde. Dass er mit seinem Vergehen davongekommen war, brachte ihn auf einen fatalen Gedanken: dass er immer wieder einen Weg finden würde, den Konsequenzen seiner Handlungen zu entkommen. Er tat einfach, was er wollte, ohne dafür zur Rechenschaft gezogen zu werden.«

Das sanfte Gluckern des Wassers, das über die Felsen lief, erfüllte die Stille, bis er weitersprach. »Diese Einstellung nahm nach und nach sein ganzes Leben ein – Freundschaften, Geschäftspraktiken, seine Ehe – bis sie letztendlich alles zerstört hat.«

Jessie verstärkte den Druck ihrer Finger auf seinen Handrücken. »Aber diese Entscheidungen hat er getroffen, nicht Sie.«

»Sein Vater sah das anders. Als das Geschäft meines Freundes den Bach hinunter und seine Ehe in die Brüche ging, kam die Wahrheit letzten Endes ans Licht. Sein Vater war am Boden zerstört. Anstatt seinem Sohn die Schuld zu geben, machte er mich dafür verantwortlich. Er sagte, dass meine damalige Entscheidung, die Schuld auf mich zu nehmen, von einer schwachen Moral zeugen würde und den Niedergang seines Sohnes verursacht habe. Und vielleicht hatte er recht damit. Wenn ich mich gegen meinen Freund behauptet und darauf bestanden hätte, dass er die Verantwortung für seine Handlungen übernimmt, wäre alles vielleicht ganz anders ausgegangen.«

»Das kann keiner wissen«, entgegnete Jessie. »Ich habe das Gefühl, Sie gehen zu hart mit sich ins Gericht.«

»Mein Vater wäre da anderer Meinung. Als er erfuhr, was ich getan hatte, warf er mir vor, ich hätte keinen Anstand. Er beschimpfte mich als unverantwortlichen Dummkopf und sagte, ich würde es nie zu etwas bringen.«

»Was passierte dann?«, fragte sie mit sanfter Stimme.

»Ich nahm das Erbe, das mir meine Großmutter hinterlassen hatte, und ging in den Westen. Zwei Dinge hatte ich mir vorgenommen: das eine war, eine Spur in dieser Welt zu hinterlassen, und das andere war, dass ich nie wieder lügen würde, egal, wie unbedeutend diese Lüge erscheinen mag.«

Er sah Jessie an in der Hoffnung, Billigung in ihren Augen zu erkennen. Stattdessen starrte sie in die Ferne und machte einen besorgten Eindruck.

Um die unangenehme Stille zu überdecken, fügte er hinzu: »Es tut mir leid. Ich rede die ganze Zeit über mich. Es war mir eine Freude, Ihre Tante näher kennenzulernen, aber ich würde gerne mehr über Sie erfahren.« Er lächelte, um die Stimmung zu heben. »Zum Beispiel hoffe ich, dass Ihre Beziehung zu Ihren Eltern besser ist als meine.« Zu seiner Enttäuschung machte Jessie ein betrübtes Gesicht. Die Leere in ihren Augen zerriss ihm das Herz.

»Ich habe keine Eltern – nicht mehr. Sie sind bei einem Unfall ums Leben gekommen, als ich noch klein war.«

Steven drehte die Hand und umschloss ihre Finger mit seinen. »Das tut mir leid. Haben Sie dann bei Ihren Verwandten gelebt?«

Kaum erkennbar schüttelte sie den Kopf.

»Nein, es gab keine Verwandten. Freunde meiner Eltern nahmen mich auf – Leute, die sie über die Arbeit kannten.«

Steven richtete sich überrascht auf. »Was war mit Ihrer Tante?«

Jessie zog die Hand zurück und umfasste ihre Tasche. »Sie … waren eine Zeit lang zerstritten. Erst vor Kurzem haben wir wieder Kontakt zueinander aufgenommen.«

Sie sprang auf ihre Füße. »Ich habe gar nicht gemerkt, wie spät es ist. Unser Cousin kommt heute zum Abendessen, ich muss nach Hause.«

Er erhob sich ebenfalls. »Ich begleite Sie.«

»Nein, machen Sie sich keine Umstände. Sie wollten doch ein wenig für sich sein. Ich finde auch allein nach Hause.« Mit diesen Worten eilte sie den Pfad entlang und tupfte sich mit den Fingerspitzen die Augen.

Wenige Minuten später verschwand sie hinter den Bäumen und Steven lauschte, bis ihre Schritte verstummt waren und Stille einkehrte.

War ihr bewusst gewesen, wie viel er ihr in den wenigen Sätzen von sich preisgegeben hatte? Er hob ein Stück Holz vom Boden auf und drehte es zwischen seinen Fingern, tief in Gedanken versunken. In der kurzen Zeit, die er Jessie nun kannte, hatte ihre Persönlichkeit zwischen charmanter Gesprächspartnerin, sorgloser Abenteurerin und mitfühlender Zuhörerin gewechselt. Doch niemals hätte er erwartet, dass sie solch einen Schicksalsschlag in ihrem Leben erlebt hatte. Vielleicht war das die Erklärung für ihr widersprüchliches Verhalten.

Er war davon ausgegangen, dass ihre Beziehung zu Lavinia seit Langem bestand, doch offensichtlich war dies nicht der Fall. Erklärte dies die Spannungen zwischen den beiden? Hegte Jessie einen Groll, weil sie nach dem Tod ihrer Eltern nicht von ihrer Familie aufgenommen worden war?

Er stand auf, warf das Holzstück in das vorbeiströmende Wasser und schaute ihm hinterher. Heute hatte Jessie anders auf ihn gewirkt. Weicher und offener, als er sie die Male zuvor erlebt hatte. Er hatte das Gefühl, als hätte er zum ersten Mal flüchtig die Frau hinter der kessen Maske kennengelernt. Und er fühlte sich hingezogen zu dem, was er gesehen hatte, das stand außer Frage.

Dennoch konnte er nicht vergessen, wie sie sich in Gegenwart von Bascomb und Jake verhalten hatte – ganz zu schweigen von ihrem Besuch im Palace. Er wollte sein Herz nicht an eine Frau verlieren, die nicht die Richtige für ihn war.

Auf der anderen Seite hatte er heute ein wenig von Lavinias Mitgefühl und Sanftheit in Jessie wiedererkannt. Wie wunderbar wäre es, wenn Jessies Lebensfreude und Lavinias ehrenwerte Eigenschaften in einer Frau vereint sein könnten. In diesem Fall würde er sich für immer in diesen blaugrünen Augen verlieren.

21

Ellie schob ihre Brille ein Stück höher, als sie links auf die Grant Street abbog und sich fragte, was Ted an diesem Morgen für sie geplant hatte. In den letzten vier Tagen war sie auf Herz und Nieren geprüft worden. Neben erneuten Schießübungen am Fluss hatte er ihr diverse Beobachtungstechniken beigebracht, Varianten erklärt, wie man zentrale Fragen stellte, und sie in die Kunst der Beschattung eingeweiht.

Anfangs hatten Ellie die Übungen angespornt. Doch je mehr Zeit verging, desto stärker fühlte sie sich von all den Lektionen, die sie gelernt hatte und sich merken musste, überfordert. Was konnte noch folgen? Auch wenn es ihre Vorstellungskraft überstieg, zweifelte sie nicht daran, dass Ted noch weitere Tipps und Tricks in petto hatte. Was das Detektivhandwerk anging, schien der Mann eine unerschöpfliche Wissensquelle zu sein, und er war offensichtlich gewillt, all seine Erfahrung mit ihr zu teilen.

Das gab ihr ein Fünkchen Hoffnung. Er würde sicherlich nicht so viel Zeit in sie investieren, wenn er vorhatte, sich für ihre Entlassung auszusprechen. Doch immer, wenn sie das Thema ansprach, wich er ihr aus.

Als sie in der Hotellobby ankam, lehnte Ted am Empfangstresen und beobachtete Donald, wie er ein Seil vom Boden aufhob.

Er winkte Ellie zu sich hinüber. »Das musst du dir ansehen.«

Donald strahlte, da sich nun seine Zuschauerzahl verdoppelt hatte. Er gab Ellie das Seil und sagte: »Ziehen Sie das Seil unter der Stuhllehne hindurch und verknoten Sie die beiden Enden über der Lehne.«

Verblüfft folgte Ellie seinen Anweisungen.

Daraufhin legte Donald seine Handgelenke auf das Seil. »Nun

fesseln Sie meine Hände und ziehen den Knoten so fest zu, wie Sie können.«

Ellie warf Ted einen fragenden Blick zu, doch der lächelte sie nur vergnügt an. Neugierig machte sie einen festen Knoten und trat einen Schritt zurück.

Donald drehte sich Ted zu. »Würden Sie das Handtuch dort über meine Hände legen?«

Kaum hatte Ted seine Anweisung befolgt, hatte Donald schon seine Hände befreit, das Handtuch aufgehoben und es über seinen Arm gelegt.

Mit offenem Mund starrte Ellie ihn an. »Wie um alles in der Welt haben Sie das gemacht?«

Donald verbeugte sich leicht. »Ein Magier verrät nie seine Geheimnisse.«

Sie wandte sich Ted zu, der lediglich mit den Achseln zuckte. »Toll, was eine Person mit ein bisschen Fingerfertigkeit anstellen kann.« Verschwörerisch zwinkerte er Ellie zu.

Sie musste grinsen. Er war ein netter Mann. Wie auch immer die Geschichte ausgehen würde, sie konnte sich nicht darüber beschweren, wie Ted mit ihr umging. Er war ihr gegenüber immer freundlich und respektvoll gewesen.

Die Tür der Lobby öffnete sich und ein Pärchen schritt auf den Empfangstresen zu. Während Donald hinter dem Tresen verschwand, um die neuen Gäste zu begrüßen, schaute Ellie Ted an und versuchte, begeisterter zu wirken, als sie es tatsächlich war. »Was hast du dir heute für uns überlegt?«

»Heute, liebste Cousine, muss ich Abschied nehmen.« Er bückte sich und hob seine Reisetasche auf, die Ellie vorher gar nicht bemerkt hatte.

»Du reist ab? Jetzt direkt?«

Ihr Erstaunen ließ Ted leise auflachen. »Ja, es ist höchste Zeit, dass ich zurück nach Denver komme.« Er reichte ihr den Arm, damit sie sich bei ihm einhaken konnte. »Würdest du mich zur Station begleiten?«

Ellie hakte sich unter, sie konnte vor Nervosität kaum atmen. »Hast du deinen Schlussreport schon abgeschickt?«, fragte sie vorsichtig.

»Noch nicht. Ich werde ihn in Benson abschicken, bevor ich in den Zug steige – dort wird er keinen neugierigen Augen ausgesetzt sein.« Er nickte und machte sich auf den Weg zur Postkutschenstation.

Kein Wort darüber, dass sie sich nach einer neuen Arbeit umschauen sollte? Ellie nahm all ihren Mut zusammen. Sie fasste ihn am Arm, damit er stehen blieb, und sah ihm direkt ins Gesicht. »Was wirst du ihnen sagen?«

Kleine Fältchen bildeten sich um Teds Augen. »Wenn mir jemand vor meiner Ankunft von dem Plan erzählt hätte, den du dir hier zurechtgeschustert hast, hätte ich ihm eine Katastrophe vorhergesagt.«

Ellie atmete tief durch, sie war auf das Schlimmste gefasst.

»Ich bin immer noch nicht davon überzeugt, dass dein Plan aufgeht, aber eines ist sicher … wenn es jemandem gelingen sollte, dann dir.«

Schnell hielt sie sich an seinem Arm fest, damit ihre Beine nicht wegsackten. »Das bedeutet, du ziehst mich nicht von dem Fall ab?«

»Ich werde ihnen raten, dir mehr Zeit zu geben. Wir haben alle unsere Zeit gebraucht, um die Grundlagen zu lernen. Du hast bereits gute Arbeit geleistet, indem du dich in der Gemeinschaft der Stadtbewohner etabliert hast. Zusätzlich hast du jetzt das Hintergrundwissen, wie man eine Ermittlung durchführt. Daher bin ich mir sicher, dass du zurechtkommen wirst.«

Als sie an der Station ankamen, wartete die Postkutsche bereits. Ted übergab dem Fahrer seine Tasche und zog Ellie zur Seite, damit keiner sie hören konnte. »Wenn du das hier erfolgreich durchziehst, könnte das den Durchbruch für dich bedeuten. In Chicago werden sie aus allen Wolken fallen.«

Freudentränen stiegen in Ellies Augen auf, sie blinzelte. »Ich weiß nicht, wie ich dir danken soll …«

Er winkte ab, führte sie zurück zur Kutsche und umarmte sie. »Auf Wiedersehen, liebste Lavinia. Ich kann mich an keinen angenehmeren Besuch als diesen erinnern.«

Als er in die Kutsche stieg, hatte Ellie sich wieder gefangen und rief ihm zu: »Gute Reise, Theodor. Richte der Familie bitte schöne Grüße von mir aus.« Sie winkte ihm mit ihrem Taschentuch hinterher, bis die Kutsche nicht mehr zu sehen war. Dann straffte sie die Schultern. Man hatte ihr eine zweite Chance gegeben. Nun war es an der Zeit, ihr Können unter Beweis zu stellen.

Voller Elan öffnete sie die Tür des Grand-Hotels und betrat zum zweiten Mal an diesem Tag die Eingangshalle. »Da bin ich wieder.« Donald polierte gerade einen Wandleuchter aus Messing, der neben dem Durchgang zum Speiseraum hing. »Guten Morgen, Mrs Stewart. Schön, Sie wiederzusehen.« Er warf ihr erneut einen Blick zu, kam ihr durch die Lobby entgegen und streckte seine Hand aus, als wollte er etwas von ihrem Kragen streichen. »Was haben wir denn hier?« Als er seine Hand zurückzog, hielt er ein Goldstück in der Hand, das er sofort wieder in seiner Tasche verschwinden ließ.

Erstaunt blickte Ellie auf und brach in Gelächter aus.

»Was für ein wunderbarer Trick! Sie haben sehr geschickte Hände, Donald. Wenn wir doch nur tatsächlich aus Luft Geld machen könnten.«

Sie sah sich um, enttäuscht, dass sie Myra nirgendwo entdecken konnte. »Wie geht es Ihrer Frau heute?«

Mit einem Kopfschütteln steckte er das Staubtuch in seine hintere Hosentasche. »Leider nicht gut. Zwischendurch geht es ihr besser, aber insgesamt scheint sich ihr Zustand eher zu verschlechtern.«

»Das tut mir sehr leid.« Da ihr tröstende Worte fehlten, klopfte sie ihm mitfühlend auf die Schulter. Aus der Nähe konnte sie Sorgenfältchen auf seiner Stirn erkennen. »Momentan ist ihr wahrscheinlich nicht nach Besuch, oder?«

»Sie schläft gerade. Das tut sie in letzter Zeit immer häufiger. Aber das Buch, das Sie vorbeigebracht haben, gefällt ihr sehr gut. Wann immer sie wach ist, liest sie darin. Es hilft ihr, sich die Zeit zu vertreiben und an etwas Schönes zu denken.«

»Das freut mich. Hoffentlich geht es ihr bald besser.« Nach einer kurzen Pause fügte Ellie hinzu: »Macht es Ihnen etwas aus, wenn ich mich eine Weile hier hinsetze und stricke? Die letzten Tage war ja mein Cousin zu Besuch und Jessie ist die meiste Zeit des Tages unterwegs. Da ist es mir bei uns zu Hause gerade etwas zu ruhig.«

Donald zog den Staublappen wieder aus der Hosentasche und wischte damit über einen bereits makellos sauberen Tisch mit spindeldürren Beinen. »Fühlen Sie sich wie zu Hause. Ich werde hier herumwerkeln, falls Sie also irgendetwas brauchen, lassen Sie es mich einfach wissen.«

»Vielen Dank.« Spontan fiel ihr etwas ein, was ihre Überwachungsaktion begünstigen könnte. »Mr Tidwell, draußen weht eine herrliche Brise. Würde es Ihnen etwas ausmachen, das Fenster zu öffnen?«

»Überhaupt nicht, frische Luft in der Lobby kann nicht schaden. Lassen Sie mich das machen.«

Nachdem er das Fenster geöffnet hatte, positionierte Ellie einen der gepolsterten Stühle so, dass sie den größtmöglichen Blickwinkel hatte. »Danke schön. Ich schaue mir gerne die vorbeilaufenden Leute an.« Das stimmte zwar, aber aus einem anderen Grund, als er dachte.

Voller Vorfreude nahm sie Platz in ihrem Stuhl. Nach all ihren planlosen Bemühungen beflügelte sie der Gedanke, Teds Ratschläge in die Tat umzusetzen. Nur seiner Empfehlung, stets eine Waffe bei sich zu tragen, würde sie nicht Folge leisten. Dazu konnte sie sich einfach nicht überwinden.

In Absprache mit Ted hatte sie sich dazu entschlossen, ihre Charaktere im Schichtdienst arbeiten zu lassen. Lavinia würde die Morgenstunden übernehmen und sooft es ging einen Beobachtungsposten im Hotel einnehmen. Nachmittags und abends wäre dann Jessie an der Reihe, denn die zwielichtige Seite der Stadt würde sich eher auf ein Gespräch mit der jüngeren Frau einlassen.

Sie stellte die Tasche mit dem Strickzeug neben ihren Füßen ab und zog den hellbraunen Schal hervor, den sie eine Nacht zuvor angefangen hatte. Das weiche Garn glitt von einer Nadel zur anderen. Glücklicherweise musste sie sich bei dem einfachen Muster nicht zu sehr auf die Strickarbeit konzentrieren, sondern konnte ihre Aufmerksamkeit dem Treiben auf der Straße widmen.

Mit Teds Lektionen im Hinterkopf beobachtete sie genau, ob sich unter den Passanten einer befand, der außergewöhnlich wohlhabend aussah. Drei Matronen betraten und verließen den Kaufmannsladen. Ellie verzog den Mund und schüttelte den Kopf. An ihnen wirkte überhaupt nichts verdächtig.

Ein paar Minenarbeiter kamen aus dem Saloonviertel und redeten über eine neue Sängerin, die im Palace aufgetreten war. Außer ihrem eigenen moralischen Verfall schienen sie nichts auszuhecken. Und sie sahen auch absolut nicht so aus, als besäßen sie Bargeld im Überfluss. Wenn dem so wäre, hätten sie sich mit Sicherheit Kleidung mit weniger Löchern leisten können und irgendwann in letzter Zeit ein Bad genommen.

Seufzend fing Ellie an, eine neue Reihe zu stricken. Ted hatte sie gewarnt, dass man beim Beobachten geduldig und wachsam sein musste, aber er hatte ihr verschwiegen, wie langweilig und ermüdend es sein konnte. Mit ihren Fingern ertastete sie ein Loch, wo sie eine Masche vergessen hatte, und blickte nach unten, um den Fehler auszubessern.

Ellie schreckte auf, als die Eingangstür mit einem Knall aufgeworfen wurde. Der Mann, in dessen Verabredung sie erst vor Kurzem hineingeplatzt war, betrat die Lobby. Rasch wandte sie ihr Gesicht ab und wünschte, sie könnte sich unsichtbar machen.

Sein Blick schwenkte in ihre Richtung und sie konnte die Abneigung in seinen dunklen, bohrenden Augen erkennen. Sie schluckte und wartete, bis er außerhalb ihres Blickfeldes war.

Im Augenwinkel nahm sie wahr, wie er auf den Tresen schlug. Im

Aufschauen bemerkte sie, dass sie durch den Spiegel, der neben der Tür zur Straße hing, den Mann an der Rezeption genau beobachten konnte. Donald kam aus dem Speiseraum und ging zu ihm hinüber. Den Kopf über die Stricksachen gebeugt, richtete Ellie verstohlen die Augen nach oben und beobachtete das Spiegelbild.

»Ich muss mit dir reden«, sagte der Besucher.

Donald wischte seine Hände an dem Geschirrtuch ab, das er mitgebracht hatte. »Schieß los. Was ist passiert?«

»Nicht hier.« Ellie sah, wie der Neuankömmling mit dem Kopf in ihre Richtung deutete, dann zum Büroraum. Nachdem auch Donald einen kurzen Blick auf Ellie geworfen hatte, nickte er. Die beiden Männer gingen in den anderen Raum und schlossen die Tür.

Warum war es ihnen so wichtig, dass keiner ihr Gespräch mitbekam? Ellie spürte, wie sich ihre Nackenhaare aufrichteten. Sie drehte ihren Stuhl, damit sie genau auf den Tresen schauen konnte, und sah, dass die Tür nicht eingeklinkt war und einen Spalt offen stand. Jetzt bloß nicht überschwänglich werden, ermahnte sie sich. Vielleicht ist es nur wieder eine falsche Fährte.

Andererseits konnte sie sich nach wochenlangen erfolglosen Bemühungen nicht erlauben, eine verdächtige Spur unbeachtet zu lassen. Sie musste sichergehen.

Nur wie? Einfach vom Stuhl aufzustehen, hinüberzuschleichen und an der Tür zu lauschen, wäre leichtsinnig. Denn was wäre, wenn jemand hereinkam und sah, wie sie ihr Ohr gegen den Türspalt presste?

Beim Anblick ihrer Stricksachen kam ihr eine Idee und sie musste grinsen. Keiner könnte es ihr zur Last legen, wenn sie ein Knäuel Garn aufheben würde, das ihr vom Schoß gefallen und durch den Raum gerollt war. Also nahm sie das braune Knäuel und ließ es von ihrer Handfläche gleiten. Es hüpfte über den Boden und rollte ein paar Meter, bevor es zum Stillstand kam. Ellie verzog das Gesicht und lehnte sich vor, um es wieder einzurollen.

Nachdem sie sich vergewissert hatte, dass draußen keiner ihre List bemerkt hatte, wickelte sie einen Teil des Garns auf und warf das

Knäuel dann weiter weg. Dieses Mal hüpfte es durch die ganze Lobby, bis es wenige Zentimeter vor dem Tresen liegen blieb. Viel besser.

»Ach, ich Schussel.« Sie drückte sich aus dem Stuhl hoch und ging langsam durch den Raum. Auch wenn sie kein Publikum hatte, mimte sie die verärgerte Handarbeiterin.

Sie bückte sich steif nach dem Knäuel, wodurch es sich sogar noch weiter abwickelte. Dann richtete sie sich auf und begann, die lose Wolle aufzurollen. Dabei lauschte sie angestrengt, was hinter der Bürotür vor sich ging.

»… brauche ich dich noch einmal«, hörte sie die raue Stimme des Mannes sagen.

Ellies Hände hielten inne und sie musste sich zwingen, die Bewegung wieder aufzunehmen.

»Ich befürchte, das wird nicht möglich sein.« Mit zittriger Stimme antwortete Donald. »Meine Frau braucht mich. Ich kann es mir nicht erlauben, da länger mitzumachen.«

»Du kannst es dir nicht erlauben, nicht mitzumachen. Was würde deine Frau ohne dich tun?«

Es folgte eine lange Pause, Ellie wagte kaum zu atmen.

»Wann?«, fragte Donald.

»Beim nächsten Vollmond.« Der andere Mann schnaubte verächtlich. »Bis dahin hast du Zeit, deinen Mut zusammenzuraffen.«

Es hörte sich an, als wäre die kurze Unterhaltung zu Ende, was bedeutete, dass Ellie besser wieder Platz nahm. Hastig trippelte sie zu ihrem Stuhl und erreichte ihn genau in dem Moment, als die Männer wieder die Lobby betraten. Beim Anblick der aufrecht stehenden Ellie stockten sie.

Schnell hielt sie das Wollknäuel hoch und zeigte auf das hängende Garn. »Ich Tollpatsch. Mit der Zeit werde ich immer ungeschickter.«

Der Mann mit den dunklen Augen legte den Kopf zur Seite und schaute sie prüfend an, dann drehte er sich zu Donald um. »Vergiss es nicht!«

Auf dem Weg nach draußen ließ er Ellie nicht aus den Augen, sein feindseliger Blick ließ ihr das Blut in den Adern gefrieren.

Sie nahm ihren Platz wieder ein und rollte mit zitternden Händen die Wolle auf. Hatte das, was sie gerade gehört hatte, etwas mit den Diebstählen zu tun oder bezog es sich auf irgendetwas ganz anderes? Donalds Gast traute sie zweifellos jede Schandtat zu, aber doch nicht Donald selbst. Abgesehen von seiner unbekümmerten Art, schien er auch nicht den Mumm zu haben, der für einen Überfall erforderlich war. Warum sollte er darin verwickelt sein? Und was sollte beim nächsten Vollmond passieren?

Sie nahm den Schal auf und versuchte, weiterzustricken, gab es jedoch auf, als sie merkte, dass sie mehr Fehler fabrizierte als ordentliche Reihen. Es war unwahrscheinlich, dass sie hier im Hotel noch mehr in Erfahrung bringen würde.

Zeit für einen Ortswechsel. Vielleicht konnte sie Gertie ein paar vorsichtig formulierte Fragen stellen, die ihr verrieten, was Donald tatsächlich für ein Mann war.

Sie packte die Wolle und die Nadeln weg, nahm ihre Tasche mit den Stricksachen zur Hand und rief Donald mit aufgesetzt fröhlicher Stimme zu: »Ich möchte Ihre Gastfreundschaft ungern überstrapazieren und werde mich jetzt wieder auf den Weg machen. Bitte richten Sie Myra schöne Grüße aus, ich würde mich freuen, sie bald wiederzusehen.«

Donalds Blick erinnerte sie an einen traurigen Jagdhund. »Besuchen Sie uns, wann immer Sie können, Mrs Stewart. Sie sind hier immer willkommen.«

Auf dem Weg zur Tür drehte Ellie sich noch einmal um und ließ ihrer Neugier freien Lauf: »Wer war dieser widerliche Mann eben? Er hat eine sehr unangenehme Art.«

»Sein Name ist Marvin Long. Er ist Schichtführer in der Busted-Shovel-Mine. Machen Sie sich keine Sorgen, Mrs Stewart. Er markiert gerne den starken Mann und fühlt sich dadurch wichtig.«

Ellie nickte und verließ das Hotel, die Gedanken überschlugen sich in ihrem Kopf. Das war schon das zweite Mal, dass sie Marvin

Long im Hotel gesehen hatte. Was hatte er dort zu suchen? Und viel wichtiger, was hatte Donald mit ihm zu schaffen?

In der Hoffnung, Gertie könnte ihr mehr darüber erzählen, schaute sie kurz nach rechts und bog dann in die Grant Street ab. Die einzige Bewegung auf der Straße ging von zwei Pferden aus, welche die Straße entlangtrotteten und im Schneckentempo eine offene Kutsche hinter sich herzogen. Sie waren immer noch einen Häuserblock weit entfernt, somit blieb ihr genügend Zeit, die Straße zu überqueren.

Sie trat vom Bordstein und ging in Richtung Kaufmannsladen, dabei dachte sie die ganze Zeit daran, was sie gehört hatte. Gertie liebte es zu tratschen. Wie konnte Ellie sie dazu bringen, über Donald, Long oder beide zu reden, ohne den Grund für ihr Interesse zu nennen?

Ein Wiehern riss sie aus ihren Gedanken. Ellie hob den Kopf und sah mit Entsetzen, dass die Pferde durchgingen und mit voller Geschwindigkeit auf sie zu galoppierten.

»Aus dem Weg!«, schrie der Kutscher voller Panik.

Ellie wusste, dass sie rennen musste, doch ihre Beine waren wie angewurzelt. *Gott, hilf mir!*

Plötzlich fühlte sie, wie zwei starke Arme sie von hinten umschlangen und sie den Boden unter den Füßen verlor. Sie wurde zur Seite gerissen und landete wie eine Stoffpuppe auf einem Haufen.

Dort blieb sie regungslos liegen und rang nach Luft. Wie in Zeitlupe trampelten die Hufe an ihr vorbei. Durch den Staub, den sie aufwirbelten, konnte Ellie sehen, wie ihr Retter zu Boden stürzte und – dem Himmel sei Dank – wieder aufstand. Er drehte sich um und sie erkannte Jake Freeman, den Schmied.

»Warten Sie, ich helfe Ihnen auf.« Der Schmied streckte ihr seine von der Arbeit gezeichnete Hand entgegen. »Lassen Sie sich Zeit. Erst müssen wir sichergehen, dass nichts gebrochen ist.«

Vorsichtig bewegte Ellie ihr Gliedmaßen; Finger, Zehen, Arme und Beine schienen alle ganz normal zu funktionieren. Dann betastete sie ihren Kopf. War ihre Perücke verrutscht? Zu ihrer Erleichterung schien trotz des Sturzes alles zu sitzen. Sie fasste an ihre Seiten, auch die Polster saßen noch dort, wo sie sein sollten. Mit ihrer Zunge vergewisserte sie sich, dass auch die Wangenpolster fest in den Wangen klemmten. Als sich sie sicher war, dass alles in Ordnung war, ergriff sie Freemans ausgestreckte Hand und richtete sich auf.

Die Tür des Kaufmannsladens flog auf. »Lavinia, sind Sie das?«

Gertie eilte auf sie zu und rang die Hände. »Du meine Güte! Was ist passiert?«

»Ich weiß nicht genau.« Da sie es nicht erklären konnte, wandte sie sich an Jake Freeman.

Die Augen des Schmieds flammten auf. »Den Grund kann ich Ihnen auch nicht sagen, aber ich werde mich mal mit Clifford Watson unterhalten. Er hat sie beinahe über den Haufen gefahren, der verrückte Schwachkopf.« Er spuckte auf die staubige Straße, dann wischte er sich den Mund am Ärmel ab. »Das war die dümmste Aktion, die ich seit Langem gesehen habe. Er wollte seine Kutsche zu mir bringen, damit ich sie repariere, aber jedes Kind weiß, dass man Pferde nicht auf diese Weise mitten durch die Stadt jagt.«

Er setzte seinen Hut ab und klopfte den Staub von seinen Hosenbeinen. »Wenn Sie mich entschuldigen würden, ich gehe jetzt Clifford den Kopf waschen.« Während er über die Straße zu seinem Laden marschierte, konnte Ellie an seinem zielstrebigen Gang erkennen, dass Clifford Watson gleich die Standpauke seines Lebens erhalten würde.

Gertie legte ihren kräftigen Arm um Ellies Schultern und gackerte wie eine Glucke. »Kommen Sie herein, drinnen können wir Sie ordentlich abbürsten. Sie sind ja voller Staub. Ich sage Walter, er soll Wasser für Tee aufsetzen, das beruhigt die Nerven. Um Gottes willen, Sie hätten tot sein können!«

Ellie ließ widerstandslos zu, dass Gertie sie in den Laden führte. Sie war sowieso auf dem Weg dorthin gewesen. Während Gertie sich um sie kümmerte, würde sie genügend Zeit haben, ihr all die

Fragen zu stellen, die sie sich im Kopf zurechtgelegt hatte – sobald ihr wieder einfiel, welche das waren.

Und sobald ihr Körper aufgehört hatte zu zittern.

22

»Guten Tag, Miss Monroe.« Marshal Everett Bascomb tippte zur Begrüßung an seinen Hut und warf Ellie einen anerkennenden Blick zu.

»Guten Tag, Marshal. Wohin des Weges an diesem herrlichen Nachmittag?« Ellie lächelte den Sheriff an und schloss zu ihm auf. Dabei versuchte sie, nicht zu humpeln. Ihre steifen Gliedmaßen schmerzten noch immer von ihrem morgendlichen Sturz, bei dem sie wie ein Sack Kartoffeln auf den Boden geschleudert worden war.

»Ich will sehen, wer heute Nachmittag mit der Postkutsche ankommt. Danach gehe ich ins Palace und spiele eine Runde Pharo.«

Ellie formte ihre Lippen zu einem Schmollmund. »Wie schade. Ich hatte gehofft, wir hätten etwas Zeit, miteinander zu plaudern.« Als sie vom Gehsteig auf die Straße traten, gab sie sich größte Mühe, nicht vor Schmerz zusammenzuzucken.

Zwei Tassen von Gerties belebendem schwarzem Tee hatten ihr geholfen, sich wieder zu fangen und mit Müh und Not nach Hause zu wanken. Dort angekommen, hatte sie sich von Lavinias Kleidern befreit und versucht, ihr aufgebrachtes Nervenkostüm zu beruhigen. Nach einem verspäteten Mittagessen hatte sie sich als Jessie verkleidet und war zurück in die Stadt gegangen.

So verlockend es auch gewesen war, den Rest des Tages zu Hause zu verbringen, ihr erfolgreicher Lauschangriff im Hotel hatte sie angespornt. Es lag in ihrer Verantwortung herauszufinden, ob ein Zusammenhang zwischen Marvin Longs Bemerkung zum Vollmond und den Silberdiebstählen bestand. Gut möglich, dass alles nur ein ungewöhnlicher Zufall war, dennoch musste sie sich vergewissern, egal, was das Ergebnis ihrer Ermittlungen sein würde. Insgeheim hoffte sie sogar, es wäre eine falsche Fährte. Sosehr sie die Diebe schnappen wollte – der Gedanke, Myras Mann könnte etwas mit den Verbrechen zu tun haben, betrübte sie zutiefst.

Zufällig war sie gleich dem Marshal in die Arme gelaufen, nachdem sie das Stadtzentrum erreicht hatte. Obwohl ihr der Gedanke, Zeit mit ihm zu verbringen, überhaupt nicht zusagte, musste sie die Gelegenheit am Schopf packen.

Bascomb verzog den Mund zu einem schiefen Grinsen, als sie die Straßenecke erreichten. »Warum begleiten Sie mich nicht ins Palace? Sie könnten neben mir sitzen und mein Glücksbringer sein.« Dabei zwinkerte er ihr langsam und zweideutig zu. »Sie könnten auch auf meinem Schoß sitzen, wenn Sie möchten.«

Der Vorschlag war widerlich genug, doch Ellie fand es weitaus ekelerregender, dass sie auf sein unangemessenes Verhalten reagieren musste, als machte es ihr nichts aus. Mit einem gekonnten Augenaufschlag gab sie ihm einen spielerischen Klaps auf den Arm. »Was sind Sie doch für ein Halunke, so etwas auch nur in Erwägung zu ziehen!«

Sein unbekümmertes Lächeln offenbarte, dass er ihr die Abfuhr nicht krummnahm. »Fragen kostet nichts. Wer nicht wagt, der nicht gewinnt.«

Ellie zwang sich, mit ihm zu lachen und den Drang zu unterdrücken, ihm den lüsternen Blick mit einer Ohrfeige aus dem Gesicht zu fegen.

Wenn sie nicht gezwungen wäre, wichtige Informationen für den Fall zu sammeln, wäre sie bereits davongestapft und hätte ihn in einer Staubwolke zurückgelassen.

Als sie am Büro des Marshals vorbeigingen, zeigte sie auf eine Reihe von Fahndungsplakaten, die draußen an die Wand geheftet waren. »Vielleicht sollten Sie, statt Pharo zu spielen, mehr Zeit damit verbringen, Verbrecher zu fangen. Schauen Sie nur! Hier wird eine Belohnung von 500 Dollar für die Festnahme einer Bande von Postkutschendieben geboten. Im Gegensatz zum Kartenspielen klingt das nach einem sicheren Verdienst.«

Der fröhliche Ausdruck auf Bascombs Gesicht verwandelte sich in Empörung. Mit Schwung riss er das Plakat von der Wand und zerknüllte es. »Räudige Tunichtgute!«

Warum dieser Wutausbruch? »Diese Verbrecher? Haben sie Ihnen denn persönlich geschadet?«

Bascomb wedelte mit dem zerknitterten Papier vor ihrem Gesicht herum und zeigte mit dem Finger auf den Schriftzug oben auf der Seite. Ellie schaute sich zuerst das Bild von den drei Männern an, die wegen der Postkutschenüberfälle gesucht wurden, dann las sie die Worte: Pinkerton National Detective Agency.

Sie schaute auf. Plötzlich wurde sie misstrauisch. »Sie haben etwas gegen die Pinkertons?«

»Pah! Detektive nennen die sich. ›Diebische Ratten‹ würde besser zu ihnen passen. Sie stecken ihre Nase in Dinge, die sie nichts angehen, und heimsen dann den Ruhm ein. Wenn sich die Begeisterung gelegt hat, verziehen sie sich wieder in ihr Loch und sind fein raus, wenn es darum geht, jeden Tag für Recht und Ordnung zu sorgen.«

Sie suchte nach einer Antwort, die ihn beschwichtigen würde. »Du meine Güte! Wenn die Pinkertons so arbeiten, kann ich gut verstehen, warum Sie kein Bewunderer von ihnen sind.«

Anstatt ihn zu beruhigen, schien ihn die Anmerkung nur noch weiter anzustacheln. Sein Gesicht färbte sich dunkelrot und an seinem Hals traten dicke Adern hervor. »Das bin ich absolut nicht. Und dann hatten diese Minenbesitzer auch noch die glorreiche Idee, sie mit den Ermittlungen der Diebstähle zu beauftragen.« Er rollte das Plakat in seinen Händen, als wollte er jemandem den Hals umdrehen. Das Papier riss entzwei und flatterte in Fetzen zu Boden.

Verblüfft starrte Ellie ihn an, ihr Herz hämmerte wie ein Pochwerk. Dass der Marshal sich für einen Frauenhelden hielt, war ihr bekannt und durch und durch zuwider – aber diese Charaktereigenschaften waren ihr immer noch lieber als die dunkle Seite seiner Persönlichkeit, die gerade zum Vorschein kam. Erneut pries sie Gates und Fleming dafür, dass sie sie gewarnt hatten, niemanden in Pickford über ihre wahre Identität und ihren Auftrag in Kenntnis zu setzen. Mehr denn je war sie bereit, den Worten der beiden Männer Glauben zu schenken: Die Gesetzeshüter dieser Gegend waren nicht über jeden Verdacht erhaben.

Während Bascomb weiterzeterte, schaute Ellie sich um und bemerkte, dass er bereits neugierige Blicke von Passanten auf sich zog. Sie wollte gerade etwas sagen, besann sich dann aber eines Besseren. Im Lauf ihrer Theaterzeit hatte sie viele Schauspieler erlebt, die in Rage geraten waren, weil jemand anderes ihre Traumrolle bekommen hatte. Am besten ließ man sie allein zur Ruhe kommen und sagte nichts, was ihre Wut zusätzlich schürte.

Bascomb schimpfte weiter und lehnte sich dabei vor, bis er Nase an Nase mit Ellie stand. »Sehe ich aus, als wäre ich unfähig?«, brüllte er. »Sehe ich so aus?«

»Ganz und gar nicht!«, quietschte Ellie und trat einen Schritt zurück.

Plötzlich erstarrte er, als hätte jemand einen Eimer Wasser über ihm ausgeschüttet. Kopfschüttelnd sah er sie an, als ob ihm erst jetzt ihr Unbehagen auffiel. Der Ärger verzog sich aus seinem Gesicht wie Nebel im Sonnenlicht und seine verzerrten Gesichtszüge nahmen wieder den gewohnt freundlichen Ausdruck an. »Bitte entschuldigen Sie, Miss Monroe. Ich fürchte, meine Gefühle sind mit mir durchgegangen.«

Da sie nicht wusste, was sie sagen sollte, entschied sich Ellie zu nicken. Ein Blick über die Schulter des Marshals brachte sie auf eine Idee, wie sie das Thema wechseln konnte. »Schauen Sie, da kommt die Postkutsche.«

Sofort richtete sich Bascombs Aufmerksamkeit auf die Station auf der anderen Straßenseite. Aufmerksam beobachtete er, wie die Kutsche zum Stehen kam und vier Männer ausstiegen. Sein Augenmerk fiel auf einen kleinen Mann, der einen grellbunten Anzug trug. »Den Kerl kenne ich nicht«, murmelte Bascomb.

Ellie sah, wie der Fahrer dem Reisenden einen großen Koffer herunterreichte. »Sieht wie ein Musterkoffer aus. Er muss ein Handlungsreisender sein.«

»Kann sein. Kann aber auch sein, dass die Pinkertons ihn geschickt haben. Sie tauchen gerne getarnt auf und denken dann, sie wären so schlau, dass keiner es bemerkt.« Sein Gesicht verfinsterte sich wieder. »Nur dieses Mal können sie sich auf eine Überraschung gefasst machen. Die Rechnung haben sie ohne mich gemacht.« Ohne ein weiteres Wort ging er über die Straße, bereit, den unglückseligen Kaufmann in die Mangel zu nehmen.

Das war für Ellie das Stichwort, den Schauplatz zu verlassen. Sie machte auf dem Absatz kehrt und brach auf. Als sie Steven aus Richtung der Schmiede näherkommen sah, entfloh ein Lächeln ihren Lippen. Erst als er näher kam, bemerkte Ellie den kühlen Ausdruck in seinem Gesicht.

»Ich muss mit Ihnen sprechen.«

Sein schroffer Ton traf Ellie unvorbereitet. War sie von einem wütenden Mann an den nächsten geraten? Sie warf einen kurzen Blick über die Schulter und sah, wie Bascomb den Neuankömmling verhörte. »Können wir dabei ein Stückchen gehen?«

Ohne seine Antwort abzuwarten, ging sie los in Richtung Kaufmannsladen, um den erzürnten Marshal so weit wie möglich hinter sich zu lassen. Steven begleitete sie wortlos. Sie konnte sehen, wie seine Kiefer mahlten, während er voranstapfte.

Kaum waren sie um die Ecke, trat er vom Gehsteig und zog sie in eine Gasse zwischen dem Schneider und dem Kaufladen. Ohne Einleitung platzte es aus ihm heraus: »Wie geht es Ihrer Tante?«

Angesichts seines barschen Verhaltens hatte Ellie alles andere, nur nicht diese Frage erwartet. »Sie ist erschüttert und ihr tut alles weh, aber sonst geht es ihr den Umständen entsprechend gut.« Ihre Stimme bebte bei den letzten Worten.

Steven schien zu bemerken, wie unwohl sie sich fühlte, und sein Tonfall wurde weicher. »Es tut mir leid. Es muss ein Schock für Sie gewesen sein, als Sie erfahren haben, dass Ihre Tante beinahe überfahren wurde. Sie sind bestimmt auch noch ganz durcheinander.«

Mehr, als er ahnen konnte. Ellie hob das Kinn und versuchte, nicht an ihr pochendes Bein und ihre wunden Arme zu denken, an welchen der Schmied sie gepackt hatte, um sie von der Straße auf den sicheren Gehsteig zu ziehen. Am nächsten Morgen würde ihr Körper mit Sicherheit von unzähligen blauen Flecken übersät sein.

»Ich weiß nicht, wie ich es sagen soll. Es gibt etwas, dass Ihre Tante meiner Meinung nach wissen sollte, aber ich möchte sie nicht beunruhigen, besonders nicht nach dem Erlebnis heute.«

Besorgt schnellte Ellies Hand an ihren Hals. »Was ist passiert? Schon wieder ein Überfall?«

»Ich wünschte, es wäre so einfach.« Steven hielt einen Moment inne, als suchte er nach den richtigen Worten. »Ich habe mich mit Jake Freeman unterhalten. Er hat mir gesagt, dass er Clifford Watson gehörig den Marsch geblasen hat, weil er die Pferde hat durchgehen lassen. Clifford schwört, die alten Gäule seien die größten Faulpelze weit und breit. Er hätte nie damit gerechnet, dass noch so viel Feuer in ihnen steckt. Wie von der Hornisse gestochen, seien sie losgerannt, meint er. Als Jake sie abgespannt hatte, schaute er nach einer Erklärung für ihr Verhalten. Er entdeckte eine ordentliche Beule an der Flanke des Leitpferdes.«

Ellie nickte, sie versuchte, aufmerksam zu wirken, während ihr Blick über Stevens markante Gesichtszüge wanderte. Es war das erste Mal, dass sie ihn wiedertraf seit ihrer unerwarteten Begegnung am Fluss. Sie war sich sicher, dass ihr Aufeinandertreffen anders geendet hätte, wären ihre Gefühle nicht derart überwältigend gewesen, dass sie die Flucht hatte ergreifen müssen. Vielleicht wäre ein Spaziergang daraus geworden, unter dem Dach der Pappelzweige am Fluss entlang. Sie wagte sich sogar vorzustellen, er hätte sie in den Arm genommen.

Allein der Gedanke bereitete ihr Herzrasen.

Ihr Blick hing immer noch an seinen Lippen, als ihr bewusst wurde, dass Steven nicht mehr redete, sondern sie erwartungsvoll ansah. Was hatte er gerade gesagt? Sie kramte in ihrem Kopf nach den letzten Worten, an die sie sich erinnerte. »O ja, eine Beule an der Flanke des Pferdes. Also wurde es von einem Insekt gestochen?«

Steven sah sie mit einem Blick an, als sei sie schwer von Begriff.

»Wir haben Februar. Sehen Sie irgendwo Bienen oder Wespen herumfliegen?«

Ellie schüttelte den Kopf und fühlte sich wie das Dummerchen, für das er sie offensichtlich hielt.

»Jake sah sich die Beule genauer an. Sie war schmerzempfindlich – das Pferd zuckte zurück, als er sie berührte. Aber er konnte keinen Stich oder etwas anderes entdecken, was sie hervorgerufen haben könnte.« Zwischen seinen Augenbrauen bildete sich eine Furche.

Ellie versuchte, sich auf das Thema zu konzentrieren, doch ihre Gedanken schweiften immer wieder ab. Wie würde es sich anfühlen, die Falten von seiner Stirn zu streichen? Wie auch immer, er hatte sie abgehängt. Sie hatte nicht die leiseste Ahnung, wovon er sprach. Trotzdem sollte sie zumindest versuchen, den Faden nicht ganz zu verlieren. »Also geht es dem Pferd gut?«

Steven schüttelte den Kopf. »Alles, was Jake in den Sinn kam, war, dass die Beule aussah, als hätte jemand mit der Peitsche auf das Pferd eingehauen oder es mit einer Steinschleuder attackiert. Aber Clifford hat geschworen, er würde niemals eine Peitsche in die Hand nehmen und Jake glaubt ihm das.

Und das tue ich in diesem Fall auch. Clifford hat ungefähr so viel Elan wie seine Pferde. Es ist sehr unwahrscheinlich, dass er sie mit einer Peitsche antreibt, besonders nicht mitten in der Stadt kurz vor Jakes Laden.«

Eine düstere Vorahnung verdrängte die freudige Vorstellung, wie es sich wohl anfühlen mochte, Stevens Lippen auf ihren zu spüren. Sie fühlte sich in etwa so erschüttert, wie Julia sich fühlen würde, wenn sie vom Balkon gepurzelt und an Romeo vorbei auf das Kopfsteinpflaster gedonnert wäre.

»Sie meinen also, dass es ein Streich war? Der Unfall wurde von einem Bengel mit Steinschleuder verursacht? Aber warum, man hätte mich … Ich hätte meine Tante bei diesem Unfall verlieren können.«

»Ich denke nicht, dass …«

»Wer war der Junge? Billy Taylor?« Je stärker die Erinnerung an ihre Angst und die Gefährlichkeit der Situation in ihr hochkam, desto aufgebrachter wurde sie. »So etwas sieht ihm ähnlich. Glauben Sie, dass er es war?« Wenn es in ihrer Macht gestanden hätte, hätte sie einen Feuerregen auf den kleinen Schurken niederregnen lassen. »Das erzähle ich seiner Mutter. Oder besser noch, ich drehe ihm selbst den dürren Hals um.«

»Jessie.« Sie fühlte einen leichten Druck auf ihrer Schulter. Kochend vor Wut, wäre ihr beinahe entgangen, dass Steven sanft ihren Arm drückte.

»Was ist?« Mit Mühe zügelte Ellie ihren Ärger und konzentrierte sich wieder auf das Hier und Jetzt.

»Ich glaube nicht, dass es ein Bubenstreich war.« Steven warf ihr einen eindringlichen Blick zu, als wolle er sichergehen, dass seine Worte sie auch erreichten.

»Was sonst …? Wer …?«

»Es könnte Absicht gewesen sein.«

Nun hatte Steven ihre volle Aufmerksamkeit.

»Was ich sagen möchte: Es besteht die Möglichkeit, dass jemand die Pferde absichtlich aufgescheucht hat, damit sie Ihre Tante Lavinia umrennen.«

Ellie starrte ihn mit offenem Mund an. Wie eine Ranke kletterte das Grauen ihren Rücken hinauf. »Das ist absurd! Wieso sollte jemand so etwas tun?«

»Ich bin mir nicht sicher, aber es könnte sein, dass dies nicht der erste Versuch war.« Er presste seine Lippen aufeinander. »Hat Ihre Tante Ihnen von dem Einsturz in der Mine erzählt?«

Sie nickte.

»Mein Vorarbeiter hat herausgefunden, dass es sich auch dabei nicht um einen Unfall handelte. Erst dachte ich, der Angriff war gegen mich gerichtet – dass jemand mich aus dem Weg räumen wollte, um sich die Redemption unter den Nagel zu reißen. Nicht im Traum hätte ich daran gedacht, dass jemand Lavinia schaden möchte. Doch nach dem, was heute passiert ist, kam mir der Gedanke, dass ein Zusammenhang bestehen könnte.«

»Sie meinen … Sie wollen sagen, es waren Mordversuche …« Ellies Blick verschwamm an den Seiten, als würde sie in einen langen, dunklen Tunnel blicken. Ihre Knie wurden weich und sie begann zu schwanken.

Steven sagte etwas, aber seine Worte kamen verzerrt bei ihr an, als wäre er weit von ihr entfernt. Seine Hand glitt hinter ihre Schulter und legte sich um ihren Rücken, so konnte er sie gerade noch auffangen, bevor sie auf dem Boden in sich zusammensackte. Sie lehnte sich gegen ihn, während er sie halb führte, halb trug, bis sie die Bank vor der Schneiderei erreichten.

Trotz ihrer vernebelten Gedanken entging ihr nicht die Ironie, die die Situation barg. Wenige Augenblicke zuvor hatte sie sich noch gewünscht, Steven würde sie in den Arm nehmen. Und nun lag sie in seinen Armen und war zu benommen, um den Moment in vollen Zügen genießen zu können.

Er ließ sie vorsichtig auf die Bank hinabsinken. Dabei stützte er sie mit einer Hand, während er ihr mit der anderen Luft zufächelte. Dann kniete er sich neben sie, ihren Arm immer noch fest umschlungen, sein Gesicht nur wenige Zentimeter von ihrem entfernt. »Ich hätte es Ihnen wohl etwas schonender beibringen sollen.«

Sie konnte seinen Atem auf ihrer Wange spüren. Die Wirkung war dieselbe, als hätte er ihr Riechsalz unter die Nase gehalten: Mit einem Mal war Ellie wieder bei vollem Bewusstsein. Sie sah ihm tief in die Augen und hatte das Gefühl, in einem dunkelbraunen Ozean zu ertrinken.

Die Falte zwischen seinen Augenbrauen wurde größer. »Geht es Ihnen gut?«

Ellie nickte. Die Benommenheit wich nur langsam zurück, übrig blieb allein die Wärme seiner Berührung. Jeder Nerv in ihren Armen kribbelte.

Seine vollen Lippen umspielte ein warmes Lächeln. »Da bin ich froh, Jessie. Sehr froh.«

»Ich auch.« In diesen einfachen Worten steckte mehr Wahrheit, als er sich vorstellen konnte. Seine Nähe und das liebevolle Mitgefühl, das aus seinem Gesicht sprach, waren den Schrecken wert gewesen. Wie gerne hätte sie ihm jeden Schwindel, jede Lüge gebeichtet, damit nichts mehr zwischen ihnen stand und sie gemeinsam von vorne anfangen konnten.

Ich bin der Agent der Pinkertons, den du angefordert hast. Ich bin hier, um die Männer zu entlarven, die dein Silber gestohlen haben. Die Worte lagen ihr auf den Lippen, könnten einfach nur aus ihr heraussprudeln und die Geheimnistuerei wäre ein für alle Mal vorbei.

Sie hatte ihre Identität vor allem deshalb geheim gehalten, um sich vor Menschen zu schützen, die sonst versucht hätten, ihre Ermittlungen zu behindern. Doch Steven war keiner von diesen Übeltätern, das wusste sie tief in ihrem Herzen. Er war durch und durch eine rechtschaffene Seele. Sie sollte sich ihm anvertrauen. Dann könnten sie gemeinsam auf die Suche nach den Dieben gehen und sie ihrer gerechten Strafe zuführen. Und dann …

Und dann … was?

Die Zuneigung in seinen Augen galt Jessie Monroe, nicht Ellie Moore. Wie würde er reagieren, wenn sie als ihr wahres Ich vor ihm stand? Ohne Jessies Perücke und das Make-up, einfach nur als die unscheinbare Ellie?

Die Antwort wusste sie bereits. Jeder, der Jessie kennenlernte, war von ihr überwältigt – Steven eingeschlossen. Doch für eine graue Maus wie Ellie Moore würde er nichts übrighaben.

Die unbarmherzige Wahrheit traf sie wie ein eisiger Windstoß vom Michigansee. Sie war aus beruflichen Gründen nach Pickford gekommen. Wenn sie den Auftrag erfolgreich abschloss, wäre Stevens Mine gerettet. Das war das Einzige, was zählte, nicht ihre romantischen Träumereien. Sie musste sich auf das Wesentliche konzentrieren.

Sobald sie den Fall gelöst hatte, würde ihre Zukunft bei den Pinkertons gesichert sein. Sie würde weitere Fälle bearbeiten und weitere Verbrechen aufdecken. Vielleicht erwartete sie sogar eine großartige Karriere als die beste Detektivin der Agentur.

Doch niemals wieder würde sie jemanden finden, der in ihr solche Gefühle auslöste, wie Steven es tat. Als er sie erneut anlächelte, zerriss es Ellie das Herz.

»Sollen wir Ihrer Tante von meinen Vermutungen erzählen? Ich möchte ihr keine Angst einjagen, aber sie sollte unbedingt wachsam sein.«

»Aber warum?«

Erstaunt über ihre Frage, lehnte er sich zurück. »Warum?«

»Ja, warum sollte jemand versuchen, ihr wehzutun?« Sie war sich sicher, dass sie die Antwort schon kannte, war aber neugierig, worin er den Grund für die Anschläge sah.

»Nun ja, ich befürchte, es liegt an ihrem Interesse, in meine Mine zu investieren – außerdem stellt sie viele Fragen. Sie sollte am besten das Gerücht verbreiten, dass sie nicht länger gedenkt, in die Redemption zu investieren. Aber ich dachte, vielleicht sprechen Sie zuerst mit ihr.«

Ellie nickte. »Ja, das klingt vernünftig. Ich werde ihr alles berichten.«

Aus seinem Lächeln wurde ein reumütiges Grinsen. »Sorgen Sie dafür, dass sie gut sitzt, bevor Sie ihr davon erzählen. Sie werden das mit Sicherheit besser machen als ich.« Dann verschwand das Leuchten aus seinen Augen und das Grinsen aus seinem Gesicht. »Ich bin mir unsicher, ob Sie nicht auch in Gefahr sind.«

Ellie fiel die Kinnlade herunter.

»Zumindest müssen wir uns auf eines gefasst machen. Vielleicht werden die Diebe nicht glauben, dass Lavinia ihre Meinung geändert hat, und daher versuchen, über Sie an Ihre Tante heranzukommen.« Er strich sanft mit dem Daumen über ihre Wange und schickte eine Welle wohliger Wärme durch ihren Körper. »Ich könnte es nicht ertragen, wenn Ihnen etwas zustoßen würde«, flüsterte er.

Ihr Hals schnürte sich zu. »Ich werde versuchen, vorsichtig zu sein, und gut auf mich aufpassen. Versprochen.«

»Es gibt noch etwas, worauf Sie achtgeben müssen.« Steven senkte den Blick und räusperte sich, dann sah er ihr wieder in die Augen. »Ich habe mich eben mit Jake Freeman unterhalten. Da Sie in letzter Zeit so häufig in seiner Schmiede vorbeigekommen sind, ist er davon überzeugt, dass Sie sich in ihn verguckt haben.«

Ellie hielt den Atem an. »Sie machen Scherze.«

»Keineswegs. Und, was noch wichtiger ist, Jake auch nicht. Er spinnt sich schon Tagträume zusammen und baut Luftschlösser für Ihre gemeinsame Zukunft. Das ist nicht alles. Mir ist aufgefallen, dass Sie sich mit Marshal Bascomb unterhalten haben, als ich vorbeigekommen bin. Ich habe Sie schon öfter gesehen, wie Sie mit ihm geplaudert haben ... oder mit anderen Gestalten aus der Stadt, die keinen Deut besser sind als er.«

Seine Worte wirkten wie eine kalte Dusche auf sie, von der vorher empfundenen Wärme war nichts mehr zu spüren.

»Mit Sicherheit wissen Sie nicht, was für eine Art Mann er ist oder in welchem Ruf er und die anderen Männer stehen. Aber der Ruf ist ein kostbares Gut und ich möchte nicht, dass Sie in eine Situation geraten, die Ihren Ruf kompromittieren könnte. Wenn wir also gerade bei Versprechungen sind: Versprechen Sie mir bitte, vorsichtiger zu sein, wo Sie Ihre Zeit verbringen und mit wem Sie sich unterhalten?« Stevens dunkle Augen blickten sie derart eindringlich an, dass ihr selbst das Atmen schwerfiel.

Sie fuhr sich mit der Zunge über die Lippen, die sich so trocken anfühlten wie Sandpapier. »Das ... kann ich nicht tun.«

Steven wich zurück, als hätte sie ihn gerade geohrfeigt. »Bitte?«

Schnell richtete Ellie sich auf und spürte sofort ihre steifen Muskeln. Dabei brachte sie Steven aus dem Gleichgewicht. »Ich sagte, das kann ich Ihnen nicht versprechen.«

Steven kam auf die Beine und baute sich vor ihr auf. Er stand nun so nah, dass sie einen Schritt zurückmachte. »Ich verstehe nicht.«

Er machte einen Schritt auf sie zu und sie ging wieder einen zurück. Nun stand sie direkt an der Wand der Schneiderei. Die scharfen Kanten der groben Holzbalken bohrten sich zwischen ihre Schulterblätter. Er streckte seine Hand nach ihr aus, zog sie jedoch wieder zurück, bevor er sie berührte. »Ich dachte, da wäre etwas zwischen uns beiden, Jessie. Habe ich damit unrecht?«

Nein!, hallte es durch Ellies Kopf, während sie äußerlich mit Müh und Not die Fassung wahrte. Sie verabscheute es, der Grund für den Schmerz zu sein, der sich vor ihren Augen in sein Gesicht einbrannte. Doch diese Gefühle gehörten Ellie, Jessie musste stark sein. Sie suchte nach den passenden Worten, wohl wissend, dass keine ihrer Erklärung zufriedenstellend sein würde. »Ich möchte den Westen erleben. Mag sein, dass diese Männer ein wenig grobschlächtig sind. Aber es ist meine einzige Chance, eine Art von Menschen kennenzulernen, die ich sonst nur aus Büchern kenne.«

Er sah sie an, als wäre sie übergeschnappt. »Verstehen Sie denn nicht? Diese Männer sind keine Gentlemen. Ich möchte nicht, dass Sie verletzt werden … oder Ihr Ruf zu Schaden kommt.«

Ellie wandte den Blick ab. Weiter hinten auf dem Gehsteig stand ein Pärchen, welches das Schauspiel zwischen Steven und ihr beobachtete. Ein schlaksiger Cowboy schlenderte an ihnen vorbei und grinste verständnisvoll.

Sie fasste sich ein Herz und sah Steven wieder an. »Machen Sie sich keine Sorgen um mich. Ich kann gut auf mich selbst aufpassen.«

Der Kummer in seinen Augen stand in keiner Relation zu den Qualen, die ihr Herz ausstand. Nichts wünschte sie sich mehr, als sein Gesicht in ihre Hände zu nehmen und ihm zu sagen, was sie tatsächlich für ihn empfand. Doch das war ausgeschlossen. Mit einem tief greifenden Gefühl von Verlust drehte sie sich um und ging davon.

Schnell wie der Blitz schoss Stevens Hand an ihren Arm und hielt sie fest. Er drehte sie zu sich. »Das reicht mir nicht, Jessie. Wir müssen darüber reden.«

Ellie warf die Arme hoch, um ihr Gleichgewicht wiederzuerlangen. Dabei traf sie schwungvoll Stevens Brust. Sie konnte seinen Herzschlag unter dem Hemd aus feinem Baumwollstoff fühlen, das durch ihre gespreizten Finger an seinen Körper gedrückt wurde. Um sie herum verschwamm alles. Das Einzige, was sie in diesem Augenblick wahrnahm, war der Mann vor ihr, auf den sich all ihre gesamten Sinne richteten und der sie noch näher an sich heranzog.

Sie fühlte, wie er seine Hand gegen ihr Kreuz presste. Er senkte den Kopf. Ellie sah, wie seine Lippen immer näher kamen, spürte, wie ihre Wimpern in seinem Atem zitterten. Halb schloss sie die Augen.

»Jessie.« Von seinem leisen Murmeln wurde ihr wieder ganz warm ums Herz.

Ein durchdringendes Geräusch durchstieß den Augenblick. Ellie schreckte zurück, plötzlich wurde ihr bewusst, dass sie es beinahe zugelassen hätte, wie Steven sie hier draußen, mitten auf dem Gehsteig küsste. Und das am helllichten Tag. Schamesröte stieg in ihre Wangen, doch als sie sich umsah, stellte sie fest, dass niemand ihnen Beachtung schenkte. Das durchdringende Tönen hielt an, die Leute liefen schreiend die Grant Street entlang in Richtung Westen.

Überrascht sah sie Steven an. In seinem Gesicht lag keine Inbrunst mehr, sondern steinerne Ernsthaftigkeit. Die Angst packte sie mit kalten Klauen. »Was ist los?«

Stevens Mund verzog sich zu einem grimmigen Strich. »Das ist die Glocke am Lastenaufzug der Redemption-Mine. Das Läuten bedeutet, dass ein Feuer ausgebrochen ist.«

23

»Ein Feuer in Ihrer Mine?« Noch während sie die Worte aussprach, bemerkte Ellie, dass das nicht stimmen konnte. Die Leute rannten nicht nach Süden in Richtung der Redemption, sondern schienen sich an einem Punkt weiter westlich auf der Grant Street zu sammeln.

»Da.« Steven zeigte auf die schwarze Rauchwolke in der Luft. »Das Hotel.« Er rannte los, dicht gefolgt von Ellie. Wenige Augenblicke später standen sie in einem Pulk von Menschen, einige gafften nur, andere schrien, doch alle waren sich der verheerenden Folgen bewusst, falls man das Feuer nicht unter Kontrolle bekommen würde.

Sechs Männer schoben einen Schlauchwagen die Straße hinunter. »Los, Jungs!«, rief ihr Anführer. »Schmeißt die Pumpe an!«

Einer der Männer warf Steven einen Eimer zu und sofort reihte er sich in die Schlange ein, die sich vor einem nahe liegenden Pferdetrog gebildet hatte. Im Rennen rief er Ellie über die Schulter zu: »Bleiben Sie weg! Das ist gefährlich.«

Selbst wenn Ellie gewollt hätte, hätte sie sich nicht bewegen können. Gelähmt vor Schreck, stand sie da und starrte auf die Rauchwolken, die aus den Frontfenstern des Hotels strömten. Die Angst, die sie schon einmal im Angesicht eines Feuers verspürte hatte, drohte sie zu überwältigen, als sie sah, wie die Flammen die Dachrinne umspielten.

Auf einmal war sie wieder das hilflose Kind auf den Straßen von Chicago, das von den starken Armen eines Polizisten zurückgehalten wurde – während die Flammen das Theater verschlangen, in dem ihre Eltern eingeschlossen waren.

»Hier sind noch mehr Eimer.« Der Mann, der sie trug, rempelte

Ellie im Vorbeirennen an. Schnell trat sie zur Seite, um das Gleichgewicht nicht zu verlieren, was sie zurück in die Gegenwart holte.

Doch das Gefühl von Machtlosigkeit blieb. Wie gut erinnerte sie sich an die grauenvolle Nacht, als alles um sie herum unter einem Haufen brennender Holzbalken zusammengebrochen war und sie zum Waisenkind wurde, angewiesen darauf, dass Kollegen ihrer Eltern sie aufnahmen.

Waren noch Leute im Hotel? Diese Frage löste sie sofort aus ihrer Starre, denn angesichts der Dringlichkeit der Situation musste sie sofort handeln.

Sie raffte ihre Röcke und lief zu dem Mann, der neben dem Schlauchwagen die Kommandos gab. »Konnten alle fliehen?« Da er nicht reagierte, nahm sie seinen Arm und schüttelte ihn. »Sind alle aus dem Haus heraus?«

Er schaute sie nicht einmal richtig an. »Keine Ahnung, Lady. Wir geben unser Bestes, um das Gebäude zu retten. Wenn sich das Feuer so ausbreitet wie letzten Sommer in Tombstone, könnten wir das gesamte Stadtviertel verlieren.«

Verzweifelt sah Ellie sich um, wen sie sonst fragen könnte. Niemand beachtete sie. Alle waren vollauf damit beschäftigt, das Hotel und die benachbarten Gebäude zu retten.

Ein Grüppchen Leute bewegte sich. Hinter ihnen sah Ellie plötzlich zwei Männer, die Donald Tidwell über die Straße schleppten. Nachdem sie ihn gegen einen der Pfosten gelehnt hatten, an dem normalerweise die Pferde festgebunden wurden, rannten sie zurück zu den anderen, um den Kampf gegen das Feuer wieder aufzunehmen.

Schnell eilte Ellie über die Straße und musste dabei einem glühenden Stück Holz ausweichen, das zu Boden fiel. Trotz des Lärms in der Menge konnte sie hören, dass Donald schlimm hustete. Als sie ihn erreichte, fiel sie neben ihm auf die Knie. »Donald, ist alles in Ordnung? Wo ist Myra?«

Erneut überkam ihn ein Hustenanfall. Ellie wartete quälend lange Sekunden, bis der Anfall sich legte. Ausdruckslos sah Donald sie an, sein Kopf war zur Seite gerollt. Ellie packte ihn an den Armen, beugte sich über ihn und wiederholte ihre Frage: »Wo ist Myra?«

Trauer erfüllte seine Augen. »Ich habe alles versucht. Glauben Sie mir, ich habe es versucht, aber es war zu spät. Ich konnte sie nicht retten.« Er fiel in sich zusammen und fing bitterlich an zu schluchzen.

Eine Frau eilte an den beiden vorbei. Ellie hielt sie am Ärmel fest und zeigte auf Donald. »Dieser Mann braucht Hilfe. Holen Sie den Arzt. Schnell!« Ohne abzuwarten, ob ihre Anweisung befolgt wurde, stürmte sie auf das Hotel zu.

Die Hitze der Flammen schlug ihr entgegen und wurde mit jedem Schritt unerträglicher. Ein stämmiger Mann versperrte ihr den Weg. »Zurück! Treten Sie zurück! Sie sind zu nah am Feuer.«

»Aber in dem Haus ist noch jemand!«

Der Mann wurde blass und schaute über seine Schulter auf die lodernden Flammen. Als er sich zurück zu Ellie drehte, schüttelte er bloß den Kopf: »Das Feuer hat sich zu stark ausgebreitet, da kann niemand mehr rein. Ich werde bestimmt niemanden in den sicheren Tod schicken.«

Er gab ihr einen kleinen Schubs. »Gehen Sie jetzt. Bringen Sie sich in Sicherheit.«

Ellie stolperte ein paar Schritte zurück, den Blick auf das brennende Gebäude fixiert. Die in ihren Kopf eingebrannte Erinnerung von damals drohte sie erneut zu übermannen.

»Nicht Myra.«

Die Worte schienen ihr Mut zu verleihen. Nein, nicht Myra. Es würde nicht noch einmal passieren, nicht, wenn sie es verhindern konnte. Sie war kein ängstliches, kleines Mädchen mehr, sondern eine erwachsene Frau mit einem eigenen Willen.

Kritisch beäugte sie den Schauplatz. Der Rauch schien sich auf der Vorderseite des Hotels zu konzentrieren, denn die Luft im Hinterhof wirkte verhältnismäßig klar. Myras Schlafzimmer war irgendwo auf der Rückseite.

Vielleicht, wenn auch nur vielleicht …

»Bitte, Gott«, keuchte sie, während sie um die Ecke in die Gasse sauste, die zur Rückseite des Hotels führte.

Welches Zimmer könnte es sein? Sie hatte das Hotel bisher noch nie von hinten gesehen.

Sie rannte zu einem kleinen Fenster nahe des westlichen Teils des Hotels und schaute hinein. Ein Waschbecken, ein Ofen, ein paar Geschirrschränke.

Unverkennbar die Küche.

Sie trat einen Schritt zurück und versuchte, sich die räumliche Anordnung des Hotels vor Augen zu führen. Wenn das die Küche war, gehörte das Fenster daneben wahrscheinlich zum Büro. Und wenn das stimmte, könnte das Zimmer rechts daneben das Schlafzimmer sein.

Ellie eilte zum Fenster und spähte unter vorgeschützter Hand durch die Scheibe. Ihre Überlegungen stimmten. Im Inneren konnte sie das Bett und die zerwühlten Decken sehen, die jemand zur Seite geschoben hatte, als hätte er es eilig gehabt, aus dem Bett aufzustehen. Auf Zehenspitzen blickte sie durch das Fenster und rang nach Luft, als sie Myras schwachen Körper auf dem Boden liegen sah.

Sie riss am unteren Teil des Rahmens und drückte ihn hoch, bis sich das Fenster nach oben schob. Dann sprang sie auf die Fensterbank und schwang ihre Beine in den Raum. »Myra?«

Als die Frau Ellies Stimme hörte, drehte sie den Kopf. Ellie schluchzte vor Erleichterung.

»Donald. Ich muss ihn finden.«

»Er ist bereits draußen und wartet auf Sie.« Ellie blickte zur Tür. Im Moment war die Luft im Zimmer noch verhältnismäßig klar, doch der Rauch quoll bereits über und unter der Tür hindurch. »Haben Sie momentan Gäste? Ist noch irgendjemand im Haus?«

Myra schüttelte den Kopf. »Der Letzte hat uns heute Morgen verlassen.« Sie sah Ellie an, als würde sie ihre Erscheinung zum ersten Mal wahrnehmen. »Kenne ich Sie?«

»Natürlich kennen Sie mich. Ich bin …« Ellie biss sich auf die

Zunge. Heute war sie Jessie und Myra hatte Jessie noch nie gesehen. »Ich bin Lavinia Stewarts Nichte.«

Ohne der Dame Zeit für ihre Antwort zu lassen, fügte sie hinzu: »Wir müssen Sie hier herausbringen. Schaffen Sie es aufzustehen, wenn ich Ihnen helfe?«

Die geschwächte Myra versuchte, sich aus eigener Kraft vom Boden hochzustemmen, doch schließlich legte Ellie ihre Arme von hinten um die zerbrechliche Frau und zog sie zum Fenster.

Sie holte tief Luft und hatte sofort das Gefühl, sie würde ersticken. Das Atmen wurde immer schwerer und sie merkte, wie auch ihr Körper schwächer wurde. Ein weiterer Blick zur Tür bestätigte ihr, dass der Rauch immer dichter wurde. Die Tür selbst schwelte bereits.

Ellie lehnte sich gegen die Fensterbank und sehnte sich nach einem tiefen Atemzug klarer Luft. Doch das würde warten müssen, erst musste sie Myra hier herausschaffen.

Aber wie? Die Fensterbank war höher als Ellies Taille. Unter normalen Umständen hätte sie wahrscheinlich keine Probleme damit gehabt, Myras leichten Körper über das Fenstersims auf die Straße zu hieven, aber in diesem Moment erschien es ihr wie eine unüberwindbare Aufgabe.

Der Rauch verdichtete sich und Ellie machte nur noch keuchende, flache Atemzüge. Sie umklammerte Myra und hob sie hoch. Gerade einmal fünf Zentimeter schaffte sie, das war nicht annähernd genug.

Den Arm fest um Myras Taille gelegt, lehnte Ellie sich aus dem Fenster und schaute die Gasse hinunter. »Hilfe!« Sie wollte schreien, brachte aber nur ein schwaches Krächzen zustande.

Plötzlich hörte sie hinter sich einen dumpfen Schlag. Sie warf den Kopf herum. Die Tür war aufgesprungen und eine Welle glühender Hitze schoss hinein. Durch den Rauch, der das Zimmer erfüllte, konnte sie sehen, wie die Flammen sich ihren Weg ins Zimmer bahnten und die Wände zur Decke hinaufzüngelten.

Die Zeit lief ihnen davon und es war keine Rettung in Sicht. Ellie umschlang Myra mit neuer Kraft. »Sie müssen mir helfen. Gemeinsam können wir es schaffen.«

»Ich … kann nicht.« Myras Atem bestand nur noch aus schwachen, kleinen Luftstößen. »Habe keine … Kraft. Gehen Sie. Gott segne Sie … dass Sie mir helfen wollten, aber es ist Zeit … sich selbst zu retten.«

Nein. Ellie schüttelte sie. »Auf keinen Fall lasse ich Sie zurück. Hier, halten Sie sich kurz an der Kante fest. Bitte!«

Bevor Myra ihren schwachen Griff lösen konnte, hatte Ellie sich auf die Fensterbank geschwungen und saß nun halb drinnen, halb draußen im Fenster. Schnell drehte sie sich um, fasste unter Myras Arme und hakte ihre Finger hinter deren Rücken ineinander ein. Sie presste die Frau an sich, sandte ein kurzes Stoßgebet gen Himmel und warf sich nach hinten.

Einen unerträglichen Augenblick lang wusste sie nicht, ob ihr Plan funktionieren würde.

Doch dann übernahm die Schwerkraft den Rest der Arbeit, Ellies Hebelgriff zeigte Wirkung und beide Frauen fielen aus dem Fenster auf den harten Boden.

Aus dem Zimmer drang lautes Getöse, Flammen schossen aus dem Fenster über ihnen.

Myras Gewicht auf sich, rang Ellie nach Luft. Sie waren noch nicht in Sicherheit, die Hitze war so stark, dass man es kaum aushalten konnte.

Doch dann vibrierte der Boden unter ihnen und eine Stimme erklang: »Hier drüben, Jungs. Ich brauche Hilfe.«

Starke Arme fassten nach unten und halfen Myra hoch. Befreit von dem Gewicht der Frau, rollte Ellie zur Seite und nahm zwei Atemzüge von der dünnen Luft. Ihr war bewusst, dass sie von dem Feuer wegmusste, daher drehte sie sich auf Hände und Knie und kam wieder auf die Beine.

Der Mann, der Myra im Arm hielt, schrie durch die tosenden Flammen: »Wir müssen hier weg! Die Wand kann jeden Moment einstürzen!«

Ellie nickte. »Ich kann alleine laufen. Bringen Sie die Dame zu ihrem Mann. Der Doktor müsste mittlerweile schon bei ihm sein.«

Der Mann eilte davon und Ellie wankte durch die Gasse davon. Luft. Sie brauchte Luft.

Sie stützte sich gegen die Rückwand des benachbarten Gebäudes, um Halt zu finden, während sie auf die Hausecke zuwankte und versuchte, mit brennenden Augen durch die Rauchwolken zu sehen.

»Jessie!«

Ihr Herz machte einen Freudensprung, als sie Stevens Stimme hörte. Mit letzter Kraft torkelte sie ein paar Schritte weiter. Kurz darauf erblickte sie ihn durch den Dunst. Er öffnete seine Arme, Ellie versank darin. Ihr blieb nichts anderes übrig, als sich von ihm hochnehmen und aus dem Inferno forttragen zu lassen.

Ellie fühlte, wie ihr Kopf gegen seine Schulter prallte, während Steven an der Eimerkette vorbeirannte, wo die Männer den einzigen Feuerwehrschlauch der Stadt bedienten. Erst als sie eine rauchfreie Stelle erreichten, die weit genug von dem Feuer entfernt war, blieb Steven stehen. Sein Brustkorb hob und senkte sich vor Anstrengung.

Er schien genauso wenig bereit zu sein, Ellie abzusetzen, wie sie es war, wieder auf die Füße gestellt zu werden. Nach der Tortur waren seine Arme wie eine wohltuende Oase, die sie am liebsten niemals verlassen würde.

»Woher wussten Sie, dass ich Sie brauche?«

Er legte seiner Wange an ihren Kopf. »Ich wusste es nicht. Ich sah nur, wie einer der Männer Myra heraustrug, und wollte helfen. Da sagte er mir, dass noch jemand hinten sei. Als ich gesehen habe, dass Sie es sind …« Seine Stimme stockte, dann verstummte er.

Im nächsten Augenblick ließ er Ellie herunter und drehte sie zu sich. »Was um Himmels willen haben Sie dort hinten gemacht? Sie hätten sterben können.«

Ellie hielt sich an seinen Schultern fest, damit sie nicht umkippte. »Donald erzählte mir, dass seine Frau noch im Haus sei. Ich musste sie dort herausholen.«

Mit großen Augen schaute Steven sie an, als hätte sie den Verstand verloren. »Warum haben Sie keine Hilfe geholt? Oder jemanden dort hineingeschickt?«

»Ich habe es versucht, aber keiner hat mir zugehört. Es blieb nicht genügend Zeit, um darauf zu warten, dass mir jemand Gehör schenkt.«

Steven verzog den Mund. Mit den Fingern strich er über ihre Wangen und nahm ihr Gesicht in seine Hände. »Das war sehr tapfer von Ihnen, aber es hätte auch ganz anders ausgehen können.« Er legte seine Stirn auf ihre, seine Stimme verwandelte sich in ein raues Flüstern. »Ich hätte Sie verlieren können.«

Ellie legte ihre Handflächen auf seine Hände, drückte zu und sagte mit Tränen in den Augen: »Ich weiß, aber ich musste es versuchen.«

»Kennen Sie Myra überhaupt?«

»Das spielt keine Rolle.« Ellie unterdrückte ein Schluchzen. »Niemand verdient es, auf diese Art zu sterben. Niemand.«

Ein Schrei von der Straße ließ sie herumwirbeln. Die Menge vor dem Hotel schreckte zurück, als die Wände des Gebäudes einstürzten und ein Funkenregen herabprasselte.

Ein heiserer Schrei ging durch die Menge. »Achtung! Das Feuer schlägt auf das Möbelgeschäft über!«

Steven schaute zu ihr hinunter. »Ich muss helfen. Wenn wir das Feuer nicht stoppen, könnten wir die ganze Stadt verlieren.« Aus den Falten zwischen seinen Augenbrauen sprach große Besorgnis. »Kommen Sie alleine nach Hause?«

Ellie nickte. »Das schaffe ich schon. Machen Sie sich keine Sorgen.«

Ein schiefes Lächeln breitete sich auf seinem Gesicht aus. »Und geben Sie mir keinen Grund mehr, mir Sorgen zu machen, okay?« Er beugte sich hinunter und gab ihr einen flüchtigen Kuss. Dann drehte er sich um und lief zurück zu den anderen, um das Feuer zu löschen.

Sie schaute ihm hinterher, presste ihre Fingerspitzen gegen die

Stelle, an der seine Lippen die ihren berührt hatten. Sie sah, wie er eine Seite des Schlauchwagens ergriff und dabei half, den Wagen weiter die Straße hinunterzuziehen. Durch sein Baumwollhemd zeichneten sich die Muskeln an seinem Rücken ab. Sein Hemd, seine Hände und sein Gesicht waren rußverschmiert, eine dicke Locke seines sandbraunen Haares hing ihm über die Stirn. In diesem Augenblick war er der heldenhafteste Mann, den sie je gesehen hatte.

Und er hatte sie gern. Seit dem Moment, als er sie in die Arme genommen und gesagt hatte, dass er sie nicht verlieren wollte, wusste sie es. Nur ein Blick, ein Wort, eine Berührung von ihr und er könnte ihr gehören.

Wenn sie Jessie Monroe wäre.

In ihrem Hals bildete sich ein Kloß, der ihr das Atmen noch schwerer machte als der Rauch. Sie wandte sich ab und ging. Mehr als alles andere brauchte sie jetzt das Gefühl der Sicherheit ihrer eigenen vier Wände, wo sie das Chaos der Gefühle, die sie übermannten, sortieren konnte. Fernab von dem Tumult auf der Straße, fernab von Stevens verwirrender Gegenwart.

Fernab von dem Schlamassel, in den sie sich selbst hineinbugsiert hatte.

Sich von dem stechenden Rauchgeruch zu befreien, dauerte sehr viel länger, als Ellie gedacht hätte. Ihr erstes Bad wusch gerade einmal genug Ruß weg, damit sie sich um Jessies Requisiten und Kleidung kümmern konnte, ohne auf jeder Oberfläche, die sie berührte, Schmutzflecken zu hinterlassen.

Nun war sie dabei, ihr zweites Bad an diesem Abend zu nehmen, und gab sich dem angenehmen Lavendelduft des Badesalzes hin, welches sie dem wohlig warmen Wasser hinzugefügt hatte. Die vorsichtig gewaschene rote Perücke – die Locken waren nun in weiche Streifen alter Kleidung eingehüllt – ruhte auf dem Ständer. Ihr dunkelgrünes, grob geripptes Spazierkleid und die Unterwäsche lagen als stinkender Kleiderhaufen draußen vor der Hintertür. Sosehr sie dieses Kleid auch mochte, sie hatte weder Zeit noch Lust, es zu waschen, solange der Geruch sie an ihren Ausflug in das brennende Hotel erinnerte.

Sie stieg aus der Badewanne und trocknete sich mit dem Handtuch ab. Die feuchten Haare hingen ihr offen über die Schultern, als sie in ihren warmen Morgenrock schlüpfte und die Notizen über den Fall hervorkramte. Nach allem, was passiert war – den »Unfällen«, dem Feuer und den berauschenden Momenten mit Steven –, verspürte sie das dringende Bedürfnis, sich mit neuer Konzentration ihren Ermittlungen zuzuwenden und ihnen ein festes Fundament zu schaffen.

Wie würde sich der Verlust des Hotels auf ihre Nachforschungen auswirken, was das Treiben im Ort anging, nun da ihr liebster Beobachtungsposten abgebrannt war? Unmittelbar nachdem ihr dieser Gedanke durch den Kopf gegangen war, schämte sie sich. Donald und Myra hatten weitaus mehr verloren als sie. Ellie hatte zwar keinen Aussichtspunkt mehr, aber ihnen hatte der Verlust des Hotels das Zuhause genommen, den Lebensunterhalt und beinahe auch ihr Leben.

Wenn sie an die Tidwells dachte, kehrte automatisch die Erinnerung daran zurück, wie sie in der Lobby des Grand-Hotels gesessen – war das tatsächlich erst heute Morgen gewesen? – und die unangenehme Begegnung mit Marvin Long gehabt hatte. Erschöpft lehnte sie sich in ihrem Stuhl zurück und starrte auf die gegenüberliegende Wand. Immer wieder fragte sie sich, was Marvin Long mit seiner barschen Aufforderung Donald gegenüber gemeint haben könnte, als er vom Vollmond sprach.

Wann war überhaupt der nächste Vollmond? Schnell machte sie sich eine Notiz, es herauszufinden. Sie musste unbedingt wissen, wie viel Zeit ihr bis zu dem rätselhaften Ereignis blieb.

Je länger sie über Marvin Longs Bemerkung nachdachte, desto verwirrter wurde sie. Die Arme auf den Tisch gestützt, fuhr Ellie sich durch ihre klammen Haare. Sosehr sie sich auch bemühte, sie konnte sich keinen Reim darauf machen, was das Datum zu bedeuten hatte. Sollte an diesem Tag etwas Bestimmtes stattfinden? Dabei handelte es sich sicherlich nicht um eine Silberlieferung – davon hätte Lavinia etwas mitbekommen. Oder war es etwas, das Donald an diesem Datum tun sollte?

Von ganzem Herzen hoffte sie, dass es um etwas völlig Harmloses ging. Doch Longs Stimme hatte so einschüchternd geklungen, so bedrohlich. Wenn sie an den feindseligen Ton in seiner Stimme dachte, konnte Ellie sich einfach nicht vorstellen, dass es sich – was auch immer »es« sein würde – als harmlos entpuppen würde.

Doch Donald in der Rolle des Bösewichts? Das war genauso schwer vorstellbar. Andererseits wusste keiner besser als sie, wie einfach ein Leben zu führen war, bei dem sich die Wirklichkeit hinter einer Maske versteckt hielt. Dennoch empfand sie es als unfair, Donald nach der heutigen Tragödie eines Verbrechens zu bezichtigen.

Ellie presste die Handballen auf ihre Augen. Nur weil der Mann heute Opfer eines Unglücks geworden war, hieß das nicht, dass er kein Verräter sein konnte.

Um mit den Worten der Pinkertons zu sprechen: Kein Mensch war über jeden Verdacht erhaben.

Auf einmal kam ihr ein Gedanke und sie saß plötzlich kerzengerade da. Hatte jemand das Feuer absichtlich gelegt? War es vielleicht eine Art Warnung, die Donald auf Kurs bringen sollte, damit er Marvin Longs Pläne nicht durchkreuzte, wie auch immer diese aussehen mochten? So gerne sie diesen Gedanken kurzerhand abgetan hätte, er ließ sie nicht los. In letzter Zeit hatte es zu viele verdächtige Ereignisse gegeben – der vermeintliche Unfall in der Mine, die durchgehenden Pferde. Wenn diese Schurken zu gewalttätigen Methoden griffen, um eine alte Dame von der Wahrheit fernzuhalten, könnte auch das Feuer auf ihr Konto gehen. In diesem Fall sollte es wahrscheinlich Donald nötigen zu tun, was man ihm aufgetragen hatte.

Bei dem Gedanken an Marvin Longs Erscheinung schauderte es Ellie. Im Gegensatz zu Donald, bei dem sie sich nicht vorstellen konnte, dass er in Verbindung zu den Bösewichten stand, würde sie Long ohne Weiteres ein Verbrechen zutrauen.

Ein neuer Gedanke kam ihr in den Sinn. Als Lavinia hatte sie viel Zeit in der Hotellobby verbracht. Vielleicht war das Feuer auch ein weiterer »Unfall«, der Lavinia von ihren neugierigen Nachforschungen abhalten sollte? Oder noch schlimmer … wenn das der Fall war, hatte sie Schuld daran, dass Donald und Myra all das hatten erdulden müssen?

Allein die Möglichkeit rief in Ellie den Wunsch hervor, so schnell sie konnte nach Hause zu rennen … wenn sie ein eigenes Zuhause gehabt hätte, wohin sie hätte rennen können. Leise schluchzend schob sie die Papiere zur Seite und vergrub das Gesicht in ihren Armen. Keinen Augenblick länger würde sie diese Ungewissheit aushalten können.

Außerdem musste sie ein anderes Mysterium lösen, das keineswegs weniger verwirrend war, doch dafür persönlicher: Wer war sie?

Seit dem Tag, an dem sie sich im Büro der Pinkertons als Lavinia vorgestellt hatte, war sie zu einer Art Chamäleon geworden, das mit spielerischer Leichtigkeit zwischen Lavinia und Jessie hin und her wechselte … meistens zumindest.

Doch während dieser Zeit hatte sie ihre eigene Identität verloren. Seit sie in Pickford wohnte, war Cousin Ted die einzige Person gewesen, mit der sie als sie selbst gesprochen hatte. Und selbst dann hatte sie ausgesehen wie Lavinia oder wie Jessie … nie wie Ellie.

Das brachte sie zurück zu der quälenden Frage: Wer war sie? Nicht die erfolgreiche Bühnenschauspielerin, die sie so gern sein wollte – obwohl sie momentan eine Darbietung hinlegte, die jeden Theaterdarsteller in den Schatten gestellt hätte.

Mit Sicherheit war sie nicht die lebhafte, temperamentvolle und begehrenswerte Jessie Monroe. Bei dem Gedanken daran, wie Stevens Augen aufgeleuchtet hatten, als er Jessie angesehen hatte, ballte Ellie die Hände zu Fäusten. Könnte er sie, Ellie, jemals so ansehen – mit derselben Sehnsucht in den Augen? Sie mochte äußerlich eine graue Maus sein, doch in ihr loderte das gleiche Feuer, das aus Jessie die Frau seines Begehrens machte. Würde er dies jemals erkennen? Ihr wahres Ich sehen und lieben?

Doch was war ihr wahres Ich?

Ellie glitt hinab auf den Boden, kniete sich neben den Stuhl und drückte das Gesicht auf die hölzerne Sitzfläche. Auf einmal fielen ihr Wahrheiten aus der Bibel ihrer Großmutter ein, die sie seit ihrer Ankunft in Pickford regelmäßig las. »Gott, dein Wort sagt, du kennst mich in- und auswendig. Und selbst, wenn ich verwirrt bin, verstehst du den Sinn dahinter.«

Ein Hauch von Frieden, so undeutlich wie wabernder Rauch, umwehte ihren Geist.

Sie klammerte sich an den entstandenen Funken Hoffnung und schlang die Arme um den Stuhl, als könnte sie so die Gegenwart des Allmächtigen besser festhalten.

»Was verlangst du von mir?«, flüsterte sie. »Ich bin nur Ellie. Ich kann dir nicht viel bieten.«

Genau wie der Knabe mit den Brotlaiben und den Fischen in der Bibelgeschichte. Das Gefühl von Frieden wurde immer stärker, begleitet von prickelnder Aufregung.

»Er gab dir alles, was er hatte. Ist es das, was ich tun soll? Alles, was ich besitze, bin ich selbst.«

Der Keim Hoffnung brach auf und erblühte wie eine Ranke aus purer Freude, die sich durch ihren Körper schlängelte.

»Ist es das? Ist das alles?« Ellie lockerte die Hände von dem Stuhl, um die Tränen wegzuwischen, die aus ihren Augen strömten.

»Nun gut, Herr. Wenn es das ist, was du möchtest, dann gebe ich mich dir hin. Ich bin dein.«

24

»Hätten Sie gerne ein Stück Kuchen, Miss Monroe?«

Ellie riss ihren Blick von den Passanten auf der Grant Street los und sah George Parker an, den Besitzer des Mother-Lode-Restaurants. »Nein, vielen Dank. Nach dem leckeren Schweinebraten bin ich pappsatt.«

Parker strahlte. »Meine Frau hat den ganzen Nachmittag für diesen Braten geopfert. Immer wieder habe ich ihr gesagt, er riecht so gut, dass man ihn sofort essen könnte. Und das kann man natürlich auch.« Er zwinkerte ihr verschwörerisch zu. »Ich habe heimlich ein Stück probiert, direkt nachdem sie ihn aus dem Ofen geholt hat, aber sagen Sie ihr bitte nichts davon. Wie wäre es mit einer Tasse Tee nach dem Essen?«

»Sehr gerne.« Als er in die Küche verschwand, drehte Ellie ihren Stuhl, um ihre schmerzenden Muskeln zu dehnen – und ihren Blickwinkel ein wenig zu ändern. Der Anblick der verkohlten Überreste des Grand-Hotels genau gegenüber auf der anderen Straßenseite ernüchterte sie.

Wieder dachte sie daran, was passiert wäre, wenn sie keine Zeit mehr gehabt hätte, Myra aus dem Gebäude zu holen. Ein Schauer lief ihr über den Rücken. Der Verlust des Hotels war schrecklich genug, doch es hätte weitaus schlimmer kommen können.

Heute wollte sie das Mother Lode als neuen Aussichtspunkt ausprobieren. Die Aussicht war nicht ganz so gut wie im Grand-Hotel und sie konnte dort, anders als in der Hotellobby, nicht stundenlang sitzen bleiben. Doch es war immer noch besser, sich Zeit für ein Essen im Restaurant zu nehmen und dabei Pickfords Hauptstraße zu beobachten, als auf einer Bank auf dem Gehsteig herumzulungern, wo jeder der Passanten sie sehen konnte.

George Parker stellte den frischen Tee vor ihr auf dem Tisch ab. »Es überrascht mich, dass Sie alleine essen. Was macht Ihre Tante heute?«

Ellie nahm einen Schluck von dem Tee und tupfte ihre Lippen mit ihrem Taschentuch ab. Wie lange würde sie noch Ausreden finden können, ohne dass jemand misstrauisch wurde?

»Ihr tut immer noch alles weh nach dem Unfall mit Mr Watsons Pferden gestern. Alles, wonach sie sich heute Abend fühlte, war eine Tasse Brühe. Ich dagegen hatte Lust auf etwas Sättigendes und der Gedanke daran, ein komplettes Essen für mich alleine anzurichten, hat mich irgendwie abgeschreckt. Daher habe ich mich stattdessen dazu entschlossen, essen zu gehen.« Sie nahm noch einen Schluck von dem duftenden Tee und lächelte ihn an. »Das war genau die richtige Entscheidung.«

Parker freute sich. »Sie sind jederzeit herzlich willkommen. Meine Frau ist die beste Köchin diesseits des El Paso, wenn ich das so sagen darf.« Statt zurück in die Küche zu gehen, blieb er neben Ellies Tisch stehen und scharrte mit den Füßen. »Sie sollten wissen, dass meine Frau und ich es sehr mutig von Ihnen fanden, dass Sie gestern Myra Tidwell aus dem Hotel geholt haben.«

Ellie errötete und versuchte, das Kompliment abzuwinken. »Jeder andere hätte dasselbe getan.«

»Vielleicht. Aber Sie sind es gewesen, die es getan hat.«

Ellie wich seinem Blick aus und fuhr mit der Fingerspitze über den Rand der Teetasse. Sie fühlte sich nicht wie eine Heldin, besonders nicht, nachdem sie die Nacht zuvor von dem Gedanken heimgesucht worden war, dass der Brand möglicherweise ihre Schuld war.

Nicht sicher, ob sie wirklich eine Antwort hören wollte, fragte sie: »Wissen Sie zufällig, wodurch das Feuer ausgelöst wurde?«

Traurig schüttelte Parker den Kopf. »Man hat herausgefunden, dass Donald das Feuer verursacht hat.«

Ellie setzte die Tasse ab und kniff die Augen zusammen. Sicherlich hatte sie ihn falsch verstanden. »Mr Tidwell?«

»Ja.« Parker wischte sich die Hände an dem Handtuch über seiner Schulter ab. »Myra hatte wieder einen ihrer schlechten Tage und Donald schuftete sich die Seele aus dem Leib, um sie zu pflegen. Er schürte das Feuer im Ofen der Lobby und ging dann hinaus, um den Gehsteig zu fegen. Man vermutet, dass er die Ofentür nicht richtig geschlossen hat. Als das Feuer entfacht war und das Holz zu brennen begann, müssen ein paar Funken auf den Teppich geflogen sein. Von dort ist das Feuer auf die Stühle übergangen und bahnte sich seinen Weg. Sobald es die Vorhänge erreicht hatte, war es zu spät.«

Ellie presste die Hand gegen den Mund.

»Donald fegte draußen am westlichen Ende des Gebäudes, als jemand ihm zurief, es käme Rauch aus den Türen. Er wollte ins Haus laufen, um Myra zu holen, doch die Flammen waren zu hoch für ihn. Wenn ein paar der Männer ihn nicht herausgezogen hätten, wäre er bei dem Versuch, sie zu retten, gestorben. Es war äußerst knapp, wenn man bedenkt, wie viel Rauch er eingeatmet hat.«

Parker rieb sich mit der Hand die Augen, als wollte er die Erinnerung wegwischen. »Der Doktor sagt, er wird wieder. Aber es ging ihm überhaupt nicht gut, bis er erfuhr, dass Sie Myra in Sicherheit gebracht haben.«

»Und es besteht kein Zweifel, dass das der Grund für das Feuer war?« Ellie zwang die Worte heraus, trotz der Tränen, die ihr den Hals zuschnürten.

Parker grunzte bestätigend. »Die arme Frau hat so viel durchmachen müssen. Gott hat Ihnen einen Schutzengel geschickt, der sie beide dort rausgeholt hat. Sie müssen unbedingt beim Doktor vorbeischauen. Ich weiß, dass die beiden Ihnen gerne danken möchten.«

Ellie nickte abwesend. Einerseits fühlte sie sich erleichtert, dass die Schuld für das Feuer nicht ihr zugeschrieben werden konnte, andererseits verspürte sie großen Kummer und Mitgefühl für Donald und Myra.

Ein neuer Gedanke kam in ihr auf. »Sie haben ihr Zuhause verloren. Wo werden sie hingehen, wenn sie wieder auf den Beinen sind?«

Er zuckte mit den Schultern. »Das steht noch nicht fest.« Als er sah, wie Ellie die Stirn runzelte, fügte er hinzu: »Das Hotel gehörte Donald nicht, er hat es nur geleitet. Der Besitzer lebt in Tucson. Er wird Ende der Woche herkommen, um sich alles anzusehen und zu entscheiden, ob er das Hotel wieder aufbaut. Selbst wenn er sich dafür entscheidet, ist es unklar, ob Donald dort weiterarbeiten kann. Wenn sein Chef herausfindet, dass seine Unachtsamkeit der Grund für den Verlust des …«

Er stockte.

Mit hervortretenden Augen starrte er aus dem Fenster auf einen Punkt hinter Ellies rechter Schulter.

Gerade rechtzeitig drehte Ellie sich in ihrem Stuhl herum, um einen barhäuptigen Mann die Grant Street hinunterwanken zu sehen. Mit einer Hand hielt er sich den Kopf, in der anderen einen staubigen Schlapphut.

»Das ist der Vorarbeiter der Busted-Shovel-Mine«, sagte Parker im selben Moment, in dem Ellie erkannte, dass es Marvin Long war – der Mann, dem sie zweimal in der Hotellobby und einmal in der Gasse hinter der Pickford Hall begegnet war.

Ohne ein weiteres Wort zu verlieren, stürzte Parker zur Tür hinaus. Ellie fischte in ihrer Handtasche herum, warf das Geld für das Essen auf den Tisch und eilte hinaus zu der kleinen Gruppe von Menschen, die sich auf der Straße versammelt hatten und wild Fragen durcheinanderriefen.

»Was ist passiert?«

»Wie schlimm sind Sie verletzt?«

Long hielt eine Hand auf die blutende Wunde an seinem Kopf. Er wankte, schlug jedoch jede helfende Hand weg, die ihn stützen wollte. Er schleuderte einen wilden Blick in die Menge der Schaulustigen. »Wo ist Mr Clay? Ich muss ihn finden.«

Mit weit aufgerissenen Augen zeigte ein Mann die Straße hinunter. »Ich habe gesehen, wie er vorhin zum Schmied gegangen ist. Ich hole ihn.« Wenige Augenblicke später kam er, dicht gefolgt von Alfred Clay, zurück.

»Was ist hier los?«

»Sie haben sich Ihr Silber geholt, Boss.«

Ellie hielt den Atem an und blickte auf Alfred Clay, dessen Gesicht bei dieser Neuigkeit bleich geworden war.

»Was?« Der Minenbesitzer sah aus, als würde er in sich zusammensacken.

»Ich kam gerade aus der Mine, als drei von ihnen mich angefallen haben. Jemand muss ihnen erzählt haben, dass Sie Ihre Silberbarren in dem alten Seitenschacht aufbewahren.«

Ellie spürte, wie eine Hand ihren Ellbogen ergriff, neben ihr stand Gertie. »Was ist passiert?«, japste die ältere Dame.

»Jemand hat gerade eine der Minen ausgeraubt«, antwortete Ellie knapp und wandte sich dann wieder dem Schauplatz vor ihnen zu.

Neben sich hörte sie, wie Gertie den Vorfall mit einem missbilligenden »Tss!« kommentierte. »Dieses Pack wird mit jedem Mal dreister.«

Ellie nickte zustimmend, ohne ihre Augen vom Geschehen abzuwenden. Sie suchte die Gesichter der Schaulustigen nach Anzeichen ab, die verrieten, dass jemand etwas wusste oder sich schuldig fühlte.

Alfred Clay zog ein Stofftaschentuch heraus und wischte sich den Schweiß von den Augenbrauen. »Sie haben alles mitgenommen?«

Langsam schüttelte Long den Kopf. »Sie haben mich dort nicht erwartet, glaube ich. Ich muss ihr Vorhaben durcheinandergebracht haben, als ich mich zur Wehr gesetzt habe. Für mich sah es so aus, als hätten sie nur ein oder zwei Kisten mitgenommen. Der Rest ist momentan in Sicherheit, aber ich wollte, dass Sie sofort davon erfahren.«

»Drei Männer, sagst du.« Clay hatte sich wieder gefasst, sein Gesicht war wie versteinert. »Hast du einen von ihnen erkannt?«

»Tut mir leid, Boss. Sie waren maskiert.«

»In welche Richtung sind sie gelaufen?«

»Das habe ich nicht gesehen.« Marvin Long starrte auf seine Füße, als wäre das Geständnis ihm peinlich. »Einer von ihnen hat mich niedergeschlagen, bevor sie abgehauen sind. Es hat ein paar Minuten gedauert, bis ich wieder klar sehen konnte.«

Alfred Clay sah sich in der Runde um. »Ich brauche ein paar Männer, die mir helfen, diese Schurken zu finden. Wer ist dabei?«

Vier Männer traten vor und der grimmige Minenbesitzer nickte ihnen dankbar zu. »Die Diebe treiben schon viel zu lange ihr Unwesen. Es ist an der Zeit, dass wir dem ein Ende setzen.« Dann wandte er sich an Marvin Long. »Geh zum Doktor und lass dich von ihm untersuchen.«

Long drehte sich um, schaute aber noch einmal über seine Schulter. »Boss, ich glaube, wir müssen den Rest des Silbers an einen sichereren Ort schaffen, wenn Sie verstehen, worauf ich hinausmöchte.«

Aufmerksam blickte Clay ihn an, dann nickte er. »Gute Idee. Du kannst mir morgen früh dabei helfen. Gute Arbeit, Long. Das gibt einen Bonus am Zahltag.«

Marvin Long neigte den Kopf zum Dank und ging dann in Richtung Sixth Street zur Arztpraxis.

Zeitgleich eilten Alfred Clay und seine Gruppe Freiwilliger davon, sie hatten eine Mission. Der Rest der Menge zerstreute sich, sodass am Ende nur noch Ellie und Gertie am Straßenrand standen.

Gerties empörter Gesichtsausdruck erinnerte Ellie an eine Henne, die sich gerade aufplusterte. »Was ist bloß aus dieser Welt geworden? Wenn dieser nichtsnutzige Bascomb etwas taugen würde, würde er die Schuldigen finden und sie hinter Gitter bringen. Man sollte sie wegsperren, bis sie alt und grau sind. Wenn ich etwas zu sagen hätte, würde genau das passieren …«

Plötzlich schwang Besorgnis in Gerties Stimme mit. »Liebes, geht es Ihnen gut? Ihre Augen sehen ein wenig glasig aus.«

Ellie blinzelte und richtete ihre Aufmerksamkeit wieder auf Gertie. »Nein, nein, mir geht es gut.« Sie zwang sich zu einem Lächeln. »Ehrlich.«

Gertie beäugte sie skeptisch. »Ich plappere hier vor mich hin, ohne daran zu denken, wie Sie sich fühlen müssen, nach allem, was Sie und Ihre Tante gestern durchgemacht haben.« Als wäre sie auf der Suche nach Lavinia, sah sie sich um. »Wo ist sie überhaupt? Ich hätte sie mitten im Zentrum eines solchen Spektakels erwartet.«

Ellie nutzte die Gelegenheit, um einen eleganten Abgang zu machen. »Ich habe sie zu Hause gelassen, damit sie sich ausruht. Ich sollte wirklich schnell zurück, um nach ihr zu sehen.«

Gerties Augen spiegelten ihre Enttäuschung wider, dennoch lächelte sie und nickte. »Wahrscheinlich haben Sie recht. Richten Sie ihr Grüße aus und sagen Sie ihr, dass ich sie beide in meine Gebete einschließe.«

»Vielen Dank. Das mache ich gerne.« Dankbar für die Gebete, verabschiedete Ellie sich. Sie brauchte jede Hilfe, die sie bekommen konnte. Und wenn Gertie sowohl für Lavinia als auch für Jessie betete, musste das ja doppelt zählen.

Als sie sich auf den Weg machte, fiel ihr auf, dass sie eigentlich längst hatte zu Hause sein wollen. Die Sonne verschwand bereits hinter dem Horizont und warf überall lange Schatten. Zwischen den Lichtquellen der vereinzelten Gaslampen in den Fenstern war es tiefschwarz geworden.

Ellie sah, wie Gertie zurück in den Kaufmannsladen ging. Nach dem Vorfall wenige Minuten zuvor empfand sie es als eigenartig, der einzige Mensch auf der Straße zu sein – abgesehen von dem Laternenanzünder, der sich von einer Gaslampe zur nächsten vorarbeitete, bis er das Ende der Grant Street erreicht hatte. Fast hätte sie Gertie hinterhergerufen, so alleingelassen fühlte Ellie sich plötzlich, doch im letzten Moment hielt sie sich zurück. Sie war doch kein Kind, das Angst vor der Dunkelheit hatte. Bis zu ihrem Haus war es nicht weit, es wurde Zeit weiterzugehen.

Langsam ging sie von Lichtkreis zu Lichtkreis und nutzte die unerwartete Einsamkeit, um sich auszumalen, was wohl auf Marvin Longs Bekanntgabe des Überfalls folgen mochte.

Als sie den Vorfall noch einmal im Kopf durchspielte, spürte sie erneut den Schock, den Longs Worte in ihr ausgelöst hatten. Gertie hatte recht. Es schien, als würden die Diebe mit jedem Tag unverschämter, jetzt griffen sie sogar direkt auf Alfred Clays Mine zu, anstatt den Lieferungen auf der Straße aufzulauern.

Sie ging am Schneider vorbei und trat vom Gehsteig, um die Fourth Street zu überqueren. Was hatte das zu bedeuten? War das ein Zeichen für die steigende Verzweiflung der Diebe? Das war eher unwahrscheinlich. Warum sollten ihre Handlungen auf Verzweiflung gründen? Sie hatten so viel Silber gestohlen, das konnten sie nicht bereits alles verprasst haben.

Ihr Blick verfinsterte sich, als ihr einfiel, was Marvin Long gesagt hatte.

Woher wussten die Diebe, dass Alfred Clay das Silber in einem Seitenschacht der Busted Shovel aufbewahrte? Er hatte so etwas während des Treffens erwähnt, bei dem sie als Lavinia dabei gewesen war, aber das konnte unmöglich an die Öffentlichkeit geraten sein.

Da er selbst angegriffen wurde, schien Marvin Long als Verdächtiger auszuscheiden. Könnte es sein, dass einer von Clays Angestellten den Dieben half ... oder selbst einer der Diebe war?

Wie konnte sie das herausfinden?

Erneut ging sie die Szene durch, auf der Suche nach irgendetwas – einem Wort, einer Reaktion, einer Geste –, das ihr einen Hinweis geben könnte.

Als sie die Third Street überquerte, spürte sie, wie etwas tief aus ihrem Gedächtnis an die Oberfläche drängte. Wieder ging sie den Vorfall durch, Aussage für Aussage, doch anstatt sich auf die Wörter zu konzentrieren, führte sie sich Marvin Longs Haltung, sein Auftreten und seine dramatischen Gesten vor Augen.

Dramatisch. Das traf es haargenau. Das übertriebene Taumeln, die Hand an den Kopf gepresst wie ein tragischer Held.

Sie geriet ins Stocken, bis sie vor Wilsons Waffenladen zum Stehen kam. Für einen Moment stand sie nicht mehr auf einem staubigen Gehsteig in Arizona, sondern hinter der Bühne des Orpheum-Theaters während einer Vorstellung von *Viel Lärm um nichts*, und schaute dabei zu, wie Roland Lockwood als Claudio gesagt bekam, dass er Schuld an dem Tod Heros habe.

Lockwood hatte die Rolle so übertrieben gespielt, dass im Publikum Gekicher zu hören war. Kurz danach hatte sich die Kunde von seiner überzogenen Darbietung wie ein Lauffeuer verbreitet, alle Welt wusste, dass er es wirklich verpatzt hatte. Magdalena war wütend, dass ihr Stück aus den falschen Gründen Aufmerksamkeit bekam, und brachte den Direktor dazu, dem Darsteller eine gemäßigtere Darstellung nahezulegen. Letzten Endes verschwand das Gekicher – und Magdalenas Zorn – und das Leben lief wieder in geregelten Bahnen.

Im nächsten Augenblick war sie wieder zurück in Pickford und schaute in die Dunkelheit.

Sie blickte sich um und schauderte. Am besten ging sie schnell heim, dort konnte sie nach Herzenslust darüber grübeln, was an dieser Szene nicht zusammenpasste.

Mit entschlossenen Schritten eilte sie von einem Lichtkreis zum nächsten. Wie war sie auf Lockwoods ungeschickt übertriebene Darbietung gekommen? Gab es einen Zusammenhang zu dem Vorfall, den sie soeben miterlebt hatte?

Im Kopf verglich sie die beiden Szenen miteinander. Als ihr die Ähnlichkeit bewusst wurde, musste sie kichern: Marvin Long hatte fast das gleiche Verhaltensmuster und die gleiche Tonlage wie damals Roland Lockwood an den Tag gelegt. Einerseits waren seine Handlungen der Situation entsprechend, andererseits hätten sie eher zu einer Bühnenvorstellung gepasst. Ihr Verstand musste unbewusst eine Verbindung zwischen den beiden hergestellt haben.

Den Blick geradeaus in die finstere Dunkelheit gerichtet, lief sie mit hallenden Schritten über die Holzbalken des Gehweges. Kurz nachdem sie an der dunkelsten Stelle vor Levis Juweliergeschäft vorbeigekommen war, spürte sie, wie ein starker Arm ihre Taille umfasste, ihre Arme in die Seiten drückte und sie zu Boden riss.

Ellie holte Luft. Noch bevor sie anfangen konnte zu schreien, hielt ihr eine raue Hand den Mund zu und unterdrückte ihren Hilferuf. Dann wurde sie in die enge Gasse zwischen den Gebäuden gezogen.

Sie zappelte wild mit den Beinen und versuchte mit aller Kraft, wieder Fuß zu fassen. Mit dem Absatz traf sie das Knie ihres Angreifers, der ein dumpfes Grunzen von sich gab und leise fluchte. Sofort verstärkte er den Griff um ihren Arm und zog sie so eng gegen seine muskulöse Brust, dass sie kaum Luft bekam.

Als ihr die Hand über ihrem Mund den Kopf zurückzog, zuckte Ellie zusammen. Seine bärtige Wange kratzte in ihrem Nacken. Warmer Atem wanderte ihren Hals hinunter und eine heisere Stimme zischte: »Hör auf, dich zu wehren. Wenn du es nicht sein lässt, könnte dein nächster Schritt dein letzter sein. Verstanden?«

Nach Luft ringend, brachte Ellie gerade so ein Nicken zustande. Ihre Sicht verschwamm zu den Seiten hin und sie fürchtete, ohnmächtig zu werden. Mit aller Kraft bemühte sie sich, bei Bewusstsein zu bleiben. Es war nicht auszumalen, was dieser Unmensch ihr antun könnte, wenn sie ohnmächtig würde.

Er lockerte seinen Griff, damit sie auf ihren eigenen Füßen stehen konnte, ließ aber die Hand auf ihrem Mund und drückte noch immer ihren Kopf fest gegen seine Brust. Da ihre Lungen nun nicht mehr eingequetscht wurden, atmete sie so tief ein, wie sie konnte. Das half ein wenig – zumindest konnte sie wieder klarer sehen –, dennoch verlangte ihr Körper nach mehr Sauerstoff, als sie so bekommen konnte.

Sie hatte keine Ahnung, was der Mann mit ihr vorhatte, und absolut nicht das Bedürfnis, länger zu bleiben, um es herauszufinden. Weit und breit war niemand zu sehen, der ihr hätte helfen können. Wenn sie fliehen konnte, dann nur aus eigener Kraft.

Ohne zu wissen, wie sie vorgehen sollte, spannte Ellie ihre Muskeln an, um für jede Gelegenheit bereit zu sein, die ihr Entführer ihr bieten würde. Sein strammer Arm drückte zu, schnürte ihr den Atem ab und ließ sie beinahe ohnmächtig werden. Dann nahm der Druck langsam ab und ihre unterversorgten Lungen konnten sich wieder mit Leben spendender Luft füllen.

»Beruhige dich. Ich will dir nur eine Nachricht übermitteln, aber ich kann dir genauso gut das Genick brechen, wenn du mir Anlass dazu gibst.«

Ellie zwang sich, die Anspannung aus ihren Muskeln zu lösen. Sie hatte keine andere Wahl. Das Einzige, was sie tun konnte, war, ihn beim Wort zu nehmen und darauf zu vertrauen, dass er die Wahrheit sagte.

»Schon besser.« Der Geruch von abgestandenem Alkohol stieg ihr in die Nase, während er sprach.

Sie wollte den Kopf wegdrehen, zwang sich jedoch, ruhig stehen zu bleiben.

Die schwielige Hand auf ihrem Mund war Mahnung genug, was er mit ihr machen würde, wenn sie nicht gehorchte.

»Hörst du jetzt zu?«

Ihr leichtes Nicken schien ihm als Antwort zu genügen.

»Deine neugierige Tante hat in Dingen herumgeschnüffelt, die sie nichts angehen. Sag ihr, dass sie sich lieber um ihre eigenen Angelegenheiten kümmern und aufhören soll, Fragen zu stellen. Sie wurde schon zweimal gewarnt, aber sie scheint es nicht zu verstehen. Vielleicht braucht sie eine klare Ansage, deswegen sagen wir es diesmal frei heraus: Wenn sie sich nicht raushält und um ihren eigenen Kram kümmert, wird sie sich bald um mehr sorgen müssen als ihre eigene Sicherheit.«

Sein kratziges Barthaar streifte erneut ihren Nacken, als sich sein Kinn an ihr Ohr schmiegte. »Frag sie mal, wie sie sich fühlen würde, wenn ihrer Lieblingsnichte etwas zustoßen würde.«

In Ellies Hals stieg ein Schrei empor. Sie versuchte, ihn herunterzuschlucken, sodass er letztlich als schwaches Winseln auf ihren Lippen ankam.

Das amüsierte den Mann. »So gefällt mir das schon besser. Und jetzt gehst du nach Hause und richtest das deiner Tante wie ein braves Mädchen aus, ja?«

Ellie nickte wieder und versuchte, nicht zusammenzubrechen.

Seine Hände bewegten sich schnell von ihrem Mund zur Taille

und umfassten ihre Oberarme. Bevor sie reagieren konnte, stieß er sie von sich.

Sie flog nach vorne in die Dunkelheit und landete auf allen vieren. Ihre Knie rutschten über den harten Boden und sie spürte einen brennenden Schmerz, wo sich die Kieselsteine in ihre Handflächen bohrten.

Sofort rollte Ellie zur Seite und drückte sich nach oben, um einen weiteren Angriff abzuwehren, doch der Mann war längst verschwunden. In der Gasse war kein Laut zu hören, bis auf ihr schweres Atmen und das Geräusch von Stiefeln, die zwischen den Gebäuden in Richtung Douglas Street davonrannten.

Ellie verzog das Gesicht, als sie Jod auf die offenen Stellen ihrer Handflächen tupfte, wo sie die gnadenlosen Kieselsteine zerschunden hatten. Die Schnitte waren zwar wund, aber ziemlich glatt. In der trockenen Wüstenluft würden sie schnell heilen. Schneller als ihre verwundeten Gefühle, vermutete sie.

Selbst nachdem sie sich von einem ausgiebigen heißen Bad hatte durchweichen lassen, fühlte sie sich noch immer nicht sauber. Die Erinnerung an den Angriff würde sich noch schwerer wegspülen lassen als der Ruß des Feuers. Sie berührte die aufgescheuerte Stelle in ihrem Nacken und wünschte sich, sie könnte das Gefühl von Bartstoppeln auf ihrer wund geriebenen Haut vergessen.

Als Gates und Fleming sie während ihres Treffens in Chicago vor den Gefahren des Wilden Westens gewarnt hatten, hatte sie deren Worte als eine Mahnung abgetan, die ein besorgter Onkel seiner abenteuerlustigen Nichte mit auf den Weg geben würde. Doch nun schien ihr deren Besorgnis um sie begründet.

Seit ihrer Ankunft in Pickford hatte sie sich über den langsamen Fortschritt ihrer Ermittlung beklagt. Offensichtlich waren Lavinias Fragen dem Ziel näher gekommen, als sie es geahnt hatte.

Als sie realisierte, welchen Gefahren sie in letzter Zeit ausgesetzt gewesen war, wurde ihr ganz flau. Im wahren Leben direkt bedroht zu werden, war etwas ganz anderes, als diese Situation als Figur in einem Roman oder einem Theaterstück zu durchleben.

Ein Stück … Ihre Gedanken sprangen zurück zu dem Vergleich, den sie zuvor zwischen *Viel Lärm um nichts* und dem heutigen Vorfall auf den Straßen Pickfords gezogen hatte.

Ellie schüttelte den Kopf. Was störte sie so sehr an Marvin Longs Darstellung des Überfalls?

Sie beugte sich nieder, um das Kleid aufzuheben, das sie an diesem Tag getragen hatte. Wenn es nach ihr ginge, würde sie es am liebsten nie wieder anfassen, geschweige denn anziehen. Es würde sie immer wieder an den Überfall erinnern, den sie durchgemacht hatte. Doch da sie das durch den Ruß ruinierte Kleid einen Tag zuvor weggeworfen hatte, war das keine Option. Ihre begrenzte Garderobe ließ es nicht zu, dass sie ein zweites Kleid entsorgte.

Sie hielt das Kleid auf Armeslänge, um nachzusehen, ob es durch den Sturz eingerissen war. Ihr Blick blieb an einem Blutfleck auf dem rechten Ärmel hängen.

Warum war ihr keine Wunde an ihrem Arm aufgefallen? Ellie zog den Ärmel ihres Morgenrocks hoch. Die Verfärbung an der Stelle ihres Arms, an der sie der Angreifer festgehalten hatte, versprach einen weiteren blauen Fleck, aber sie konnte keine Stelle finden, an der die Haut verletzt war.

Verblüfft schaute sie sich das Kleid genauer an. Als sie es herumdrehte, fiel ihr ein weiterer Streifen Blut am Kragen ins Auge.

Sofort ließ sie das Kleid auf den Boden fallen und eilte zum Schminktisch. Sie zog den Morgenrock etwas hinunter, um ihre Schulter freizulegen, und nahm ihren Handspiegel zu Hilfe, um Nacken und Rücken zu begutachten.

Nichts. Nicht einmal ein blauer Fleck.

Ellie zog den Morgenmantel wieder über ihre Schultern. Dann hob sie das Kleid auf, trug es zum Sessel und hielt es in das Licht der Öllampe aus Rubinglas. Die Streifen sahen aus wie Blut, das stand fest. Blut, das von ihrem Angreifer stammen musste.

Den Beweis für seine Berührungen in ihren Händen zu halten, fühlte sich an, als hätte seine Gegenwart ihr Zuhause verunreinigt. Wut stieg in ihr auf. Sie versuchte, das Gefühl zu unterdrücken, und zwang sich stattdessen, den Fleck genauer zu untersuchen.

Sie hatte ihn nicht verletzt. Auch wenn sie dies gerne getan hätte, aber dazu hatte er ihr keine Gelegenheit gegeben. Dennoch war er verletzt gewesen. Der Gedanke verschaffte Ellie enorme Genugtuung.

Erneut untersuchte sie die Blutspuren und achtete dabei genau auf deren Platzierung. Der Fleck am Ärmel musste von seiner Hand gekommen sein, der am Kragen von seinem Gesicht.

Das Bild von Marvin Long kam ihr in den Kopf, wie er die Straße entlangtaumelte. Sie dachte daran, wie er seine linke Hand an den blutenden Kopf hielt. Der Angreifer hatte seine linke Hand benutzt, um sie gegen sich zu drücken.

Aber Marvin Long war zum Arzt gegangen, oder etwa nicht?

Nicht unbedingt.

Ellie schluckte, als eine Kette von Gedanken durch ihren Kopf raste und alarmierende Klarheit mit sich brachte. Sie hatte zwar gesehen, dass Marvin Long in Richtung der Arztpraxis gelaufen war, aber das war kein Beweis dafür, dass er tatsächlich dort angekommen war.

Sie schloss die Augen und bemühte sich, jedes Detail des brutalen Überfalls in Erinnerung zu rufen. Sie hatte nichts sehen können, aber hören sehr wohl. War es die raue Stimme von Marvin Long gewesen?

Doch das würde bedeuten, er wäre einer der Diebe oder zumindest mit ihnen verbündet. Es ergab keinen Sinn, dass sie einen ihrer eigenen Männer angriffen.

Sie erinnerte sich daran, wie stark die Arme gewesen waren, die sie in der Gasse festgehalten hatten. Der Angreifer wirkte im Gegensatz zu Long auf der Straße alles andere als schwach. Offensichtlich verhielt er sich nicht wie einer, der gerade eine Menge Blut verloren hatte und daher benommen war.

Aufführen. Das Wort ließ sie nicht mehr los. Erneut sah sie sich hinter der Bühne, wie sie die Schauspieler beobachtete, die sich Theaterblut auf die falschen Wunden schmierten, bevor sie auf die Bühne wankten.

Genau, wie Marvin Long an diesem Tag die Grant Street entlanggetaumelt war.

Ellie hielt das Kleid näher an den Lampenschirm aus Ätzglas. Im Licht der Lampe reflektierte ein schwacher Schimmer auf dem Fleck.

Echtes Blut glänzte nicht, wenn es auf Stoff getrocknet war. Oft genug hatte sie sich mit einer Nähnadel in den Finger gestochen, um sich dessen sicher zu sein.

Was könnte es dann sein? Harold Stiller, der Inspizient des Orpheum-Theaters, hatte ein Lieblingsrezept zum Brauen von Theaterblut: eine Mischung aus Zuckersirup und Beerensaft. Zucker glänzte, wenn er trocknete.

Ellie hielt den Stoff an ihre Lippen, legte ihn dann in ihren Schoß. Allein der Gedanke daran, Blut zu schmecken – insbesondere wenn es von Marvin Long war –, löste einen Brechreiz in ihr aus.

Aber das war kein Blut. Da war sie sich sicher.

So gut wie.

Sie zog den Stoff zwischen ihren Fingern auseinander. Was auch immer den Schimmer erzeugte, sie war entschlossen, es herauszufinden. Sie war eine Detektivin und Detektive mussten manchmal unappetitliche Aufgaben erfüllen, um die Wahrheit aufzudecken.

Abgesehen davon, hatte sie Gott nicht versprochen, sie würde sich ihm hingeben? Das bedeutete, jeder Teil von ihr gehörte ihm. Einschließlich ihres empfindlichen Magens.

Erneut hob sie das Kleid hoch. Dieses Mal berührte sie mit der Zungenspitze die Stelle, rieb die Lippen aneinander und versuchte, den Geschmack zu identifizieren.

Sie hatte unrecht gehabt. Der Streifen auf ihrem Kleid entpuppte sich nicht als Harold Stillers Mixtur aus Zuckersirup und Beerensaft.

Es war Himbeermarmelade.

Sie ließ das Kleid sinken, ihre Gedanken wirbelten wild durcheinander. Wenn diese Flecken von Marvin Long stammten, hatte er tatsächlich geschauspielert, und sie war darauf hineingefallen wie ein gutgläubiger Theaterbesucher.

Aber warum? Die Frage ließ sie nicht los.

Jetzt, da sie den Vorfall von vorne bis hinten beleuchtet hatte, glaubte sie gerne, dass Long einer der Diebe war, aber warum das Schauspiel? Welchem Zweck sollte es dienen?

Zwar kannte Ellie die Antwort auf diese Frage nicht, aber sie wusste, dass sie von nun an ein Auge auf ihn haben würde.

Und einer anderen Sache war sie sich ebenso gewiss – auf keinen Fall würde sie das Haus noch einmal ohne die Waffe verlassen, die »Cousin Ted« ihr gegeben hatte.

25

Ellie schlüpfte aus dem dunkelgrauen Kleid und setzte sich auf die Bettkante, um die Bandagen von ihren Beinen zu wickeln. Ein mit Paisleymuster bedruckter, cremegelber Gehrock lag ausgebreitet für ihre zweite Rolle des Tages auf dem Bett. Als sie aufstand, um Lavinias Kleid in den Schrank zu hängen, schwankte sie ein wenig, als würde ihr das Alter tatsächlich zu schaffen machen. Sie hielt sich am Bettpfosten fest, um ihr Gleichgewicht zu finden, und zog die graue Perücke vom Kopf. Nun war es Zeit für Jessies Auftritt.

Kein Wunder, dass sie müde war, dachte sie sich, als sie ihre Wangenpolster entfernte. Nach Marvin Longs Warnung hatte sie niemanden mehr befragt – Jessie würde das nun übernehmen, da ihre Fragen die Diebe aus irgendeinem Grund nicht zu stören schienen –, dennoch war sie den ganzen Morgen wachsam gewesen. Jedes Detail ihrer Umgebung und jede Person, der sie in der Stadt begegnet war, fand ihre Aufmerksamkeit. Selbst jemand mit einer sehr guten körperlichen Verfassung wäre danach erschöpft gewesen.

Sie setzte die rote Perücke auf, tupfte ein wenig Farbe auf ihre Wangen und schlüpfte in das Paisleykleid. Dabei dachte sie daran, wie sie Magdalena vor Monaten in dieses Kleid geholfen hatte, und schwelgte in wehmütigen Erinnerungen. Wie gern würde sie jetzt in das Theaterleben von Chicago zurückkehren, welches ihr damals so hart vorgekommen war.

Ein freudloses Lachen entwich ihren Lippen. Das Mädchen von damals hatte ja keine Ahnung, was harte Umstände waren.

Wenn sie in Chicago geblieben wäre, wäre sie niemals Steven begegnet.

Aber das hatte momentan keine Bedeutung. Sie hatte keine Zeit, sich wie ein liebestrunkenes Schulmädchen zu verhalten. Nicht, solange Gefahr am Horizont lauerte. Und am besten würde sie dieser Gefahr ein Ende setzen, indem sie die Mitglieder der Verbrecherbande identifizierte und den Pinkertons Bescheid gab, damit sie die Behörden einschalten und die Bande hochnehmen konnten.

Sie ging in die Küche und stöberte im Schrank nach Essen. Dann entschied sie sich für einen schnellen Imbiss aus Tee, Käse und Crackern. Für eine richtige Mahlzeit war jetzt keine Zeit. Wenn sie Hunger bekommen würde, könnte sie etwas im Mother Lode essen gehen.

Während ihrer morgendlichen Ausflüge durch die Stadt als Lavinia hatte sie die Vorfälle der Nacht zuvor noch einmal analysiert und war zu einem Ergebnis gekommen. Marvin Long war höchstwahrscheinlich ein Mitglied der Bande, nicht aber deren Anführer. Seine Handlungen sprachen keineswegs dafür, dass er der Autor dieses Dramas war, sondern lediglich eine Figur, die ihre vorgeschriebenen Zeilen aufsagte.

Ellie trug vorsichtig ihre Tasse Tee zum Tisch und nahm einen kleinen Schluck, während sie an Käse und Crackern knabberte. Wenn sie in dieser Sache richtiglag, musste sie nicht nur Long im Auge behalten, sondern auch nach jemandem Höhergestellten in der Organisation suchen. Die Diebe trieben schon viel zu lange ihr Unwesen in den Minen Pickfords. Sie musste dem ein Ende setzen, und zwar bald. Ihr Gespür für die drohende Gefahr und die Tatsache, dass sie jeden verdächtigte, den sie kannte, zehrte an ihren Kräften.

Der einzige Mensch, dem sie vertraute, war Steven. Und nun konnte sie ihm noch weniger als vorher erzählen, was passiert war. Wenn diese Männer die Mühen in Kauf nahmen, einer gutmütigen älteren Dame die Neugier auszutreiben, wie weit würden sie gehen, um einen kräftigen Mann aufzuhalten, der für das Überleben seines Geschäfts kämpfte?

Die Möglichkeiten, die sie in ihrem Kopf durchspielte, ließen sie erschauern.

Nein, wenn sie vorhatte, Steven – und sich selbst – zu helfen, musste sie auf eigene Faust ermitteln und die Rolle spielen, die man ihr gegeben hatte.

Sie schluckte die letzten Tropfen des Tees hinunter und wischte die Kekskrümel vom Tisch.

Lavinia hatte nichts Bemerkenswertes herausfinden können, mal sehen, was Jessie erreichen würde.

Als es Zeit für das Abendessen war, wurden Ellies Schritte langsamer und ihre Lebensgeister müde. Obwohl sie sich den ganzen Nachmittag lang sorgfältig umgehört hatte, war sie auf keine einzige brauchbare Information gestoßen. Von Marvin Long war auch keine Spur zu sehen gewesen, obwohl sie ständig nach ihm Ausschau gehalten hatte.

Die Zeit wurde knapp und sie wusste, dass es immer gefährlicher wurde zu ermitteln – woher sollte sie wissen, ob sie nicht der falschen Person die falschen Fragen stellte. Sie fühlte sich, als würde sie dabei zusehen, wie die letzten Sandkörner durch den Hals einer Sanduhr rieselten.

Sie lief auf der Grant Street in Richtung Westen und wechselte an der Ecke zur Third Street auf die südliche Straßenseite. Sie hätte es nicht ertragen, an derselben Stelle vorbeizulaufen, an der sie in der Nacht zuvor überfallen worden war. Sie schämte sich ein wenig für ihre Zimperlichkeit, ging schnell weiter und blinzelte in die Strahlen der untergehenden Sonne.

Sie verabscheute es, nach Hause zu gehen, ohne etwas erreicht zu haben. Es fühlte sich zu sehr nach Aufgeben an. Ihre Intuition sagte ihr, sie solle noch ein wenig warten – die Chancen, auf wichtige Hinweise zu stoßen, waren größer, wenn sich die Dunkelheit über die Stadt gelegt hatte.

Doch sie konnte es sich nicht leisten, nach Einbruch der Dunkelheit draußen zu sein. Nicht schon wieder. Egal, ob als Jessie oder Lavinia, das Risiko war zu groß. Selbst das Gewicht der Waffe in ihrer Handtasche gab ihr nicht genügend Sicherheit, um ihre Ängste im Zaum zu halten.

Ellie erreichte die Second Street und bog rechts ab. Wie sehr wünschte sie sich, dass Norma die Liebe ihres Lebens erst nach Abschluss dieses Falls gefunden hätte. Sie brauchte jemanden als Begleiter, als Ratgeber, um ihr den Rücken zu decken.

Sie brauchte Hilfe, so einfach war das, aber sie konnte sich an niemanden wenden. Wenn sie Steven bat, ob er Marvin Long für sie im Auge behalten könnte, würde er mit Sicherheit den Grund dafür wissen wollen. Was sollte sie ihm dann sagen?

»Peng! Peng! Ich hab Sie erwischt!«

Ellie kreischte und wirbelte herum, hinter ihr stand Billy Taylor. Mit seinem Finger imitierte er eine Waffe, die auf ihren Bauch gerichtet war. Ohne darüber nachzudenken, schnellte ihre Hand vor und sie griff sein Ohr zwischen Daumen und Zeigefinger.

»Aaauu!« Sein Protestschrei klang wie das Gejaule einer Katze, deren Schwanz unter einem Schaukelstuhl festklemmte. »Was machen Sie da? Lassen Sie mich los!«

»Was ich mache? Was glaubst du, was *du* machst – Leuten auflauern und sie zu Tode erschrecken? Ich werde dich nach Hause schleifen und deiner Mutter mal ein paar Takte erzählen. Was denkt sie sich dabei, dich so spät auf der Straße herumlaufen zu lassen?«

Der Junge versuchte, sich loszureißen, aber ihr Griff war eisern. Er schob trotzig das Kinn vor und blickte sie an. »So spät ist es gar nicht. Meine Mom lässt mich immer nach dem Abendessen draußen spielen. Sie sagt, dann findet sie Seelenfrieden.«

Das konnte sich Ellie gut vorstellen.

Es überraschte sie auch nicht, was Billy ihr gerade erzählt hatte. Viele Abende hatte sie ihn und seine Freunde auf der Straße spielen sehen, zu Uhrzeiten, bei denen zu erwarten war, dass ihre Mütter sie längst hereingerufen hatten. Sollten sie nicht besorgt sein, was ihre Kinder trieben? Man konnte nie wissen, was ihnen zustoßen mochte, wenn sie einfach so in der Stadt herumrannten.

Im Dunkeln.

Unbemerkt.

Ohne dass jemand sie beachtete.

Ellie neigte den Kopf zur Seite und sah sich den Knaben genauer an. »Wenn ich dein Ohr loslasse, wirst du dann hierbleiben und nicht wegrennen?«

Billie zog die Augenbrauen zusammen und sah sie böse an. »Warum sollte ich?«

Ellie ließ ein wenig locker, gerade so, dass sie ihn wieder schnappen konnte, wenn er versuchte wegzurennen. »Hättest du Lust auf einen neuen Detektivauftrag?«

Dieses Angebot war eine weitaus effektivere Methode, Billy an Ort und Stelle zu fixieren, als ihn am Ohr festzuhalten. Ehrfürchtig blickte er sie an. »Was soll ich tun? Jemanden richtig erschießen?«

»Um Himmels willen, nein!«, quietschte sie viel lauter als beabsichtigt. Sie blickte sich um und sprach leiser weiter. »Nichts dergleichen. Ich möchte nur, dass du jemanden für mich beobachtest. Meinst du, das schaffst du?«

Billy zuckte mit den Schultern. »Klar. Ich bin gut darin, Leute zu beobachten, besonders wenn sie nicht wissen, dass ich da bin. Wem soll ich denn hinterherspionieren?«

Ellie beäugte ihn und fragte sich, ob sie gerade den Verstand verloren hatte. »Kennst du Marvin Long? Er ist ...«

»Der, der gestern in der Busted-Shovel verprügelt wurde? Klar kenne ich den.« Billys Gesicht verfinsterte sich. »Er mag Kinder nicht besonders. Er hat mich mal dabei erwischt, wie ich mich im Bürohaus der Mine umgesehen habe, und hat gedroht, mich zu ohrfeigen, wenn er mich dort noch einmal sieht.«

Er warf ihr einen ungläubigen Blick zu. »Sie wollen nur, dass ich ihn beobachte? Das ist alles?«

»Das ist alles«, sagte Ellie entschieden.

»Warum? Sind Sie in ihn verliebt oder so was?«

Fast hätte sie aufgeschrien. »Überhaupt nicht. Ich möchte nur, dass du mir Bescheid sagst, wenn er etwas Verdächtiges tut.« Billy rümpfte die Nase. »Zum Beispiel?«

Ellie suchte nach einer Erklärung, die vage genug war, um alle Möglichkeiten abzudecken, und dennoch nicht ihre wahren Absichten preisgab. »Zum Beispiel, wenn du ihn irgendwo siehst, wo er nicht sein sollte. Wenn er versucht, in ein abgeschlossenes Gebäude hereinzukommen – oder so etwas in der Art.«

Das Gesicht des Jungen hellte sich auf. »Sie sind *doch* in ihn verliebt. Sie möchten, dass ich Ihnen sage, wenn er sich mit einem anderen Mädchen trifft, nicht wahr?«

Am liebsten hätte Ellie ihn am Kragen gepackt und ordentlich geschüttelt. »Lass das mal meine Sorge sein, warum ich das wissen möchte. Du musst nur daran denken, mir Bescheid zu geben, wenn er irgendwo herumschleicht und etwas tut, was er nicht tun sollte. Und pass auf, dass dich keiner sieht, besonders er nicht.«

Sie streckte ihre Hand aus. »Was sagst du?«

Billy verschränkte die Arme. »Was bekomme ich dafür?«

Ellie biss sich auf die Lippen, um eine scharfe Antwort zu unterdrücken. Stattdessen sagte sie: »Ein Detektiv, der einen Extraauftrag ausführt, bekommt einen Bonus. Was hältst du davon, wenn ich dir für jede Information, die du mir über Mr Long lieferst, fünf Cent gebe?«

Billy starrte sie lange an, dann spuckte er in seine Handfläche und klatschte sie gegen ihre. »Ganze fünf Cent? Lady, Sie haben soeben ein Geschäft gemacht.«

26

»Danke, dass du dich so schnell um die Bohrer gekümmert hast, Jake. Ich bin in ein paar Tagen zurück, um den nächsten Satz abzuholen.« Steven hievte mit einer Hand den Leinensack mit den geschärften Eisen hoch und machte sich auf den Weg in Richtung Redemption-Mine. Normalerweise hätte er sich noch ein paar Minuten mit dem Schmied unterhalten, aber seit dieser Interesse an Jessie gezeigt hatte, war ihm die Ungezwungenheit der Gespräche verloren gegangen.

Das Sonnenlicht strahlte vor einem makellos blauen Himmel und heiterte ihn auf. Trotz der Strapazen in letzter Zeit machten Tage wie dieser das Leben wieder lebenswert. Kurz bevor er auf die Sixth Street abbog, entdeckte er eine bekannte Gestalt weiter unten an der Straße. Er blieb stehen und grinste.

Wie gewohnt machte Lavinia Stewart ihre morgendliche Runde durch die Stadt. Seine Bewunderung für diese Frau wurde immer größer. Mit Mühe einem Geröllhagel zu entkommen, beinahe von ein paar Pferden niedergetrampelt zu werden und dann zu erfahren, dass diese Vorfälle möglicherweise gezielt gegen sie gerichtet waren – all dies hätte den meisten Menschen aus dem Osten wohl gereicht, um sich in einem Versteck zu verkriechen … oder zur nächstgelegenen Bahnstation zu rennen. Aber seine Mrs Stewart war anders.

Er würde alles in seiner Macht Stehende tun, um sie aus der Schusslinie zu holen. Dazu gehörte, dass er jedem erzählt hatte, dass sie nicht länger in die Mine investieren wolle, sondern in den Westen gekommen sei, um Abenteuer zu erleben. Und bisher hatte sie sich wacker geschlagen.

Steven zupfte an seiner Hutkrempe und ging auf sie zu. Gemächlich überquerte er die Straße und nahm Kurs auf die Schneiderei, vor der sie stand und durch das Fenster ein Kleid mit üppigen Plissees und Spitze bewunderte. »Guten Morgen.«

Mrs Stewart fuhr zusammen und wirbelte herum. Für einen flüchtigen Augenblick sah Steven Panik in ihren Augen aufblitzen und bereute es sofort, sie erschreckt zu haben. Wenn man bedachte, was alles in den letzten Tagen passiert war, war es wahrscheinlich nicht besonders klug von ihm gewesen.

Der alarmierte Blick verschwand genauso schnell, wie er gekommen war, und machte Platz für ihr gewohnt sanftes Lächeln. »Ihnen auch einen guten Morgen, Mr Pierce. Ich bin aus dem Haus gegangen, um die wundervolle Morgenluft zu genießen.«

»Ich musste ein paar Besorgungen machen.« Steven hob die Tasche in seiner Hand an, dann stellte er sie zu seinen Füßen ab. Er schob seinen Hut zurück und befeuchtete die Lippen. »Ich habe Jessie seit dem Feuer nicht mehr in der Stadt gesehen. Geht es ihr gut?«

Mrs Stewart warf einen raschen Blick nach rechts, dann blickte sie ihn wieder an. »Sie war jeden Tag unterwegs. Da müssen Sie Jessie verpasst haben.«

Seine Lippen zogen sich zusammen. »Sieht so aus.« Er bemühte sich um einen gleichgültigen Tonfall, obwohl er angespannt war.

War Jessie ihm aus dem Weg gegangen? Er hatte sie zum letzten Mal gesehen, als seine Lippen ihre berührten, kurz bevor er zurückgeeilt war, um das Feuer zu löschen. Zu dem Zeitpunkt hatte es sich richtig angefühlt, aber seitdem fragte er sich, ob er eine unsichtbare Linie überschritten hatte und zu schnell zu weit vorgestoßen war.

Er schob seine Hände in die Vordertaschen. »Haben Sie eine Idee, wo ich sie finden könnte? Ich war vorhin bei Ihnen zu Hause, aber es hat keiner aufgemacht, als ich geklopft habe.«

»Ach herrje!« Mrs Stewart fächerte sich mit der Hand Luft zu. »Ich könnte mir vorstellen, dass sie sich ausgeruht hat … oder anderweitig beschäftigt war.«

Stevens Wangen wurden heiß. Er musste aufhören, ihr diese Fragen zu stellen, bevor die Situation noch peinlicher für sie oder ihn wurde. Er räusperte sich. »Vielleicht sollte ich dann mit Ihnen sprechen. Macht es Ihnen etwas aus, Ihre Nichte etwas für mich zu fragen?«

»Nein, überhaupt nicht.«

»Ich habe gerade erfahren, dass eine Theatergruppe durch die Gegend reist. Sie werden Freitagabend in der Pickford Hall auftreten und ich dachte, vielleicht hätte Jessie Lust, mich zu begleiten.«

Als sich Mrs Stewarts Mund leicht öffnete, erinnerte ihn das an Jessies Ausdruck, wenn sie überrascht war. Schnell fügte er hinzu: »Ich wollte Sie nicht ausschließen. Wenn Sie uns begleiten möchten, freue ich mich selbstverständlich, Sie beide auszuführen.«

Zum ersten Mal, seitdem er sie kannte, schien Lavinia Stewart sprachlos zu sein. Ihr Mund öffnete und schloss sich, ohne ein Geräusch zu machen, und ihre blaugrünen Augen rollten hin und her, als würde sie von einer unsichtbaren Stelle eine Antwort erhoffen.

Endlich schaute sie ihn geradeheraus an und atmete tief ein. »Ich glaube nicht, dass ich selbst mitgehen kann, aber ich bin mir sicher, dass meine Nichte liebend gerne den Abend mit Ihnen verbringen wird.«

Der Tag schien noch heller als zuvor. Steven gab sich Mühe, seine emporsteigenden Glücksgefühle im Zaum zu halten. »Das freut mich zu hören. Meinen Sie, ich sollte Jessie selbst fragen, nur um sicherzugehen?«

Mrs Stewart lächelte sanft. »Ich kenne meine Nichte sehr gut, Mr Pierce. Ich bin mir absolut sicher, dass sie sehr gerne mit Ihnen ins Theater gehen wird. Ich wünsche Ihnen viel Spaß dabei.«

Steven hätte am liebsten die Faust durch die Luft geschwungen und einen lauten Freudenschrei losgelassen. Stattdessen begnügte er sich mit den Worten: »Ich freue mich darauf. Es passiert nicht oft, dass wir in dieser Gegend Besuch von einer Truppe aus Chicago bekommen. Würden Sie ihr ausrichten, dass ich sie um sieben Uhr abholen werde?«

Er tippte zum Abschied an seinen Hut, hob seine Tasche auf und ging zurück zur Redemption. Selbst das Gewicht des schweren

Stahls konnte ihm nicht das Gefühl nehmen, auf Wolken zu wandeln.

Ellie drehte sich zurück zum Schaufenster des Schneiders und sah in der Scheibe, wie Steven verschwand. *Chicago?* Und sie hatte zugesagt? Vielleicht sollte sie ihn zurückrufen und ihm sagen, dass sie sich vertan hatte. Es wäre töricht, das Risiko einzugehen, dort auf alte Bekannte zu stoßen.

Mit einem trotzigen Schulterzucken schüttelte sie die Ängstlichkeit von sich. Keiner in Chicago hatte sie jemals als Jessie gesehen, daher bestand keine Gefahr, dass man sie erkannte. Es gab überhaupt keinen Grund, nicht dorthin zu gehen.

Bis auf den Schaden, den ihr Herz nehmen könnte.

Andererseits, wenn ihr Herz ohnehin zerbrechen musste, was würde es dann für einen Unterschied machen? Hierbei handelte es sich nicht um eine von Althea Baldwin und ihren Kirchendamen zusammengestellte Laientheatergruppe. Bei einem Abend in der Pickford Hall käme sie wieder in Kontakt mit dem professionellen Theater. Und mit Steven als Begleitung, was könnte schöner sein?

Sie betrachtete ihr Spiegelbild und nickte sich selbst zu. Sie würde es tun. Wenn sie irgendwann zu neuen Ermittlungen aufbrach, würde sie sich immer an diesen perfekten Abend erinnern. Schließlich schob sie diese bittersüße Erkenntnis beiseite und ging in Richtung Kaufmannsladen.

»Mrs Stewart!«

O nein. Ellie schloss die Augen. Als sie sie wieder öffnete, sah sie Amos Crawford über die Straße auf sich zutrotten.

Sie zwang sich ein Lächeln auf die Lippen. »Guten Morgen, Mr Crawford.«

»Morgen, Ma'am. Ich muss mit Ihnen reden.«

Neugierig sah Ellie ihn an. Etwas an ihm wirkte anders an diesem Morgen. Im nächsten Augenblick wurde ihr bewusst, was es war.

Zum ersten Mal betrachtete der Telegrafist sie nicht mit sehnsüchtigen Kalbsaugen.

Fasziniert über den Wandel nickte sie. »Sprechen Sie weiter.«

Amos schluckte und strich mit dem Finger seinen Kragen entlang. »Es geht um die Blumen, die ich Ihnen gebracht habe.«

Ellies Schutzmauer fuhr wieder hoch und sie trat einen halben Schritt nach rechts. »Ja, die waren sehr schön. Vielen Dank, dass Sie sich die Mühe gemacht haben.«

Den Blick auf den Gehsteig gerichtet, trat Amos von links nach rechts. »Es ist eine komische Sache. Sie werden es mir bestimmt nicht glauben.«

Für jemanden, der gerade eine lustige Geschichte erzählte, schien er sich auffallend unbehaglich zu fühlen. Er sah eher aus wie ein beschuldigter Krimineller, der gleich ein Geständnis stammeln würde.

»Scheinbar hat Mrs Baldwin – Althea – mitbekommen, dass ich sie Ihnen gebracht habe.« Amos strich sich mit der Hand über seinen kahlen Kopf.

»Ja?« Ellie war kurz davor, mit dem Fuß aufzustampfen. Der Mann schien sich im Kreis zu drehen und kam einfach nicht zum Punkt.

»Nun ja, es hat sich herausgestellt, dass sie schon seit längerer Zeit ein Auge auf mich geworfen hat.« Er drückte seine Brust heraus und zog den Bauch einen Millimeter ein. »Eine Art Schwärmerei könnte man es nennen.«

Ellie kniff die Augen zusammen. Sie hatte Althea nur ein paarmal getroffen, aber sie hatte immer wie eine Frau gewirkt, die im Vollbesitz ihrer geistigen Fähigkeiten war. »Sagen Sie bloß.«

»Ja, Ma'am, so wahr ich hier stehe. Als sie gehört hat, dass ich Ihnen die Blumen gebracht habe, ist sozusagen ein Feuer in ihr ausgebrochen und sie hat angefangen, mich zu umwerben.«

»Umwerben?«

»Richtig. Bevor ich mich versah, hat sie mir Kuchen und Pasteten gebracht und mich am Sonntag zum Abendessen eingeladen.« Ein verträumter Blick legte sich über sein Gesicht und er fuhr sich mit der Zunge über die Lippen. »Meine Güte, kann diese Frau kochen.«

Das Lächeln verschwand und er konzentrierte sich wieder auf Ellie. »Ich möchte es Ihnen geradeheraus sagen. Ich habe Althea einen Antrag gemacht und sie hat Ja gesagt. Wir werden Ende des Monats heiraten.«

Ellies Gedanken überschlugen sich bei dieser Nachricht. »Wie schön für Sie. Ich gratuliere Ihnen beiden.«

Amos streckte seine Hand aus und berührte sie leicht an der Schulter. »Sie müssen keine gute Miene zum bösen Spiel machen, Mrs Stewart. Ich befürchte, ich habe Ihnen falsche Hoffnungen gemacht, und ich möchte, dass Sie wissen, wie schlecht ich mich deswegen fühle.«

Vor Erleichterung bekam Ellie schwache Knie. »O nein. Ich bitte Sie …«

»Nein, ein Mann muss Verantwortung für seine Handlungen übernehmen und ich möchte mich dazu bekennen. Sie sollen nicht von mir denken, ich wäre ein Mann, der von Blume zu Blume huscht und Herzen bricht. Ich bin …«

Ellie unterbrach seinen Wortschwall und winkte ab. »Mr Crawford, ich kann Ihnen versichern, dass ich Sie niemals für so einen Schuft halten würde. Sie und Mrs Baldwin haben meinen Segen und ich wünsche Ihnen beiden nur das Beste für Ihre gemeinsame Zukunft.«

Sein Adamsapfel hüpfte auf und ab. »Das ist ganz prima von Ihnen, Ma'am. Ganz prima. Sie sind eben eine Frau, bei der ein Mann sich glücklich schätzen kann, Sie an seiner Seite zu haben.«

Seine Augen glänzten wehmütig. »Wenn ich daran denke, wenn alles anders gekommen wäre … vielleicht wäre ich …«

»Nein.« Entschlossener und bestimmter hätte Ellie das Wort nicht aussprechen können. »Verbannen Sie solche Gedanken aus Ihrem Kopf, Mr Crawford. Machen Sie einen klaren Schnitt, Sie schulden es sich selbst und Ihrer zukünftigen Braut.«

Über seine Schulter hinweg sah sie, wie die Person, um die es in ihrem Gespräch ging, mit einem bedeckten Tablett zum Telegrafenamt lief. »Sehen Sie! Da ist sie gerade.«

Amos drehte sich um und strahlte. »Sie bringt mir Mittagessen. Was für eine Frau.« Mit dem Elan eines viel jüngeren Mannes schritt er über die Straße zu seiner Geliebten. Das Thema Lavinia ließ er damit offenbar für immer hinter sich.

Dem Himmel sei Dank! Ellie sah, wie das Paar sich begrüßte und das Amt betrat.

Zumindest eine Liebe hatte ein schönes Ende in Pickford gefunden.

27

»›Cheviot – mein Mann, meine alte Liebe –, wenn die absolute Hingabe das Elend der letzten Tage wiedergutmachen kann, soll sie dein sein, mit jedem weiblichen Gefühl von Stolz, Dankbarkeit, Bewunderung und Liebe.‹«

»›Mein Eigen! Mein Eigen! Du sanfte Blüte meiner zarten Hoffnung! Stern meines Lebens! Zentrum meines Glücks! Baum, auf dem die Frucht meines Herzens gedeiht! Meine Vergangenheit, meine Gegenwart, meine Zukunft!‹«

Tosender Applaus ging durch die Reihen der Pickford Hall, als Cheviot Miss Treherne umarmte, Minnie Belvawney tröstete, Angus Maggie aufmunterte und schließlich nach dem letzten Akt der Vorstellung von W. S. Gilberts *Engaged* der Vorhang fiel. Der Beifall wurde immer lauter, sodass sich die roten Samtvorhänge wieder öffneten und die Mitglieder der Theatertruppe erneut im Applaus schwelgen durften.

Auch Ellie klatschte und schluckte dabei tapfer die in ihr aufsteigenden Emotionen herunter.

Von dem Moment an, in dem sie und Steven die Empfangshalle betreten hatten, fühlte sie sich, als hätte sie eine Zeitreise in die Vergangenheit gemacht.

Die spürbare Vorfreude, als der Vorhang sich hob und das Publikum aus der Realität in eine Fantasiewelt eintauchte, der Text, der so perfekt vorgetragen wurde, selbst die Schritte der Schauspieler auf der Bühne – die Kombination aus all dem versetzte Ellie zurück in ihr altes Leben, in dem sie so viele Stunden hinter den Kulissen verbracht hatte.

Steven lehnte sich zu ihr herüber und flüsterte: »Das haben sie toll gemacht, nicht wahr?«

Ellie nickte, ein Kloß im Hals machte es ihr unmöglich zu sprechen.

Stevens Lippen zauberten ein Lächeln, das wie immer ein Kribbeln in ihr auslöste. »Ich nehme an, die Vorstellung hat Ihnen gefallen?«

Mehr, als er sich vorstellen konnte.

Ellie nickte erneut und rieb sich die feuchten Augen. Sollte er ruhig glauben, dass sie wegen der Aufführung so aufgewühlt war. Für einen Abend war sie wieder im Orpheum und erlebte den Anblick und die Geräusche, die ihr so vertraut waren.

Steven stand auf und half ihr hoch. Er blieb dicht bei ihr, als sie sich den Weg durch die Menge Richtung Ausgang bahnten. Dann beugte er sich zu ihr hinunter und raunte in ihr Ohr: »Es gibt noch eine Überraschung. Die Darsteller haben versprochen, das Publikum in der Lobby persönlich zu empfangen.«

Mit tränenerfüllten Augen lächelte Ellie ihn an. Sie hoffte bloß, sie würde den Erinnerungen an die vergangene Zeit standhalten können. Es wäre nicht förderlich, wenn sie vor Steven und dem Rest der Stadt zusammenbrechen würde.

Als sie die Lobby erreichten, standen bereits Mitglieder der Theatergruppe an verschiedenen Punkten der offenen Halle. »Gibt es einen bestimmten Darsteller, mit dem Sie gerne sprechen würden?«

Endlich konnte Ellie wieder sprechen. »Sie entscheiden. Ich freue mich über jedes Gespräch, egal, welchen Darsteller Sie auswählen.«

Er suchte den Raum nach einer Stelle ab, an der nicht ganz so viele Menschen standen. »Wie wäre es da drüben?«

Er führte sie zu einer Traube von Menschen um Estelle Renault, die die Rolle der Maggie MacFarlane gespielt hatte.

Ellie sah, wie die junge Darstellerin die ehrfürchtigen Bürger von Pickford anmutig und charmant begrüßte, ohne herablassend zu wirken, wie Magdalena es häufig getan hatte. Sie schien sich aufrichtig zu freuen, das Publikum kennenzulernen und dessen Anerkennung zu genießen.

Als sie an der Reihe waren, legte Steven seine Hand unter Ellies

Ellbogen und trat einen Schritt vor. »Vielen Dank für die Vorstellung, Miss Renault. Wir haben es sehr genossen.«

Die Schauspielerin nickte dankend. Als sie sich zu Ellie drehte, erschien ein fragender Ausdruck auf ihrem Gesicht. Sie neigte den Kopf. »Kenne ich Sie nicht?«

Ellies Lächeln erstarrte. »Ich … glaube nicht.«

Estelle machte einen charmanten Schmollmund. »Sind Sie sicher? Ich kann nicht genau sagen, wann oder wo, aber ich bin mir sicher, dass ich Sie schon einmal gesehen habe.«

Steven schmunzelte. »Sie kommt aus Chicago. Vielleicht haben sich Ihre Wege dort gekreuzt.«

Der Raum schien sich um Ellie zu drehen, sie versuchte zurückzudenken.

Hatte sie Estelle Renault schon einmal gesehen? Und wenn ja, wo? Wann?

Die Schauspielerin tippte mit dem Finger gegen die Lippen und sah Ellie genauer an. Dann leuchtete ihr Gesicht auf. »Es sind Ihre Augen – dieser schöne Türkiston. Ich habe mal mit einer Darstellerin gespielt, deren Assistentin dieselbe Augenfarbe hatte.«

Das fehlende Stück in Ellies Gedächtnis sprang auf seinen Platz. Natürlich! Die junge Dame, die damals Mary Melrose gespielt hatte, die Cousine von Magdalenas Figur Violet. Das war bei einer Produktion von Henry James Byrons *Our Boys* gewesen. Ihre Wege hatten sich kaum gekreuzt, weil Magdalena sich selbst als zu wichtig ansah, um mit den unbedeutenderen Darstellern zu verkehren. Und als Komplimente zu Estelles Schönheit und Talent durchsickerten, stellte Magdalena sicher, dass ihre Konkurrentin nie wieder im Orpheum spielte. Kein Wunder, dass Ellie sie nicht sofort wiedererkannt hatte.

Sie zwang sich zu einem bescheidenen Lachen. »Leider habe ich nie auf einer Bühne gearbeitet.«

Estelle lachte mit ihr. »Jetzt, da ich Sie länger betrachte, weiß ich, dass Sie nicht die Person sein können, an die ich dachte. Die Augen sind gleich, aber sie war viel unscheinbarer, als Sie es sind.«

Es war ein Stich ins Herz, aber Ellie versuchte so gelassen zu bleiben, wie sie konnte.

»Die Augenfarbe ist aber auch wirklich selten«, sagte Estelle. »Kein Wunder, dass sie Erinnerungen in mir weckt.«

»Da kann ich Ihnen nur zustimmen, die Augen sind wunderschön.« Bei Stevens liebevollem Blick befürchtete Ellie, sie würde komplett die Fassung verlieren. »Die Augen ihrer Tante haben dieselbe Farbe. Vielleicht ist der Ton doch nicht so selten, wie Sie denken.«

»Ehrlich?« Die Schauspielerin zog die Augenbrauen hoch.

»Ja«, bestätigte Ellie. »Es ist so etwas wie ein Familienmerkmal.«

Steven schmunzelte. »Wer weiß, vielleicht ist diese andere Frau eine lang vermisste Verwandte. Sie könnten mehr Familie in Chicago haben, als Ihnen bewusst ist.« Nachdem sie noch ein bisschen mit Estelle Renault geplaudert hatten, verließen sie das Theater und traten hinaus in die frische Nachtluft.

Es dauerte eine Weile, bevor Steven anfing zu sprechen. »Ich hoffe, Ihnen hat der Abend genauso gut gefallen wie mir.«

»Mehr, als Sie sich vorstellen können. Ich werde ihn immer in besonderer Erinnerung behalten.«

»Das freut mich. Der Abend sollte etwas Besonderes werden.« Er öffnete den Mund, als wollte er noch mehr sagen, schüttelte dann aber kaum sichtbar den Kopf, und sie liefen schweigend weiter.

Ellie passte sich seinem gemächlichen Gang an und wünschte sich, sie könnte etwas tun, um ihre gemeinsame Zeit zu verlängern. Wie gerne würde sie ihren Kopf gegen seine Schulter lehnen, spüren, wie er daraufhin seine Arme um sie legte und sie an sich zog, aber sie hielt sich unter Kontrolle. Es war eine Sache, den Moment zu genießen, aber eine andere, Hoffnungen aufzubauen, die niemals verwirklicht werden konnten.

Sie überlegte, was sie erzählen könnte. »Unglaublich, wie gut man den Weg sehen kann. Es ist draußen fast so hell wie am Tag.«

Steven zog ihren Arm näher an sich heran. »Es geht doch nichts über einen Spaziergang mit seiner Herzdame bei Vollmond.«

»Voll…« Ellie blieb stehen und drehte sich um.

Hinter ihnen im Osten hing eine riesige silberne Scheibe am Himmel.

»Ja, Vollmond«, lachte Steven. »Sicher habt ihr davon in Chicago schon einmal gehört?«

Ellie starrte auf den leuchtenden Kreis. »Aber als ich Gertie gefragt habe, sagte sie … Ich dachte, Vollmond wäre erst morgen Nacht.«

Steven trat näher und strich liebevoll mit dem Zeigefinger über ihr Kinn. »Ich bin froh, dass Gertie falschliegt. Es ist der krönende Abschluss für diesen wundervollen Abend.«

Dann runzelte er die Stirn. »Sie zittern ja. Ist Ihnen kalt? Kommen Sie, wir gehen weiter.«

Sie folgten der Douglas Street. Ellies Füße bewegten sich wie von alleine, während ihr tausend Gedanken durch den Kopf schossen und sie versuchte, die zerbrochenen Stücke ihres perfekten Abends wieder zusammenzulesen.

Wie konnte Gertie sich mit dem Tag vertan haben? Nein, sie durfte nicht ihrer Freundin die Schuld daran geben. Sie hätte das Datum auch selbst nachsehen können.

So oder so war dies die Nacht, auf die sie gewartet hatte, die Nacht, in der etwas Wichtiges passieren würde, laut dem Gespräch zwischen Marvin Long und Donald Tidwell, das sie belauscht hatte. Anstatt in Alarmbereitschaft zu sein, hatte sie einen schönen Abend in Gesellschaft des Mannes verbrachte, den sie …

Nein.

Es war zwecklos, diese Gedanken weiterzuführen. Es genügte zu sagen, dass sie wertvolle Zeit vergeudet hatte, in der sie Ausschau hätte halten müssen nach … was auch immer passieren sollte.

Sie atmete tief ein und versuchte, sich zu beruhigen. Vielleicht hatte sie es noch nicht verpasst. Der Mond stand noch nicht einmal über ihnen.

Außerdem lag Billy Taylor auf der Lauer. Der Junge war so scharf auf die fünf Cent, dass sie sicher sein konnte, er würde seinen Auftrag ernst nehmen. Dieses Wissen beruhigte sie, sodass sie sich wieder an Stevens Arm lehnen konnte.

Er legte seine Hand auf ihre. »Besser?«

Sie nickte. Zumindest für diesen Moment.

Viel zu schnell erreichten sie ihre Veranda, gingen die Stufen hoch und standen vor der Haustür. Die Nacht umhüllte sie wie eine Samtdecke, die einzigen Lichtquellen waren der Mond und das schummrige Licht der kleinen Lampe, die sie im Wohnzimmer hatte brennen lassen.

Steven trat von einem Fuß auf den anderen, er schien sich plötzlich unwohl zu fühlen.

Schmerzlich wurde Ellie bewusst, was das zu bedeuten hatte. Er würde sich gleich von ihr verabschieden und der traumhafte Abend wäre vorbei.

Sie schloss die Augen, um die sich ankündigenden Tränen zurückzuhalten. Ihr Aschenputtel-Moment war vorbei. Es war Zeit, zurück in die Wirklichkeit zu treten. Sie konnte nur darauf hoffen, dass dieser magische Abend schön enden würde, damit sie ihn beide bis zum Ende ihrer Tage in guter Erinnerung behalten konnten.

Sie faltete die Hände, hob ihr Kinn und öffnete die Augen, um Steven anzusehen. Zu ihrer Überraschung hatte sich seine Haltung innerhalb dieses kurzen Augenblicks geändert. Der selbstsichere Mann, der sie in die Pickford Hall ausgeführt hatte, hatte sich in einen Schuljungen verwandelt, der nun aufgeregt vor ihr stand.

Er scharrte mit den Füßen und räusperte sich erst einmal, dann ein zweites Mal. Mit einem schüchternen Lächeln nahm er ihre Hand in seine. »Es gibt etwas, das ich Sie fragen muss.«

Etwas in seinem Gesichtsausdruck ließ ihren Mund trocken werden und brachte gleichzeitig ihr Herz zum Rasen. Ihr Gespür ließ sie erahnen, wohin dieses Gespräch führen würde. Sie musste etwas tun, etwas sagen, um ihn aufzuhalten. Ihre Lippen bewegten sich, aber sie brachte keinen Ton raus.

Steven hielt ihre Finger in seinen Händen und sah sie mit einem Leuchten in den Augen an, das den Mond in den Schatten stellte.

»Jessie, wir kennen uns noch nicht sehr lange, aber ich glaube, meine Seele hat dich sofort erkannt, als wir uns begegnet sind.«

Ellies freie Hand wanderte zu ihrem Hals.

»Auf jemanden wie dich habe ich mein Leben lang gewartet«, sagte er.

Schritte waren auf dem schmutzigen Boden der Second Street zu hören.

»Wenn du auch möchtest …«

Die eiligen Schritte kamen näher und stapften nun Ellies Weg vor dem Haus hoch.

»… würde ich gerne mehr Zeit mit dir verbringen …«

»Miss Monroe!«

Ellies Hand rutschte von ihrem Hals ab, dann drehte sie sich um und sah Billy Taylor. Sie wusste nicht, ob sie ihn umarmen oder würgen sollte.

»Ich bin ihm gefolgt! Ich bin ihm gefolgt! Bekomme ich jetzt meine fünf Cent?«

Mitten im Satz unterbrochen, starrte Steven den Jungen erbost an.

Ellie schnappte nach Luft. »Du bist ihm gefolgt? Wohin?«

Steven warf ihr einen Blick zu. »Jessie?«

Ellie schnitt ihm mit einer Handbewegung das Wort ab, als Billy antwortete: »Er ging die Grant Street entlang, als wäre er gerade aus einem der Saloons gekommen, aber dann ist er Richtung Süden gegangen, aus der Stadt hinaus.«

Steven streckte die Hände von sich und starrte sie und Billy an, als wären beide nicht mehr bei Verstand. »Könnte mir vielleicht jemand erklären …«

»Hast du eine Idee, wohin er gegangen ist?«

Billy grinste sie frech an. »Was Besseres als eine Idee. Ich bin ihm gefolgt.«

Ellie griff ihn an den Schultern. »Du bist ihm aus der Stadt hinaus gefolgt? Hab ich dir nicht gesagt, dass du vorsichtig sein sollst?«

Das Grinsen des Jungen wurde immer breiter. »Bei dem Mondlicht heute musste ich noch nicht mal nah an ihm dranbleiben, um zu sehen, wo er hingegangen ist. Er ist direkt zur Constitution gegangen.«

Steven griff sich in die Haare. »Wovon sprecht ihr zwei?«

Ellie winkte erneut ab, ihre Gedanken rasten. Was tat der Vorarbeiter der Busted Shovel so spät in der Nacht in der Constitution-Mine?

Ihr kam nur eine Erklärung in den Kopf. Sie war sich sicher, dass die Räuber etwas Großes planten, das musste es sein. Sie wollten Tom Sullivan ausrauben, genau, wie sie Alfred Clays Mine ausgeraubt hatten.

Sie öffnete ihre Handtasche und suchte nach einem 5-Cent-Stück. »Gut gemacht, Billy. Genau das wollte ich wissen.«

»Ich habe noch mehr gesehen. Es ist ihm jemand gefolgt.«

»Wer?«

»Mr Tidwell vom Hotel … oder das, was von dem Hotel übriggeblieben ist.«

Donald Tidwell? Die Information traf Ellie wie ein Schock, dann wurde sie wütend. »Bist du dir sicher?«

»So wahr ich hier stehe.« Billy streckte die Hand aus, die Handfläche nach oben.

Ellie ließ das Geldstück aus den Fingern in seine Hand gleiten und steckte ihre Handtasche weg. »Hier ist ein 10-Cent-Stück, fünf Cent für jeden Mann, den du gesehen hast. Jetzt geh nach Hause und bleib dort.«

»Zehn Cent?« Mit einem Freudenschrei schnappte sich Billy das Geldstück und rannte nach Hause.

Ellie drehte sich um und sah Steven an. In seinem Blick war zu erkennen, dass er gleichzeitig verletzt und verwirrt war.

»Du hast diesen Jungen dafür bezahlt, dass er Leute verfolgt? Ich verstehe das nicht.«

»Ich weiß.« Ellie fühlte einen heftigen Schmerz in ihrem Herzen. Sie streichelte ihm über die Wange. »Das kann ich auch nicht von dir erwarten. Und ich habe leider gerade keine Zeit, um es dir zu erklären.«

Er lehnte sich vor und umklammerte ihre Hände. »Jessie, meine Liebe …«

Sie zog die Hände weg. »Nenn mich nicht so.«

Steven richtete sich auf, als hätte sie ihm eine Ohrfeige gegeben. »Es tut mir leid. Das war wohl anmaßend von mir.«

Ellie schüttelte vehement den Kopf und unterdrückte ein Schluchzen. »Ich bin nicht die, für die du mich hältst.«

Durch die Tränen sah sie ihn an und versuchte, ihre Stimme nicht zu verlieren. »Mein Name ist Ellie Moore, nicht Jessie Monroe. Die Pinkerton-Agentur hat mich hier hingeschickt, damit ich herausfinde, wer hinter den Silberdiebstählen steckt.« Sie presste die Lippen zusammen und hasste sich selbst für den Schmerz, den sie in seinen Augen sehen konnte und den sie verursacht hatte.

Sie streckte erneut ihre Hand aus und ließ sie dann zur Seite fallen. »Ich muss jetzt gehen. Es tut mir leid. So wahnsinnig leid.« Mit diesen Worten drehte sie sich um und rannte die Stufen hinunter in die Nacht.

Steven stand da wie versteinert und sah zu, wie Jessie in der Dunkelheit verschwand.

Was war gerade passiert? Der Abend war so schön gewesen – perfekt sogar, dachte er. Soweit er es beurteilen konnte, war er kurz davor gewesen, mit Jessie eine Beziehung einzugehen. Was auch immer mit der Redemption passieren würde, er hoffte, dass sie ein Teil seiner Zukunft werden würde, und am Ende war das alles, was für ihn zählte.

Dann war die Situation aus dem Ruder gelaufen und sein sorgfältig durchdachter Plan nicht aufgegangen.

Wie ein benommener Boxer warf er den Kopf hin und her und versuchte, sich einen Reim auf das zu machen, was er gerade gehört hatte. Jessie hatte also den Nachbarsjungen dafür bezahlt, ein paar Leuten aus der Stadt nachzuspionieren? Schon allein das war kaum zu begreifen, selbst ohne ihre geheimnisträchtigen Worte zum Abschied.

Wenn er es nicht verstand, konnte Lavinia ihn vielleicht aufklären. In zwei großen Schritten erreichte er die Tür und klopfte laut. Keine Antwort.

Sie musste es überhört haben. Er hob erneut die Hand, bereit, diesmal so fest gegen die Tür zu hämmern, dass diese aus den Angeln fallen würde, als ein Gedanke ihn aufhielt. Es war schon spät. War sie überhaupt noch wach?

Er legte die Hände an die Scheibe, um ins Wohnzimmer sehen zu können, wo die gedimmte Lampe das Zimmer in ein schummriges Licht tauchte. Keine Regung, kein Anzeichen, dass sich jemand im Haus bewegte. Anscheinend hatte sich Lavinia bereits zurückgezogen.

Eine weitere Aussage kreiste durch seine aufgewühlten Gedanken. Hatte er das richtig verstanden? Hatte Jessie ihm tatsächlich erzählt, dass sie ein Agent der Pinkertons war?

Und das brachte ihn zu einer anderen Frage: War Lavinia hereingelegt worden, damit sie nach Pickford ging? Wusste sie, dass ihre Nichte nur nach Arizona gekommen war, um die Silberdiebstähle zu untersuchen? Wenn das stimmte … Die Schlussfolgerung verschlug ihm den Atem.

Wenn das der Fall war, dann mussten Marvin Long und Donald Tidwell etwas mit den Überfällen zu tun haben.

Und das wiederum bedeutete, dass er gerade die Frau, die er gerne irgendwann heiraten würde, hatte gehen lassen, damit sie zwei Kriminellen in der Dunkelheit nachjagte.

Er sprang von der Veranda und eilte Richtung Constitution. Pinkerton hin oder her, er liebte sie. Den Rest könnten sie später besprechen.

Im Augenblick zählte nur eins – er musste ihr hinterher und tun, was er konnte, damit ihr nichts zustieß.

28

Ellie zog die Röcke ein bisschen höher, als sie die Second Street heruntereilte. Steven hätte nicht fassungsloser aussehen können, wenn sie ihm ein Kantholz zwischen die Augen gestoßen hätte.

Aber jetzt war nicht die Zeit dafür, darüber nachzusinnen, wie der Abend in die Brüche gegangen war. Sie musste sich voll auf die Aufgabe konzentrieren, die vor ihr lag.

Erneut fühlte sie den Schmerz, den sie bereits gespürt hatte, als Billy ihr von Donald Tidwells verräterischem Verhalten erzählt hatte. Sie wollte an seine Unschuld glauben, hatte sich gescheut, ihn überhaupt als einen Verdächtigen in Betracht zu ziehen. Dennoch stellte sich schlussendlich heraus, dass er genauso schuldig war, wie sie es befürchtet hatte.

Was könnte ihn dazu bewogen haben, sich mit dieser niederträchtigen Bande einzulassen? Er war ein angesehener Mann im Ort und seine Frau war von ihm abhängig. Indem er vom Pfad der Rechtschaffenheit abgewichen war, hatte er Myra, die Bürger von Pickford und sich selbst im Stich gelassen.

So schnell sie konnte rannte sie um die Ecke an der Grant Street und versuchte dabei, ihre Wut abzuschütteln. Sie musste den Kopf frei halten für die Aufgabe, die vor ihr lag. Sie wollte die Räuber auf keinen Fall in ihrer Höhle stellen – das hatten Gates und Fleming ihr eingebläut. Ihre Aufgabe war es, die Kriminellen zu identifizieren und die Information schnellstens an die Zentrale zu übermitteln, damit diese den US-Marshal in Tucson informieren konnte.

Sie musste lediglich Marvin Long und Donald zur Constitution folgen, herausfinden, was sie vorhatten, und dann zurück in die Stadt schleichen, um Amos Crawford aufzusuchen, damit er den Pinkertons ein Telegramm schickte.

Die freudige Erregung verlieh ihren Füßen Flügel. Es war fast geschafft. Bald würde sich der Kreis ihrer Ermittlungen schließen, sie war kurz davor, die Ziellinie zu überschreiten. Nach dieser Nacht würde ihre Mission erfüllt sein. Sie wäre wieder frei, könnte zurück nach Chicago gehen und die schnellen Rollenwechsel, durchdrehenden Pferde und verliebten Telegrafisten hinter sich lassen.

Ein stechender Schmerz ließ sie ins Stocken geraten. Es gab noch andere Dinge, die sie würde zurücklassen müssen. Steven … und ein Teil ihres Herzens.

Als sie die Mill Street erreichte, hielt Ellie an, um sich zu sammeln. Von diesem Punkt an musste sie durch die offene Ebene. Vorsichtig suchte sie sich im Mondlicht einen Weg durch das holperige Gelände. Der Revolver in ihrer Handtasche schlug ihr mit jedem Schritt gegen die Seite, was ihr ein gutes Gefühl gab.

Es ärgerte sie, dass sie so langsam vorankam, dennoch wollte sie nicht riskieren, sich den Fuß zu verdrehen – oder, noch schlimmer, gesehen zu werden. Nicht jetzt, wo sie kurz vor ihrem Ziel war.

Der Duft von Greasewood und Kreosotbüschen erfüllte die Nacht. Im letzten Moment entdeckte sie einen Kaktus und sprang nach links, um den nadelspitzen Stacheln auszuweichen. Dann lief sie weiter und spähte nach jeder noch so kleinen Bewegung. Alle paar Meter blieb sie stehen und lauschte auf Schritte. Das einzige Geräusch, das sie hörte, war das leise Scharren ihrer eigenen abgedämpften Tritte.

Fünfzehn Meter weiter funkelte etwas in dem silbernen Licht. Ellie hielt inne, jeden ihrer Sinne in Alarmbereitschaft. Sie stand da wie festgewachsen, wagte kaum zu atmen.

Sie wartete eine gefühlte Ewigkeit, bis sie sich endlich wieder entspannte. Sie musste sich das Leuchten eingebildet haben.

Als sie gerade den Fuß anhob, um einen Schritt nach vorne zu machen, sah sie erneut eine rasche Bewegung. Jeder Muskel in ihrem Körper spannte sich.

Angestrengt schaute Ellie hin und konnte erkennen, wie ein Mann neben einem struppigen Busch hockte. Sie zögerte, ratlos, was sie tun sollte. So hatte sie sich das nicht vorgestellt, mitten in der Nacht Katz und Maus zu spielen.

Wie ging sie am besten vor? Sie wollte nur die Täter identifizieren und herausfinden, was sie vorhatten. Sie wagte nicht daran zu denken, was passierte, wenn sie dabei erwischt wurde. Dennoch musste sie unbedingt herausfinden, wer dort drüben saß und was er vorhatte.

Ellie blickte nach rechts zu einem Mesquitebaum, der ihr Deckung und einen besseren Blickwinkel bot. Wenn sie es dort hinschaffte, konnte sie vielleicht gut genug sehen, um ihr Zielobjekt zu erkennen. Sie wagte kaum zu atmen, während sie sich mit kleinen, vorsichtigen Schritten dem Baum näherte.

Im Schutze des Baumes angekommen, drückte sie sich gegen den Stamm und versuchte, eins mit dem Schatten zu werden. Wie sie gehofft hatte, war der Blickwinkel von hier viel besser als von ihrem vorherigen Aussichtspunkt. Sie lehnte sich vor und hoffte innig, dass der Mann an ihr vorbeigehen würde.

Als ob er ihren Wunsch erhört hätte, wechselte er die Position, sodass sie sein Gesicht klar erkennen konnte. Übelkeit machte sich in ihrer Magengegend breit. Sie blickte direkt in das Gesicht von Donald Tidwell.

Trotz Billy Taylors Bericht hatte ein Teil von ihr an der Hoffnung festgehalten, dass der Junge sich geirrt hatte. Jetzt, da sie mit der Wahrheit konfrontiert wurde, konnte sie ihre Wut kaum zurückhalten.

Sie trat aus dem Schutz des Mesquitebaums, ging in großen Schritten auf ihn zu. Jetzt war es ihr egal, ob ihre Schritte Geräusche machten oder nicht. Kurz bevor sie ihn erreichte, sprang Donald auf die Füße und fuhr herum.

»Miss Monroe? Was machen Sie denn hier?«

Unter anderen Umständen hätte das Entsetzen in seinem Gesicht Mitleid in ihr erregt. Stattdessen machte Ellie ihrem Ärger Luft. »Wie konnten Sie sich nur an diesem schäbigen Unternehmen beteiligen? Ich habe Ihnen vertraut, Myra hat Ihnen vertraut!«

Sie schauderte und schluchzte vor Wut. »Wie konnten Sie sie so hintergehen?«

Er schaute an Ellie vorbei, als würde er noch jemanden erwarten. Dann wich sein gehetzter Blick einem listigen Grinsen. »Wovon sprechen Sie? Kann ein Mann nicht bei Vollmond spazieren gehen, ohne eines Verbrechens beschuldigt zu werden?«

Ellie schüttelte den Kopf. »Versuchen Sie nicht, sich herauszureden. Ich weiß, dass Sie mit den Dieben unter einer Decke stecken und die Minenbesitzer bis aufs letzte Hemd ausgenommen haben. Ich … meine Tante … hat zufällig mitbekommen, wie Sie vereinbart haben, sich bei Vollmond zu treffen. Ich wollte es nicht glauben … aber Sie sind tatsächlich hier.«

Donalds aufgesetzte Fassade bröckelte. »Sie verstehen das nicht.« Er ging ihr entgegen.

»Bleiben Sie stehen.« Ellie griff in ihre Handtasche und holte den Revolver heraus. Sie hielt sie in beiden Händen und richtete sie auf Donald in der Hoffnung, dass er nicht sah, wie sehr sie dabei zitterte. »Sie können alles, was Sie sagen möchten, auch von dort aus sagen.«

Er stand da wie eine Statue und starrte auf die Waffe in ihren Händen. »Ich werde mich keinen Zentimeter bewegen. Könnten Sie vielleicht dieses Ding runternehmen, damit es nicht au's Versehen losgeht?«

Langsam schüttelte Ellie den Kopf. »Ich habe Ihnen einmal vertraut und mich dabei geirrt. Diesen Fehler werde ich nicht ein zweites Mal machen. Jetzt erzählen Sie mir, was ich nicht verstehe.«

Eine Träne rollte Donalds Wange hinunter und glitzerte im Mondlicht. »Ich habe das alles für Myra gemacht. Ich kann es nicht ertragen, sie so krank zu sehen, aber die Ärzte hier draußen können nichts für sie tun. Wir müssen an einen Ort, wo es bessere Behandlungsmöglichkeiten gibt, aber ich habe nicht das Geld, um sie dort hinzubringen.«

Widerwillig gerührt, erlaubte Ellie sich, die Waffe ein wenig zu senken.

»Sie haben mir einen Teil des Silbers versprochen, wenn ich ihnen helfe. Ich weiß, dass das nicht richtig war. Aber es war die einzige Möglichkeit, die mir eingefallen ist, um Myra die Hilfe zu besorgen, die sie braucht.«

Ellie verstärkte den Griff um die Waffe und zielte wieder auf ihn. »Das ist sehr rührend, aber erklärt kaum, was Sie hier heute Nacht treiben.«

Donald streckte die Hand aus. »Ich bin hierhergekommen, um ihnen zu erklären, dass ich aussteigen möchte und meinen Anteil nicht in Anspruch nehmen werde.«

Seine Hände zitterten sogar stärker als Ellies. »Es muss einen besseren Weg geben. Ich war früher ein gottesfürchtiger Mensch. Ich muss auf die Knie gehen und herausfinden, ob Gott mir vergeben wird oder mir zumindest einen Weg zeigen kann, Myra zu helfen – einen, der ehrenwert ist.«

Ellie zögerte einen Augenblick, dann ließ sie die Waffe zurück in ihre Handtasche gleiten. Das war nicht gespielt gewesen, dessen war sie sich sicher. Jedes Wort von Donald hatte glaubhaft geklungen. Mitleid stieg in ihr auf, als sie den gebrochenen Mann vor sich sah. »Ich glaube Ihnen.«

Donald hatte Fehler gemacht, das stand außer Frage, aber am Ende wollte er seinen Namen reinwaschen und Wiedergutmachung leisten. Auch das sollte etwas zählen. Und in dieser reuevollen Stimmung würde er sicherlich bereit sein, ihr alle Informationen zu geben, die sie und die Pinkertons benötigten.

Sie schloss ihre Handtasche und näherte sich Donald. »Warum kommen Sie nicht mit mir zurück in die Stadt? Vielleicht kann ich Ihnen dabei helfen, die Angelegenheit zu regeln.«

Er wischte sich mit dem Ärmel übers Gesicht. »Wenn Sie mir helfen können, die schwere Last der Schuldgefühle von meinen Schultern zu nehmen, werde ich Ihnen alles erzählen, was ich weiß.«

Das schlurfende Geräusch von Stiefeln auf Kieselsteinen schnitt ihm die letzten Worte ab, gefolgt von einem metallischen Klicken, was Ellie an das Entsichern einer Waffe erinnerte.

Hinter ihr ertönte eine raue Stimme aus dem Schatten. »Das glaube ich kaum.«

Steven rannte die Second Street entlang, in dieselbe Richtung, die Jessie eingeschlagen hatte. Es war zwecklos, sie einholen zu wollen. Dafür hatte er zu lange herumgefackelt.

Der Taylor-Junge hatte gesagt, er wäre Long zur Constitution gefolgt. Jessie hatte höchstwahrscheinlich den Weg über die Fifth Street in Richtung Redemption genommen. Doch er kannte eine Abkürzung.

Er lief die Second Street in südlicher Richtung bis an das Ende der Stadt und dann quer durch das Gelände bis zu der Stelle, wo die Hauptverwaltung der Mine stand. Auf einem kleinen Hügel hielt er an, um Luft zu holen und die Umgebung zu überblicken.

Knapp 100 Meter vor sich sah er, wie sich etwas bewegte. Bei näherem Hinsehen konnte er im Mondlicht Jessies schlanke Gestalt zusammen mit zwei stämmigeren Personen erkennen. Sie musste Long und Tidwell eingeholt haben. Der Gedanke ließ das Blut in seinen Adern gefrieren.

Er legte seine Hände um den Mund, um ihren Namen zu rufen, hielt sich aber im letzten Moment zurück. Hatte sie die beiden Männer eingeholt oder hatten die beiden ihr aufgelauert? Einer der Männer bewegte sich und als Steven im Mondlicht den Lauf einer Waffe aufblitzen sah, beantwortete dies seine Frage.

»Nein, Herr! Lass nicht zu, dass ihr etwas passiert.«

Er klopfte die Taschen seines Mantelrocks ab und knurrte frustriert. Natürlich hatte er keine Pistole dabei. Er war in die Pickford Hall gegangen, um eine Frau für sich zu gewinnen, nicht um schwere Körperverletzung zu begehen.

Hektisch schaute er sich um. Es blieb nicht genügend Zeit, um Hilfe zu holen. Keine Zeit, um sich eine Waffe aus seinem Büro zu besorgen. Ohne einen Gedanken an seine eigene Sicherheit zu verschwenden, rannte er den Hügel hinunter. Die einzigen Waffen, die ihm zur Verfügung standen, waren er selbst und die inbrünstigsten Gebete, die er je gesprochen hatte.

»Bitte, Gott, lass das ausreichen.«

Die raue Stimme ertönte erneut. »Sie werden jetzt Ihre Tasche fallen lassen, Miss Monroe, und rüber zu Tidwell gehen.«

Ellie ließ die Handtasche durch ihre tauben Finger gleiten und zwang ihre Füße, sie neben Donald zu tragen. Noch bevor sie sich umdrehte, wusste sie, wem die dunkle Stimme gehörte.

Mit einem wachsamen Auge – und eine Pistole auf sie beide gerichtet, die zweimal so groß wie ihre eigene war –, hockte sich Marvin Long hin, um ihre Handtasche aufzuheben und die Henkel um seinen Waffengürtel zu wickeln.

Donald trat vor. »Gut, dass du da bist. Ich wollte mich gerade mit dir treffen, als sie mich aufgehalten hat.«

»Guter Versuch, Tidwell, aber ich habe alles gehört.« Long winkte mit der Waffe. »Ihr beide werdet jetzt vor mir herlaufen. Nein, nicht zum Büro«, fügte er hinzu, als Donald in Richtung Bürohaus trottete, das weniger als zwanzig Meter links von ihnen stand. »Wir gehen in die Mine.«

An einem Haken im Eingang der Mine hing eine leuchtende Laterne. Marvin Long nahm sie in seine linke Hand und nickte Donald und Ellie zu. »Geht weiter.«

Ellie stolperte hinter Donald her, Long bildete das Schlusslicht. Auch diesmal stand die Wärme in der Mine im Gegensatz zu den kühleren Temperaturen draußen. Sie atmete tief ein und versuchte, das Gefühl loszuwerden, dass die Wände jeden Moment über ihr zusammenbrechen könnten. Geröll lag über den Gang verteilt und erschwerte ihnen den Weg.

Wie tief würden sie gehen? Mit jedem Schritt wuchsen Ellies Zweifel, ob sie jemals wieder an die Oberfläche gelangen würde.

Panik drohte ihr die Luft abzuschnüren und die Atmung fiel ihr schwer. Sie durfte nun nicht den Kopf verlieren, wenn sie diesen Albtraum überleben wollte.

Sie musste etwas unternehmen, irgendetwas tun. Aber was nur?

Sie sah Donald an, wie er mit gesenktem Kopf vor ihr hertrottete. Auf ihn konnte sie nicht zählen. Und der Mann hinter ihr trug eine Waffe, von der er bei der kleinsten Provokation sicherlich Gebrauch machen würde.

Der schmale Weg führte in eine große Abbaukammer. »Haltet euch rechts«, befahl Long.

Ellie und ihr Mitgefangener gehorchten. Sie gingen um eine Ecke und sahen eine kleine Öffnung im Boden, durch die Licht schien.

»Da hindurch.«

Ellies Knie wurden steif. Das konnte er nicht ernst meinen. »Wie denn?«

»Auf die Knie und kriechen. Tidwell, zeig ihr, wie man das macht.«

Donald ging hinunter auf alle viere, als hätte er keinen eigenen Willen, und quetschte sich durch das enge Loch.

Long stupste Ellie mit dem Lauf der Waffe in den Rücken. »Du bist dran.«

Ellie ging ebenfalls auf Hände und Knie. *Lieber Gott, in welchen Schlamassel bin ich da nur hineingeraten?* Eine Sache war es, aufrecht durch die dunklen Flure der Mine zu laufen, aber das hier fühlte sich für Ellie an, als würde sie ein Grab betreten – ihr eigenes Grab.

Sie raffte den Rock hoch, damit er sich nicht um ihre Beine verhedderte. Der Schotter bohrte sich in ihre weichen Handflächen, während sie eine Hand vor die andere setzte und auf das Licht zukroch.

Als sie aus dem kurzen Tunnel herauskam, blinzelte sie, so hell war es plötzlich. Sie rappelte sich hoch und klopfte den Staub vom Rock ihres blaugrauen Abendkleides aus Seide, das sie für den Abend ausgesucht hatte. Ihre Hand hielt inne, als sie ein Geräusch wahrnahm und feststellen musste, dass sie und Donald nicht alleine waren. In dem höhlenartigen Raum hing ein halbes Dutzend Laternen und vier oder fünf Männer standen da und starrten sie an.

Donald stand die Qual ins Gesicht geschrieben. »Es tut mir leid, dass ich Sie in diese Situation gebracht habe, Miss Monroe. Nach allem, was Sie für meine Frau getan haben.«

Einer der Männer setzte eine Kiste ab, die er getragen hatte. Der Aufprall erzeugte ein Echo, das durch die gesamte Höhle hallte. »Um Himmels willen … was macht die denn hier?« Er richtete sich auf, sodass man sein Gesicht im Schein der Laterne sehen konnte.

Ellie brummte der Kopf. »Jake Freeman?«

Der muskulöse Schmied wich ihrem Blick aus, während er den Staub von seinen Händen am Hosenbein abklopfte und sich direkt vor Donald stellte. »Ich habe dich etwas gefragt, Tidwell. Was hast du dir dabei gedacht, sie mit herzubringen?«

»Das war ich nicht. Es war Longs Idee.«

Die anderen Männer traten näher und beäugten Ellie und Donald genauer.

Jake zog den Hut aus dem Gesicht und legte die Hände auf die Hüfte. »Long? Ich kann ihn nirgendwo sehen. Was ist hier los?«

Ein Geräusch drang aus dem Tunnel, durch den Ellie gerade gekrabbelt war. Sie hörte, wie Stoff gegen Stein rieb. Donald zeigte auf das Loch. »Ich weiß nicht, warum er so lange gebraucht hat. Da ist er.«

Aus dem Tunnel stieg ein Mann, aber das Gesicht, in welches Ellie blickte, gehörte nicht Marvin Long. Entsetzt sah sie, wie Steven aus der Öffnung kletterte und sich vor ihnen aufbaute.

29

Ellie sah Steven auf sie zukommen und glaubte, in einem Albtraum gefangen zu sein. Als er den Arm um sie legte, machte sie sich steif und drückte sich von dem Mann weg, der ihr auf einmal so fremd vorkam.

Daraufhin stieg Marvin Long durch den Durchgang und gesellte sich zu ihnen.

Sie hatte Donald Tidwell und Jake Freeman vertraut, doch nun wusste sie, dass diese Männer Mitglieder einer Bande von Dieben waren. Auch wenn sie es nicht hatte wahrhaben wollen, hatte sie diese traurige Wahrheit akzeptiert.

Aber Steven?

Long machte ein grimmiges Gesicht. Er schaute in die Runde und rief dann: »Hey Boss, wir haben Besuch.«

Fußschritte knirschten über den Schotter und Ellie drehte den Kopf in Richtung der Felsen am anderen Ende des riesigen Raums, aus der das Geräusch drang. Einen Moment später trat ein Mann ins Licht.

Ellies Knie wurden schwach und sie ließ sich gegen Stevens Brust fallen, wobei sie hörte, wie er scharf den Atem einzog. »Du hattest also auch deine Finger im Spiel? Ich muss zugeben, dass ich überrascht bin.«

Tom Sullivan lächelte, sein silbernes Haar leuchtete im Licht der Lampe. »Ich hatte nicht nur meine Finger im Spiel, ich bin der Kopf der ganzen Sache. Tut mir leid, dass du es auf diesem Wege erfahren musstest.«

Ellies Kopf wirbelte zwischen Steven und Tom hin und her. Sie lehnte sich näher an Steven heran und flüsterte: »Also bist du keiner von ihnen?«

Er wich zurück und sie sah einen traurigen Ausdruck in seinen Augen, bevor er sie wieder an seine Seite zog.

»Nein«, murmelte er. »Ich bin nur hier, um dich zu beschützen.«

Toms Gelächter hallte von den Kalksteinwänden wider. »Du wolltest also den Helden spielen, was? Schade, daraus wird wohl nichts werden.« Er wandte sich an die anderen Männer. »Macht weiter. Wir müssen das Silber hier rausbringen.«

Er stellte sich ein paar Meter vor Steven und Ellie auf. »Ihr müsst zugeben, der Plan war brillant.«

Steven blickte zu den Kisten, die darauf warteten, abtransportiert zu werden. »Dass du einen Plan hattest, habe ich verstanden.« Sein angespanntes Zittern, das sogar Ellie spüren konnte, strafte seine ruhige Stimme Lügen. »Was ich nicht verstehe, ist, warum. Die Constitution ist eine ertragreiche Mine und läuft gut. Warum musst du dich zu so etwas herablassen?«

Ein väterliches Lächeln umspielte Toms Lippen. »Du denkst in viel zu kleinen Dimensionen, Steven. Große Männer haben höhere Ziele und ich gedenke, ein großer Mann in diesem Territorium zu werden. Wir werden bald ein offizieller Staat sein, und ich strebe eine Karriere als Gouverneur oder vielleicht sogar US-Senator an. Wer weiß?« Das Funkeln in Toms Augen ließ Ellies Blut in ihren Adern gefrieren. »Vielleicht ziehe ich auch eines Tages ins Weiße Haus ein.«

Während er sprach, trugen die anderen Männer die Kisten aus dem Raum und kamen mit leeren Händen zurück, um weitere Kisten zu holen, was Ellie an einen Trupp von Arbeiterameisen erinnerte.

Steven beobachtete, wie die Kisten mit dem Silber in der Dunkelheit verschwanden. »Aber deswegen die anderen Minenbesitzer bestehlen? Männer, die du als Freunde bezeichnet hast?«

Tom schüttelte den Kopf. »Für eine politische Karriere braucht man Geld. Mehr Geld, als die Constitution zu meinen Lebzeiten abwerfen wird.«

Er lehnte sich gegen einen Felsvorsprung. »Im Territorium überschlagen sich die Ereignisse. Ich brauchte eine Geldquelle, die mich schnell reich macht. Wenn ein Mann erst mal seine Position gefestigt hat, fragt keiner mehr nach, wie es dazu kam.«

Steven ballte die Hände. »Da hast du ja ein schönes, kleines Unternehmen auf die Beine gestellt.«

Drei Männer tauchten auf und verschwanden mit den letzten Kisten in der Tiefe des Raumes. Als sie gingen, nahmen sie auch die verbleibenden Laternen mit und ließen nur zwei Lampen zurück, die auf dem Boden neben Marvin Longs Füßen standen.

Tom wies den Männern mit einer Kopfbewegung hinterher. »Alleine hätte ich es nicht geschafft. Wie du sehen kannst, habe ich Arbeiter aus den anderen Minen als Informanten angeheuert, außerdem haben sie mir dabei geholfen, die Raubüberfälle zu inszenieren. Was unseren Freund Donald hier angeht …«

Tom runzelte die Stirn. »Donald, warum stehst du da rum, anstatt zu helfen?«

Long grinste verächtlich. »Er ist ein Überläufer, Boss. Er wollte uns verraten.«

Tom zog die Augenbrauen hoch. »Tatsächlich? Das ist ja jammerschade. Nun ja, dann werden wir eben seinen Anteil unter uns aufteilen müssen.«

Marvin Long lachte hämisch auf.

Endlich fand Ellie ihre Stimme wieder. »Was ist mit Mr Freeman?« Obwohl sie es mit eigenen Augen gesehen hatte, hegte sie die leise Hoffnung, dass er nicht aus freien Stücken in die Räuberhöhle gekommen war.

»Ich kann mir gut vorstellen, worin Jakes Beitrag bestand«, sagte Steven mit kalter Stimme. »Er hat für dich die Silberbarren geschmolzen und neu gegossen, um zu vertuschen, woher das Silber wirklich stammt, nicht wahr?«

Tom gluckste. »Gut geraten. Ja, dein Freund Jake war abends immer ganz schön beschäftigt.«

»Und was nun?« Steven schäumte förmlich vor Wut. »Glaubst du etwa, du wirst damit durchkommen?«

Tom stieß sich von dem Felsvorsprung ab und zuckte mit den Schultern. »Die Männer teilen gerade die Beute auf. Die anderen werden ihren Anteil nehmen und die Stadt verlassen. Ich bleibe hier und bereite mich auf meine politische Laufbahn vor … und niemand wird auch nur ahnen, was hier abgelaufen ist.«

Steven schnaubte verächtlich. »Du kannst doch nicht allen Ernstes glauben, dass niemand bemerken wird, wenn in einer Nacht so viele Menschen verschwinden?«

Und wieder lachte Tom leise auf. »Ich habe hier und da ein paar Äußerungen gemacht, dass sie drüben in New Mexico auf ein neues Silbervorkommen gestoßen sind. Du weißt doch, wie es in Bergarbeiterstädten abläuft. Sobald ein neuer Fundort bekannt wird, ziehen die Leute scharenweise weiter. Und wo wir gerade vom Verschwinden reden« – Tom gab Marvin Long einen Wink – »warum geleitest du unsere Gäste nicht rüber auf die andere Seite?«

Er hob eine der Laternen hoch, ging zum Durchgang hinüber und griff nach einem Balken, der aus der stützenden Holzdecke ragte.

»Sind Sie mit den Abläufen in einer Mine vertraut, Miss Monroe? Bretter wie dieses hier haben eine Art Botenfunktion. Wenn eines von ihnen zu Boden fällt, sagt uns das, dass irgendwo der Fels abgesackt sein muss. Es dient uns als Warnung vor einem drohenden Einsturz.«

Er riss an dem Brett und trat beiseite, als eine Flut von Geröll und Erde herabstürzte und den Ausgang zur Mine blockierte. Als dicke Staubwolken aufstiegen, holte er ein Taschentuch hervor und hielt es sich vor den Mund.

Sobald der Staub sich gelegt hatte, fuhr er fort. »Ihre Tante wäre fast einem ähnlichen Einsturz zum Opfer gefallen, doch sie scheint die Botschaft nicht begriffen zu haben. Es ist ein Jammer, dass Sie anscheinend ihren Leichtsinn geerbt haben.« Er wies sie an, auf die andere Seite der Felsformation zu gehen.

Tom ging voraus und hielt die Laterne hoch, um ihnen den Weg zu leuchten. Steven und Ellie folgten ihm mit Donald. Marvin Long bildete die Nachhut, in einer Hand die zweite Laterne, in der anderen seine Waffe.

»Wo sind wir?«, fragte Steven nach ein paar Metern. »Das hier ist keiner deiner Stollen.«

»Es ist eine natürliche Höhle.« Tom plauderte so ungezwungen, als würden sie sich über das Wetter unterhalten. »Wir haben sie zufällig entdeckt, als wir einer Silberader in diese Richtung gefolgt sind und einen Durchbruch gemacht haben. Ich wusste schon damals, dass sie eines Tages nützlich sein würde. Ihr Eingang liegt auf der anderen Seite des Hügels, weit entfernt von der Stadt. Sie kann auf keinen Fall mit mir oder meiner Mine in Verbindung gebracht werden.«

Als sie weitergingen, wirkte Stevens Anwesenheit beruhigend auf Ellie. Um ihre aufsteigende Panik zu unterdrücken, konzentrierte sie sich auf die Felsformationen, die seltsame Schatten im Licht der vorbeiziehenden Laternen warfen. Auf einem gewundenen Pfad gingen sie an einer befremdlich aussehenden Form nach der anderen vorbei, bis Ellie nicht mehr wusste, wie weit sie schon gegangen oder aus welcher Richtung sie gekommen waren.

Zu ihrer Rechten erhob sich ein gespenstisches Gebilde, das sie an einen Troll aus einem Grimm'schen Märchen erinnerte.

Dahinter tauchte ein weiteres auf, diesmal in Form eines riesigen Hasen. Ellie spürte, wie ihre Anspannung ein wenig nachließ, und konzentrierte sich weiter auf ihre Fantasievorstellungen.

Vor ihnen auf der linken Seite warf Toms Laterne ihr Licht auf eine gigantische Felssäule. Als sie an ihr vorbeigingen, meinte Ellie, darin Althea Baldwins Profil zu erkennen.

Der Weg wand und drehte sich, bis sie schließlich eine kleinere Version der Höhle erreichten, aus der sie gerade gekommen waren.

»Hier müssen wir uns leider verabschieden.« Tom drehte sich um und zog einen kleinen Revolver aus der Jackentasche. »Marvin, ich glaube, wir haben weiter hinten im Tunnel noch etwas Seil. Wärst du so nett?« Er richtete die Waffe auf seine drei Gefangenen, während Long sich davonmachte.

»Sie wollen uns fesseln und hier zurücklassen?« Selbst in ihren eigenen Ohren klang Ellies Stimme schrill und dünn. »Wie sollen wir dann den Weg nach draußen finden?«

Steven wandte sich ihr zu, seine Augen erfüllt von einer verbitterten Traurigkeit. »Er hat nicht vor, uns gehen zu lassen. Wir wissen zu viel.«

Eine Welle des Entsetzens überschwemmte Ellie. »Aber in der Stadt gibt es Leute, die uns vermissen werden.«

Steven blickte zu Tom. »Sie hat recht. Ich bin Besitzer einer ertragreichen Mine. Niemand wird glauben, dass ich mich davon gemacht habe, um dem Glück hinterherzujagen wie die anderen.«

In diesem Moment kam Marvin Long mit einigen Hanfseilen über dem Arm zurückgetrabt. Auf Toms Zeichen hin zerrte er Donalds Hände hinter dessen Rücken und band sie mit dem Seil zusammen.

Tom sah zufrieden zu, wie Long die Hände und Füße des Hotelangestellten fesselte. Dann wandte er sich wieder Steven zu.

»Nein, deine Geschichte wird weitaus romantischer sein. Du jagst etwas sehr viel Wertvollerem als Gold hinterher. Ich werde das Gerücht verbreiten, dass du mich gebeten hast, dir deine Mine abzukaufen, damit du gemeinsam mit Miss Monroe nach San Francisco gehen kannst. Ich werde sicherstellen, dass man morgen früh die entsprechenden Unterlagen auf deinem Schreibtisch finden wird.«

Long ging zu Steven herüber. Ellie zuckte zusammen, als sie sah, wie er beim Festziehen der Fesseln schmerzvoll das Gesicht verzog.

Sie wich zurück, als Longs grobe Hände nach ihr griffen, doch er zog ihre Arme mit einer solchen Gewalt hinter ihren Rücken, dass sie sofort an den Überfall in der Gasse erinnert wurde. Sie schaute Steven direkt ins Gesicht und versuchte, ihm eine lautlose Frage zu stellen.

Gab es denn nichts, was sie tun konnten?

Sein ausdrucksloses Gesicht war Antwort genug.

Tom überprüfte die Knoten, dann griffen Long und er sich die Laternen und gingen in Richtung Ausgang.

Sie waren noch nicht weit gekommen, als Tom plötzlich anhielt und sich umdrehte.

»Auf Wiedersehen, Miss Monroe. Schade, dass Ihr Besuch in Pickford ein solches Ende nehmen musste. Und machen Sie sich keine Hoffnung, dass Ihre Tante Ihr Verschwinden melden wird. Sobald ich hier raus bin, statte ich der alten Dame einen Besuch ab und sorge dafür, dass ihr ewiges Herumschnüffeln ein für alle Mal ein Ende hat.«

Mit diesen Worten ging er den Tunnel hinunter, gefolgt von Marvin Long und der einzigen Lichtquelle.

Ellie wurde von einer eisigen Furcht ergriffen, als die Dunkelheit sie verschluckte. Sie hörte ein Rascheln aus der Ecke, in der sie die gefesselten Männer vermutete, doch es war so dunkel, dass man die Hand nicht vor Augen sehen konnte.

»Jessie?« Der Klang von Stevens Stimme beruhigte sie, selbst in dieser aussichtslosen Lage. »Ich liege zwischen zwei Felsen und kann mich nicht wirklich bewegen. Versuch, zu mir rüberzukriechen. Vielleicht kann ich die Knoten in deinen Fesseln lösen.«

Sie bewegte sich langsam auf seine Stimme zu. Nachdem sie gerade einmal etwa einen halben Meter überwunden hatte, blieb ihr Rock an einem Vorsprung hängen und brachte sie abrupt zum Stehen. »Ich komme nicht weiter«, rief sie. »Was machen wir jetzt bloß?«

Ihre Worte waren kaum verhallt, da hörte sie ein Kratzgeräusch, gefolgt von dem grellen Aufflammen eines Streichholzes. Sie blinzelte in das Licht und sah Donald vor sich stehen, die Hände und Füße frei. Während sie ihn noch verdutzt anstarrte, zog er eine Kerze aus der Tasche und entzündete den Docht.

»Wie haben Sie das gemacht?«, fragte sie nach Luft schnappend.

Das Licht der Kerze verlieh Donalds Lächeln etwas Finsteres. »Sagen wir einfach, ich habe beim Üben meiner Seiltricks viel gelernt.« Er schaute auf sie und Steven hinunter. »Ich kann Sie beide gut leiden, aber wenn ich Sie freilasse, werden Sie mich dem Sheriff ausliefern.«

Steven blickte ihn unverwandt an. »Dann werden Sie Mord zur Liste Ihrer Verbrechen hinzufügen müssen.«

»Sie werden uns hier zurücklassen?« Ellie spürte, wie ihre letzte Hoffnung dahinschwand. »Nein, Donald, das dürfen Sie nicht.«

Er ging zwei Schritte zurück, dann ließ er die Schultern hängen. »Sie haben recht, das kann ich nicht.« Mit ein paar geübten Handgriffen löste er Stevens und Ellies Fesseln.

Ellie schüttelte das Seil ab und machte sich dann daran, ihre Fußfessel zu lösen. Sie riss ihren Rock von dem vorstehenden Felsen frei und krabbelte auf Händen und Füßen zu Steven herüber. Gerade als sie ihn erreicht hatte, ertönte ein gedämpftes Wummern, gefolgt von unheilvollem Gerumpel.

Die Kerze flackerte wild auf. Ellie drückte sich eng an Steven. »Was war das?«

»Dynamit.« Er riss ein Halstuch aus seiner Tasche und reichte es ihr, als eine Staubwolke durch die Höhle fegte. »Hier, halt dir das vors Gesicht. Ich glaube, sie haben gerade die Stollendecke hinter dem Ausgang gesprengt.«

Er zog sich sein Hemd über Mund und Nase. Hinter ihm sah Ellie, wie Donald es ihm gleichtat. Es dauerte Minuten, bis die Luft wieder klar genug war, dass sie ohne Beschwerden atmen konnten.

Ellie zog sich das Tuch vom Gesicht. »Was machen wir jetzt?«

»Lasst uns den Ausgang überprüfen. Ich hoffe, dass ich diesmal nicht recht behalte.« Steven streckte seine Hand in Richtung Donald aus, der ihm widerwillig seine Kerze überreichte. Steven legte schützend seine Hand vor die Flamme. »Gott sei Dank ist die Kerze nicht ausgegangen.«

Schweigend folgten sie Steven in die Richtung, die Tom und Marvin Long eingeschlagen hatten. Ellie schätzte, dass sie etwa dreißig Meter gegangen waren, bevor ihnen der Weg durch einen Haufen Steine und Erde versperrt wurde.

Steven betrachtete den Geröllhaufen. Sein finsterer Gesichtsausdruck vergrößerte Ellies Angst nur noch. »Wie schlimm ist es?«, fragte sie.

»Das kann ich nicht genau sagen, aber es war eine große Explosion – wir werden es niemals schaffen, uns den Weg freizugraben.«

Ellies Atem stockte. »Willst du damit sagen, dass sie gewonnen haben? Dass wir hier unten sterben werden?«

Steven presste seine Lippen an ihre Stirn. »Gib die Hoffnung nicht auf. Noch ist nicht alles verloren.«

»Wie lautet dein Plan?« Donald versuchte offensichtlich mutig zu wirken, doch der panische Unterton in seiner Stimme spiegelte die Angst wider, von der auch Ellies Herz ergriffen war.

»Wir müssen zurück ans andere Ende der Höhle. Dort liegt weniger Felsschutt. Vielleicht lässt er sich mit den Händen abtragen.«

Donald warf einen Blick auf die Kerze. »Was glaubst du, wie viel Licht uns noch bleibt?«

Steven verzog das Gesicht, als hätte er diese Frage lieber nicht gehört. »Eine neue Kerze hält etwa eineinhalb Stunden.«

Etwas am Klang seiner Stimme ließ Ellie erschrocken aufhorchen. »Ist das eine neue Kerze?«

Steven zögerte und schüttelte dann den Kopf. »Ein Drittel ist bereits abgebrannt.«

Ellie rechnete hastig nach. »Das heißt, uns bleibt noch eine Stunde Licht?«

»Das wäre richtig, wenn wir irgendwo still sitzen würden, aber wir werden uns bewegen. Ich denke, wir haben eine halbe Stunde, vierzig Minuten, wenn es hochkommt.«

Donalds Stimme wurde eine halbe Oktave höher. »Allein für den Rückweg werden wir die Hälfte davon brauchen, das heißt, wenn wir uns nicht verlaufen.«

»Dann sollten wir uns beeilen«, sagte Steven. »Das Wichtigste ist hinzukommen. Notfalls können wir auch im Dunkeln graben.«

Wenn seine Bemerkung dazu dienen sollte, ihnen Hoffnung zu machen, scheiterte dieser Versuch kläglich. Seit ihrer Gefangennahme durch Marvin Long hatte Ellie versucht, ihre Panik unter Kontrolle zu halten, doch nun zerriss sie ihr Inneres wie die Kralle eines Monsters.

Sie wollte etwas Tapferes sagen, um Steven zu zeigen, dass sie kein Klotz am Bein sein würde und ihr Schicksal genauso stoisch ertragen konnte, wie er es zu tun schien, doch ihre Kehle war wie zugeschnürt. Selbst wenn sie die richtigen Worte gefunden hätte, wäre sie nicht in der Lage gewesen, sie über die Lippen zu bringen.

Herr, ich habe gelesen, dass du immer über die Deinen wachst. Ich hoffe sehr, dass du auch jetzt gerade bei uns bist.

Steven schritt mit einer Zuversicht voran, von der Ellie hoffte, dass sie begründet war. Ihr Weg von der Mine durch die Höhle war so verschlungen gewesen, dass es ihrer Meinung nach kaum vorstellbar war, den richtigen Pfad durch dieses Labyrinth zu finden.

Sie marschierten im Gänsemarsch voran, wobei nur das Knirschen ihrer Schritte auf dem Höhlenboden zu hören war. Zehn Minuten später blieb Steven stehen.

»Was ist los?« Ellies Stimme hallte unnatürlich laut in der Finsternis.

»Wir sind hier schon einmal vorbeigekommen. Ich erkenne diese Säule dort drüben wieder.« Er hielt die Kerze hoch und wies auf ein hohes Gebilde aus Kalkstein.

Donalds Stimme wurde noch höher. »Willst du damit sagen, dass wir im Kreis gelaufen sind?«

»Ich fürchte ja.«

Ellie fixierte die immer kleiner werdende Kerze. Stevens Schätzungen zufolge blieben ihnen noch zwanzig Minuten, im besten Falle dreißig. Wie sollten sie jemals im Dunkeln zurückfinden?

Sie würden es nicht schaffen.

Diese Erkenntnis traf sie wie ein Schlag ins Gesicht und sie presste die Lippen zusammen, um ein Stöhnen zu unterdrücken. Sie betrachtete die schaurigen Formationen und fragte sich, wie es wohl sein würde, zwischen diesen unirdisch anmutenden Gestalten in der Dunkelheit gefangen zu sein.

Donald sprach einen neuen Gedanken aus. »Wir könnten hier ein Jahr im Kreis herumwandern, nur werden wir nicht so lange durchhalten.«

Stevens Mund verhärtete sich. »Warum hältst du nicht einfach den Mund, wenn du nichts Hilfreiches zu sagen hast?«

»Was ist mit Fußabdrücken?«, fragte Donald hartnäckig. »Gibt es denn keine, denen wir folgen könnten?«

»Keine, die deutlich genug sind, um uns die Richtung zu weisen.« Steven wischte sich mit der freien Hand über die Stirn und folgte dann einem schmalen Pfad zu ihrer Rechten. »Lasst es uns hier versuchen.«

»Warte!« Ellie blieb stehen.

Steven drehte sich zu ihr um. »Was ist los? Wir dürfen keine Zeit verlieren.«

»Das ist der falsche Weg.« Sie deutete nach links. »Leuchte mal mit der Kerze hier rüber.«

Steven folgte ihrer Anweisung, wobei jede seiner Bewegungen seine Ungeduld verriet. »Woher willst du wissen, dass das der richtige Weg ist?«

Triumphierend schwang Ellie ihren Arm durch den Raum. »Althea hat es mir verraten. Siehst du?«

Steven und Donald tauschten einen vielsagenden Blick aus, dann legte Steven seine Hand auf ihre Schulter. »Mrs Baldwin ist nicht hier, Jessie. An einem Ort wie diesem geht die Fantasie leicht mit einem durch.«

»Ich leide nicht an Halluzinationen.« Sie griff nach der Hand, in der Steven die Kerze hielt, und schob sie höher. »Schau dir diesen Felsen an. Er erinnert doch an Althea Baldwins Profil, oder nicht?«

»Okay«, sagte Steven langsam.

Sie hätte ihn am liebsten geschüttelt.

»Verstehst du denn nicht? Sie ist mir vorher schon aufgefallen, als Tom uns hier durchgeführt hat. Auf unserem Hinweg starrte sie in die Richtung, aus der wir gekommen waren, also müssen wir nur ihrer Nase folgen, um zur Mine zu gelangen.«

Steven stieß einen Freudenschrei aus und drückte sie so fest an sich, dass er sie fast zerquetschte. »Gut gemacht, Jessie. Lasst uns gehen!«

Ellie erlaubte sich zum ersten Mal wieder ein wenig Hoffnung, seit die Explosion ihren Ausgang aus der Höhle verschüttet hatte. Vielleicht half Gott ihnen ja wirklich hier heraus.

Die Männer schienen von ihrem neu gewonnenen Optimismus angesteckt zu sein und bewegten sich schneller voran. Ellies Hochgefühl verstärkte sich, als sie weitere bekannte Formationen entdeckte. Dort stand der riesige Hase und noch etwas weiter der angsteinflößende Troll.

Hinter dem Troll blieb Steven erneut stehen.

Ellie stieg ihm in die Hacken, bevor sie merkte, dass er angehalten hatte. »Was ist denn jetzt schon wieder?«

»Ich brauche etwas, worauf ich die Kerze abstellen kann.« Er hielt den Stummel Wachs hoch, der gefährlich nah an seinen Fingern brannte. »Es wird zu heiß, um sie so weiterzutragen.«

Ellie starrte auf ihre rapide schrumpfende Lichtquelle und sprach die Frage aus, die mit Sicherheit auch Steven beschäftigte. »Wir schaffen es nicht rechtzeitig zum Mineneingang, oder?«

Er drückte schnell ihre Hand und brach dann ein dünnes, flaches Stück Fels ab, das von der Höhlenwand abstand. »Dank dir wissen wir jetzt, dass wir auf dem richtigen Weg sind. Wir werden versuchen, so weit zu kommen, wie es geht, solange das Licht noch brennt. Geht die Kerze aus, gehen wir Schritt für Schritt weiter. Wir werden länger brauchen, aber wir können uns vorantasten, solange wir nur wissen, dass wir auf dem richtigen Weg sind.«

Hinter ihm räusperte sich Donald. »Vielleicht müssen wir das gar nicht.«

30

Ellie und Steven fuhren herum und sahen, wie Donald eine längliche Formation betrachtete, die aussah wie eine Ansammlung von Mikadostäbchen.

»Was willst du damit sagen?«, wollte Steven wissen.

Donald streckte die Hand aus. »Kann ich mal kurz die Kerze haben?«

Steven stellte sich neben ihn und hielt seinen provisorischen Kerzenhalter hoch. »Warum zeigst du mir nicht einfach, was wir uns anschauen sollen?«

Donald deutete in die Finsternis hinter dem schwachen Licht. »Da kommen wir raus. Wenn wir uns beeilen, schaffen wir es, bevor die Kerze ausgeht.«

Steven warf ihm einen skeptischen Blick zu. »Was macht dich so sicher, dass dort ein Ausgang ist?«

»Für Erklärungen bleibt keine Zeit. Willst du herumstehen und diskutieren oder hier rauskommen, solange wir es noch können?« Donald richtete sich auf, so weit es seine hängenden Schultern zuließen. Seine Stimme nahm einen bestimmenden Tonfall an, den Ellie bisher nicht gehört hatte.

Steven schaute sich zu ihr um, er schien genauso überrascht über Donalds plötzliche Selbstsicherheit zu sein. »Was meinst du?«

Sie schaute von der flackernden Kerze zu dem neu gewonnenen Selbstvertrauen in Donald Gesicht. »Lasst es uns versuchen.«

Steven reichte Donald die Kerze und der ältere Mann führte sie an den Mikadostäbchen vorbei, hinein ins Ungewisse. Im Zickzack folgten sie einem Pfad nach oben, der sie zu einer dunklen Öffnung in der Höhlenwand führte.

Ellie hastete den Männern hinterher und versuchte dabei, sich jede Drehung und Wendung auf dem Weg zu merken. Sollte sich Donalds versprochener Ausgang doch nicht finden lassen, konnten sie im Dunkeln vielleicht noch den Weg zurück finden.

»Hier durch.« Donald hielt die Kerze hoch und leuchtete auf einen Spalt, der in einen kleinen Raum führte. An einer Wand lehnte eine Holzleiter, die durch ein weiteres Loch in der Decke führte.

Steven schaute sich um. »Wo sind wir hier? Das kann kein Teil einer anderen Mine sein.«

Donald ignorierte die Frage und hielt Steven die Kerze hin. »Ich gehe vor. Du kannst mir die Kerze hochreichen, wenn ich oben angekommen bin.«

Steven rührte sich nicht. »Ich habe eine bessere Idee. Ich gehe vor und du reichst mir die Kerze hoch.«

Donald akzeptierte Stevens Vorschlag ohne Widerworte. »Schön. Dann geh du zuerst.«

Steven stieg die Leiter hinauf und verschwand durch das Loch. Einen Moment später reichte er seine Hand über die Öffnung herunter. »Alles klar, ich bin oben. Gib mir die Kerze.«

Donald reichte ihm das Felsstück mit dem kostbaren Klumpen Wachs. Ellie sah, wie das Licht sich bewegte, bevor Stevens Kopf wieder über dem Rand des Lochs erschien.

»In Ordnung. Kommt hoch.«

Donald half ihr auf die erste Stufe der Leiter hinauf. Sie griff mit der einen Hand ihre voluminösen Röcke, mit der anderen die Leiter, und kletterte so schnell es die Stoffberge zuließen. Oben angelangt, zog Steven sie das restliche Stück über den Rand. Kurze Zeit später folgte Donald.

Steven hielt die Kerze hoch. »Würdest du uns nun bitte verraten, wo wir hier sind?«

Im schwachen Lichtschein eröffnete sich ein weiterer kleiner Raum, in dem sich ein zerbrochener Stuhl, ein paar zerschlissene Koffer und ein Haufen leerer Kisten befanden. Schwarz verrußte Balken hingen in einem seltsamen Winkel von der Decke herab und ein stechender Geruch erfüllte die Luft.

Der beißende Dunst und der Anblick der verbrannten Holzbalken halfen Ellie auf die Sprünge. Sie schnappte nach Luft und drehte sich fassungslos zu Donald um.

»Sind wir im Hotel?«

Er nickte kurz. »Das, was davon übrig ist. Das hier ist der Lagerraum im Keller.«

Steven ging zu einem verkohlten Treppenaufgang hinüber, dessen Stufen sofort nachgaben, als er mit der Hand deren Stabilität prüfte. »Auf diesem Weg kommen wir nicht nach oben.«

Donald wies auf das Loch im Boden. »Hilf mir mal mit der Leiter.«

Steven reichte Ellie die Kerze. Sie hielt den Wachsstummel in die Höhe, während die zwei Männer die Leiter durch das Loch zogen, und ließ die flackernde Flamme keinen Moment aus den Augen.

Steven stellte die Leiter vor den Trümmern des Treppenaufgangs ab und rüttelte daran, um festzustellen, ob sie sicher stand. Er drehte sich zu Ellie um und schenkte ihr ein breites Lächeln. Im gleichen Moment erlosch die Flamme.

Ellie sog voller Panik die Luft ein und stellte dann fest, dass sie noch immer Stevens Umrisse in der Finsternis erkennen konnte. Als sie hochblickte, sah sie, wie Mondlicht durch das Gitterwerk der verbrannten Balken fiel.

Danke, lieber Gott.

Sie wollte nach Stevens Hand greifen und in einen Freudentanz ausbrechen, doch das musste warten. Noch waren sie nicht in Sicherheit.

In der gleichen Reihenfolge wie zuvor stiegen sie die Leiter hoch. Steven warnte sie, den Kopf zu ducken, als sie oben ankam. »Seid vorsichtig hier oben. Ein paar Wände sind bereits eingestürzt und die anderen können jederzeit folgen.«

Als sie den Lagerraum verlassen hatten, kletterten sie über den Schutt und die Asche, die das Erdgeschoss des Hotels bedeckten, und passten dabei genau auf, wo sie hintraten.

Keinen Moment zu früh für Ellies Geschmack traten sie auf die

Straße hinaus. Die Grant Street lag verlassen im Mondlicht da, von Osten her driftete Gelächter und klimpernde Klaviermusik zu ihnen herüber.

Das silberne Licht offenbarte die Spuren ihres holprigen Marschs. Auf den Gesichtern beider Männer zeichneten sich schwarze Striemen ab, an ihrer Kleidung hingen graue, puderige Ascheklumpen und sie waren von Kopf bis Fuß vom Staub der Mine bedeckt.

Sie sahen aus, als wären sie gerade einem Grab entstiegen. Ellie war sich sicher, dass auch sie wie Banquos Geist aussah. Aber im Moment zählte nur eins.

»Wir sind am Leben«, sagte sie leise.

Steven begegnete ihren Worten mit einem triumphierenden Lächeln, das schon im nächsten Moment erlosch. »Komm mit.« Er griff nach ihrer Hand und zerrte sie in Richtung Second Street. »Wir müssen deine Tante in Sicherheit bringen.«

»Das wird nicht nötig sein.«

Er blieb abrupt stehen und schaute sie an, als sei sie verrückt geworden. »Was redest du denn da? Du hast doch gehört, was Tom gesagt hat.«

»Es gibt keine Lavinia.«

»Du meinst, sie ist nicht wirklich deine Tante. Aber was macht das schon? Wer immer sie ist, sie schwebt in höchster Gefahr und wir müssen ihr helfen.«

Ellie grub die Fersen in den Boden und blieb stehen. »Ich meine damit, dass Lavinia Stewart nicht existiert. Punkt. Es gibt keine Jessie, keine Lavinia, nur mich.«

Sie sah, wie er versuchte zu durchdringen, was sie wohl meinen könnte. Dann kam der Moment, in dem ihm die Doppeltäuschung aufging.

»Was wird aus mir?« Donalds Stimme durchbrach das unangenehme Schweigen. »Ich habe heute Abend endlich den Mut aufgebracht, mich von diesen Gaunern loszusagen, doch damit ist meine Schuld nicht getilgt. Aber ich könnte es nicht ertragen, von Myra getrennt zu werden. Wer soll sich dann um sie kümmern?«

»Das habe nicht ich zu entscheiden«, sagte Steven. »Doch meiner Meinung nach sollte es auch etwas zählen, dass du dich von den Verbrechern losgesagt und uns bei der Flucht geholfen hast. Ich lege gerne ein gutes Wort für dich bei Richter Spicer ein. Wenn du bereit bist, gegen die anderen auszusagen, wird dir das mit Sicherheit auch zugutekommen.«

Donald schlug die Hände zusammen. »Ich werde ihnen alles sagen, was ich weiß. Der Teufel hat mich auf den falschen Weg geführt, aber ich habe meine Lektion gelernt.«

»Wenn das so ist, wecken wir jetzt Marshal Bascomb. Wir müssen ein paar Diebe hinter Schloss und Riegel bringen.«

»Bascomb?« Ellies Körper versteifte sich, als Steven den Namen des Gesetzeshüters erwähnte. »Woher weißt du, ob wir ihm trauen können?«

Stevens Zähne leuchteten im Mondlicht und sein Lächeln verriet ihr, dass er sich allmählich von dem Doppelschlag erholte, den sie ihm vor den Kopf geschmettert hatte. »Unter normalen Umständen würde ich deine Zweifel teilen. Aber ich weiß, dass Tom alles in seiner Macht Stehende getan hat, um Bascombs Ernennung zum Marshal zu verhindern. Glaub mir, die beiden können sich nicht ausstehen. Bascomb wird sich auf Tom stürzen wie die Katze auf die Maus.«

»Tom hatte Komplizen«, erwiderte Ellie. »Was ist mit denen?«

Steven lachte auf. »Wenn mich nicht alles täuscht, wird Tom wie ein Kanarienvogel singen und den Rest der Bande ausliefern. Besonders wenn er glaubt, so vor dem Richter besser dazustehen.«

Er legte den Arm um sie und zog sie zu sich heran. »Der Albtraum hat endlich ein Ende. Willst du Donald und mich zu Bascomb begleiten oder lieber erst nach Hause?«

Im gleichen Augenblick änderte sich sein Gesichtsausdruck. Er löste seinen Arm von ihr und trat zurück, wobei er Ellie anstarrte, als versuche er, sie scharf zu stellen. »Einen Moment mal. Was du da vorhin gesagt hast …«

Ellies Mund wurde trocken.

»*Du* bist der Pinkerton-Agent?«

»Ja.« Das Wort war ein kaum hörbares Flüstern.

Er trat einen weiteren Schritt zurück und ihre zarten Hoffnungen lösten sich in Luft auf. »Ich schätze, dann ist das jetzt dein Auftritt. Du bist an der richtigen Stelle dafür, das Gesetz einzuschalten, nicht ich.«

Ellie starrte ihn an. Es schien ihr, als hätte sich zwischen ihnen ein Abgrund aufgetan, obwohl sie nur ein paar Schritte trennten.

Steven hatte recht. Der Fall war abgeschlossen, das Rätsel gelöst. Sie hatte den Auftrag erfüllt, der sie hierhergeführt hatte.

Sein Albtraum war endlich zu Ende.

Ihrer fing gerade erst an.

31

Steven stand neben seinem Vorarbeiter und beobachtete aufmerksam die kleine Prozession schwer beladener Wagen, die sich in Richtung Benson aufmachte, begleitet von einem Trupp bewaffneter Männer.

Milt Strickland zog den Hut tiefer, um nicht von der Nachmittagssonne geblendet zu werden. »Glaubst du, sie werden diesmal durchkommen, Boss?«

»Ich denke, dass unsere Probleme gelöst sind, was das angeht.« Steven betrachtete die anderen Minenbesitzer, die nicht weit entfernt standen. Die Hoffnung auf ihren Gesichtern spiegelte seine eigenen Gefühle wider. »Aber ich werde erst durchatmen können, wenn das Silber sicher auf den Zug nach New Orleans verladen worden ist.«

Sie schauten noch ein paar Minuten zu, dann machten sie kehrt und gingen zurück zur Mine. Nicht lange und sie hatten das südliche Ende der Stadt erreicht, von wo es nicht mehr weit war bis zur Redemption-Mine.

An der Tür seines Büros blieb Steven stehen, während Milt zum Eingang der Mine weiterging. »Sag den Männern, dass wir ab jetzt nicht mehr mit der Ausrüstung geizen werden. Ich bestelle gleich neue Bohreisen, Kerzen und Dynamit. Schon bald können wir wieder die volle Produktion fahren.«

Milt grinste. »Schön, wenn endlich alles wieder seinen normalen Gang nimmt.«

Dann betrat Steven sein Büro, in dem ein Haufen Papierarbeit auf ihn wartete. Er ließ sich in seinen Stuhl fallen, ignorierte den Stapel Dokumente auf seinem Schreibtisch und kniff sich mit Daumen und Zeigefinger in die Nasenwurzel. »Normal« klang in seinen Ohren hervorragend. Schade, dass er sich nicht mehr sicher war, was das überhaupt bedeutete.

Seit die Silberdiebstähle begonnen hatten, war nichts mehr normal gewesen. Seit ihn seine Geldsorgen nachts wach gehalten hatten. Seit Jessie Monroe in sein Leben getreten war und es auf den Kopf gestellt hatte.

Er schob die Papiere beiseite und stützte den Kopf auf die Hände. Wenn die Wochen der Frustration und Sorge schon chaotisch gewesen waren, so hatten die letzten zwei Tage Stevens Leben in einen Wirbelsturm verwandelt und er saß mittendrin fest. Dass Jessie sich als Pinkerton-Agentin entpuppt hatte, war überraschend genug gewesen, doch die Offenbarung, dass Jessie Monroe gar nicht wirklich existierte, hatte ihm den Boden unter den Füßen weggezogen.

Doch machte es einen Unterschied, dass sie sich als jemand anderes ausgegeben hatte? *»Was uns Rose heißt, wie es auch hieße, würde lieblich duften …«* Die von Shakespeare verfassten Zeilen brachten ein Lächeln auf seine Lippen. Warum schien sie zu glauben, dass die Verwendung eines Decknamens so viel bedeutete? Sie hatte bereits sein Herz gestohlen. Wie sie sich nannte, machte dabei keinen Unterschied.

Er schob sich vom Schreibtisch zurück, stand auf und lief unruhig im Büro auf und ab. Wenn er doch nur mit ihr reden könnte. Er wusste, dass sich alles, was auch immer sie als problematisch erachtete, lösen ließ. Doch seit der Nacht, in der sie mit Müh und Not dem Tod entronnen waren, war sie spurlos verschwunden.

Er blieb am Fenster stehen und schaute Richtung Pickford. Nachdem sie Bascomb eingeweiht hatten, hatte er Jessie nach Hause gebracht und sich danach mit dem Marshal auf den Weg gemacht, um Tom Sullivan zu stellen. Genau wie erwartet, hatte der Kopf der Bande in der Hoffnung auf ein mildes Urteil jeden Namen seiner Mittäter preisgegeben. Einige der anderen Diebe waren bereits gefasst worden, darunter auch Marvin Long. Bascomb ging davon aus, dass bis Ende der Woche auch der Rest hinter Gittern sitzen würde.

Eigentlich hätte Steven angesichts der Tatsache, dass er das gestohlene Silber zurückerhalten hatte und seine finanziellen Sorgen damit vorüber waren, auf einer Wolke der Euphorie schweben müssen. Doch stattdessen verspürte er ein nagendes Gefühl der Leere in sich.

Zwischen der mühseligen Arbeit, das Silber wieder unter den rechtmäßigen Eigentümern zu verteilen, und den Vorbereitungen für die Sendung nach New Orleans war er zum Haus an der Ecke Charles und Second Street gegangen, um die Situation mit Ellie zu klären. Doch niemand öffnete, als er an die Tür klopfte, selbst dann nicht, als er mit der Faust dagegenhämmerte, weil sein höfliches Klopfen unbeantwortet blieb.

So wurde ihm eine Sorge mehr aufgebürdet. Jessie – Ellie, korrigierte er sich selbst – hatte davon gesprochen, nach Chicago zurückzukehren. Hatte sie etwa bereits die Stadt verlassen, ohne ein Wort des Abschieds? Er fragte Brent Howard, den Stationsvorsteher, doch seiner Aussage nach war Ellie nicht mit der Postkutsche abgereist. Wo konnte sie nur sein?

Steven schlug mit der Faust gegen die Wand und wünschte sich, dass der Schmerz in seinen Knöcheln den Schmerz in seinem Herzen verdrängen würde. Er hatte sein Silber wieder, doch sie war verschwunden. Schlussendlich musste er überrascht feststellen, dass der Wiedergewinn seines Silbers ihm nur wenig bedeutete im Vergleich zum Verlust der Frau, die er liebte.

Ihm kam ein neuer, furchterregender Gedanke. Sie war eine höchst talentierte Schauspielerin, die ihm und allen anderen Einwohnern von Pickford überzeugend vorgegaukelt hatte, eine lebhafte junge Frau – und alte Dame – zu sein, anstatt einer gewieften Ermittlerin.

War die Verbindung zwischen ihnen etwa auch nur ein Teil ihres Schauspiels gewesen?

Nach dem Feuer und ihrem flüchtigen Kuss war sie ihm aus dem Weg gegangen. Nun schien sie ihn erneut zu meiden. Steven wurde ganz flau. Vielleicht hatte sie ihm ihre Zuneigung tatsächlich nur vorgespielt.

Er brachte seine verworrenen Gefühle unter Kontrolle, kehrte an seinen Schreibtisch zurück und legte die Papiere zu einem ordentlichen Stapel zusammen. Dann nahm er das oberste Blatt in Augenschein und griff nach seinem Füller. Es war an der Zeit, dass er aufhörte, sich wie ein verliebter Schuljunge aufzuführen.

Ellie schaute sich im Wohnzimmer ihres kleinen Hauses um und ging im Geiste noch einmal ihre Checkliste durch. Hatte sie auch nichts vergessen? Ihr Koffer stand offen neben der Haustür, daneben der Korb mit den Kostümen, der ihr während ihres Aufenthalts in Pickford gute Dienste geleistet hatte. In seinem Inneren verbargen sich noch weitere Dinge, die sie bisher noch nicht gebraucht hatte, aber die für zukünftige Fälle vielleicht von Nutzen sein könnten.

Nachdem sie die Pinkertons per Telegramm darüber informiert hatte, dass die Identität der Diebesbande nun bekannt war und ihr Anführer bereits hinter Gittern saß, ergoss sich eine Flut von begeisterten Nachrichten über das Telegrafenamt, die Amos Crawford genug Material lieferten, um den Klatsch und Tratsch in der Stadt für die nächsten sechs Monate anzuheizen.

Zusammen mit ihren Glückwünschen teilten Fleming und Gates Ellie mit, dass ihr die unbefristete Festanstellung in der Agentur sicher war. Ellies Lippen verzogen sich zu einem schiefen Lächeln. Wenigstens blieb ihr dieser bittersüße Triumph.

Sie hatte ihre Koffer gepackt und das Haus aufgeräumt, nun wollte sie mit der Postkutsche am Nachmittag nach Benson abreisen. Von dort würde sie den Zug nach Chicago nehmen und – Flemings Antwort nach zu urteilen – in der Zentrale wie eine Heldin gefeiert werden.

Ihr Aufenthalt in Pickford hatte sie eine wichtige Lektion gelehrt.

Ab jetzt würde sie bei ihren Ermittlungen darauf achten, sich nicht emotional hineinzugeben. Von heute an würde sie ihre ganze Konzentration auf die Lösung ihrer Fälle richten und nicht mehr zulassen, dass sie Gefühle für Menschen entwickelte, die darin verwickelt waren. Steven zu verlieren, war die schmerzlichste Erfahrung ihres Lebens gewesen. Ihr Herz würde das kein zweites Mal überstehen.

Sie nahm ihre Bibel von dem Tisch mit der Marmorplatte und legte sie sorgsam in den offenen Koffer. Dann klappte sie den Deckel zu und zurrte den Gurt fest. Etwas Gutes hatte diese turbulente Episode dann doch gehabt – sie hatte wieder zu Gott gefunden. Egal, was die Zukunft für sie bereithielt, er würde ihr zur Seite stehen und ihr Kraft schenken.

Und von Zeit zu Zeit mit ihr ringen, wenn ihre Meinungen auseinandergingen.

Nach den Kämpfen, die sie die letzten eineinhalb Tage ausgetragen hatten, konnte sie in etwa nachempfinden, wie sich Jakob gefühlt haben musste, als er mit dem Engel rang. So erschöpft sie auch gewesen war, sie konnte einfach nicht einschlafen, als sie in den frühen Morgenstunden nach ihrer langen Odyssee durch die Höhle endlich zu Hause angekommen war. Stattdessen bereitete sie alles für ihre Abreise vor und verbrachte die restliche Zeit auf ihren Knien, während sie Gott dafür dankte, dass er sie zu den Dieben geführt hatte.

Dafür, dass er sie aus der Höhle geholt hatte, ohne dass jemand zu Schaden gekommen war.

Dafür, dass Tom Sullivan und der Großteil seiner Bande nun geschnappt waren.

Sie hatte geglaubt, dass ihre aufrichtigen Dankesbezeugungen dem Allmächtigen genügen würden, doch da hatte sie sich geirrt. Anscheinend verlangte er noch mehr von ihr und damit hatte ihr Zweikampf erst richtig begonnen. Nach stundenlangen Diskussionen – die sie verlor –, kam sie steif wie Lavinia von ihren Knien hoch und wusste endlich, was sie zu tun hatte.

Es reichte nicht aus, dass sie Tom Sullivans Raubzügen ein Ende bereitet hatte. Es schien, dass Gott noch eine letzte Aufgabe für sie vorsah, bevor sie Pickford verlassen konnte. Sie musste ihren Frieden mit Steven Pierce schließen, und zwar diesmal nicht als Jessie oder Lavinia.

Noch immer hatte Ellie diese Anweisung des Herrn nicht ganz verstanden, doch sie vermutete, dass es etwas mit dem Anstand zu tun hatte, von dem Pastor Blaylock ständig predigte. Das schien einleuchtend. Im Rahmen einer Ermittlung war es durchaus angebracht, sich als jemand anderes auszugeben. Sie spürte, dass Gott daran auch keinen Anstoß nahm.

Der Punkt, an dem sie sich in Schwierigkeiten gebracht hatte, war, als sie sich in ihrer Rolle auf Steven Pierce eingelassen hatte. Sie hatte mit dem Feuer gespielt und beide hatten sich verbrannt. Sie hatte kein Recht, so mit seinen Gefühlen umzugehen.

Der Mann war in eine Frau verliebt, die gar nicht existierte. Es war nur richtig, dass sie ihm gegenübertrat und versuchte, die Sache wieder in Ordnung zu bringen, bevor sie die Stadt verließ. Sosehr sie sich auch davor scheute, sein Bild von der perfekten Jessie zu zerstören – sie wusste, dass er es verdiente, die Wahrheit zu erfahren. Auch wenn das bedeutete, die Enttäuschung in seinen Augen ertragen zu müssen, wenn er sie als Ellie sah.

Sie ging zurück in ihr Schlafzimmer und betrachtete sich im Spiegel. Es war seltsam, ihr eigenes unscheinbares Äußeres darin zu sehen, anstatt des Gesichts von Jessie oder Lavinia. Sie fuhr sich durch das mausbraune Haar und wünschte sich, dass es irgendeinen Weg gäbe, es etwas mehr wie Jessies kupferfarbene Locken aussehen zu lassen.

Ellie rümpfte ihrem Spiegelbild gegenüber die Nase. Zwar hatte sie relativ ebenmäßige Züge, doch diese hatten nichts von Jessies Glanz und Ausdruckskraft. Sie kniff sich in die Wangen, um sie etwas rosiger zu machen, und sah dabei zu, wie das bisschen Farbe sofort wieder verschwand. Leise seufzte sie auf. Dann musste sie eben so gehen.

Sie trat auf die Terrasse vor dem Haus und zog die Tür hinter sich zu, bereit, zum allerersten Mal als Ellie Moore auf die Straßen von Pickford zu treten.

Langsam schlenderte sie die Second Street in Richtung Grant hinunter und nickte den Passanten zu. Viele von ihnen erwiderten den Gruß, doch das beruhte auf Höflichkeit und der latenten Neugier, mit der hier jedem Fremden begegnet wurde, nicht darauf, dass man sie erkannte.

Als sie das südliche Ende der Stadt erreichte, blieb Ellie stehen, ließ ihren Blick über die Wüste schweifen und erinnerte sich daran, wie die Landschaft ins Mondlicht getaucht gewesen war, als sie zwei Nächte zuvor Marvin Long verfolgt hatte. Das Leuchten des Mondes hatte die Umgebung sanft und weich wirken lassen, doch nun in der grellen Mittagssonne sah sie kahl und karg aus.

Auf dem vertrauten Weg zum Bürogebäude der Mine wurden ihre Schritte schneller. Sie hatte ihren Besuch zeitlich genau abgestimmt. Ihr blieb gerade genug Zeit, sich Steven zu offenbaren, bevor sie zurückeilen musste, um die Postkutsche zu erwischen. Sie sah keinen Sinn darin, das Leiden unnötig in die Länge zu ziehen.

An Stevens Bürotür hielt sie mit der Hand am Türgriff inne und sah zur Constitution hinüber. Gott hatte sie und ihre beiden Begleiter vor dem sicheren Tod bewahrt, genau, wie er es mit Daniel in der Löwengrube getan hatte. Sie hoffte, dass der Herr auch heute in einer erlösenden Stimmung war. In diesem Augenblick wäre sie lieber einem Rudel hungriger Löwen entgegengetreten, anstatt sich Steven stellen zu müssen.

Er schaute auf, als sie eintrat. Bevor sie auch nur ein Wort sagen konnte, war er aufgesprungen und um den Schreibtisch herumgelaufen.

Seine Nähe verschlug ihr den Atem. Sie straffte die Schultern, hob das Kinn und trat ihm mit ausgestreckter Hand entgegen. Wieder spürte sie das vertraute Kribbeln, als er sie ergriff. »Ich dachte, dass es an der Zeit ist, sich ordentlich vorzustellen. Ich bin Ellie Moore.«

Anstatt ihre Hand wieder loszulassen, verstärkte er seinen Griff und legte beide Hände um ihre, während er ihr tief in die Augen schaute. Ein verwunderter Ausdruck legte sich über sein Gesicht und seine Lippen verzogen sich zu einem langsamen Lächeln. »Ellie Moore. Das ist ein schöner Name.«

Ellie versuchte, ihre Hand zurückzuziehen, doch seine Finger umklammerten sie nur noch fester. Sie starrte ihn an und runzelte die Stirn. Hatte er den Verstand verloren?

Er zog sie an ihrer Hand näher zu sich heran und betrachtete ihr Gesicht, als wolle er sich jeden ihrer Züge genau einprägen. »Ich mag Ellie. Das passt besser zu dir als Jessie.«

Sie fühlte sich, als wäre sie gerade in einen Minenstollen gefallen. »Du hast mich doch niemals erkannt. Woher wusstest du, dass ich es bin?«

Steven hob seine Hand und fuhr mit einem Finger über die Linie ihrer Braue. »Diese Augen, diese wunderschönen Augen. Ich würde sie überall erkennen.«

Herr, warum machst du es mir so schwer? Ellie biss sich auf die Lippe. Sie versuchte doch, seinen Willen zu befolgen. Warum konnte er ihr nicht ein wenig entgegenkommen?

Wenn sie ihren Auftrag erfüllen sollte, musste sie Abstand halten. Doch so nahe bei Steven zu stehen, stürzte ihre Gefühle in tiefe Verwirrung. Sie löste ihre Hand und ging ein paar Schritte von ihm zurück, in Richtung seines Schreibtischs.

Mit einem einfachen Satz hatte er die Lücke zwischen ihnen wieder geschlossen. Ellie trat zur Seite, sodass nun der Schreibtisch zwischen ihnen stand. Wenn er sie weiter mit diesem brennenden Blick anschaute, würde sie vergessen, warum sie hier war.

Schnell sog sie Luft ein und versuchte, sich zu konzentrieren. »Ich bin hergekommen, um mich zu entschuldigen … und auf Wiedersehen zu sagen.«

»Wofür willst du dich entschuldigen?« Er ging um die linke Seite des Schreibtischs herum.

Ellie nahm drei Schritte nach links. »Dafür, dass ich dich hinters Licht geführt habe. Dafür, dass ich dich angelogen habe, was meine wahre Identität angeht.«

»Das war Teil deines Auftrags. Das weiß ich jetzt. Ich gebe zu, dass ich eine Zeit lang gebraucht habe, um es zu verstehen, aber du hast nur einen falschen Namen angenommen. Das war eine Tarnung im Rahmen deiner Ermittlungen. Du hast mir dein wahres Ich nicht vorenthalten. Du bist teils Lavinia, teils Jessie, und insgesamt einfach wundervoll.«

Er lehnte sich über den Schreibtisch und streckte den Arm aus, als wolle er ihre Wange berühren. »Es ist genauso, wie ich es schon versucht habe, dir damals in jener Nacht zu sagen. Etwas in meiner Seele hat dich erkannt, in dem Moment, als wir uns zum ersten Mal begegnet sind.«

Ellie wich wieder zurück und stieß gegen eine Wand. Sie atmete schluchzend aus. »Wie kannst du so etwas sagen? Ich sehe überhaupt nicht so aus … wie Jessie. Du kannst unmöglich wissen, wer ich wirklich bin.«

»Da liegst du falsch. Und ich werde es dir beweisen.« Er ging um den Schreibtisch herum, nahm sie beim Arm und führte sie zum Fenster. »Schau dort hinaus. Was siehst du?«

Ellie wand sich, um ihn über ihre Schulter anzusehen. »Was meinst du denn genau? Das ich die Wolken sehe? Den Himmel? Die Berge?«

Er drückte sich enger an sie, sein Ärmel streifte ihre Wange, als er auf die hügelige Landschaft vor ihnen zeigte. »Direkt vor uns. Was siehst du da?«

Ellie drehte sich wieder zum Fenster, noch verwirrter als zuvor. »Erde. Bäume. Büsche. Kakteen. Meinst du das?«

Seine Stimme barg ein Lächeln. »Ich werde dir sagen, was ein Bergarbeiter sieht. Dort drüben tritt Quarzgestein zutage. Das sagt mir, dass dort aufgrund einer Anhebung eine unterirdische Verwerfungslinie entstanden ist. Das könnte ein Anzeichen dafür sein, dass dort Edelmetalle zu finden sind.«

Er griff sanft ihre Schultern und drehte sie zu sich herum. »Ein geübtes Auge erkennt den Schatz, der unter der Oberfläche verborgen liegt.« Sein Blick war so intensiv, dass sie erschauerte. »Weißt du, was ich sehe, wenn ich dich anschaue?«

Tränen füllten ihre Augen und sie schüttelte wortlos den Kopf, aus Angst, was er nun sagen würde.

Er lehnte sich so dicht an sie heran, dass sein Atem über ihre Wange strich. »Wenn ich dich betrachte, sehe ich deine Entschlossenheit, deine Selbstlosigkeit. Ich sehe eine Person, die bereit ist, sich für Menschen in Gefahr zu begeben, die sie noch nicht einmal kennt.«

Mit der Hand hob er ihr Kinn an, bis sie nicht anders konnte, als ihm direkt in die Augen zu sehen. »Ich sehe die Schönheit deines Charakters – und die verschlägt mir den Atem.«

Ellie hörte ihm ungläubig zu. Passierte das hier gerade tatsächlich? Diesmal ihr – Ellie –, war das die Wirklichkeit? Sie begann am ganzen Körper zu zittern.

Steven nahm ihre rechte Hand und legte sie auf seine Brust. »Geh nicht zurück nach Chicago, Ellie. Zumindest nicht sofort. Ich habe das Gefühl, dass Gott Großes mit uns vorhat, und ich würde es nicht ertragen, diese Chance wegzuwerfen.«

Sie konnte sich nicht länger zurückhalten. Tränen liefen ihre Wangen hinunter und ihre Schultern bebten mit jedem Schluchzer. »Ich kann nicht glauben … ich hätte nie gedacht …« Sie versteckte ihr Gesicht hinter der linken Hand und versuchte, sich zusammenzureißen. »Es tut mir leid. Ich finde einfach nicht die richtigen Worte.«

Sie hörte, wie Stevens Stiefel gegen den Holzboden scharrte. Im nächsten Moment schlang er seine Arme um sie und zog sie an sich. »Bleib in Pickford, Ellie. Gib uns die Chance herauszufinden, ob wir füreinander gemacht sind. Ich denke, ich kenne die Antwort schon, aber ich will dir Zeit geben, bis du dir auch sicher bist.«

Sie warf ihre Arme um seinen Hals und ließ ihren Kuss für sie antworten. Er drückte sie fest an sich, als seine Lippen sich gegen ihre pressten.

Als sie wieder atmen konnte, schaute sie zu ihm auf und ließ ein unsicheres Lachen ertönen. »Nur falls die Botschaft nicht angekommen ist, das war ein Ja.«

Steven trat einen Schritt zurück und blickte auf sie herunter, ein Lachen in den Augen. »Das hatte ich mir fast gedacht.«

Sie quietschte, als er sie packte und herumwirbelte. »Was machst du denn da?«

»Ich feiere den Beginn von etwas Wundervollem.« Er setzte sie wieder ab und lehnte seine Stirn an ihre, während sein Atem ihre Wange kitzelte. »Auch wenn man nie wissen kann, was die Zukunft bringen mag, einer Sache bin ich mir sicher – mit dir an meiner Seite wird mein Leben niemals langweilig sein.«

Nachwort

Sehr geehrte Leser,

da meine Familie nun schon seit drei Generationen in Arizona lebt, ist die Liebe für diesen Staat und seine Geschichte tief in mir verwurzelt. Auf Familienfesten habe ich oft stundenlang den Erzählungen über die »guten alten Zeiten« gelauscht und mich später selbst auf Erkundungstour durch zahllose Haupt- und Nebenstraßen gemacht. Als Frischvermählte lebten mein Mann und ich in Sierra Vista, von wo aus wir zahlreiche Wochenendausflüge machten, unter anderem auch nach Tombstone. Wie aufregend war es, durch die Straßen zu wandern, die bekannt geworden waren durch Figuren des alten Wilden Westens wie Wyatt Earp und Doc Holiday! Seither bin ich von Tombstone und der Region fasziniert und überglücklich, meine Begeisterung für diesen Teil von Arizona vermitteln zu können, indem ich ihn als Kulisse für Ellies Abenteuer nutzte.

Ich bin oft gefragt worden, ob die Orte in meinen Büchern wirklich existieren. Hierfür gibt es keine einheitliche Antwort. Manchmal bietet eine reale Stadt den perfekten Schauplatz, in anderen Fällen verlangt die Geschichte nach einer maßgeschneiderten Kulisse. *Detektivin aus Leidenschaft* ist einer dieser Fälle. Pickford wird man auf keiner Karte von Arizona entdecken, doch in meiner Vorstellung existiert und floriert das Örtchen nur ein paar Kilometer von Tombstone entfernt am San-Pedro-Fluss. Ich habe mir die Freiheit genommen, ein paar Elemente aus Tombstone zu übernehmen – die Minen kurz vor der Stadtgrenze und die Anordnung einiger Straßenzüge –, die ich dann an meine Geschichte angepasst habe. Nicht zu vergessen das Portrait von Fatima. Das Bild – inklusive der vielen Einschusslöcher – hängt im Bird Cage Saloon in Tombstone. Daher habe ich Fatima zu einem Gastauftritt in mein Buch eingeladen und sie schien nichts dagegen zu haben.

Wie die meisten von Ihnen sicher auch, übernehme ich in meinem Alltag verschiedene Rollen. Ich bin Pastorenfrau, Hauslehrerin und Mutter, Großmutter, Schriftstellerin, Kirchenpianistin, unterrichte in der Sonntagsschule, leite den Bibelkreis der Frauen, bin eine der Leiterinnen des örtlichen Geschichtsvereins … Die Liste ist endlos. Genau wie Ellie habe ich ständig das Gefühl, von einer Rolle in die andere zu wechseln. Wenn ich nicht aufpasse, kann es leicht passieren, dass ich vergesse, wer ich eigentlich wirklich bin. Ich bin unendlich dankbar dafür, dass meine wahre Identität nicht von meinem Erfolg in diesen Bereichen abhängig ist, sondern von meiner Beziehung zu dem König der Könige.

Ich danke Ihnen, dass Sie sich die Zeit genommen haben, dieses Buch zu lesen. Wo immer Ihr Weg Sie hinführen mag und was immer Sie tun, mögen Sie Ihr wahres Ich und Ihren tiefen Sinn in ihm finden!

Carol
Philipper 4,4

Tracie Peterson

Vollende meinen Traum

Paperback, 13,5 x 20,5 cm, 288 Seiten
Nr. 395.146, ISBN 978-3-7751-5146-7

Den Mann finden, der George Gallatin getötet hat. Das ist das gemeinsame Ziel von Lacy Gallatin und Dave Shepard. Aber es ist nicht nur die Suche nach dem Mörder, die die beiden verbindet. Auch wenn sie es nicht wahrhaben wollen, knistert es gewaltig zwischen ihnen.

Tracie Peterson

Die Hoffnung lebt

Paperback, 13,5 x 20,5 cm, 384 Seiten
Nr. 395.145, ISBN 978-3-7751-5145-0

Ihre zerstörte Ranch zu verlassen, war ein schwerer Schlag für Dianne, doch die Rückkehr verzögert sich immer wieder. Dianne steht vor einer Entscheidung, die das Schicksal ihrer Familie und ihrer Ranch verändert könnte. Das bewegende Finale der großen Wildwest-Reihe.

Bitte fragen Sie in Ihrer Buchhandlung nach diesen Büchern!
Oder schreiben Sie an: SCM Hänssler, D-71087 Holzgerlingen;
E-Mail: info@scm-haenssler.de; Internet: www.scm-haenssler.de